El desafío oscuro

Christine Feehan

El desafío oscuro

Titania Editores

ARGENTINA - CHILE - COLOMBIA - ESPAÑA
ESTADOS UNIDOS - MÉXICO - URUGUAY - VENEZUELA

Título original: *Dark Challenge*
Editor original: Dorchester Publishing Co., Inc., Nueva York
Traducción: Rosa Arruti Illarramendi

© Copyright 2000 *by* Christine Feehan
All Rights Reserved
Los derechos de publicación de la presente obra fueron negociados a través de Books Crossing Borders Inc., Nueva York y Ute Körner Literary Agent, S. L. , Barcelona
© 2007 de la traducción *by* Rosa Arruti Illarramendi
© 2007 *by* Ediciones Urano, S. A.
Aribau, 142, pral. - 08036 Barcelona
www.titania.org
atencion@titania.org

ISBN: 978-84-96711-19-8
Depósito legal: B - 34.812 - 2007

Fotocomposición: Ediciones Urano, S. A.
Impreso por Romanyà Valls, S. A. - Verdaguer, 1 - 08786 Capellades (Barcelona)

Impreso en España - *Printed in Spain*

*Para Francis y Eddie Vedolla padre, por enseñar a mi hijo,
Brian, y a mi hija, Denise, la importancia del baile...
Hay grandeza en vosotros dos.*

*Mi agradecimiento especial al personal
del Konocti Harbor Resort and Spa,
que siempre es tan amable, consigue organizar
conciertos estupendos y es gente de veras fantástica.*

Capítulo 1

Julian Savage titubeó ante la puerta de entrada al abarrotado bar. Había venido a esta ciudad a cumplir un último encargo antes de optar por el descanso eterno de los carpatianos. Era casi un anciano de su raza y estaba harto de siglos de vida en un mundo desolado y gris, carente de las emociones e intensos colores que experimentaban los varones más jóvenes de su especie o los que habían encontrado una pareja en la vida. De todos modos, le quedaba un último objetivo que cumplir; su príncipe le había solicitado una cosa más. Luego, con la mente tranquila, podría ir al encuentro del amanecer aniquilador. No era porque se encontrara a punto de perder su alma, de convertirse en vampiro; podría aguantar más tiempo si así lo decidiera. Lo que había dictado aquella decisión era su lúgubre vida, que se prolongaba toda una eternidad ante él.

De cualquier modo, no podía negarse a cumplir este cometido. Tenía la sensación de que, en los largos siglos de existencia, era poco lo que había hecho por su raza, que no dejaba de decrecer. Cierto, él era un cazador de vampiros, uno de los más poderosos, lo cual se consideraba una gran cosa entre su gente. Pero sabía, igual que la mayoría de los cazadores más competentes, que era el instinto asesino del carpatiano y no algún talento especial lo que le volvía tan diestro en lo que hacía. Gregori, el principal sanador de su pueblo, el segundo después de su príncipe, le había mandado aviso para advertirle de que esa mujer a la que ahora buscaba, esa cantante, se encontraba en la lista de objetivos de una sociedad fanática de cazadores humanos de vampiros, quienes, en su afán homicida, a menudo atacaban por error a mortales excepcionales, así como a carpatianos. La sociedad tenía unas nociones muy primitivas sobre lo que convertía a alguien en vampiro, como si evitar la luz del día o alimentarse de sangre fuera por sí solo suficiente para transformar a alguien en un no muerto maligno y sin alma. Julian y su especie eran la prueba viviente de que nada podía estar más lejos de la verdad.

Julian sabía por qué le habían encomendado esta tarea de advertir y proteger a la cantante. Gregori estaba decidido a no perderle con el amanecer. El sanador podía leer los pensamientos de su mente y se percataba de que había elegido poner fin a su estéril existencia. Pero también sabía que si daba su palabra de proteger de esa sociedad de asesinos a una mujer humana, no se detendría hasta que ésta se encontrara a salvo. Gregori le estaba comprando tiempo, pero no serviría de nada.

Julian llevaba muchas vidas, siglo tras siglo, alejado de su pueblo, también de su propio hermano gemelo. Era un solitario incluso para una raza compuesta por machos solitarios. Su especie, la raza carpatiana, se estaba extinguiendo, y su príncipe intentaba con desesperación encontrar maneras de dar esperanza a su gente. Encontrar nuevas parejas para sus varones. Encontrar maneras de mantener vivos a los niños y reforzar el grupo que decrecía. Aun así, a Julian no le había quedado otro remedio que permanecer solo, correr con los lobos, volar alto con las aves de presa, cazar con las panteras. Las pocas veces que caminaba entre los humanos, normalmente era para luchar en una guerra decisiva o para prestar su fuerza inusual a una buena causa. Pero la mayor parte de los años había caminado solo, sin ser visto, indetectable incluso para los miembros de su propia especie.

Permaneció quieto unos momentos, reviviendo el recuerdo de su locura de juventud, el terrible momento en que había tomado el camino que había cambiado su vida para toda la eternidad.

Apenas tenía doce primaveras. Incluso entonces ya le dominaba su terrible e insaciable ansia de conocimiento. Aidan, su hermano gemelo, y él siempre habían sido inseparables. Aun así, aquel día había oído una lejana llamada, una señal a la que no pudo resistirse. Se sintió lleno de dicha por haber hecho un descubrimiento y se escabulló para seguir el estímulo de una promesa no pronunciada. La red de cuevas que descubrió era un laberinto en lo profundo de la montaña. En el interior encontró al más asombroso de los brujos: afable, apuesto y dispuesto a impartir su vasto conocimiento a un joven y voluntarioso aprendiz. Lo único que le pidió a cambio fue que mantuviera el secreto. A la edad de doce años, le pareció un juego excitante.

Ahora al volver la mirada atrás, se preguntaba si su deseo de conocimiento había sido tal como para pasar por alto a propósito las señales de aviso. Acabó por dominar muchos poderes nuevos, pero llegó el momento en que la verdad se plantó ante él con toda su cruda fealdad. Aquel día había llegado pronto a las cuevas y, al oír gritos, se apresuró a entrar, y entonces descubrió que su joven y apuesto amigo era la más repugnante de las criaturas, un verdadero monstruo, un asesino a sangre fría... un carpatiano que había entregado su alma y se había convertido en vampiro. A los doce años, Julian no tenía suficientes poderes y habilidades como para salvar a las desventuradas víctimas, a las que el vampiro dejaba sin gota de sangre, buscando no sólo sustento, como haría un carpatiano, sino la muerte de la presa.

El recuerdo quedó grabado para siempre en su mente. La sangre manando. Los gritos sobrecogedores. El horror. Luego llegó el momento en que el vampiro le agarró a él, al alumno que antes le admiraba, y le acercó lo bastante como para que oliera su fétido aliento y oyera su risa burlona. Entonces le despedazó con los dientes convertidos en colmillos, desgarrando su cuerpo de un modo doloroso y vulgar. Pero, aún peor, a él no le permitió la muerte, que el vampiro había concedido a las otras víctimas. Recordaba la manera en que la criatura no muerta se cortó la muñeca para pegarla a su boca, forzándole de modo brutal a aceptar la sangre mancillada, a intercambiar sangre con la más impura de las criaturas, dejándole bajo su poder e iniciando un proceso que podría convertirle en su esclavo, que le uniría a él para siempre.

La infamia no había acabado ahí. El vampiro empezó de inmediato a aprovecharse del chico en contra de su voluntad, a utilizarle como sus ojos y oídos para espiar a los miembros de su antigua raza, a los que ahora deseaba destruir. Contaba con el talento para escuchar de incógnito al príncipe o al sanador a través suyo, cuando el muchacho estaba cerca de ellos. Se mofaba de él diciéndole que destruiría a su hermano Aidan. Y Julian sabía que era posible; notaba cómo se propagaba la oscuridad por él, y en ocasiones notaba los ojos del vampiro mirando a través de los suyos. Aidan había escapado por los pelos en varias ocasiones de las trampas que Julian reconoció más tarde haber puesto él mismo sin darse cuenta, bajo la coacción insidiosa del vampiro.

Y por consiguiente, hace muchos siglos, Julian había hecho el juramento de llevar una vida solitaria, de mantener a su pueblo y a su querido hermano a salvo del vampiro y de sí mismo. Había vivido al margen de la sociedad, había adquirido la fuerza y el conocimiento verdaderos de un carpatiano, hasta que fue lo bastante mayor como para emprender el camino por su cuenta. La sangre de su pueblo continuaba latiendo con fuerza en él y hacía cuanto podía para llevar una vida honorable, para combatir la oscuridad creciente y los continuos ataques del vampiro contra él. Había eludido nuevos intercambios de sangre con el no muerto y había dado caza y matado a incontables vampiros, pero el que había forjado su vida de forma tan brutal siempre le rehuía.

Julian ahora era más alto y musculoso que cualquier miembro de su raza y, aunque la mayoría eran morenos y tenían ojos oscuros, él parecía un vikingo de épocas pasadas, con larga y espesa melena rubia que recogía en la nuca con una correa de cuero. Tenía ojos de color ámbar y a menudo utilizaba su fuego ardiente y cautivador para hipnotizar a su presa. No obstante, ahora miraba la calle sin encontrar nada que justificara su inquietud, o sea, que continuó adelante como el depredador que era, con paso fluido, y sus músculos tensándose bajo su exquisita piel. Cuando hacía falta, podía quedarse tan quieto como las montañas, y seguir igual de implacable. Podía ser una ráfaga de viento o agua que fluye. Contaba con dones tremendos, como poder hablar en muchos idiomas, pero, aun así, estaba solo.

En sus años más jóvenes, había pasado mucho tiempo en Italia; en épocas más recientes había vivido en Nueva Orleans, en el Barrio

Francés, donde su aura de misterio y oscuridad casi no asustaba a nadie. Pero no hacía mucho que había renunciado a su casa en esa ciudad, a sabiendas de que no regresaría nunca. Por fin, tras esta tarea que tenía pendiente, su deber y honor quedarían satisfechos. No tenía motivos para continuar con su existencia.

Julian oyó las conversaciones, muchas al mismo tiempo, que llegaban desde el interior del bar. Notó la excitación de las personas que estaban dentro. La clientela parecía embelesada por el grupo de cantantes que iban a escuchar, al que esperaban. Era evidente que la banda era muy popular y que las compañías discográficas buscaban a toda costa firmar contratos con ella; pero los intérpretes se negaban a firmar con nadie. En vez de ello, viajaban como juglares o trovadores, de pueblo en pueblo, de ciudad en ciudad, sin emplear nunca a músicos o técnicos externos e interpretando siempre sus propias canciones. Era esta tendencia a recluirse del grupo, junto con la voz de la cantante principal —descrita como cautivadora, de una belleza inquietante, casi mágica—, lo que había atraído la atención no deseada de la sociedad de cazadores de vampiros.

Julian inspiró a fondo y captó el aroma a sangre. Al instante le invadió un hambre feroz que le recordó que esa noche aún no se había alimentado. Se quedó fuera, sin ser visto por los humanos que pedían a gritos que les dejaran entrar, ni tampoco por los guardas de seguridad que permanecían en la entrada de pie y en silencio. Entraría, le transmitiría a la cantante la advertencia del peligro que corría y se largaría. Con suerte, la mujer le haría caso, y él habría cumplido con su deber. Si no, no tendría otra opción que continuar soportando su terrible existencia solitaria hasta quedarse seguro de que ella estaba a salvo. Pero se sentía cansado. Ya no quería aguantar más.

Entonces empezó a moverse, abriéndose camino entre la multitud. En la puerta se encontraban los dos hombres, ambos altos y morenos. El de pelo largo parecía alguien a quien tomarse en serio, incluso le resultó un tanto familiar. Julian apenas había sido una ráfaga de aire fresco al pasar a su lado, entrando sin ser visto, pero caminando con seguridad entre el apiñamiento de humanos. No obstante, el guarda de pelo largo volvió la cabeza con gesto vigilante, buscando sin cesar con sus ojos negros, descansando un instante en

Julian pese a su estado invisible. La inquietud del guarda era evidente. Por el rabillo del ojo, Julian le vio volver la cabeza a un lado y a otro antes de que su gélida mirada se volviera para seguir su avance a través del concurrido bar.

Los blancos dientes de Julian centellearon con el destello de un depredador. Sabía que no le veía, pero el guarda había acertado al volverse; el radar de sus sentidos era inusual en un mortal. Resultaba interesante que la banda tuviera contratado a alguien como él. Valdría su peso en oro en el caso de que se produjera un ataque real contra la mujer.

El aire frío que Julian propulsaba por delante de él apartaba a la insistente multitud; ni siquiera tenía que aminorar la marcha. Echó una ojeada al escenario preparado para la actuación y luego se encaminó hacia los cuartos de detrás. Mientras lo hacía, la sonrisa forzada se desvaneció de su rostro, dejando tan sólo un gesto duro en su boca. Sabía que había un atisbo de crueldad en ella; era la máscara fría del cazador. Luego les olió. El enemigo. ¿Habían llegado hasta la cantante antes que él?

Jurando en voz baja, con elocuencia, Julian se movió con velocidad prodigiosa hasta el camerino de la mujer. Llegó demasiado tarde. Ya había salido para dirigirse al escenario con los otros miembros del grupo. Sólo dos hermosos leopardos de pelaje moteado permanecían acurrucados en un rincón de la pequeña habitación. Los animales eran más grandes y pesados que la mayoría de felinos que vivían en libertad, y sus ojos verdes amarillentos, fijos en él, traicionaban su inteligencia superior. También era inusual ver los dos ejemplares juntos, ya que los leopardos por lo general eran criaturas solitarias. Como él.

—¿Dónde está ella, amigos míos? —preguntó quedamente—. He venido a salvarle la vida. Decidme dónde está antes de que la maten sus enemigos.

El felino macho se agazapó y gruñó mostrando unos afilados colmillos, capaces de agarrar, sujetar y perforar su presa. La hembra se agazapó incluso más, lista para saltar. Julian notaba la conocida sensación de hermandad que siempre sentía cuando se encontraba con un miembro de la familia *panthera pardus* y, aun así, cuando entró en contacto con las mentes de los leopardos, descubrió que le costaba controlar a cualquiera de los dos. Sólo consiguió confundirles un poco y ralentizar su tiempo de reacción. Luego el macho inició un movimiento, un gesto a cámara lenta, preliminar a la explosión de velocidad que precedía a la matanza. Julian no quería tener que matar a una criatura tan bella y singular, de modo que se escabulló de la habitación a toda velocidad y cerró la puerta con firmeza tras él, antes de dirigirse hacia el sonido atronador del aplauso del público.

El grupo empezó a tocar la introducción a la primera canción. Luego oyó la voz de la mujer: unas notas evocadoras y místicas que pendían del aire como plata y oro, relucientes de fuego. De hecho, vio las notas, vio la plata y el oro danzando delante de sus ojos. Julian se detuvo en seco, atravesado por la conmoción. Se quedó mirando la sala de conciertos. El descuidado papel pintado de las paredes tenía un ribete rojo. Hacía ya ochocientos años que no veía colores. Era el destino de los carpatianos una vez superaban su juventud: perdían todo sentido del color, perdían las emociones, luchaban en su gris desolación contra sus naturalezas depredadoras, a menos que apareciera una pareja de vida que equilibrara su oscuridad con bondad y luz. Sólo entonces les era devuelto el color y la emoción: una poderosa emoción. Pero apenas había hembras, y desde luego que alguien como él nunca recibiría la bendición de una compañera. No obstante, el corazón le dio un brinco en el pecho.

Notó excitación. Esperanza. Emoción. Emoción real. Los colores eran tan vivos que casi le cegaban. El sonido de la voz de la cantante reverberaba juguetón por todo su cuerpo, alcanzándole lugares que hacía tiempo tenía olvidados. Su cuerpo entró en tensión, la necesidad arremetió contra él con fuerza. Y se quedó paralizado, incapaz de dar un paso. Los colores, las emociones, el deseo físico que despertaba con tal brusquedad sólo podía decir una cosa. La cantante que poseía aquella voz tenía que ser su pareja eterna.

Era imposible. Totalmente imposible de creer. Los hombres de su raza podían pasar una eternidad en busca de la única mujer que era su otra mitad. Los varones carpatianos eran depredadores, tenían el instinto de siniestros y hambrientos asesinos, astutos, rápidos y letales, y, tras un breve periodo de crecimiento, de risa y aventura, todo acababa al tiempo que perdían la capacidad de sentir y de ver colores. No les quedaba otra cosa que una existencia solitaria y estéril.

Su existencia había sido especialmente insoportable, alejado como estaba de Aidan, su hermano gemelo, cuya familiaridad inevitable hubiera hecho los largos siglos grises un poco más fáciles de sobrellevar. Pero sabía que él y Aidan estaban unidos por un vínculo sanguíneo, y que cada momento que pasaran juntos aumentaría la amenaza del vampiro sobre él. Esa misma relación estrecha ponía en peligro a su hermano. De modo que Julian había huido de su gente, sin explicar nunca a ninguno de ellos, ni siquiera a su querido hermano, la terrible verdad. Había hecho algo honorable, pues lo único que le quedaba era su honor.

Pero ahora estaba allí pasmado en la estrecha sala, incapaz de creer que su pareja de vida estuviera tan cerca. Incapaz, en ese momento deslumbrante de emoción y color, de creer que él pudiera merecer algo así.

Muchos carpatianos varones se volvían vampiros después de siglos de una vida vacía de esperanzas. Sin emociones, lo único que les quedaba era su poder: el poder de cazar y matar. Otros, en cambio, en vez de convertirse en un peligro para mortales e inmortales por igual, decidían poner fin a su existencia estéril e iban al encuentro del amanecer, y esperaban a que la luz del sol destruyera aquellos cuerpos que supuestamente debían vivir en oscuridad. Sólo un puñado de ellos encontraba a su otra mitad, la luz de su oscuridad, el único ser que podía hacerles completos. Tras casi mil años de existencia sombría, tras tomar la decisión de ir al encuentro del amanecer, antes de que le conquistara el demonio predador de su interior que luchaba por controlarle, Julian apenas conseguía creer que hubiera encontrado a su verdadera pareja. Pero los colores, las emociones y la esperanza decían que era cierto.

La voz de la mujer —gutural, ronca, erótica— transmitía la promesa de sábanas de satén y luz de velas. Entraba en contacto con su piel como unos dedos juguetones, tentadores y sensuales hasta lo pecaminoso. Aquella voz cautivaba a cualquiera que alcanzara a oírla: embrujaba y obsesionaba. Las notas danzaban puras y hermosas, tejiendo un encantamiento en torno a él, en torno a cada oyente.

Julian no sabía nada de esa mujer. Sólo que Gregori le había mandado para advertirle que estaba expuesta al peligro de la sociedad humana de cazadores de vampiros. Era evidente que el príncipe deseaba que ella y los que viajaban con ella estuvieran protegidos si surgía algún problema. La sociedad de mortales, que creía en los vampiros de las antiguas leyendas y pretendía destruirlos, por algún motivo se había marcado como objetivo a esa cantante, Desari, con su voz evocadora y costumbres excéntricas. La mayoría de víctimas de la sociedad eran asesinadas con una estaca atravesada en el corazón. Peor todavía: mantenían con vida a algunas víctimas, a las que torturaban y diseccionaban. Julian escuchó aquella hermosa voz. Desari cantaba como un ángel; su voz no era terrenal.

Luego, un grito agudo y penetrante interrumpió la belleza de la canción. Vino seguido de un segundo grito y después de un tercero. Julian oyó resonar un disparo y luego una descarga de balas perforando con ruido sordo carne humana e instrumentos musicales. El edificio sufrió una sacudida provocada por la fuerza de las sonoras pisadas sobre el suelo de la gente que se lanzó a la carrera para apartarse de la línea de fuego.

Julian se movió tan rápido que se desdibujó mientras resplandecía y recuperaba una forma sólida. En el bar reinaba la confusión más completa. Los mortales huían del lugar tan deprisa como podían y chocaban entre sí corriendo en medio del caos. La gente aullaba llena de terror. Las mesas y sillas saltaban por los aires y se rompían. Los tres miembros de la banda yacían sobre el escenario salpicado de sangre, con los instrumentos hechos añicos. Los guardias de seguridad intercambiaban disparos con seis hombres que apuntaban también a la multitud mientras intentaban escapar.

Él se fue directo al escenario, apartó a un lado el cuerpo de un hombre y encontró la forma inmóvil de la mujer. Desari estaba despatarrada sobre el estrado con su masa de pelo negro azulado extendida como un velo. La sangre manaba por debajo de ella y manchaba su vestido color azul real. No tuvo tiempo de examinar mejor sus rasgos; la peor herida era mortal y la mataría a menos que él hiciera algo. Por instinto, dio forma a una barrera visual que desdibujó el escenario dejándolo borroso a las miradas curiosas. En medio de todo ese pandemónium, dudaba que alguien prestara atención a aquello.

Levantó con facilidad a Desari en sus brazos, encontró su débil pulso y colocó una mano sobre su herida. Bloqueando el caos que le rodeaba, se envió a sí mismo fuera de su cuerpo para inspeccionar el interior de ella. La herida de entrada era pequeña, pero la de salida era bastante grande. La bala había desgarrado su cuerpo, rasgando órganos y tejidos internos. Selló las heridas para evitar más pérdida de sangre antes de llevarla hacia el interior de las sombras. Una de sus uñas se alargó y se hizo con ella una herida en el pecho.

Eres mía, cara mia, *y no puedes morir. No podría aceptar mi muerte con serenidad sin vengarte antes. El mundo no puede ni imaginar el monstruo en el que me convertiría. Tienes que beber,* piccola, *por ti, por tu vida, por mí, por nuestra vida juntos. Bebe ahora.* Dio la orden coaccionando a Desari con firmeza, sin permitir que escapara a su voluntad de hierro. Antes de este momento, antes de Desari, había optado por destruirse, en vez de esperar a que fuera demasiado tarde y se convirtiera en uno de los mismos monstruos que llevaba siglos cazando y destruyendo. Por unir a Desari a él ahora, podía merecer morir un centenar de veces, pero aceptaría lo que el destino le deparara.

Tras largos siglos vacíos, todo había cambiado en un solo instante. Podía sentir. Veía el brillo de los colores del mundo. Su cuerpo estaba vivo, lleno de necesidades y deseos, no sólo la persistente sed de sangre que siempre le atormentaba. El poder y la fuerza volvían a correr por él, canturreaban por sus venas, fluían a través de sus músculos, y él lo notaba. Lo sentía. Ella no iba a morir. No permitiría algo así. Nunca. No después de siglos de completa soledad. Donde antes había un enorme abismo negro, tinieblas de oscuridad, ahora había una conexión. Real. La sentía.

Su sangre era muy antigua, llena de fuerza curativa, llena de poder. Ahora su vida fluía por ella, forjando una unión que no podía romperse. Comenzó a susurrarle en su idioma ancestral palabras de un ritual, palabras que convertirían sus corazones en uno solo, palabras que entrelazarían los restos destrozados de sus almas y los juntarían otra vez, sellándolos de un modo irrevocable, para toda la eternidad.

Por un momento, el tiempo palpitó hasta paralizarse mientras él se esforzaba por hacer algo honorable, se esforzaba por renunciar a ella, por permitirle vivir sin la carga terrible que él llevaba. Pero no fue lo bastante fuerte. Las palabras fueron arrancadas de su corazón, de lo más profundo, donde habían sido enterradas. *Te declaro mi compañera de vida. Te pertenezco. Consagro a ti mi vida. Te brindo mi protección, mi lealtad, mi corazón, mi alma y mi cuerpo. Asumo todo lo tuyo bajo mi tutela. Tu vida, tu felicidad y bienestar serán lo más preciado, antepuestos siempre a mis deseos y necesidades. Eres mi compañera en la vida, unida a mí para toda la eternidad y siempre a mi cuidado.*

Julian notó que las lágrimas le ardían en los ojos. Ahí quedaba otro oscuro pecado para su alma. Esta vez contra la mujer que debería proteger por encima de todo. Rozó con su boca el sedoso pelo y le ordenó con suavidad que dejara de beber. Él ya sentía debilidad, provocada por la falta de alimento; curarle las heridas y donarle tal volumen de sangre le debilitó aún más. Inspiró su aroma, se lo introdujo en los pulmones, en su cuerpo, y se grabó a Desari en la mente para siempre.

La advertencia que percibió apenas fue un roce de pelaje contra una silla, pero fue suficiente. Julian se apartó de un brinco de la mujer inconsciente, volviéndose en redondo para hacer frente a la amenaza, con un gruñido que dejó expuesta su reluciente dentadura blanca. Se trataba de un leopardo enorme, que bien podía pesar cien kilos, que saltó hacia él con sus extraños e impenetrables ojos fijos con letal malevolencia. Julian saltó por el aire para ir al encuentro de la bestia y cambió de forma al hacerlo. Su cuerpo se estiró y se apretó mientras un pelaje dorado ondulaba sobre sus marcados músculos, adoptando otra forma para hacer frente a la amenaza mortal.

Chocaron en medio del aire, dos enormes felinos en excelente forma, con toda su fuerza, despedazando y desgarrando con sus zarpas y dientes. El leopardo negro parecía decidido a luchar hasta la muerte, pero Julian confiaba en salvarle la vida. El negro felino se arqueó formando un semicírculo e intentó golpearle, y él notó el zarpazo de las garras afiladísimas en un costado. Él también arremetió contra su oponente y consiguió dejar cuatro largos surcos en su vientre. La pantera siseó en voz baja con odio y desafío, con determinación renovada, con represalia y venganza.

Julian buscó la mente de la bestia. Estaba envuelta en la neblina roja del frenesí asesino, una necesidad de destrucción. Se apartó de un brinco con agilidad pues no quería matar al hermoso animal. Lo cierto era que, pese a toda su experiencia en combate, esta criatura tenía una enorme fuerza y habilidades formidables. Y no reaccionaba a sus muchos intentos de controlar su mente.

Maldijo cuando la pantera se agazapó con postura protectora sobre el cuerpo de la mujer y a continuación empezó a moverse otra vez hacia él con los movimientos a cámara lenta de un leopardo al acecho. Los inteligentes ojos de ébano se concentraron en el rostro de Julian con aquella mirada impasible y turbadora que sólo un leopardo podía poner. La intención del felino era matarle y él no tenía otra opción que luchar a muerte o huir. Había dado a la mujer una sangre preciosa que no le sobraba, y ahora los cuatro largos surcos que rasgaban a fondo su costado manaban líquido vital que caía hasta el suelo en un flujo constante.

Aquel felino era demasiado fuerte, una máquina asesina demasiado experta. Julian no podía arriesgarse, el destino de su pareja de vida ahora estaba unido al suyo. No percibía animosidad contra ella en la gran pantera, más bien notaba una necesidad de protegerla. Desde la mente de Desari recogió recuerdos de amor por el animal. Julian se obligó a retroceder, gruñendo con su hocico dorado, con los ojos centelleantes de desafío, no de sumisión.

Estaba claro que la pantera negra se debatía entre seguirle y acabar el trabajo o quedarse y proteger a la mujer. Recoger esa información del animal le tranquilizó aún más. Dio otros dos pasos atrás, pues no deseaba meter la pata y hacer daño a una criatura querida por su pareja.

Luego otro ataque llegó desde detrás. Un mero rumor le hizo dar un bote a un lado, y gracias a esto el segundo leopardo aterrizó donde él se encontraba momentos antes. El felino gruñó de rabia. Julian salió disparado, dio un brinco hacia el bar, luego sobre una mesa, con sus poderosas patas traseras hendiéndose en la lisa superficie para agarrarse. Un tercer felino bloqueó la entrada, pero Julian dio un salto y le alcanzó de lleno, haciéndole perder el equilibrio. Luego, en un instante, se había desvanecido, disolviéndose como si se lo hubiera tragado la tierra.

Julian salió a la noche convertido en una bruma fluida. Sin embargo, no se engañaba: algunas de las gotas que centelleaban mientras se dirigía veloz hacia el mar eran su sangre. Los felinos seguirían su rastro si no ponía suficiente distancia de inmediato. Requería una tremenda energía acelerar a toda velocidad y seguir manteniendo la imagen de bruma insustancial, energía que estaba perdiendo deprisa en el aire nocturno. Hizo acopio de la fuerza que le quedaba para cerrar las heridas de su cuerpo y evitar más pérdida de sangre.

Aturdido por completo, repasó todos sus movimientos dentro del bar. ¿Por qué el gran gato negro no había respondido a su control mental? Nunca antes había fracasado al intentar hipnotizar a un animal. La mente de la pantera era diferente a las otras que había conocido. En cualquier caso, debería haber derrotado con facilidad a la fiera, pero el macho negro era mucho más grande que cualquier leopardo que hubiera encontrado en estado salvaje. Y los felinos operaban al unísono, algo que no era natural en su especie. Julian estaba convencido de que la gran pantera había dirigido de algún modo las acciones de los otros dos. Y se habían mostrado protectores con Desari, no la habían tratado como a una presa.

Julian devolvió su atención a la amenaza más inmediata que se cernía sobre su pareja. En algún lugar ahí afuera había seis humanos que habían intentado matar a una mujer humana cuyo único crimen era poseer una voz celestial. Esta noche no podría descansar hasta dar con el rastro de los asesinos y asegurarse de que nunca volvían a acercarse a Desari. Todavía perduraba su hedor en sus orificios nasales. Los felinos se ocuparían de su pareja hasta que regresara con ella. Ahora su trabajo era derrotar a los asesinos, aplicarles la justicia carpatiana y apartar el peligro de Desari lo más rápido posible.

Pensó por un instante en su necesidad de sangre, en las heridas sufridas y la posibilidad de que la misteriosa pantera le siguiera, pero decidió que todo eso no importaba. No podía permitir que los asesinos quedaran libres. Dio media vuelta alejándose de la costa y regresó en dirección al bar, elevándose todo lo posible para mezclarse con la niebla. Confió en evitar que el leopardo le detectara con su superior sentido del olfato, pero si el felino volvía a encontrarle, que fuera lo que Dios quisiera. Mientras se movía a través del tiempo y del espacio, tocó la mente de su pareja de vida para ver si recuperaba la conciencia. Aunque ella necesitaba curarse, descubrió que estaba viva y bien atendida. En el bar reinaba el pandemónium, con ambulancias y policía por todas partes. Lo más probable era que los felinos ya hubieran sido encerrados a buen recaudo.

Encontró el primer cuerpo entre la espesa maleza situada apenas a diez metros de distancia de la parte posterior del bar. Julian refulgió mientras adoptaba forma sólida, sin dejar de apretarse con la mano las marcas goteantes del zarpazo en su costado, pues no quería dejar evidencia de su presencia. Aunque no había señales de pelea, el cuello del asesino estaba roto. El segundo cuerpo lo encontró pocos metros más adelante, metido en un callejón, medio dentro y medio fuera de un charco de aceite. Había un agujero del tamaño de un puño en el pecho del hombre, allí donde debería haber estado su corazón.

Julian se quedó rígido y echó un atento vistazo a su alrededor. El asesino había fallecido de un modo que concordaba con los rituales para asesinar no muertos. No la versión humana, que empleaba estacas y ajo, sino el verdadero estilo de un carpatiano. Estudió el cuerpo mutilado. Por su aspecto, casi recordaba a trabajos anteriores de Gregori, pero no lo era. A esas alturas Gregori no habría malgastado tanto tiempo; se habría mantenido a cierta distancia y habría matado de un solo golpe a todos los mortales malignos, así de sencillo. Esto era una venganza. Alguien se había tomado una revancha personal con cada muerte.

Su propio hermano, Aidan, vivía aquí en la costa oeste y a menudo destruía a los no muertos —había pocos carpatianos tan capacitados como él aquí en Estados Unidos—, pero Julian habría notado la presencia de su hermano gemelo, habría reconocido su trabajo nada más verlo. Aquello era en cierto modo diferente del trabajo frío e impersonal de los cazadores carpatianos, y sin embargo se asemejaba.

Picado por la curiosidad, buscó los cuerpos de los otros asesinos. Los cadáveres tercero y cuarto se encontraban uno al lado del otro. Uno se había clavado su propio cuchillo en lo más profundo de la garganta, sin duda bajo una coacción irresistible. La garganta del otro estaba abierta de cuajo. Daba la impresión de que el estropicio fuera obra de un animal, pero Julian sabía que no. Encontró el quinto cuerpo a tan sólo unos metros del segundo. Éste también había visto venir su muerte. Llevaba el horror grabado en el rostro. Los ojos miraban al cielo de un modo obsceno, mientras agarraba con su propia mano el arma que había empleado para dispararse; el mismo arma que había empleado con los músicos. Encontró al sexto asesino tirado boca abajo en una cloaca, rodeado de un charco de sangre. Había muerto de un modo duro y doloroso.

Julian pensó durante un buen rato. Aquello era un mensaje, un mensaje claro y descarado para quien hubiera enviado a los asesinos contra la cantante. Un desafío de un peligroso adversario. *Venid y atrapadnos si os atrevéis.* Suspiro. Estaba cansado, y el hambre le atormentaba, empezaba a ser una exigencia penetrante. Por mucho que compartiera la opinión de destruir con toda brutalidad a cualquiera que osara amenazar a Desari, no podía permitir mantener tal desafío. Si la Sociedad se enteraba con exactitud cómo habían liquidado a sus miembros asesinos, estarían convencidos de que ella y sus protectores eran vampiros y redoblarían sus esfuerzos por destruirla lo antes posible.

Le llevó unos momentos reunir los cuerpos en una pila en el callejón más resguardado. Con un leve suspiro tomó energía del cielo y la dirigió hacia los cadáveres que ahora yacían en el charco de aceite. Al instante se produjo un destello de fuego y luego el hedor a carne quemada. Esperó con impaciencia mientras ocultaba la escena a todas las miradas, incluso a las de la policía que inspeccionaba unos metros más abajo en la misma calle. Cuando los hombres muertos quedaron reducidos a poco más que cenizas, retiró el fuego y recogió los restos. Luego se lanzó él mismo al cielo y se apartó de la escena como un rayo. Cuando ya se adentraba en el océano, esparció las grotescas y espeluznantes cenizas, mientras observaba cómo las devoraban para siempre las olas embravecidas, enfurecidas con un simple giro de su mano.

Perder a seis miembros, sin la menor pista de su paradero o destino, sería un enorme golpe para esa sociedad de asesinos. Con suerte, sus directores se escabullirían a algún escondrijo para reagruparse y permanecer inactivos durante los meses venideros, librando de su maldad a inocentes mortales y a carpatianos.

Julian se dirigió tierra adentro hacia una pequeña cabaña que mantenía oculta, perdida en las montañas, y volvió una vez más sus pensamientos al extraño comportamiento de los leopardos. No lo sabía con seguridad, pero juraría que la pantera negra en realidad no era un felino sino un carpatiano. Pero eso era imposible. Todos los carpatianos se conocían entre sí. Podría detectar la presencia de otro con facilidad, y todos empleaban su vía habitual de comunicación mental cuando era necesario. Era cierto que había unos cuantos pocos ancianos capaces de ocultar su presencia a los demás, pero era un don muy poco habitual.

Otra idea le perturbaba. Su propia conducta sin duda había empujado a Desari directamente por una nueva vía de peligro. Al declararla su pareja eterna, con toda certeza la había marcado para siempre, igual que él había quedado marcado a los ojos de su enemigo mortal, el no muerto.

Maldiciendo mentalmente en voz baja, Julian volvió la atención de nuevo al extraño animal que la protegía. Aunque él fuera un solitario, conocía a todos los carpatianos vivos. Y la pantera negra le recordaba a alguien, con su método de lucha, su fiera intensidad, su completa seguridad en sí mismo. Gregori. El Taciturno.

Sacudió la cabeza. No, Gregori se encontraba en Nueva Orleans con su compañera, Savannah. Él mismo se había ocupado de la protección de la joven Savannah mientras Gregori cumplía su juramento de concederle cinco años de libertad antes de declararla pareja de vida. Gregori no podía ser el no muerto; la presencia de su pareja garantizaba eso. Ningún carpatiano intentaría destruir a un congénere, mientras no se hubiera convertido en vampiro. No, era imposible que se tratara de Gregori.

Julian se materializó a la entrada de su cabaña y abrió la puerta de par en par. Antes de entrar, se volvió e inspiró el aire de la noche en busca del rastro de alguna presa que pudiera hallarse cerca. Necesitaba sangre fresca, sangre caliente, para curar del todo sus heridas. Maldijo cuando bajó la mirada y vio las lágrimas de sangre en su costado, pero aun así sintió cierta satisfacción salvaje al saber que también él había alcanzado al enorme felino.

Había viajado por todo el mundo, había tenido siglos para satisfacer su curiosidad, su sed y necesidad de conocimiento. Había pasado un tiempo considerable en África y en la India para estudiar al leopardo, atraído de modo inexplicable hasta allí una y otra vez. Creía que los astutos y mortíferos felinos poseían una inteligencia superior. No obstante, eran además harto impredecibles, lo cual les volvía mucho más peligrosos. Por lo tanto, haber logrado hacerse amigos de los felinos era otro aspecto inusual en aquel grupo de humanos, por no hablar de conseguir los permisos requeridos para viajar con ellos por Estados Unidos.

Julian volvió a cuestionar la conducta insólita de los propios felinos. Aunque se hubieran criado con humanos y hubieran recibido entrenamiento, era destacable su coordinación de esfuerzos a la hora de reducir al intruso que se hallaba en medio de ellos, especialmente rodeados como estaban de caos y olor a sangre.

La enorme pantera negra ni siquiera había lamido las heridas de la mujer, ni había intentado probar la sangre de los otros dos miembros de la banda caídos. El olor a sangre fresca debería haber desatado el instinto cazador de los felinos, su instinto devorador. Los leopardos eran conocidos como carroñeros además de como cazadores. Algo no funcionaba; no cabía duda que estos leopardos estaban protegiendo a la cantante.

Julian sacudió la cabeza y regresó a cuestiones que precisaban atención inmediata. Se envió dentro de su propio cuerpo en busca de las laceraciones, sellándolas esta vez desde dentro. El esfuerzo requería más energía de la que podía permitirse, de modo que mezcló hierbas para una infusión que estimulara la curación. Salió de nuevo paseándose hasta el porche, apuró el líquido a toda prisa y obligó a su cuerpo a retener aquel alimento poco familiar.

Le llevó unos pocos minutos hacer acopio de las fuerzas necesarias para abrirse camino por el bosque. Buscaba tierra fértil, una mezcla de vegetación y arcilla que fuera lo más aproximado a la tierra de la patria carpatiana, que siempre ayudaba a sanar las heridas de un miembro de su raza. Encontró ese tipo de tierra bajo una gruesa capa de agujas de pino en la parte más alejada de una loma. Mezcló musgo y tierra con el agente curativo de su saliva y aplicó la combinación sobre sus heridas. Al instante, el terrible ardor se calmó. Le resultó interesante observar las sensaciones y emociones diferentes que le embargaban. Sabía que los carpatianos que recuperaban la emoción y el color percibían todo con mucha más profundidad e intensidad que cuando eran más jóvenes. Todo. Eso incluía el dolor. Todos los carpatianos aprendían a bloquear las cosas en el exterior en caso necesario, pero aquello precisaba una energía enorme. Julian estaba cansado y hambriento. Su cuerpo exigía alimento. Mantenía su mente sintonizada con la de Desari. Su pareja. La mente de ella ahora era un torbellino, pero estaba viva. Quería acudir a tranquilizarla, pero sabía que una intrusión de este tipo sólo serviría para alterarla todavía más.

Cerró los ojos y se apoyó contra el tronco de un árbol. Un leopardo. ¿Quién hubiera pensado que un leopardo iba a propinarle un golpe de tal calibre? ¿Tanto le había distraído la presencia de su pareja recién encontrada como para no haber sido cuidadoso? ¿Cómo un animal podía haberle superado? Y ¿qué pasaba con los asesinos y la manera en que habían fallecido? Ningún felino, ni siquiera un vengador humano podía haber hecho todo eso con tal rapidez. Julian tenía una confianza superior en sus propias habilidades; eran muy pocos los ancianos carpatianos, y desde luego ningún simple animal, los que podían liquidarle en un combate. Sólo existía uno que pudiera lograrlo. Gregori.

Sacudió la cabeza para intentar aclarar sus pensamientos. La manera en que había peleado el felino —tan concentrado, tan implacable— recordaba demasiado al Taciturno. ¿Por qué le costaba tanto sacarse esa idea de la cabeza, a sabiendas de que era algo imposible? ¿Podría haber permanecido oculto otro anciano carpatiano sin que los demás miembros de la especie lo supieran? ¿Bajo tierra durante cientos de años y reaparecido sin que nadie detectara nada?

Julian intentó recordar lo que sabía de la familia de Gregori. Sus padres fueron aniquilados durante la época de la invasión turca de los Cárpatos. Mihail, ahora príncipe y líder del pueblo carpatiano, había perdido a sus padres del mismo modo. Pueblos enteros habían sido destruidos. Las decapitaciones eran comunes, igual que los cuerpos clavados en estacas, retorciéndose de dolor, abandonados para pudrirse al sol. A menudo los niños pequeños eran apiñados en un hoyo o en un edificio y se les quemaba vivos. Las escenas de torturas y mutilaciones se habían convertido en una forma de vida, una existencia dura y despiadada para carpatianos y humanos por igual.

La raza carpatiana había quedado casi diezmada. En el horror de aquellos días infernales, habían perdido a la mayoría de sus mujeres, a buena cantidad de hombres y, aún más importante, a casi todos los niños. Eso había sido el golpe más violento y estremecedor de todos. Un día rodearon a los niños, incluidos niños mortales, y les condujeron al interior de una cabaña de paja, a la que prendieron fuego para quemarlos vivos. Mihail había eludido la matanza, junto con un hermano y una hermana, y Gregori se había librado también. Había perdido a un hermano de unos seis años de edad y a una pequeña hermanita que aún no tenía ni seis meses.

Julian inspiró a fondo y soltó el aliento despacio, repasando uno a uno a los carpatianos que había conocido a lo largo de siglos, en un intento de ubicar a la pantera negra.

Recordó las leyendas de dos antiguos cazadores gemelos que habían desaparecido sin rastro unos quinientos o seiscientos años atrás. Se decía que uno se había vuelto vampiro. Cogió aire con brusquedad al pensar en eso. ¿Podría seguir aún con vida? ¿Podría haber escapado él relativamente ileso de un ser tan poderoso? Lo dudaba.

Julian exploró cada rincón de su mente en busca de información. ¿Algún niño que no recordara? ¿No sería demasiado poderoso cualquier carpatiano de la línea sanguínea de Gregori, fuera varón o hembra, como para pasar desapercibido? Si hubiera alguna posibilidad de que existiera un familiar de Gregori en algún lugar, en cualquier sitio, en el mundo, ¿no lo sabría el resto de su pueblo a esas alturas? Él mismo había viajado por todas partes, más próximas o más lejanas, nuevos o viejos continentes, y nunca se había topado con desconocidos de su especie. Cierto, existían rumores y la esperanza de que existieran carpatianos aún desconocidos por su gente, pero él jamás los había encontrado.

Julian descartó el asunto por el momento y envió una llamada para atraer alguna presa cercana en vez de malgastar su valiosa energía en salir de caza. Esperó debajo del árbol, y una leve brisa le trajo los sonidos de cuatro personas. Inspiró su rastro. Adolescentes. Chicos. Todos habían estado bebiendo. Volvió a suspirar. Parecía el pasatiempo favorito entre los mortales jóvenes: beber o drogarse. No importaba, al fin y al cabo, era sangre de todos modos.

Oyó su conversación mientras caminaban por el bosque en su dirección dando traspiés casi ciegamente. Ninguno de los chicos tenía permiso de sus padres para esta acampada nocturna. La blanca dentadura de Julian relució en la noche con una sonrisa un poco burlona. De modo que los chicos pensaban que era gracioso burlarse de la gente que les quería y confiaba en ellos. Su especie era tan diferente... Aunque su raza a menudo era más depredadora que el hombre, un carpatiano jamás haría daño a una mujer o a un niño ni faltaría al respeto a quienes le querían, protegían y enseñaban.

Esperó, mientras atravesaba con su intensa mirada de oro fundido el velo de oscuridad. Su mente se extraviaba todo el rato pensando en su pareja de vida. Todo carpatiano sabía que la posibilidad de encontrar una pareja era casi imposible entre su raza decreciente, diezmada de manera repetida por los vampiros y las cazas de brujas de la Edad Media, así como durante las sangrientas guerras contra los turcos y las Guerras Santas. Para complicar las cosas, hacía años que las pocas mujeres que quedaban no engendraban una niña, y los pocos niños varones nacidos en siglos recientes morían casi todos en los primeros años de vida. Nadie, ni siquiera Gregori, su gran sanador, ni Mihail, el príncipe y líder de su pueblo, había encontrado la solución a este grave problema.

En el pasado, fueron muchos los que intentaron convertir en carpatianas a mujeres mortales, pero estas féminas habían perecido o bien se habían convertido en vampiresas trastornadas, que se alimentaban de la sangre vital de niños humanos y mataban siempre a sus presas. Había sido necesario destruir a estas mujeres para proteger la raza humana.

Luego Mihail y Gregori habían descubierto a un raro grupo de mujeres mortales, poseedoras de auténticas capacidades paranormales, que podían sobrevivir a su conversión en carpatianas. Tales mujeres conseguían la transformación tras tres intercambios de sangre, y eran capaces de dar a luz niñas. Mihail había encontrado pareja así, y su hija, Savannah, había nacido como pareja de vida de Gregori. Había esperanzas renovadas entre los varones carpatianos. Pero Julian, aunque había recorrido todo el mundo –y por descontado prefería las montañas alejadas de la civilización y la libertad de los espacios abiertos que largos periodos transcurridos entre seres humanos—, nunca se había topado con una mujer que poseyera esa peculiar capacidad.

Hacía ya mucho que había cesado de creer o confiar como los demás en esa posibilidad, pese a que su propio hermano gemelo había encontrado a una mujer así. Julian se reconocía un cínico, sabía que la oscuridad en él —una llamada a los no muertos— era como una mancha que se extendía por su alma. Lo había aceptado, igual que aceptaba el resto del universo, siempre cambiante, o igual que aceptaba el pecado de su juventud y su destierro autoimpuesto. Formaba parte de la tierra y del cielo. Formaba parte de todo aquello. Y a medida que se acercaba el momento de peligrosa proximidad al cambio, aceptaba también eso. Sabía que era fuerte; estaba dispuesto a exponerse al sol antes que convertirse en un demonio sin alma. Durante muchísimo tiempo no había tenido esperanza alguna, no había tenido nada a lo que agarrarse.

Ahora, todo había cambiado. En un instante, en un abrir y cerrar de ojos. Su pareja estaba ahí afuera. Pero estaba herida y la perseguían. Al menos, pensó, su equipo de seguridad era decente; era obvio que los felinos la protegían. De todos modos, no se sacaba de la cabeza al enorme leopardo macho: no era lo que parecía. Y también estaba la manera en que habían liquidado a los asesinos humanos, no a la manera humana sino al estilo de un cazador carpatiano. Si existía un carpatiano poderoso, otro varón del que él no tuviera noticias, no le quería cerca de su pareja eterna, en absoluto.

Los adolescentes proseguían su caminata, cada vez más cerca, vociferando ruidosos en la quietud de la noche. Uno de ellos no paraba de tropezarse pues había consumido mucho más alcohol de la cuenta. Se reían de modo escandaloso, y desde la profundidad del bosque, los ojos dorados les observaban y unos blancos dientes relucían. Julian salió poco a poco de detrás de los árboles.

—Parece que lo estáis pasando muy bien esta noche —les saludó en voz baja.

Todos los chicos se pararon en seco. No alcanzaban a distinguirle en medio de la oscuridad. Y de repente fueron conscientes de que se habían adentrado bastante en el bosque, estaban lejos del campamento, sin una sola pista de cómo habían llegado hasta allí ni de cómo regresar. Intercambiaron perplejas miradas de alarma. Julian oía los fuertes latidos de los corazones en sus pechos. Prolongó la incertidumbre durante un momento, con la dentadura reluciente, permitiendo que la débil neblina roja de la bestia en su interior se reflejara en sus ojos.

Los chicos se quedaron paralizados mientras Julian surgía de las sombras.

—¿Nadie os ha dicho que el bosque puede ser muy peligroso de noche? —Su preciosa voz susurró amenazante, acentuando adrede el acento extranjero, para poner de manifiesto un peligro que los chicos empezaban a sentir a través de sus cuerpos.

—¿Quién eres? —consiguió preguntar con voz ronca uno de ellos. Se estaban despejando de la borrachera a toda prisa.

Los ojos de Julian relucían con un rojo salvaje, y la bestia en su interior, siempre acurrucada tan cerca de la superficie, luchaba por liberarse. Se dejó dominar por el hambre, por el terrible vacío, por un ansia que le atormentaba y consumía, y que no encontraría satisfacción total hasta su unión con su pareja, en todos los sentidos. La necesitaba viviendo en su interior para poder sujetar a la bestia rugiente. Necesitaba su sangre fluyendo por sus venas para detener el horrendo anhelo, para sacarle de nuevo a la luz durante el resto de la eternidad.

Uno de los chicos soltó un grito y el otro gimió. Julian hizo un ademán con la mano para que se callaran. No les quería aterrorizados, sólo asustados, lo suficiente como para recordar después de esta noche su miedo y modificar su conducta. Era bastante fácil tomar posesión de sus mentes. Creó un velo que empañara su recuerdo del suceso mientras se adelantaba para beber hasta hartarse. Necesitaba un gran volumen de sangre y dio las gracias por contar con varios muchachos, así ninguno de ellos quedaría demasiado débil. Implantó en cada uno de ellos un recuerdo un tanto diferente, pues prefería que reinara la confusión. En el último momento, con una sonrisa sardónica, implantó en cada muchacho la orden firme de contar la verdad a sus padres cada vez que tuvieran la intención de engañarles.

Julian se entremezcló con las sombras y liberó a los adolescentes de la sumisión que paralizaba sus mentes y cuerpos. Les observó mientras volvían a cobrar vida, sentados o tumbados en el suelo. Estaban mareados y asustados; todos recordaban una llamada próxima, un ataque surgido de la profundidad del bosque, pero el recuerdo era diferente en ellos. Discutieron la cuestión durante un breve instante pero sin entusiasmo. Sólo querían regresar a casa.

Se aseguró de que volvían al campamento sin incidentes y, luego, mientras permanecían agrupados en torno al fuego, empezó a imitar los gritos de caza de una manada de lobos. Entre risas, dejó a los chicos arrojando atropelladamente sus cosas en el interior del coche y alejándose a toda prisa de los terrores que acarreaba desobedecer a sus padres.

Sintiéndose mucho mejor gracias a la tierra que cubría sus heridas, y calmada por el momento su hambre hostigadora, regresó poco a poco a su cabaña. Bajo los tablones de madera del suelo existía un reducido espacio cerrado. Con un leve ademán abrió una pequeña franja de tierra en lo profundo del suelo. Sintió la llamada, la paz sosegadora de la tierra le atraía hacia ella.

Descendió flotando hasta su lugar de descanso y yació inmóvil con los brazos cruzados suavemente sobre sus heridas. Mientras se instalaba en la tierra visualizó a Desari. Era alta y delgada, con piel blanca y cremosa. Tenía un cabello exuberante, que brillaba como alas de cuervo, una masa de rizos y ondas que caían en una cascada reluciente que le llegaba hasta las caderas. Su osamenta delicada y menuda le dotaba de una belleza clásica. Sus labios eran exquisitos y seductores. Le encantaba el aspecto de su boca incluso en su estado inconsciente. Tenía una boca perfecta.

Julian notó la sonrisa que suavizaba el rasgo severo en sus propios labios delineados a la perfección. Una pareja de vida. Después de todos estos siglos, después de no creerse nada jamás. ¿Por qué diablos era él el elegido para algo así? De todos los varones carpatianos que conocía, hombres que cumplían religiosamente con sus normas, ¿por qué iba él a encontrar una pareja eterna, si prácticamente era un proscrito?

Pensó más en la mujer mortal que ahora estaba unida a él. Eran necesarios tres intercambios de sangre para convertir a una humana en carpatiana. Y antes tendría que asegurarse de que tenía verdaderos poderes parapsicológicos. De cualquier modo, la excitación le dominaba con fuerza. Una pareja convertía el mundo en algo hermoso y misterioso, un lugar maravilloso e intrigante, después de tantísimo tiempo de oscuridad y desolación. Por desgracia para la mujer, las cosas tendrían que cambiar. Cantar ante multitudes iba a ser imposible. Desari. Recordó entonces que además utilizaba un apodo: Dara. Algo, cierto reconocimiento, vibró por un momento en su mente. Ancestral. Persa. *Dara. El término para designar lo que pertenecía a la oscuridad.*

Notó que el corazón le daba un vuelco al descubrir la conexión. ¿Podía ser sólo una coincidencia? Todo el mundo conocía a Gregori como el Taciturno, el oscuro. Igual que su padre antes que él. La línea sanguínea era pura, ancestral y muy poderosa. ¿Por qué su apodo era Dara? ¿Existía una relación? Tenía que haberla. Pero ¿cómo era posible?

Julian sacudió la cabeza despacio descartando aquella idea. Ningún carpatiano era un desconocido para el resto de su especie. Y desde luego ninguna hembra carpatiana podía pasar desapercibida. Desde que su población había disminuido de tal modo, se vigilaba a las féminas de cerca; el padre las entregaba a una edad temprana al cuidado de su pareja de vida para asegurar la continuidad de la raza. De otro modo, todos los carpatianos varones del planeta la seguirían para conseguir su mano. Y, además, estaría bajo la protección y responsabilidad de Mihail.

Dejó aquel enigma por el momento. Cerró los ojos y se concentró en llegar a Desari. Dara. Por regla general, era necesario un intercambio de sangre para seguir el rastro de otra persona, pero Julian había estudiado y experimentado durante muchos años. Podía hacer cosas increíbles, asombrosas incluso para los miembros de su especie. Creó la imagen de Desari en su mente y se concentró en cada detalle.

Luego dirigió su voluntad y la propulsó a través de la noche. Buscando. Sugestionando. Ordenando. *Ven a mi lado,* cara mia, *ven a mi lado. Eres mía. Nadie más hará algo por ti. Quieres que esté contigo. Me necesitas. Percibe el vacío de estar sin mí.*

Julian era implacable en su objetivo. Utilizó más presión, con crueldad. *Encuéntrame. Descubre que eres mía. No puedes soportar el contacto con nadie más,* cara mia. *Me necesitas para llenar ese terrible vacío. Ya no eres feliz ni estás contenta sin mí. Debes encontrarme.*

Mandó una orden imperiosa, todo su empeño se concentró en encontrar el canal mental. No se detuvo hasta estar convencido de haber conectado con ella, de haber penetrado con sus palabras las barreras que les separaban y haber encontrado el camino hasta su alma.

Capítulo 2

Había policías por todas partes. Desari se sentó con cuidado, mareada y con ganas de vomitar. Se sentía extraña, diferente, como si algo en su interior hubiera cambiado para siempre. Había un vacío peculiar y desmedido, un hueco que era necesario llenar. Su hermano y guardaespaldas, Darius, la rodeaba con su brazo. Examinaba cada centímetro de su cuerpo con sus gélidos ojos negros. Tenía manchas de sangre en el vestido y le dolían las entrañas.

—Me dispararon. —Fue una aseveración.

—No sé cómo no conseguí detectar a tiempo el peligro que corrías. —Darius tenía aspecto agotado; estaba gris.

Desari acarició su fuerte mandíbula.

—Tienes que alimentarte, hermano. Me has donado demasiada sangre.

Darius negó con la cabeza, luego dirigió una rápida mirada disimulada a los agentes de policía.

—He dado sangre a Barack y Dayan. Les han alcanzado también a ellos. Seis mortales, Desari, y todos querían matarte.

—¿Barack y Dayan? ¿Están bien? —se apresuró a preguntar, con preocupación en sus dulces ojos. Miró frenéticamente a su alrededor en busca de los otros dos miembros de la banda. Había crecido con los dos hombres y los quería casi tanto como a su propio hermano.

Él hizo un gesto de asentimiento.

—Les he enviado a descansar a la tierra. Se curarán más deprisa. No he tenido mucho tiempo para recomposiciones, como hubiera sido deseable, pero he hecho todo lo posible. La policía entró en tropel en el bar. Me aseguré de que no pudieran vernos, pero tenemos problemas de todos modos. No he sido yo quien te ha dado sangre. Ha sido otro. Era fuerte y poderoso.

Alarmada, Desari se quedó mirando a su hermano.

—¿Que otra persona me ha donado sangre? ¿Estás seguro? ¿No hay ningún error?

Darius negó con la cabeza.

—Yo no habría llegado a tiempo, ya estabas inconsciente. No tuviste tiempo de cerrar tu corazón y tus pulmones como hicieron los otros, de modo que perdiste mucha sangre. Te examiné después, Desari. Habrías muerto de esas heridas. Él te salvó la vida.

Ella se agarró las rodillas y se acurrucó más cerca de su hermano.

—¿Su sangre está en mí? —Sonaba perdida y desamparada, asustada.

Darius maldijo con elocuencia. Durante siglos él había cuidado de su familia: Desari, Syndil, Barack, Dayan y Savon. Los únicos seres que habían encontrado similares a su especie durante todo ese tiempo eran los no muertos, los malignos. En cambio, esta criatura había pasado a su lado deslizándose como un viento extraño y frío, y se había abierto camino a través del bar. Aquello había inquietado y preocupado a Darius: había notado la presencia de otro ser, no obstante no había percibido el hedor del mal. Del no muerto. Vampiro. Debería haber actuado, pero le habían distraído los sanguinarios mortales que surgieron de la multitud.

¿Por qué de repente esta gente había elegido a Desari como objetivo? ¿Se habrían delatado los miembros de su familia de algún modo? Sabía que, a lo largo de la historia, se repetían de vez en cuando estallidos de histeria entre los humanos, sobre todo en Europa, en torno a los vampiros. Y durante los últimos setenta y cinco años, se había atribuido una serie de asesinatos en Europa a los miembros de cierta sociedad secreta que perseguía a estas presuntas criaturas de la noche.

Darius había mantenido a su familia lejos del continente europeo a propósito; no quería exponerles ni a estos peligrosos humanos ni tampoco al riesgo de la sangre mancillada de los vampiros. Había mucho sitio en el mundo sin tener que acercarse a Europa. Los recuerdos de su tierra de origen eran vagos y terribles: maleantes que clavaban estacas a mujeres y niños aún con vida, a los que colgaban al sol para que padecieran un atroz tormento antes de morir. Decapitaciones, muertes en la hoguera, tortura y mutilación. Si hubiera sobrevivido alguien de su raza, se habría convertido en vampiro hace mucho tiempo. Si algún otro niño hubiera escapado como ellos, mejor que no le hubieran encontrado.

—¿Darius? —Desari le agarró la camisa—. No me has contestado aún. ¿Voy a transformarme? ¿Me ha convertido en una no muerta? —Su hermosa voz temblaba de miedo.

Él la rodeó con su fuerte brazo para consolarla, con una dura máscara de determinación implacable en el rostro.

—Nada va a hacerte daño, Desari. No lo permitiría.

—¿Podemos eliminar su sangre, sustituirla por la tuya?

—Me he enviado al interior de tu cuerpo. No he encontrado evidencias de mal alguno. No sé qué es él, pero conseguí alcanzarle, igual que él a mí. —Levantó entonces el brazo que tenía pegado a su costado y apartó de su vientre la palma de la mano empapada en sangre.

Desari soltó un jadeo y se puso de rodillas.

—Cierra también tus heridas, Darius, ahora mismo. Ya has perdido demasiada sangre. Tienes que cuidar de ti mismo.

—Estoy cansado, Desari —reconoció en voz baja.

La confesión la cogió por sorpresa, la dejó conmocionada. La aterrorizó. Nunca antes, ni una sola vez, en todos sus siglos juntos, recordaba que su hermano hubiera admitido algo así. Había librado batallas en incontables ocasiones, había recibido fieros ataques de animales salvajes, le habían herido los mortales, y había cazado y matado a la criatura más peligrosa de todas, el vampiro.

Desari deslizó un brazo sobre su amplia espalda.

—Necesitas sangre, Darius, ahora mismo. ¿Dónde está Syndil? —Desari sabía que estaba demasiado débil como para ayudar a su hermano. Miró a su alrededor, contempló la caótica escena y se percató de que su hermano seguían protegiéndoles de las miradas de los policías humanos. Debía de llevar bastante rato manteniendo aquella ilusión. Sólo eso era de por sí agotador.

Desari apretó los dientes y le obligó a ponerse en pie.

—Vamos a llamar a Syndil, Darius. Ha de estar oculta a buena profundidad en la tierra para no percatarse de esta perturbación. Es hora de que regrese al mundo de los vivos.

Darius negó con la cabeza, pero apoyó su altísima figura en Desari.

—Es demasiado pronto para ella. Aún está traumatizada.

Syndil, tenemos un serio problema. Tienes que venir a ayudarnos. Tienes que acudir a nuestra llamada. Desari envió su señal a la mujer que consideraba su mejor amiga, una hermana. Sentía pena por ella, le indignaba su situación, pero ahora la necesitaban.

En un principio habían sido seis, seis niños que se habían encontrado juntos en un momento de guerra y crueldad. Darius tenía seis años de edad, Desari seis meses. Savon tenía cuatro años, Dayan tres, Barack dos y Syndil un año. Habían crecido juntos; dependían los unos de los otros pues no había nadie más, y tenían a Darius para dirigirles, protegerles e incluso permitirles sobrevivir.

Habían atrapado a sus padres justo antes de que el sol alcanzara su punto álgido, por consiguiente les habían sorprendido débiles y aletargados, paralizados como era habitual entre los miembros de su raza. Los criminales habían arrasado el pueblo y habían matado a todos los adultos, incluidos los carpatianos que habían acudido a ayudarles. Los niños habían quedado agrupados como ganado en una cabaña, a la cual prendieron fuego más tarde.

Darius se había percatado de que una mujer escapaba sin ser vista por los atacantes. El sol no afectaba a los niños carpatianos con la misma severidad que a los adultos, y Darius aprovechó la oportunidad, ocultando a los cinco críos de aquella locura asesina. Consiguió, gracias únicamente a su fuerza de voluntad, disimular la presencia de la mujer humana y la de los niños carpatianos al mismo tiempo que lograba implantar en la mujer la compulsión de llevarles con ella. Sin percatarse de que pertenecían a otra raza, ella les guió por las montañas hasta el mar, donde su amante tenía un barco. Pese al terror que les inspiraba el océano, se habían hecho a la mar, más temerosos de la crueldad y la increíble cantidad de asesinos que del mar de serpientes o de navegar hasta el fin del mundo.

Ocultos en el barco, los niños permanecieron callados. El barquero, asustado por la guerra, sin saber qué costa era segura, llevó la embarcación más allá de sus límites habituales. Fuertes vientos lo empujaban sin cesar mar adentro. Allí una tormenta terrible zarandeó la embarcación hasta que, rota, se fue a pique, hundiendo a los mortales con ella bajo las potentes olas.

Una vez más, Darius había salvado a los niños. Ya con seis años tenía una fuerza inusual y la sangre pura y antigua de su padre. Adoptó la imagen de un ave poderosa, un ave de presa y, cogiendo a los pequeños entre sus zarpas, se fue planeando hasta el primer macizo de tierra que encontró.

Sus vidas fueron extremadamente difíciles en aquellos primeros días, pues la costa de África aún era salvaje y despiadada. Los niños carpatianos necesitaban sangre pero eran incapaces de cazar. También necesitaban hierbas y otros nutrientes. Ya por aquel entonces, la mayoría de niños no superaba el primer año de vida. Fue un tributo a la fuerza de voluntad de Darius que los seis niños sobrevivieran. Aprendió a cazar con el leopardo. Encontró cobijo y tierra para los pequeños y empezó a formarse en las artes curativas. Ninguna de las lecciones resultó fácil. A veces regresaba herido de sus cacerías. Muchos de sus experimentos fallaban o no tenían el efecto esperado.

A lo largo de los siglos permanecieron juntos, una familia unida, con Darius como guía que no dejaba de adquirir nuevos conocimientos, de idear nuevas maneras de ocultar sus diferencias respecto a los humanos con los que se encontraban, e incluso maneras de invertir dinero. Era poderoso y decidido. Desari estaba segura de que no había otro como él. Su ley no se cuestionaba; su palabra lo era todo.

Ninguno de ellos estaba preparado para la tragedia que había tenido lugar dos meses antes. Desari casi no soportaba el recuerdo. Savon había decidido perder su alma, entregarse a la bestia agazapada y optar por quedarse en la oscuridad más completa. Había ocultado la mancha maligna que se propagaba por él incluso a sus más allegados.

Había aguardado el momento oportuno, había esperado su oportunidad, y luego había atacado con brutalidad a Syndil. Desari nunca había visto una agresión tan atroz contra una mujer. Los hombres siempre habían protegido, mimado y guardado como tesoros a las mujeres. Nadie soñaba con que pudiera suceder una cosa así. Syndil era dulce y confiada, pero Savon la había golpeado aquel día, la había vapuleado y violado. Casi la mata al dejarla sin sangre. Darius les encontró, guiado por los frenéticos gritos mentales de ayuda. Fue tal el impacto de ver a su amigo más íntimo cometiendo un crimen tan monstruoso que casi acaba muerto, pues Savon decidió atacarle a él también.

Después, Syndil había sufrido tal ataque de histeria que sólo dejaba que Desari se acercara a ella, y sólo permitió que Desari le repusiera la sangre que había perdido. Por turnos, Barack y Dayan había donado sangre tanto a Desari como a Darius. Había sido un momento trágico y horrible, y Desari sabía que ninguno de ellos se había recuperado del todo.

Ahora Syndil pasaba la mayor parte del tiempo metida en la tierra o adoptando forma de leopardo. Rara vez hablaba, nunca sonreía, y no permitía ningún comentario sobre el ataque. Dayan se había vuelto más silencioso, más protector. Barack era el que más había cambiado. Siempre había parecido un donjuán, sin parar de reír a lo largo de siglos, pero durante un mes él también se había quedado en la tierra, y últimamente estaba cabizbajo y alerta, siguiendo con sus ojos oscuros a Syndil allí donde fuera. Darius también parecía diferente. Sus ojos negros permanecían fríos y sombríos y observaba a las dos mujeres aún con más atención. Desari advirtió también que se había distanciado de los hombres.

¡Syndil, ven ahora! Esta vez dio la orden con voz firme y decidida. Darius pesaba demasiado como para que ella, en su estado debilitado, pudiera moverle. Lo sucedido con Syndil no había sido un trauma sólo para ella. Todos habían sufrido, todos habían cambiado para siempre con aquello. La necesitaban. Darius la necesitaba ahora.

Syndil se materializó a su lado, alta y hermosa, con sus enormes ojos tristes. Palideció visiblemente al ver las manchas de sangre en

Desari y al percatarse de que Darius se balanceaba de pie, vacilante, con el rostro gris. Se apresuró a agarrarle y aguantó casi todo su peso.

—Y ¿los otros? ¿Dónde están?

—Darius les donó sangre, sangre que no podía permitirse donar —le explicó Desari—. Nos atacaron unos mortales armados. Han alcanzado también a Dayan y a Barack.

—¿Barack? —El blanco rostro de Syndil palideció aún más—. Y ¿Dayan? ¿Siguen con vida? ¿Dónde están ahora?

—Se encuentran en la tierra curativa —la tranquilizó Desari.

—¿Quién querría dispararle? Y ¿qué le pasó a Darius? —Syndil instó a Darius a continuar hacia el autobús de la *troupe*. Ocultos bajo el manto de oscuridad, se introdujeron donde Darius había dejado a los dos leopardos después de que le ayudaran.

En el momento en que le pusieron en el sofá, Desari le rasgó la camisa para dejar sus heridas al descubierto. Syndil se acercó más. Entrecerró los ojos con gesto especulativo:

—Eso lo ha hecho un leopardo.

—Algo lo ha hecho —corrigió Darius con gravedad—. Pero no era un verdadero leopardo. Ni era mortal. Fuera quien fuera, dio sangre a Desari. —Sacudió la cabeza y miró a su hermana—. Era fuerte, Desari, más fuerte que cualquier cosa con la que me haya topado antes.

Syndil se inclinó sobre él.

—Necesitas sangre, Darius. Tienes que beber la mía. —Se negaba a dejarse llevar por el miedo a estar cerca de un varón, en este caso el carpatiano más fuerte de su familia, y rehuir su responsabilidad. Ya le avergonzaba bastante haberse apartado tanto de los demás como para no detectar el peligro que corrían.

Los ojos de Darius, tan oscuros que parecían negros, se movieron sobre su rostro. Podía verlo todo, ver el interior mismo de su alma, ver su aversión a tocar a un hombre. Negó con la cabeza.

—Gracias, hermanita, pero preferiría que donaras tu sangre a Desari.

—¡Darius! —protestó ésta—. La necesitas con urgencia.

Syndil, avergonzada, bajó la cabeza.

—Lo hace por mí —confesó en voz baja—. No soporto que me toque un hombre, y lo sabe.

—Estaría encantado de aceptar el ofrecimiento si no fuera necesario diluir la sangre del intruso que ahora corre por las venas de Desari —discrepó Darius en voz baja, con tono apaciguador—. Si te resulta desagradable hacer tal cosa por mí, la ofrenda tiene aún más mérito, y te doy las gracias.

Darius, advirtió Desari, con cuidado de utilizar su onda mental privada, *Syndil no es lo bastante fuerte como para diluir la sangre.*

Esto no es nada para Syndil, Desari. Darius cerró los ojos otra vez y se hundió en sí mismo, en busca de los peores zarpazos, e inició el ritual de curación para cada una de las profundas heridas desde dentro hacia fuera.

Syndil observó el rostro de Darius, esperó a que su espíritu estuviera lejos de ellas y no prestara atención a su conversación antes de hablar.

—¿Me está mintiendo Darius? —preguntó.

Desari acarició el brazo de su hermana y eligió las palabras con cuidado y reflexión antes de responder a Syndil.

—Había alguien más aparte de los mortales. No sabemos qué es. Me ha salvado la vida, ha cerrado todas mis heridas y me ha donado sangre. Darius le atacó. Lucharon, y por lo visto ninguno salió victorioso.

Syndil estudió el rostro de Desari.

—Estás asustada. Es verdad, entonces. Llevas dentro la sangre de este intruso.

Desari hizo un gesto de asentimiento.

—Me siento diferente por dentro. El desconocido ha hecho algo —susurró en voz alta las palabras, admitiéndolo por primera vez a alguien que no fuera ella misma—. Estoy cambiada.

Syndil rodeó a Desari con el brazo.

—Siéntate al lado de Darius. Pareces a punto de caerte de morros.

—Yo también lo noto. —Desari enterró su rostro en el hombro de Syndil por un momento y la abrazó con fuerza—. ¿Qué haríamos sin mi hermano?

—Se pondrá bien —dijo Syndil en voz baja—. Darius no es tan fácil de liquidar.

—Lo sé. —Entonces le confesó su peor miedo—. Lo que ocurre es que hace tanto tiempo que se le ve desdichado. Siempre temo que un día permita que algo o alguien le destruya, para no tener que continuar.

—Todos nos hemos sentido desdichados —comentó Syndil mientras empujaba con firmeza a Desari para que se sentara de una vez—. ¿Cómo no iba a afectarnos lo que Savon me hizo, a mí y a todos nosotros? Pero Darius no nos abandonará. Nunca haría algo así, ni siquiera disimulándolo como una herida recibida por descuido.

—Entonces, ¿crees que ha sido descuidado? —Eso asustaba aún más a Desari. Si Darius había sido descuidado, eso quería decir que sus temores no iban tan desencaminados.

—Toma mi sangre, Desari. Os la ofrezco de buen grado a ti y a Darius. Confío en que os proporcione a los dos fuerza y paz —replicó Syndil en voz baja. Se abrió la muñeca con una afilada uña y la acercó a la boca de Desari—. Hazlo por Darius, si no quieres hacerlo por ti misma.

Desari bebió y luego se inclinó sobre su hermano para susurrarle suavemente al oído.

—Toma de mí lo que te ofrezco voluntariamente, hermano, lo que necesitas. Tómalo por ti y por todos nosotros que dependemos de tal modo de ti. Ofrezco mi vida para que puedas vivir.

—¡Desari! —protestó con dureza Syndil—. Cabe la posibilidad de que Darius no sepa lo que hace. No puedes decir cosas así.

—Pero es la verdad —dijo Desari en tono amable, acariciando el pelo de su hermano con pasadas de mano—. Es el mejor hombre que he conocido nunca. Haría cualquier cosa para salvarle la vida. —Puso la muñeca abierta sobre la boca de su hermano—. Lo que ha hecho por todos nosotros, nadie podría haberlo conseguido. Ningún niño de seis años podría habernos salvado. Fue un milagro, Syndil. No tenía formación, nadie que le guiara, y aun así consiguió mantenernos con vida. Y nos ha dado una buena vida. Se merece mucho más de lo que tiene.

—Tienes que beber más sangre mía, Desari —insistió Syndil con suavidad—. Estás tan pálida... Darius se enfadaría si supiera que no te alimentas como es debido. Insisto, Desari, tienes que beber. —En ese momento Syndil volvió a abrirse la vena con los dientes y puso su muñeca en la boca de Desari—. Haz lo que te digo, hermanita. —Dio la orden con su voz más firme.

Todo aquello era raro en Syndil, y Desari se quedó tan sorprendida que la obedeció. Syndil tenía un carácter dulce y cariñoso, y una suave voz. Rara vez hacía cosas alocadas e impredecibles como ella, que siempre recibía reprimendas de su hermano, aunque sirvieran de poco. Siempre encontraba algo nuevo y diferente que intentar. Le maravillaba la belleza del mundo que la rodeaba; todo le parecía excitante, y la gente, intrigante. Nunca se contentaba, como Syndil, con hacer lo que le ordenaban los hombres.

No es que su intención fuera desafiar a Darius; nunca haría eso: nadie se atrevería. La cuestión era que siempre acababa metiéndose en líos, por pequeñas cosas sin importancia. Por ejemplo, Darius no quería que Desari anduviera por ahí sola, pero ella valoraba muchísimo su intimidad y disfrutaba corriendo por el bosque, lanzándose al cielo y nadando con los peces. La vida bullía desbordante de oportunidades de aventura, y Desari quería probarlo todo. Darius, no obstante, creía que los vampiros podían estar al acecho en cualquier lado, esperando la ocasión de llevarse a las mujeres, y él las protegía como correspondía.

Desari cerró la herida en la muñeca de Syndil, con cuidado de no dejar marca alguna, y luego apartó con delicadeza el brazo de su hermano para cerrar la laceración con el agente curativo de su saliva.

—¿No crees que tiene mejor aspecto, Syndil? —Darius estaba sumido en el profundo sueño curativo de su gente, y ya tenía bloqueados corazón y pulmones.

—Ya no está tan gris —admitió Syndil—. Debemos llevarle a la tierra, donde tendrá la oportunidad de curarse. ¿Dónde ha mandado a Barack y Dayan?

—No lo sé —admitió Desari—. Yo estaba inconsciente.

—En cualquier caso, tú también necesitas descender a la tierra y curarte. Tendré que ocuparme yo de responder a las preguntas de la policía. Les diré que Darius se apresuró a sacaros de aquí a ti y a la banda para alejaros del peligro; que todos resultasteis heridos pero que el atentado contra tu vida no prosperó.

—Seguro que querrán saber dónde nos han atendido —objetó Desari. Estaba muy cansada, y la inquietud no dejaba de crecer en ella. Se sentía ansiosa e infeliz, casi a punto de echarse a llorar, algo insólito en ella.

—Puedo implantar recuerdos tan bien como tú —dijo Syndil con firmeza—. Aunque prefiera la soledad, te aseguro que tengo tantas aptitudes como tú.

Desari retiró hacia atrás el largo pelo oscuro de su hermano. Los sedosos mechones caían por debajo de sus amplios hombros formando una lustrosa cascada parecida a la de ella. Cuando Darius estaba despierto, tenía siempre un aspecto duro e implacable, con un atisbo de crueldad en su boca tan finamente cincelada. Todo eso desaparecía cuando estaba dormido. Parecía joven y guapo, sin las tremendas responsabilidades que siempre soportaba día a día sobre sus hombros.

—No me gusta dormir tan cerca de mortales, sobre todo cuando nos persiguen —dijo Desari en voz baja—. No es seguro.

—Con toda certeza, Darius habrá llevado a Barack y a Dayan al bosque, para garantizar su seguridad. Nosotras vamos a hacer lo mismo por él. Desari, puede que esté herido y cansado, pero es mucho más poderoso de lo que sabemos. Puede oír y percibir cosas aunque esté sumido en el sueño de nuestro pueblo.

—¿Qué quieres decir?

Syndil se apartó la gruesa trenza que caía sobre su hombro.

—Aquella noche en que me atacó Savon, Darius estaba en la profundidad de la tierra curándose una herida. Todos vosotros estabais muy lejos, cazando, y yo me había quedado para vigilar el lugar donde él descansaba. Savon me llamó para que me reuniera con él en una cueva, para ver una planta poco común que dijo haber encontrado. —Inclinó la cabeza—. Fui. Debería haberme quedado a cuidar de Darius, pero atendí a la llamada de Savon. Os llamé a gritos a todos vosotros para que me ayudarais, pero estabais demasiado lejos como para regresar a tiempo. Pero Darius sí que me oyó. Incluso desde la profundidad de la tierra. Incluso desde el sueño curativo de nuestro pueblo, oyó y se enteró de todos los detalles. Noté cómo se pegaba a mí. Pese a estar herido, se levantó y vino a salvarme.

—¿Darius te oyó mientras dormía? —Desari, como los demás, supuso que Darius se habría levantado mientras ellos estaban cazando. Para cuando regresaron Dayan, Barack y ella misma, Darius ya había destruido a Savon y estaba curando las terribles heridas de Syndil, pese a encontrarse él mismo demasiado débil a causa de la pérdida de sangre.

Syndil asintió con solemnidad.

—Vino cuando yo ya creía que no me quedaba ninguna esperanza. —Inclinó la cabeza, con su suave voz cargada de lágrimas—. Siento vergüenza por no poder controlar mi pesar y aliviar su dolor. Él se siente culpable. Cree que me falló.

Desari apoyó su cabeza con gesto protector en el pecho de su hermano. Sabía que Syndil estaba en lo cierto a medias. Darius sí creía que le había fallado a Syndil, pero no se sentía culpable. No sentía nada en absoluto. Ocultaba su falta de emoción a los demás, pero Desari le tenía tanto apego que era muy consciente de ello, ya hacía un tiempo que era así. Sólo la intensa lealtad y el sentido del deber le hacían seguir luchando por ellos. No era sentimiento.

Sabía que Darius temía por su seguridad, llegado el caso de que se transformara en vampiro, igual que le había sucedido a Savon. Estaba segura, igual que él, de que ni Barack ni Dayan podrían derrotarle en una batalla. Ella dudaba que lo consiguiera, ni siquiera con sus fuerzas combinadas. Creía que Darius era invencible, que no podía transformarse. Para ella era así de sencillo. Por mucho que creciera la oscuridad en él, por mucho que se propagara, por mucha falta de sentimientos que tuviera, nunca permitiría que eso le transformara. Su voluntad era demasiado fuerte; Darius había dado muestras de eso desde el principio. Nada podría apartarle del camino elegido.

A menos, quizá, que él permitiera que le dieran muerte, de manera honorable. Ésa era la principal preocupación de Desari, su más profundo temor. Temía por todos ellos. La naturaleza de los hombres carpatianos era del todo diferente a la de las mujeres. Eran depredadores poderosos y peligrosos. Incluso cuando protegían tanto a sus mujeres como a mortales, eran dominantes, arrogantes. Eso los convertía en peligrosos vampiros si transmutaban. No iba con la naturaleza femenina de Syndil irritarse por las restricciones que imponían los varones ni rebelarse contra éstas. Pero en cambio Desari hacía lo que quería por su cuenta, y al cuerno con las consecuencias. Eso sólo servía para que los hombres se mostraran aún más dominantes y protectores. Sí, todos correrían un grave peligro en el caso de que Darius muriera o se convirtiera en vampiro.

—Tendrás que conducir tú el autobús, Syndil —fue la instrucción de Desari—. Yo vigilaré la retaguardia para asegurarnos de que nadie nos sigue.

Syndil deseó ser capaz de conducir el enorme vehículo y proyectar al mismo tiempo una ilusión sobre él para ocultarse de los mortales, pero para ella era imposible. Tendría que dejar en manos de Desari, incluso en su estado debilitado, la configuración de todos los bloqueos posibles para neutralizar a cualquiera que les pudiera seguir. Era evidente que estaban amenazados por un grupo de mortales asesinos.

—Vamos, Syndil —dijo Desari mientras se dirigía a la parte posterior del autobús.

¿Quién era el ser que le había salvado la vida?, se preguntaba. Y ¿por qué lo había hecho? Darius dijo que no había detectado nada maligno, ninguna sangre mancillada en ella, algo que él debiera percibir. Había cazado y asesinado suficientes no muertos a lo largo de los siglos, y conocía mejor que ninguno de ellos el hedor a sangre mancillada. Decía que quemaba la piel, levantaba ampollas y consumía la carne si se permitía su contacto demasiado tiempo. Darius había aprendido ese dato tan importante, como todo lo demás a fuerza de dura experiencia.

Desari se arrodilló sobre la cama situada en la parte posterior del autobús y se quedó mirando la escena de caos que parecía recomponerse poco a poco. Las ambulancias y coches de policía se iban y la multitud empezaba a dispersarse. No se le había ocurrido preguntar a Darius si alguno de los atacantes había escapado. Conociéndole, lo dudaba, aunque era posible que estuviera tan preocupado por ella, por Barack y por Dayan, como para permitir que algunos de los culpables escaparan a su marca de justicia particular.

Syndil condujo el autobús con sorprendente pericia, y Desari mantuvo los ojos pegados a la retaguardia, observando cualquier luz que siguiera al vehículo. De repente el corazón le dio un vuelco, latió con fuerza lleno de alarma. Por algún motivo, no quería dejar el bar. Notaba que estaba dejando atrás su destino. Necesitaba estar donde él pudiera encontrarla. *¿Él?*

Desari soltó un jadeo y se hundió hacia atrás en la cama.

—¿Qué pasa? —quiso saber Syndil, mirando por el espejo retrovisor. Podía oír los latidos acelerados de Desari, su repentino jadeo de inquietud. La sangre bombeaba por sus venas demasiado rápido. Syndil no veía a nadie tras ellas—. ¿Qué sucede, Desari? —repitió.

—No puedo irme de este lugar —dijo ésta en voz baja, con tristeza y dolor en el corazón. Se llevó las manos a las sienes palpitantes—. Déjame salir, Syndil. Debo quedarme aquí.

—Respira. Limítate a superarlo con la respiración. No sé que te ha sucedido, pero podremos arreglarlo —le aseguró Syndil, pisando más a fondo el acelerador. No estaba dispuesta a dejar a Desari en ningún sitio en ese estado.

¿Desari? Aquella débil agitación en su mente era Darius. Reconoció el contacto, la arrogancia natural en su voz. *¿Me necesitas?*

No puedo alejarme de él. Esa criatura que me ha donado sangre nos ha unido de algún modo. Darius, estoy tan asustada...

Syndil te ha aconsejado bien. Mantén la calma y piensa. Respira. Eres poderosa, tal vez tanto como esa criatura que intenta atraparte. Emplea ese poder ahora. Si te asusta dejarle, no temas; él volverá otra vez a por ti. Y esta vez yo estaré esperando.

Siento un terrible vacío en mí, Darius. No soporto apartarme de él. Me está llamando.

¿Le oyes? La voz de Darius en su mente sonaba más fuerte; ella había captado todo su interés pese a la necesidad de descansar y curarse. *¿Oyes su voz?*

Desari negó con la cabeza, olvidando por un momento que su hermano no podía verla. Tenía los brazos cruzados sobre el estómago y se balanceaba adelante y atrás para reconfortarse. Le dolía su cuerpo maltrecho casi tanto como su alma abatida. *No, no es eso. Sólo un terrible desgarro; es como sentirme arrancada de un sitio. Él es tan fuerte, Darius... Nunca me dejará marchar. Nunca.*

Yo te libraré de esa criatura, Desari.

Ella volvió a negar con la cabeza. *No creo que puedas.*

Desari se llevó el dorso de la mano a su boca temblorosa.

—No puedes —susurró en voz alta—. Si le matas, me llevará con él de este mundo.

Syndil soltó un jadeo. Su agudo oído captó el hilo de sonido y pesar de Desari. Sabía que Darius se comunicaba en privado con su hermana incluso desde su sueño profundo, pues era fuerte hasta en los peores momentos.

—Díselo, Desari. Díselo a Darius, si de verdad crees eso. Ya sabes que nadie puede derrotarle. Es imposible. Debe saberlo si es verdad lo que dices.

—No puede ayudarme esta vez. Nadie puede —respondió Desari.

Syndil llamó a Darius para que entrara en su propia mente, algo que no había hecho desde el violento ataque del que fue víctima. *Desari cree que si matas a esta criatura, se la llevará con él de este mundo. Y creo que si piensa de verdad que él puede hacer algo así, está en peligro.*

Se produjo un breve silencio, luego Darius suspiró quedamente. *No te preocupes, hermanita. Pensaré en lo que has dicho, pero no me apresuraré demasiado. Tal vez necesitemos aprender más de esta criatura.*

Acurrucada en la cama, Desari rompió la comunicación con los otros. Con cada kilómetro que se alejaba del bar, el opresivo terror parecía aumentar. Podía notar la transpiración en su frente. Respiraba de modo entrecortado, con incómodos jadeos. Tenía que encontrarle. Tenía que estar cerca de él. De algún modo le había arrebatado la mitad del alma.

Desari se mordió con fuerza el labio inferior, acogiendo con beneplácito el dolor punzante que le ayudaba a centrarse. Cerró los ojos y buscó dentro de su cuerpo. No encontraba el hedor del mal. Descubrió su corazón íntegro y fuerte. Descubrió su alma completa. Pero ya no era simplemente ella. Un extraño habitaba dentro de ella. Un extraño que de algún modo le resultaba muy familiar, más incluso que su propia familia.

Una vez superado el primer sobresalto, estudió las evidencias del trabajo de ese extraño. Era fuerte y poderoso. Seguro. Incluso arrogante. Muy, muy experimentado. Y estaba decidido a tenerla. Notaba su determinación. Nadie se interpondría en su camino. Nada le detendría. Nunca renunciaría a ella. Y en lo profundo de él habitaba... una sombra oscura.

Desari se tragó el miedo que la atragantaba. ¿Por qué la asustaba tanto ese hombre desconocido? Y no es que a ella le faltara poder. Nadie podía obligarla a hacer algo que no quisiera. Y Darius tampoco lo permitiría. Tenía también a Barack y a Dayan para respaldarla. Incluso Syndil pelearía por ella si surgiera la ocasión. ¿Por qué estaba tan asustada?

Porque notaba una excitación que no quería admitir, ni a sí misma. Le intrigaba el desconocido, sentía atracción. Su cuerpo le deseaba, y eso que jamás le había visto siquiera. ¿Cómo podía haber forjado él una cosa así? ¿Tan poderoso era?

No quería que Darius le hiciera daño. La idea llegó de forma espontánea, una idea que presintió que rayaba la deslealtad. Ni siquiera debería pensar cosas así. Desari se frotó la frente con la base de las manos. Fuera quien fuera, vendría por ella, y tenía que decidir qué hacer. Nunca podría dejar a su familia, y menos ahora que Darius estaba pasando por un momento tan duro con su propia oscuridad.

—Oh, Dios —murmuró en voz alta—. ¿Qué estoy pensando?

¿Sientes dolor?

Desari levantó la cabeza de golpe, y miró por el autobús con cautela. La voz sonaba clara, arrogante, un arrullo de terciopelo. No era Darius. Se le cerró la garganta de forma compulsiva; era casi imposible respirar. Notaba una fuerza, un contacto masculino, un corazón latiendo constante, los pulmones respirando con facilidad, adentro, afuera, para regular la respiración de ella como si fueran un único ser. Su voz era hermosa y llegaba hasta un lugar profundo de su alma. No obstante, estaba empleando una vía mental que no le era familiar, y la experiencia resultaba turbadora.

Márchate. Probó la vía que él empleaba.

Oyó una suave risa, la burlona diversión masculina. *Creo que no,* piccola. *Contéstame. ¿Sientes dolor?*

Desari miró a su alrededor con culpabilidad. Syndil estaba ocupada maniobrando con la gran caravana por una serpenteante autovía que se adentraba en una zona boscosa. Desari se sentía como si estuviera hablando con el propio demonio, dándole acceso a su familia y descubriéndole su paradero a través de ella. Pero no podía dejar de notar la excitación que la inundaba.

Por supuesto que siento dolor. Me han disparado. ¿Quién eres?

Ya sabes quien soy.

Ella negó con la cabeza, y su larga masa de pelo negro azulado voló en todas direcciones, con lo cual atrajo la atención de Syndil.

—¿Estás bien, Desari? —preguntó con la garganta encogida de preocupación.

—Sí, no te preocupes —consiguió responder Desari.

Notaba el contacto de él, su palma rozándole la mejilla. *Me tienes miedo.*

No le tengo miedo a nadie.

Esa risa otra vez. Aquella diversión masculina que le provocaba ganas de estrangularle.

¿Qué significa el Taciturno para ti?, preguntó. No había diversión en esta pregunta. Había una orden imperiosa de contestarla. Incluso la presionaba bajo coacción.

Furiosa, Desari interrumpió el contacto. ¿La tenía por una simple mortal a la que mandonear como si tal cosa? ¿Cómo se atrevía? Ella tenía sangre carpatiana antigua y poderosa. Se merecía respeto. Nadie, ni siquiera su hermano, el líder de su familia, se atrevería a tratarla con tal desdén. Respirando hondo, Desari se calmó. Los dos podían jugar. Ella también podía seguir su rastro. Su sangre corría por sus venas. Si él era capaz de encontrarla y darle órdenes, ella podía hacer lo mismo. Desari se quedó muy quieta; permitió que su mente se convirtiera en un estanque tranquilo. Se tomó su tiempo para inspeccionar cada vía de acceso hasta que encontró la que le llevaría hasta el desconocido.

¿Quién eres?, le atosigó Desari, dando una buena demostración de coacción.

Se produjo un silencio. Luego su risa exasperante. *O sea, que eres lo mismo que tu guardián. Carpatiana. Al fin y al cabo no eres mortal. Tenemos mucho que descubrir el uno del otro. Eres carpatiana y, no obstante, diferente.*

No bebiste mi sangre. ¿Cómo es que sigues mi pista? A su pesar, Desari estaba impresionada. Sabía que Darius era capaz de algo así, pero Barack y Dayan no. Ni ella. Todavía. Pero siempre aprendía cosas de su hermano.

Para tu información, cara, *me perteneces.*

Será si yo quiero, le corrigió, otra vez furiosa. Su arrogancia la asombraba.

El autobús se detuvo con una sacudida, y Syndil se volvió hacia atrás en su asiento.

—Éste es un buen sitio para ocultarnos, Desari. ¿Me ayudas y llevamos a Darius a la tierra?

A Desari le subió un rubor desde el cuello que cubrió todo su rostro. Evitó la mirada de Syndil; no quería que nadie supiera lo que estaba haciendo.

—Sí, me siento mucho más fuerte ahora, gracias, Syndil —respondió.

Qué mentirosa eres, le comunicó la burlona voz masculina.

No te acerques a mí.

Me deseas. Su voz era una prolongada caricia.

Ya te gustaría. Desari se obligó a levantarse y se fue tambaleante por el pasillo hasta llegar a su hermano.

Desari y Syndil centraron su atención en Darius y le levantaron entre las dos, empleando sólo el poder de sus mentes. Los felinos se aproximaron, intentando ver por ellos mismos si Darius se encontraba bien. Sin previo aviso, la fuerza de Desari aumentó. Sorprendida, miró a Syndil. Pero sabía bien que era el desconocido quien le prestaba su poder.

Aléjate. ¡Que te vayas! Desari dio un traspiés en el último escalón pero recuperó el equilibrio. El cuerpo de Darius ni siquiera tembló.

—Prácticamente lo llevas tú sola —dijo Syndil con admiración.

Yo le herí. El desconocido pronunció aquellas palabras con profunda satisfacción, pero continuaba facilitando a Desari la fuerza necesaria para que Darius no se le cayera al suelo.

Ella se negó a hacer caso a aquella afirmación. Furiosa consigo misma por su deslealtad, incluso por querer conversar con el desconocido. Hizo un ademán con la mano para abrir la tierra y depositar el cuerpo de su hermano. Sabía que el desconocido moraba en ella, pero era plenamente consciente de su propio poder. Él no podría leer lo que ella no quisiera que supiera, siempre y cuando permaneciera en guardia frente a aquella invasión.

Darius flotó hasta el interior del suelo. La tierra curativa cayó sobre su cuerpo. Sasha, la hembra de leopardo, se tumbó encima del lugar. Desari abrió la tierra al lado de su hermano y entró, agradecida de la tranquilidad relajante que le ofrecía la naturaleza mientras curaba cuerpo y mente.

—Duerme bien, hermanita —susurró Syndil—. No temas. Yo me ocuparé de todos los detalles y cabos sueltos antes de irme a descansar esta noche. Sánate, Desari; ahora estás a salvo.

—Cúidate, Syndil, puede haber más asesinos —le advirtió Desari. Cerró los ojos y dejó que la tierra la cubriera.

Mientras bloqueaba su cuerpo, lo último que sintió fue una mano masculina que le rozaba el rostro con una lenta y conmovedora caricia. Lo último que oyó antes de que su corazón dejara de latir fue su voz: *Acudiré a tu lado,* piccola. *Siempre estaré cerca por si me necesitas.*

Capítulo 3

Las medidas de seguridad fueron mayores en el siguiente concierto del conjunto vocal, cuyas entradas estaban agotadas. Había policías y personal de seguridad visibles por doquier. Nadie iba a correr ningún riesgo esta vez; trataban a Desari como si fuera un tesoro nacional. Todos los accesos estaban muy vigilados, y registraban a cada persona con detectores de metales antes de permitir su entrada. Los perros deambulaban con sus cuidadores por los pasillos, y Darius lo supervisaba todo. No iba a dar una segunda oportunidad a los asesinos con su hermana.

La policía había buscado a varios sospechosos por los intentos de asesinato de la semana pasada, pero no encontró ni rastro de ellos. Habían descubierto una buena cantidad de sangre dentro y fuera de la taberna, pero ningún cadáver. Los agentes estaban convencidos de que un sospechoso como mínimo había muerto y que sus compañeros se habían llevado el cadáver, pero Darius sí sabía lo que pasó. Había matado a cada uno de los asaltantes y luego había dejado los cuerpos a la vista para que quien fuera que los hubiera mandado los descubriera. Pero alguien se había inmiscuido, y sospechaba de quién se trataba.

Darius inspeccionaba la multitud sin descanso; sus ojos negros no cesaban de moverse sobre la gente que empujaba para entrar en el edificio. Aparte de preocuparse por los asesinos, sabía que la criatura vendría esa noche. Desari no le había dicho nada al respecto, pero estaba inquieta y exaltada, algo nada habitual en ella. En varias ocasiones, Darius había intentado entrar en contacto con su mente, y la había encontrado bloqueada, negándole el acceso. Podría haber presionado para traspasar la barrera con cierto esfuerzo, pero respetó su derecho a la intimidad.

Julian, vestido con vaqueros gastados y una camiseta negra sin mangas, avanzaba con la multitud en dirección a las puertas. Detectó al guardián de Desari al instante y se tomó varios minutos para estudiarlo. El hombre le recordó más que nunca a Gregori. Era alto, como tendían a ser los carpatianos, pero con más musculatura que la mayoría de varones de su raza. Gregori también era musculoso. El rostro del responsable de seguridad era una máscara cincelada de belleza severa, que recordaba mucho al sanador de su pueblo, pero sus ojos eran hielo negro, mientras que los Gregori eran plateados.

Los ojos del guardián centelleaban amenazantes y parecían no perderse nada mientras se desplazaban sobre la muchedumbre. Julian no quería atraer la atención empleando algún tipo de poder. El guardián ya le había detectado: esos ojos negros sin alma descansaban pensativos sobre en él mientras la hilera en la que se encontraba se acercaba más a la entrada. Se aseguró de ajustar sus esquemas cerebrales a los de un mortal. Una lúgubre sonrisa de diversión se dibujó en su boca. Era como una partida de ajedrez. Las ideas que presentaba para el sondeo mental eran las de un humano varón a punto de ver a una cantante sexy, de belleza increíble, que actuaba en directo.

Notó la presencia en su mente, el brusco envite, la rápida inspección, y luego sintió que le soltaba. Julian casi se ríe en voz alta, pero mantuvo la máscara inexpresiva en su rostro. Incluso aquel leve y decisivo contacto le recordaba a Gregori. Fuera quien fuera el guardián, estaba seguro de que tenía alguna relación con el sanador, a quien todos los carpatianos se referían como el Taciturno. El guardia tenía que pertenecer a la misma línea de descendencia. El rompecabezas le intrigaba. La presencia del hombre le irritaba. No quería ningún carpatiano varón cerca de Desari hasta que el ciclo ritual de emparejamiento estuviera completo.

De nuevo percibió el sondeo, un envite directo y poderoso en su mente. La actitud era tan parecida a la del Taciturno que Julian estaba asombrado. El guarda no se estaba tragando su inocente representación. Julian mantuvo los esquemas mentales humanos, que sólo manifestaban expectación y deseo inofensivo aunque erótico en cierto sentido. Era irritante permitir que alguien entrara en su mente, pero se recordó a sí mismo que el intruso recogía tan sólo lo que él transmitía de modo intencionado.

Julian evitó con sumo cuidado mirar al responsable de seguridad. El carpatiano era demasiado perspicaz. Incluso después de dos sondeos mentales de comprobación, había percibido su poder. Despertaba sospechas, y el guardián era lo bastante intuitivo como para continuar regresando a él con su mirada. Julian notaba el peso de aquellos ojos ardientes. Ese hombre irradiaba verdadero poder. Tenía que ser uno de los ancianos, con la sangre y fuerza de siglos de aprendizaje. Julian deseó encontrarse en una situación que le permitiera sondear al guardián, pero era necesario mostrarse humano por el momento, hasta que supiera más. Con anterioridad había pasado siglos buscando, aceptando su existencia solitaria, mientras inspeccionaba la tierra en busca de restos de su especie. Ahora, cuando casi había llegado al final de su vida, había encontrado un grupo de su misma raza. ¿Los perdidos de la leyenda? Tenían que serlo.

Pero Desari le pertenecía a él. Y si el otro carpatiano tenía una idea diferente, iba a aprender una dura lección.Entró en el edificio y se alejó de aquellos ojos negros y escudriñadores. Sólo entonces se percató de que estaba excitado. Le gustaban los retos. Siempre había ansiado adquirir conocimiento. Y percibía el poder y la fuerza que había acumulado buscando información y destrezas de todo tipo. Un enfrentamiento con este otro carpatiano poderoso podría resultar muy interesante.

Se movió con facilidad, maniobrando entre la multitud para acercarse a la parte delantera. En vez de sentarse, ocupó una posición a lo largo de la pared más próxima a la salida. Al inspirar, percibió la presencia de dos felinos salvajes, los mismos que habían operado conjuntamente con la enorme pantera negra. Julian no estaba seguro de que el guardián hubiera adoptado la forma de un gran depredador. Aunque el vigilante no mostraba evidencias de las heridas que le había provocado, estaba seguro de que ese hombre había sido la pantera que dirigió a los otros en su ataque contra él.

Desari. Se encontró sonriendo. Su breve intercambio mental había sido una revelación. ¡Era carpatiana! Aún era un misterio cómo había conseguido recorrer el mundo sin ser detectada. Quedaban restos de su raza, y ¡él los había encontrado! Siempre se había preguntado si habría escapado algún niño de la invasión turca y si se habrían diseminado por otras zonas. En nombre de su raza, a instancias de Gregori y de Mihail, Julian les había buscado, sobre todo a las hembras, con la esperanza de encontrar una manera de salvar a su pueblo.

Y había encontrado a Desari, su propia pareja de vida, mientras buscaba parejas para los demás. Y la mujer tenía genio. Se encontró riéndose en voz alta, recordando el «empujón» que había notado en su mente. Era mucho más fuerte de lo que había previsto. Julian había pasado, en un visto y no visto, de una existencia austera y estéril a otra llena de excitación.

El ánimo de la multitud era casi eléctrico; el aire estaba cargado de expectación. Siempre se agotaban las entradas para las actuaciones de Desari. No importaba donde actuara, ya fuera una pequeña taberna o un enorme estadio. Y con la publicidad que había propiciado el reciente atentado contra su vida, aún era una celebridad mayor. La presencia de periodistas era también numerosísima en el exterior.

Julian prestó atención a las conversaciones en el salón de conciertos; se desplazó por ellas buscando algún susurro conspirativo. Conocía la naturaleza fanática de la sociedad humana de cazadores de vampiros y Desari ahora estaba marcada. No se detendrían tras un primer ataque. Pero Julian estaba convencido en cierta medida de que la Sociedad necesitaría tiempo para recuperarse del enorme golpe recibido tan recientemente. Ahora le preocupaba más la amenaza de vampiros. La presencia de una mujer carpatiana en las cercanías sin duda atraería a esas criaturas. Su seguridad había adquirido una importancia personal primordial para él.

Llegó sin previo aviso. Una intensa necesidad de dejar el recinto, de salir. La sensación, en forma de un terror siniestro y opresivo, le alcanzó, le abrumó, y por un momento apenas pudo respirar. Furioso por haber dejado un hueco que permitiera tal asalto del guardián, se desplomó contra la pared, apretándose con la base de la palma de la mano la frente mientras buscaba con atención la posición del guardián.

Sólo entonces le golpeó. El contacto era femenino, no masculino. Desari. Se resistió a la compulsión de salir al exterior y contraatacó con su propia inspección mental. Hizo acopio de fuerza y esperó. Se encontraba en un vestuario, sentada en un taburete. Julian inspiró su fragancia, que introdujo en su cuerpo. Estaba nerviosa. No por su actuación, sino porque sabía que él se encontraba allí. Le asustaba lo que pudiera hacer.

Julian sonrió, y sus dientes blancos relucieron como los de un depredador. Alimentó el miedo de ella por un momento. No con brusquedad, sino con un sencillo y suave flujo de información. Ahí estaba él. Era fuerte. Invencible. Nada ni nadie podía detenerle. No era posible deshacerse de él.

Desari se llevó la mano a la garganta como gesto de protección. Sabía que el desconocido estaba cerca. Esperaba. Observaba. Notaba el peso de su presencia. Notaba la inquietud de Darius. Ella estaba asustada. ¿Qué iba a hacer el desconocido? No soportaría que su hermano y el desconocido tuvieran otra pelea. Alguien moriría. El desconocido era fuerte y podría matar a Darius.

Sacudió la cabeza invadida por la furia. ¡Nadie podía derrotar a Darius! Aquel canalla. Estaba aumentando sus temores, su agitación. *¡Para ya!*

Aquella risa masculina, burlona e irritante, reverberaba en su mente. *Tú has empezado. Si quieres jugar, cara mia, yo me muero de ganas.*

No quiero verte por aquí.

Sí que quieres, replicó Julian con calma. *Estoy dentro de ti. Noto tu excitación ante mi presencia. La misma excitación que está dentro de mí.*

Sientes mi inquietud. Tengo que hacer mi trabajo. Tu presencia me pone nerviosa.

Sólo porque te asusta tu futuro. Sabes que está a mi lado. Un cambio tan fundamental en la vida puede asustar a cualquiera. Pero no me queda otro remedio que hacerte feliz.

Desari se agarró a eso. *Me haría feliz que te fueras de aquí. No quiero que tú y Darius os peleéis.*

Lo primero es una mentira, cara. Parece que eres capaz de mentir con facilidad. Pero voy a respetar lo segundo. Evitaré una confrontación con tu vigilante en la medida en que sea posible.

No lo entiendes. Desari empezaba a desesperarse. Tenía que encontrar la manera de conseguir que se largara. No se atrevía a exponerse a su presencia, aunque fuera cierto lo que él decía: que ella le deseaba allí en secreto. Nunca se había sentido tan viva. Cada célula de su cuerpo era como su música: desenfrenada, libre y vertiginosa. No la entendía, pero era estimulante. Y él lo sabía.

Entiendo, piccola. Su voz era tierna, casi una caricia. Se deslizaba bajo su piel. Producía una inesperada espiral de calor en su riego sanguíneo. *Confía en mí.*

Desari se enfrentaba a emociones con las que estaba poco familiarizada. En todos los siglos de existencia, nunca había sentido una química tan chispeante. De hecho, había temido que no hubiera nada en el mundo que pudiera hacerle sentir el anhelo erótico sobre el que tanto había leído o había oído hablar durante siglos. Hasta este momento, su cuerpo se había mantenido frío, sin reaccionar. Nunca había visto a ese desconocido. No obstante, él evocaba con facilidad esta reacción. *No te conozco. ¿Cómo puedo confiar en ti?*

Me conoces. Lo dijo con la misma voz suave y arrogante. Una afirmación. Sencilla y fácil.

Un fuerte golpe en la puerta del vestuario le puso los nervios de punta. Debería haber sabido que había alguien justo afuera. Nunca antes se le había escapado la presencia de los demás. Se levantó y se alisó el vestido tubo de seda que se ajustaba a cada curva de su cuerpo. La abertura que se extendía por un lado le llegaba casi hasta la cadera. El tejido era blanco con un jardín de rosas rojas. Su cabello caía en una cascada de seda de ébano hasta debajo de las caderas y se movía con vida propia. Por primera vez en su vida, era importante estar atractiva.

—¡Desari! ¡Ponte en marcha! —Barack dio unos golpecitos con el puño por segunda vez en la puerta—. La multitud empieza a ponerse nerviosa.

Inspirando a fondo, salió al pasillo. Al instante Barack la rodeó por los hombros con el brazo.

—¿Qué hacías ahí dentro? —Echó una rápida mirada a su alrededor; luego bajó la cabeza hacia ella—. No estarás asustada, ¿verdad? Todos estamos alertas esta vez, incluso los felinos. Esos asesinos no tendrán una segunda oportunidad contigo.

—Lo sé. —La voz de Desari surgió grave y ronca—. Me encuentro bien, Barack. Por favor, no le digas nada a Darius. Ya está bastante nervioso.

—No le malinterpretes. No teme un regreso de los asesinos. Pero piensa que la otra criatura regresará a por ti esta noche. —Barack acomodó sus largas zancadas al paso de ella mientras se movían por el pasillo en dirección a la entrada del escenario.

Dayan acomodó su paso también al otro lado de Desari.

—Darius destruirá a esa criatura.

Los tiernos ojos gris perla se oscurecieron hasta tornarse negro ópalo.

—¿Por qué todos vosotros insistís en referiros a él como la criatura? ¿Os habéis vuelto tan intolerantes como los mortales? Pensaba que formábamos una unidad con toda la naturaleza, con el propio universo. Ya que es algo que no conocemos, ¿tenemos que odiarle? ¿Rechazarlo? Me ha salvado la vida. Eso debería contar algo. ¿Acaso preferiríais que hubiera muerto?

Dayan la cogió del brazo.

—Hermanita, no es necesario que defiendas a esa criatura.

Al instante, Desari oyó un suave gruñido de alarma en su mente. El desconocido no se encontraba a gusto cuando otro macho la tocaba. Ahora ¡todos la molestaban!

Desari se soltó del brazo de Dayan, le lanzó una mirada de puro desdén y salió majestuosa al escenario. El rugido de la multitud fue tan tremendo que llenó el recinto y estalló por el cielo. Ella sonrió, y su sonrisa deambuló por encima de la masa de gente que se levantó de sus asientos para rendir homenaje a su voz, a su música. Pero ella sólo buscaba a un hombre. A uno sólo.

Le encontró con infalibilidad, pegó su mirada a la de él, y su corazón se detuvo. Por un momento cuando sus ojos oscuros encontraron el oro fundido, no pudo respirar. Se hallaba de pie contra el muro, en las sombras, pero su rostro era una talla de sensual belleza. Su mirada era intensa, ardía poseída. A Desari se le secó la boca y su cuerpo pareció arder en llamas.

¡No me mires de ese modo! Las palabras se formaron en su mente, en su canal mental privado, sin poder censurarlas.

No puedo evitar mirar así a mi pareja de vida, respondió. *Eres tan bella que me dejas sin habla.*

La forma en que lo dijo, la manera en que su voz rozó las entrañas de Desari, conmovió su corazón e hizo que le saltaran unas repentinas lágrimas a los ojos. Él era tan intenso, su voz sincera y ansiosa. Toda ella reaccionó. Casi olvida su entrada mientras Dayan y Barack tocaban las notas de su canción de abertura. Pero entonces cantó para él. Le cantó a él. Cada nota era una mezcla inquietante de misterio y magia.

Cada nota penetró por los poros de Julian y se infiltró en su alma. Desari era increíble. Tenía al público encandilado. El recinto estaba sumido en tal silencio que ni siquiera el movimiento de pies interfería en su canción. La multitud sentía cada nota por separado; la veía brillar como una llama danzando en el aire. Olía el mar del que ella cantaba, notaban las olas mientras subían y bajaban. Desari provocaba lágrimas en sus ojos y paz en sus corazones. Julian no podía apartar la mirada de ella. Le hipnotizaba, le tenía por completo extasiado. Se encontró excitado de un modo doloroso y, qué sorpresa, también orgulloso.

La mirada negra de Darius se perdió varias veces hasta el hombre apoyado con engañosa pereza contra la pared más alejada. Era alto y apuesto. Irradiaba poder por cada uno de sus poros; lo desprendía a todo su alrededor. En aquel momento sus extraños ojos de oro fundido estaban fijos en Desari, cuya atención estaba por lo visto consumida por su actuación. Pero a Darius no le engañaba. Era un depredador. No necesariamente maligno, pero había venido aquí de caza. Y su presa era Desari. Había un gesto duro en su boca; una severa expresión de posesión se reflejaba en la profundidad de esos ojos ardientes. Darius sabía que ese hombre era un adversario peligroso.

Los ojos de Julian no titubearon ni un momento, sin apartarse del rostro de Desari. Era la mujer más hermosa que jamás había visto. En el escenario, en medio de la bruma teatral que se formaba y la luz de los focos, ella parecía etérea, mística. Una mujer de fantasía, de sueños eróticos. El cuerpo de Julian estaba completamente quieto, casi fundido con el muro que tenía detrás, como si de algún modo ella hubiera absorbido cada pizca de su energía.

Darius se aproximó un poco más, disimulando su presencia al hacerlo. Con el avance silencioso del leopardo, continuó acechando, contando con que el extraño estaba atrapado en el hechizo que tejía Desari en torno a su público. Se encontraba a cuatro filas de su destino cuando un suave gruñido de advertencia le obligó a detenerse. Sabía que, aparte de él, nadie más oyó el grave rumor. Iba dirigido sólo a él. El extraño no había cambiado de posición, no había apartado los ojos del escenario, de Desari, pero Darius de pronto supo que toda la atención del desconocido estaba pendiente de su persona.

Sobre el escenario, Desari titubeó y se saltó dos versos de la canción. Notó el corazón en la garganta. *Oh, Dios, por favor, no hagas esto.* En su voz se percibía terror, preocupación por él, preocupación por ambos.

Julian volvió intencionadamente la cabeza hacia Darius y sonrió mostrando su reluciente dentadura blanca. Se enderezó, con el cuerpo elástico y fluido, y se tocó con dos dedos la frente con un saludo burlón dirigido al responsable de seguridad. Debajo de la camiseta, sus músculos se tensaron sugerentes, y se fue andando despacio hacia la salida, con arrogancia en cada paso. Sus ojos ámbar destellaban amenazantes hasta que volvió la mirada de nuevo a Desari. Entonces sus ojos ardieron con expresión posesiva, intensa, y su oro fundido la derritió a ella de calor.

Por ti, cara mia, *por ti.* Su voz se desplazó por el cuerpo de Desari con el mismo calor incendiario de su mirada.

Ella quiso salir corriendo tras él. Se quedó sobre el escenario y siguió cantando a una multitud de varios miles de espectadores, pero su corazón y su alma estaban en algún otro sitio. Dayan y Barack la observaban con atención, perplejos, preocupados por su extraño comportamiento. Desari nunca vacilaba, nunca había perdido un compás en todos los largos siglos de cantar ante el público.

Darius siguió al extraño hasta el exterior del recinto. El hombre había desaparecido, se había disuelto en la bruma del aire nocturno. Pero él le percibía; notaba el poder en el aire, aunque no se atrevía a dejar a su hermana para ir tras su perseguidor. Algo en aquel hombre le daba que pensar. Observaba a Desari con algo más que deseo en su mirada. Más que posesión. La miraba con gesto protector. Darius casi tenía la certeza de que el desconocido no tenía intención de hacerle daño. También estaba seguro de que el hombre no se había ido por miedo. Nada le asustaría. Caminaba con la seguridad adquirida tras muchas batallas, tras mucha penuria y un enorme conocimiento.

Alzó la vista a la noche. Fuera quien fuera el desconocido, se había marchado por deferencia a los deseos de Desari, no porque temiera enfrentarse con él. Darius suspiró y regresó al interior del recinto. No necesitaba esta preocupación en ese momento. Los asesinos que acechaban a Desari requerían toda su atención. Le molestaba que el intruso hubiese llegado el mismo día que alguien había intentado asesinarla. Y, para empeorar las cosas, hacía un tiempo que estaba convencido de que a su querida hermana la acosaba el enemigo más maligno de todos: el no muerto.

Desari vio regresar a su hermano. Le estudió el rostro con angustia. Era la misma máscara de dura belleza sensual de siempre. No había heridas visibles. Estaba segura de que, si los dos hombres hubieran luchado, ella habría sentido la agitación. Las canciones siempre surgían fluidas de ella, como una hermosa creación tan misteriosa y maravillosa para sí misma como para todo el mundo. Pero ahora era difícil crearla, con su mente sumida en tal caos y la garganta casi bloqueada por estar a punto de echarse a llorar.

¿Dónde se encontraba él? ¿Estaba vivo? ¿Se encontraba bien? Quería gritar, irse del escenario a todo correr, lejos de los miles de ojos escudriñadores, lejos de su familia que la observaba tan de cerca. Por un momento no estuvo convencida de poder continuar el concierto.

Canta para mí, cara mia. *Me encanta el sonido de tu voz. Es un milagro. Me das paz y dicha al cantar. Consigues que mi cuerpo arda en deseo como nunca antes. Canta para mí.*

La voz era grave y ronca, y limpió su caos interior como si nunca hubiera estado ahí. Igual de fácil, su voz surgió libre para llenar el estadio, para estallar en la noche y encontrarle a él. Las sensaciones de su cuerpo, la pasión contenida, el ansia salvaje, la necesidad de siglos confluyeron en su voz. Era una llama viva que se movía por el escenario como el agua que fluye. Nada podía alcanzarla: Desari no provenía de la tierra.

En algún lugar le esperaba su amante. Tenía la mirada puesta en ella, observando. Él también ardía en deseo. Desari podía notar el calor en su piel, los ojos ansiosos que no se apartaban de su rostro en ningún momento. Había salido del recinto, pero había regresado porque necesitaba verla. No importaba nada más en aquel momento. Ni el peligro que corría ni su familia, sólo que él la viera actuar. Ella cantaba para él, por él, con la fuerza e intensidad de su necesidad en cada nota. La llama ardiente calentaba su sangre y elevaba su música a nuevas alturas. Alturas de erotismo arrebatador, que hablaban, susurrantes, de sábanas y luz de velas.

Julian no podía apartar los ojos de ella. Era tan hermosa, que le costaba encontrar aire para respirar. ¿Era ella? ¿Su pareja de vida? Nadie, y mucho menos él, merecía una mujer así. Ella se adentraba en su alma oscura y alcanzaba algo bueno en su interior, algo que no sabía que existía.

En todo el mundo, nadie cantaba como ella. Su voz era hipnótica y embelesadora. Le envolvía a uno con una tela sedosa de pasión y le mantenía ahí. El cuerpo de Julian reaccionó de manera salvaje y primitiva. La deseaba como nunca antes había deseado otra cosa en su existencia. Quería que acabara el concierto, y no obstante quería que continuara eternamente.

Las paredes del recinto parecían haberse desvanecido mientras ella creaba la ilusión de un bosque oscuro y místico, de altas cascadas, pozas profundas y un fuego ávido, sólo con su voz. Las imágenes nunca abandonarían la mente de Julian: la representación erótica de ella nadando hacia él, con los brazos extendidos y ansiosos de recibirle.

El público puesto en pie aplaudió a rabiar. Julian sabía que las críticas serían elogiosas. Estaba orgulloso de ella, pero al mismo tiempo se oponía a que siguiera actuando. Tal publicidad contradecía todos sus instintos. Sólo servía para atraer más atención. Sabía lo que escribirían los periodistas: que era una hechicera, que encantaba a su público...

Desari regresó para un bis, cansada pero llena de júbilo. Esta vez el motivo no era sólo saber que había actuado bien, que había compartido con otros su extraordinario don. Era porque, en algún lugar en la oscuridad, un hombre la esperaba. Un desconocido que ya le resultaba familiar. Era aterrador pero excitante. Salió a agradecer los aplausos y su cuerpo vibró lleno de vida. Quiso abandonar corriendo el escenario e ir a su encuentro.

Deseaba ver esos ojos. Esos ojos hermosos, inusuales y, oh, tan ansiosos mientras la observaban. Desari hizo un saludo a la multitud y se apresuró a dejar el escenario, recorriendo a continuación el pasillo hasta su camerino. Barack y Dayan iban a su lado, a buen paso, inquietos por su extraño comportamiento. Ambos habían notado la presencia de poder en el estadio. ¿Cómo no iban a hacerlo? Pero tenían plena confianza en Darius. Seguirían sus indicaciones y, por el momento, él no estaba persiguiendo a aquella criatura.

Desari no miró a ninguno de los dos al cerrar con firmeza la puerta del camerino. Tras hundirse en una silla, se sacó las sandalias. Podía sentirle. En algún lugar próximo. Se retiró el maquillaje que empleaba en escena y esperó, con el corazón palpitante y los pulmones sin poder casi respirar. Sabía que él estaba cerca. Y Darius también tenía que saberlo.

Una fina neblina se filtró por debajo de la puerta y a continuación se aglutinó formando una espiral cerca de ella. Contuvo la respiración. Al instante, la figura del apuesto y despiadado desconocido titiló mientras adquiría una forma sólida a su lado. El corazón le latía con fuerza. Así de cerca, daba miedo. Su fuerza era enorme. Sus rasgos delicadamente dibujados eran sensuales y duros. Sus incontables victorias en el campo de batalla a lo largo de siglos se hacían evidentes en la constitución de sus amplios hombros y en la grave serenidad de su rostro. Era guapo hasta el asombro y, no obstante, provocaba al mismo tiempo un sobrecogimiento infinito.

Desari se tocó de repente los labios secos.

—No deberías estar aquí. Es demasiado peligroso.

El cuerpo de Julian se comprimió al oír el sonido de su voz. Era tan suave que parecía filtrarse a través de su piel hasta envolver su corazón.

—No podía hacer otra cosa que venir a verte esta noche. Creo que ya lo sabes.

—Darius te destruiría si te encontrara aquí. —Lo creía de verdad; su miedo era perceptible en los tiernos ojos marengo.

El duro gesto en la boca de Julian se ablandó y sus ojos dorados se tornaron más cálidos al percibir su preocupación innecesaria.

—No soy tan fácil de destruir. No te preocupes, *piccola*, te he hecho una promesa esta noche, y mi intención es cumplirla. —Su voz cayó otra octava y su mirada la consumía mientras hablaba—. Ven conmigo.

Desari notó que el corazón volvía a darle un vuelco. Cada célula de su cuerpo gritaba que quería ir con él. La mirada de Julian era pasión pura y ardiente a la que ella no se podía resistir. Había tal ansia en él, tal intensidad oscura provocada por ella. El diablo la tentaba. Negó con la cabeza llena de resolución.

—Darius te...

Julian la obligó a callar y tan sólo tuvo que rodearle la pequeña mano con sus dedos. El contacto disparó dardos de fuego por el brazo de Desari y a continuación por su torso, dejando sin aliento sus pulmones.

—Me estoy cansando de oír mencionar a ese Darius. Debería preocuparte más lo que pueda hacer yo si él intenta impedir que te lleve conmigo.

Los ojos de Desari lanzaban llamaradas de mal genio.

—Nadie puede llevarme a donde yo no quiera ir. Hay tanta arrogancia en ti como en mi hermano. Pero da la casualidad de que, al menos, sé que él se ha ganado ese derecho. Y ¿tú?

Una pequeña sonrisa de satisfacción curvó la boca de Julian.

—De modo que Darius es tu hermano. Eso me produce cierto alivio. Ya que le tienes tanto aprecio, no querría destruir tus ilusiones sobre su grandeza.

Ella le fulminó con la mirada, furiosa, hasta que captó el destello de humor en sus ojos dorados. Se estaba burlando de ella. De repente, Desari se encontró riéndose con él.

—Ven conmigo esta noche —dijo Julian—. Vayamos a dar un paseo, a bailar a algún sitio. No importa dónde, *cara*, y no haremos daño a nadie. —Su voz era terciopelo negro. El susurro tentador de un hechicero—. ¿Es pedirte mucho? ¿No te deja escoger tus amigos? ¿No puedes hacer lo que te venga en gana?

Julian había estudiado el interior de su mente; había visto la necesidad de independencia de Desari y cómo le irritaban las constantes restricciones que el hermano le imponía. De todos modos, ningún carpatiano que se preciara permitiría a una mujer ir por ahí sin protección. No culpaba a Darius: su deber era protegerla. En su lugar, él haría lo mismo. Había muchas preguntas sin respuesta que quería aclarar con ella, pero en aquel preciso instante lo único que le importaba era su respuesta a la pregunta que había formulado.

Desari estaba callada; sus largas pestañas ocultaban las emociones entre las que se debatía. Por encima de todo, quería irse con él, disfrutar de una sola noche de libertad para hacer lo que le apeteciera. Pero conocía a Darius. Nunca permitiría algo así. No podrían ir a ningún lugar sin que él les encontrara. Y eso sólo le provocaba más ganas de marcharse. Su misterioso desconocido había metido el dedo en la llaga. Detestaba que le dijeran todo el rato qué podía hacer y qué no. Quería esta noche sólo para ella.

Desari alzó la vista otra vez.

—Ni siquiera sé como te llamas.

Él hizo una reverencia a la antigua usanza.

—Soy Julian Savage. Tal vez hayas coincidido con mi hermano, Aidan Savage, o hayas oído su nombre. Él y su pareja de vida residen en San Francisco. —Sus blancos dientes destellaron. Sus ojos dorados la quemaron.

Algo en esa mirada intensa, posesiva y hambrienta, hizo que le flaquearan las rodillas. Desari retrocedió hasta encontrar una sólida pared que la ayudara a sostenerse en pie.

—Savage. Por algún motivo te pega.

Él reconoció aquellas palabras con otra reverencia, al estilo cortesano, como si fueran un gran cumplido.

—Sólo sería salvaje con mis enemigos, *piccola*, nunca con las personas que están bajo mi protección.

—Y ¿se supone que eso tendría que tranquilizarme? —preguntó.

—No tienes que temer nada de mí, Desari.

Le rozó el rostro con la más leve caricia, y ella notó una sacudida de electricidad que descendió hasta la punta de sus pies. Él era tan intenso, la deseaba tanto, que sus ojos ardían de necesidad. Desari bajó las pestañas, intentando bloquearle, intentando impedir que la atrapara con su poder y necesidad. Esto era muy peligroso. ¿Podría ella poner en peligro la vida de su hermano? ¿Poner en peligro a Darius por un placer momentáneo? ¿Podría ser tan egoísta?

—Te mueres de miedo por mi culpa. —Julian lo afirmó con certeza, con una voz suave e hipnótica, hermosa y relajante—. Pero aún temes más que a tu hermano o a mí, lo que sucederá si te separas de mí.

Ella respiró hondo, se percató de que le temblaban las manos, y se las cogió por la espalda.

—Tal vez tengas razón. ¿Por qué arriesgar tanto por un breve rato?

Él enmarcó un lado del rostro de Desari con la mano, y desplazó el pulgar como una pluma sobre su suave piel, captando su perfección antes de buscar un punto de apoyo en el pulso que latía frenético, más abajo, en el cuello.

A ella casi se le detiene el corazón. Sus palabras surgieron entrecortadas:

—No puedes tocarme de este modo.

Él movió el pulgar adelante y atrás, con un ritmo hipnótico sobre su pulso.

—No puedo hacer otra cosa que tocarte, Desari. Al fin y al cabo, soy carpatiano. No te ves con ese vestido que llevas, con el pelo caído a tu alrededor. Eres tan hermosa que duele mirarte.

—Julian, por favor, no me digas esas cosas —susurró contra la palma de la mano de él.

—No es más que la verdad, *cara*. No tienes que temer nada; ven conmigo.

Qué tentación era aquella voz. Nunca en su vida había deseado tanto algo. La atracción entre ellos era eléctrica. Juraría que podía oír las chispas y el crepitar. Permaneció de pie ahí, en silencio, con la mano de Julian pegada a su piel, desatando oleadas de calor que se precipitaban por su sangre. En todos sus siglos de vida nunca había experimentado algo así.

—Desari, sabes que es cierto. Lo sientes. Prometo traerte de vuelta con tu familia sana y salva al amanecer. —Julian era consciente de que en el exterior de la puerta se estaban reuniendo los demás hombres. Eran tres. Uno era su formidable hermano, los otros, dos miembros de la banda—. No tenemos mucho tiempo, *piccola*. Los otros están a punto de irrumpir por la puerta. —Hizo un peculiar ademán con la mano, y luego mantuvo la palma abierta en dirección a la puerta.

—No puedo.

—Entonces debo quedarme aquí y convencerte —manifestó sin la menor prisa, con calma. Como si su muerte a manos de su protectora familia no fuera algo inminente.

Ella le agarró del brazo.

—Tienes que irte antes de que esto acabe en un estallido de violencia. Por favor, Julian.

Él oía la fuerza salvaje con que latía su corazón. Inclinó la cabeza hacia ella, esbozando una sonrisa sincera en su boca.

—Ven conmigo. Prométeme que vendrás a la taberna pequeña que hay a tres manzanas de aquí.

Desde el otro lado de la puerta llegó el fuerte ruido de un estallido y alguien que —sonaba como Barack— maldecía en voz alta. Los dos alcanzaron a oír a Darius regañándole en voz baja.

—Te he dicho que no tocaras la puerta. Ten un poco de respeto. —Su voz sonaba grave e hipnótica—. ¿Desari? —Darius no alzó la voz, más bien la bajó hasta convertirla en un susurro—. Ábrenos la puerta.

—Sal por la ventana —insistió Desari al tiempo que empujaba el muro que constituía el pecho de Julian. Fue un error tocarle, porque al instante él respondió cubriendo su mano y atrapando la palma contra sus fuertes músculos.

—He entrado por la puerta, *cara*, y mi intención es salir del mismo modo. ¿Te reunirás conmigo más tarde o permanecemos juntos aquí?

Ella sintió los latidos del corazón de Julian bajo la palma de la mano. Constantes. Sólidos. En absoluto afectados por el hecho de que le asediaran tres poderosos depredadores que se hallaban tan sólo al otro lado de la puerta. Su pulgar se desplazaba como una pluma por el dorso de su mano, avivando las llamas que ya le lamían el cuerpo. Intentó con desesperación zafarse de él. Era una roca y no se movía.

—¿Qué voy a hacer contigo? —preguntó.

—Di que vas a reunirte conmigo. No permitas que tu hermano controle tu vida. —Ahora olía a los leopardos; sabía que se habían unido a los tres hombres y que recorrían el pasillo inquietos.

Desari también lo sabía.

—De acuerdo, lo prometo —capituló—. Vete de una vez antes de que suceda algo terrible.

Julian bajó la cabeza para rozar su tierna boca temblorosa con sus labios. Fue el más sutil de los besos; apenas se prolongó un instante, pero ella notó cómo alcanzaba su corazón, su alma. Él le sonrió, y sus dorados ojos la quemaron con un calor fundido. Con necesidad.

—Entonces, *piccola*, abre la puerta.

Desari le agarró con los dedos de la camiseta de algodón.

—No, no lo entiendes. No puedes salir ahí.

—Recuerda lo que me has prometido. Reúnete conmigo. —Julian inclinó la cabeza hasta ella una última vez porque tenía que hacerlo. Su olor era fresco y limpio, un soplo de aire de las elevadas montañas que tanto le gustaban. Su piel era más suave que los pétalos de rosa. El cuerpo de Julian expresaba sin tapujos sus urgencias insistentes e inexorables. Las controló, pero necesitaba tocarla, sentir su respuesta, notar también en ella las ardientes llamas, a tono con la tormenta de fuego que ardía en él. Porque estaba ardiendo.

Encontró su boca con sus labios. Ardiente. Exigente. Llevó la mano a la nuca y la sostuvo muy quieta para poder explorar su dulzura. Al instante, estuvo perdido. Se nutrió de ella con postura agresiva y la arrastró hasta el cobijo de su propio cuerpo, estrechándola tan cerca que era imposible distinguir dónde empezaba uno y dónde acababa el otro.

Un rugido atronador al otro lado de la puerta hizo que Desari forcejeara y le empujara con los ojos muy abiertos de miedo por él.

—Va a matarte. Por favor, por favor, vete ahora que estás a tiempo.

Estaba tan hermosa, que por un momento no pudo ni respirar ni pensar. Poco a poco esbozó una sonrisa que suprimió el ansia de su boca.

—Ven a mi encuentro, *cara*. Te haré cumplir la promesa. —Retiró su mano despacio a su pesar, le soltó la nuca y se apartó.

—Desari. —Era la voz suave y persuasiva de Darius—. Ha protegido la puerta contra nosotros. Sólo tú estás a salvo de sufrir algún daño. En cuanto la toques, se romperá el sortilegio y podremos entrar. Haz lo que te pido.

Desari observó cómo resplandecía la forma sólida de Julian y luego se disolvía hasta quedar en nada. Ella dirigió rápidas miradas a su alrededor. Tenía que haberse transformado en algo. Tenía que estar en algún lugar. Buscó con mirada frenética por todo el camerino. No había ninguna bruma. Nada. Se fue hasta la puerta y acercó la mano a la manilla. ¿Dónde podía haber ido? No había usado la ventana para salir, ya que seguía firmemente cerrada, y también las contraventanas.

Abrió la puerta muy despacio. Los hombros de su hermano llenaban el marco de la puerta. Sus rasgos eran sombríos, despiadados, y sus ojos negros, fríos como el hielo.

—¿Dónde está?

Barack y Dayan se encontraban detrás de él, igual de robustos, cortando cualquier vía de escape, y aún peor, los dos leopardos merodeaban tras ellos, a un lado y otro, con una grave advertencia retumbando en sus gargantas.

—Este hombre es más peligroso de lo que crees —le informó Darius en voz baja—. No sabes nada de él. —Entró en el camerino, inspeccionando sin descanso con sus ojos escrutadores, sin perder detalle—. Está aquí, en tu habitación. Percibo su presencia, su poder. —Darius cogió de repente a Desari por el brazo y la atrajo más hacia sí, inspirando de forma brusca—. ¿Ha bebido tu sangre? —La sacudió un poco.

Desari negó con la cabeza mientras forcejeaba e intentaba soltarse. Darius la liberó de forma inesperada, maldijo en voz baja y se llevó la mano a la boca. Tenía la palma quemada. Sus ojos continuaban inspeccionando la habitación.

Barack y Dayan irrumpieron y se quedaron boquiabiertos al ver el daño que había sufrido Darius.

—Está aquí. Le percibo —repitió Dayan con voz cortante.

¿Cómo has podido hacer algo así? Has hecho daño a Darius, acusó Desari a Julian casi llorando. Nunca se había sentido tan emotiva en todos sus siglos de existencia. Era como ir montada en una montaña rusa. La deslealtad y la culpabilidad ahora la invadían con dureza y rapidez.

La palma ya se está curando. Debería saber que es mejor no agarrarte así. Es inaceptable para mí. La voz de Julian sonaba perezosa y segura. Sonaba displicente, como si todo aquello le divirtiera mientras ella estaba tan asustada.

Debería decirle dónde te encuentras, soltó Desari, exasperada con el tono de él, con su arrogancia. Los hombres resultaban tan irritantes a veces.

Tú sabes dónde estoy. Pero si quieres, cómo no, dile a tu hermano lo que piensas. Te doy permiso.

Desari apretó los dientes, pero se le escapó un siseo de total enfado. Julian tenía suerte de haberse disuelto; de otro modo, se sentiría tentada de estrangularlo con sus propias manos.

Darius la estudió con su fría mirada.

—Te habla. ¿Qué te dice?

—Lo suficiente como para tener ganas de abofetearle —soltó Desari—. Ven, salgamos de este sitio.

Barack soltó un aullido triunfal.

—Es el polvo de la habitación. Mirad la forma en que cae formando un diseño poco natural en el suelo y a lo largo de la repisa de la ventana. —Se sentía orgulloso para sus adentros de haberlo detectado antes que Darius o Dayan—. Tal vez tengamos que hacer un poco de limpieza por aquí. —Su palma también estaba quemada por haber tocado la puerta.

Desari empalideció por momentos.

—No. Ya os lo he dicho: quiero que le dejéis en paz.

Desari salió del autobús vestida con unos gastados tejanos de color azul desteñido. Llevaba una camiseta de canalé de algodón, de cuello de pico, que se amoldaba a su silueta. Esa noche no se había alimentado, a propósito, y mantenía su hambre como prioridad en su mente, pues sabía que Darius intentaría escanearla. Él había salido en busca de sustento, pero en cualquier momento podría verificar cómo se encontraba ella.

Barack pisó adrede una pila de partículas de polvo, que machacó en el suelo.

—No puede presentarse aquí y pensar que va a conseguirte. Te ha cautivado de alguna forma extraña, Desari. Es nuestro deber protegerte de algo así.

Darius rodeó a su hermana por los hombros.

—No te inquietes por éste, Dara. Es demasiado astuto como para dejarse atrapar en el polvo del suelo. Es una estratagema demasiado obvia. Lo ha dejado ahí para despistarnos. Vamos, salgamos. Es más pequeño incluso de lo que ves en el suelo. Lo más probable es que se haya reducido a diminutas moléculas suspendidas en el aire, en este momento imposibles de destruir. —Recorrió con su mirada la habitación y luego el techo—. Yo mismo he usado un sistema como éste en algunas ocasiones, para no ser detectado. Nos marcharemos de este lugar. Confío en que ya os hayáis despedido.

Desari se fue con su hermano, segura de que él no le mentiría. Dayan y Barack, sólo para cerciorarse, barrieron el polvo y dejaron correr el agua hasta que se lo llevó disuelto por el desagüe. Satisfechos de haberse librado de la «criatura», los dos salieron para ir de caza, a buscar alimento, dejando que Darius se ocupara de su díscola hermana.

Capítulo 4

Le había dado un sermón largo y severo. Desari se sentía especialmente desafiante después de aquello, y un poco desesperada. Le había prometido a Julian que se reunirían, y sabía que si no se presentaba a la cita, él vendría a buscarla.

Esto es muy peligroso. Le buscaba, enviaba su angustia exasperada para que él la detectara. *Darius y los otros nos estarán vigilando.*

Hubo un momento de silencio, lo bastante largo como para que ella pensara que tal vez no seguía la vía correcta de conexión con él. Julian respondió, por completo impertérrito, y del todo arrogante. *Si prefieres, Desari, estaré encantado de reunirme con ellos y discutir esto de un modo racional. Me perteneces. Ellos no pueden interferir. Y ¿quiénes son esos otros dos payasos? No intentes convencerme de que también son hermanos tuyos.*

Creo que no te conozco lo suficiente como para explicarte los asuntos de mi familia, respondió ella con suficiencia.

No me provoques deliberadamente, cara mia. *Admitiré que soy un hombre celoso. Los hombres de nuestra especie nunca han sido célebres por permitir que sus mujeres se relacionen con otros hombres.*

Yo no te pertenezco. Me pertenezco sólo a mí misma.

Desari suspiró mientras salía de la caravana y se iba por la calle en dirección a la taberna donde había prometido reunirse con Julian. Sacudió la cabeza. Qué ridículo era esto. Darius podía seguir su pista cuando quisiera. Era imposible entender a los hombres, incluso después de siglos de intentarlo. Nada de lo que hacían tenía el menor sentido.

Darius no tiene derecho a seguir gobernando tu existencia. Ese derecho le corresponde a tu pareja de vida, no a tu hermano.

Desari detuvo la marcha en seco. Él sonaba tan suficiente y tan insolente... Presuntuoso. Autoritario. Arrogante. ¿Qué estaba haciendo ella?

La risa de Julian reverberó quedamente en su cabeza y rozó su piel con pequeñas llamaradas. *Quieres venir conmigo. Sabes que tienes que venir conmigo. Nada puede detenerme. Sabes que debes acudir a mi lado. No hay vuelta atrás.*

Sus pies parecían moverse con voluntad propia, atraídos de modo inexorable hacia el bar. Avanzó varios metros y alcanzó la esquina, hasta que se percató de que la movía la coacción. La voz de Julian era grave, empleaba un tono hermoso, un combinado de noche y esencia seductora. Estaba utilizando tan sólo su voz como arma, y ella, como una absoluta novata, estaba respondiendo. Desari se obligó a detener sus pasos agarrándose a una farola y aguantando allí.

La risa de él sonaba grave y burlona. *El deseo es más poderoso de lo que pensaba. Y a ti te sucede lo mismo.*

Ya te gustaría, contestó ella con ojos centelleantes y alzando la barbilla. *Me niego a seguir con este juego infantil. Lárgate y no regreses.* De todos modos, él tenía razón. Nunca se había sentido así. Cada célula de su cuerpo parecía pesada y caliente, ansiaba la liberación. Ella le deseaba. Así de puro y simple. Pero eso era todo. Sólo era sexo. Apasionado, tórrido sexo. Y nada más, en absoluto. ¿Quién querría a un capullo arrogante como aquél?

—Tú. —Aquella única palabra fue susurrada contra su cuello, contra el pulso que latía ahí con tal fuerza. De repente, tuvo su cuerpo tan cerca que notó el calor que emanaba de su piel. Aunque ella era alta, la gran figura de Julian parecía elevarse por encima. Así, tan cerca, percibía su poder, la intensidad de sus emociones. Julian desplazó su mirada por encima de ella en actitud de pura posesión.

Desari permaneció perfectamente quieta, con temor a moverse. Había algo en él a lo que parecía incapaz de resistirse. Eran sus ojos.

La manera en que sus ojos ardían como oro fundido. Tan intensos. Tan ansiosos. ¿Cómo podía resistirse a esos ojos? Había algo en la mente de aquel hombre. Había estado muy solo y sentía necesidad, y sólo ella podía ofrecerle una satisfacción. Julian le pasó la mano por el hombro y luego la bajó para apoyarla en su delgada cintura. El contacto era posesivo. Estaba abriendo un agujero con su palma a través del delgado material de la camiseta.

Él ejerció una pequeña presión y se la llevó consigo para dirigirse a la taberna. Ella continuaba vacilante; su cerebro pugnaba con sus instintos, sus emociones, la química de su cuerpo. Julian era muy consciente, después de haber compartido la mente con ella, de que no se podía jugar con Desari. Había vivido durante siglos, había adquirido conocimientos y una fuerza tremenda. Esta situación requería un poco más de tacto, algo que no era su punto fuerte precisamente. Él estaba acostumbrado a salirse con la suya en todas las cosas. Ante todo, creía que era su deber y derecho proteger y cuidar a su pareja de vida. Pero Desari no parecía seguir el mismo camino que las mujeres de su raza, Ya que tenía temperamento.

—He oído a tu hermano referirse a ti como Dara. ¿Cómo es que usas ese nombre? —le preguntó, y aquella curiosidad tan directa la despistó por completo.

—Hace mucho que me llaman Dara. Es mi apodo. Darius dijo que mi madre me llamaba así a menudo —respondió, caminando con él de manera automática. El cuerpo de Julian estaba muy cerca de ella, y notaba el roce de su muslo, de su pecho, de los fuertes músculos que entraban en contacto con ella por un breve instante y luego se apartaban. Desari se rozó los labios con la lengua para humedecer su repentina sequedad. Se sentía intrigada por la manera en que Julian conseguía que se sintiera tan consciente de sí misma como mujer.

—¿Sabes qué significa Dara? —preguntó Julian en voz baja.

Desari se encogió de hombros.

—Es persa antiguo y significa, perteneciente a lo oscuro.

Julian asintió.

—¿Recuerdas de dónde vienes? ¿Dónde naciste?

Desari se apartó de él; fue una retirada sutil del calor de su cuerpo. Lo que necesitaba de verdad era alejarse corriendo del calor de sus ojos. Nadie le había mirado jamás como él. Julian deslizó un brazo en torno a su cintura y la atrajo de nuevo bajo su hombro.

Ella le puso una mano en la caja torácica para apartarle, pero de algún modo la mano permaneció pegada a su fina camisa, deleitándose con el calor de él. La atraía como un imán, del mismo modo que la atraían sus ojos. Bajó las pestañas. Esto era una locura. Pero por unas pocas horas, esa noche, se entregaría a sus sueños; se permitiría una fantasía que tal vez tuviera que durar para siempre.

La figura mayor de Julian la apremió a entrar en la pequeña taberna. La banda estaba tocando algo suave y etéreo, lo que le dio a él la oportunidad de rodearla y cogerla entre sus brazos. En el momento en que la estrechó contra su pecho, supo que aquello estaba bien. El cuerpo de ella se amoldaba al suyo a la perfección. Se movían con el mismo ritmo, las mismas pulsaciones acompasadas, el mismo paso deslizante y oscilante. La cabeza de Desari se acoplaba sobre su hombro, y su mano encontraba su sitio en la de él.

—No deberíamos estar haciendo esto —dijo Desari. Pese a su decisión de no permitirle controlarla, no podía evitar moverse con aquella danza erótica. Los muslos de él eran duras columnas contra las blandas piernas de ella. Julian olía a bosque, misterioso y peligroso. Desari inspiró, absorbiendo el aroma de su sangre.

Él le tocó el cuello con la boca, tan sólo una caricia ligera como una pluma, pero la sacudida propagó ondas expansivas por el interior de ambos. El anhelo se desató ardiente por ella, apasionado y erótico, como nada conocido hasta entonces. Notaba el calor del aliento de Julian acelerándole el pulso, ya bastante frenético, bajo su piel.

—Esto es exactamente lo que debemos hacer. No tengo otra opción, *cara*, necesito estrecharte entre mis brazos. —Sus labios eran de suave terciopelo; su lengua un cálido arañazo acariciando su pulso. Julian le rodeó los dedos con la mano y luego la muñeca, para poder sujetar su mano con fuerza contra su corazón—. ¿Tienes alguna idea de lo hermosa que eres realmente, Desari? —Él le arañaba la arteria una y otra vez con sus dientes, con una suave cadencia, provocando llamaradas que danzaban por todo su cuerpo.

Desari cerró los ojos y se entregó al puro placer del momento. Sintió la piel de Julian áspera y caliente contra su suavidad. Notaba su fuerza, sus músculos de acero. Se movían juntos con un ritmo tan perfecto, que ella quiso seguir siempre así. Aquellos brazos hacían que se sintiera protegida y apreciada. El ardiente anhelo en los ojos de Julian hacía que se sintiera deseable. Sus palabras hacían que se sintiera hermosa. Pero sobre todo, la manera en que se movía su cuerpo excitado, duro y agresivo mientras la abrazaba, convertía su propio cuerpo en una llama con vida propia.

—Es tu forma de ser por dentro, Desari, no sólo el envoltorio exterior, lo que te vuelve tan hermosa. —Saboreó su garganta con la lengua y deslizó los labios por su barbilla hasta el extremo de su boca.

—Tú no puedes saber cómo soy —protestó ella pese al modo en que volvía la boca ciegamente hacia él. Tenía que saborearle, saber si este hechizo de magia negra que él creaba en torno a ella con tal facilidad era real.

Desari esperaba casi una violación salvaje, pues era consciente del ansia tan profunda y fuerte en él. El primer contacto de sus labios fue de una ternura increíble, moviendo la boca sobre la de ella para memorizar la sensación y la forma, como si se hubiera quedado embelesado, como si le encantara su sabor. Aquello la desarmó más que cualquier otra cosa. Sus piernas parecían de goma, pero él se limitó a sujetarla con más fuerza contra sí, con gesto protector, como si quisiera resguardarla con su corazón. Le rodeó la garganta con la mano con sumo cariño, moviendo la punta de los dedos con una tierna caricia que difundía calor hasta un pozo profundo y luego una oleada de debilidad que fluyó por todo su cuerpo. Ella profirió un sonido, un grave gemido de alarma. Le estaba robando el corazón con su dulzura. Desari encontró con sus manos la espesa melena dorada y se aferró a ella cerrando los puños, en busca de apoyo. La estaba atrapando para siempre, y ella se entregaba sin oponer resistencia.

Era un depredador peligroso y violento, y aun así la abrazaba con actitud protectora; la besaba como si fuera la cosa más preciosa del mundo. Era como si necesitara el sabor y el contacto con ella tanto como respirar. ¿Cómo podía no caer en su hechizo? Su voz era grave y seductora, un murmullo en italiano que se apoderó de su corazón, arrebatándoselo a su propio cuerpo. El mundo se disolvía en una extraña neblina que la rodeaba y la tierra se desplazaba bajo sus pies. Sus cuerpos oscilaban siguiendo la música, mientras las sombras les ocultaban de miradas curiosas. Desari tenía la extraña sensación de que él le estaba haciendo el amor, sin sexo, pero haciendo el amor a la única mujer del mundo que le importaba. Todo en ella reaccionó como respuesta a la ternura de su posesión.

Julian profundizó en su beso como si quisiera nutrirse de la dulzura de su boca, con la mano extendida sobre la garganta, atrapando con su cuerpo el de ella contra una pared, sosteniéndola quieta mientras encendía un fuego en su sangre y convertía su cuerpo en una llama viva.

—Ven conmigo, salgamos de aquí —susurró con su preciosa voz, áspera de la necesidad. Era la seducción de un hechicero.

Desari apoyó la cabeza en su hombro, confundida y vulnerable. Le deseaba; quería estar con él. Su necesidad era muy fuerte, casi compulsiva. No podía entenderlo. En sus largos siglos de vida, nada la había preparado para la fuerza de su magnetismo.

—Ni siquiera te conozco.

Julian acarició con los dedos su sedoso pelo, con una pequeña sonrisa masculina que ablandó el duro gesto de su boca.

—Insistes en creer eso, Desari, pero has estado en mi mente igual que yo en la tuya. Sé lo hermosa que eres, de dentro hacia fuera, porque lo oigo en tu voz, lo veo con claridad en tu corazón y en tu mente. Eres un poco alborotadora, pero nunca harías daño a ningún ser. Eres la luz para mi oscuridad, mi pareja de vida.

Ella negó con la cabeza.

—No sé qué quieres decir.

—Lo sientes. No intentes negarlo. —Frotaba con sus pulgares los sedosos mechones de pelo. Sus ojos ardientes eran oro fundido, vivos de anhelo, de necesidad incesante, de fiera posesión.

—¿Qué es una compañera de vida? Nunca he oído ese término.

Julian estudió el rostro de Desari vuelto hacia arriba y, con las palmas de la mano, siguió la forma de su clásica estructura ósea.

—¿Cómo es que eres carpatiana y no sabes nada de esto? Tenemos mucho que aprender el uno del otro. Esta noche te explicaré lo que son las parejas de vida para la gente de nuestra patria. —Deslizó la mano por su garganta, luego por sus hombros y por toda la longitud del brazo hasta enlazar sus dedos—. Pero nos persiguen, *piccola*. Salgamos de aquí y vayamos a otro lugar a hablar.

A Desari se le atragantó la respiración.

—¿Darius? ¿Mi hermano? ¿Nos está persiguiendo? —Aún no la había llamado para exigir su regreso, como esperaba que hiciera al descubrir que se había marchado. Pensaba que tendría tiempo para dejar un rastro falso, lejos de Julian—. Tengo que irme. Puede seguir mi rastro y le traerá directo hasta ti.

Julian tiró de ella, en dirección a la puerta de la taberna, y Desari se sintió casi indefensa bajo su hechizo. Era una locura desafiar de este modo a Darius. Encontraría a este hombre, y entonces tendría lugar una batalla terrible.

—Ven conmigo, Desari. No habrá batalla a menos que tú decidas forzar la situación quedándote aquí. Tengo la necesidad de hablar contigo. Me prometiste esta noche, y no permitiré que no cumplas tu palabra.

Ahora se movían deprisa y salieron por la puerta a la oscuridad de la noche. ¿Se lo había prometido? La tenía tan desconcertada que no podía recordar con exactitud qué había dicho.

—No hay manera de engañar a Darius —señaló—. Mi sangre fluye por sus venas. Puede seguir mi rastro a su antojo, y es muy poderoso.

Julian deslizó un brazo en torno a sus delicados hombros.

—Es cierto que tu hermano representa un reto interesante, pero podemos tomarnos nuestro tiempo si lo deseas.

A su pesar, la posibilidad le intrigaba. Nunca había saboreado de verdad la libertad. Darius y los otros la vigilaban como si fuera una cría. A veces era mortificante.

—No tengo deseos de ponerte en peligro. —Los grandes ojos de terciopelo de Desari evitaron la intensa mirada de Julian al admitir aquello. Creía que estaba revelando sus verdaderos sentimientos.

La dura boca de Julian se curvó con un gesto de satisfacción.

—Me complace que te preocupes por mi seguridad, *cara* —dijo él, con una caricia seductora transmitida por el timbre profundo de su voz y por su acento italiano aún más marcado—, pero no hay por qué. No es que carezca de mis propios poderes. Sé que este hombre es un ser querido por ti. No habrá confrontación real entre nosotros. Tal vez juguemos un poco al gato y al ratón.

Desari se estremeció; el frescor de la noche hacía estragos sobre su piel acalorada. Tenía que ser el aire; su voz por sí sola no podía provocar aquella fiebre que corría por su sangre. Y no era sólo la fuerte química entre ellos lo que la atraía, decidió alzando la barbilla, sino el conocimiento que él podía impartir. Era un verdadero carpatiano, criado en su tierra de origen. Sabía cosas que ella deseaba conocer con desesperación, cosas que podían ser importantes para su familia.

—Dime cómo podemos hacer esto.

En su voz había una altivez natural, una nota de exigencia imperiosa. Desari estaba acostumbrada a salirse con la suya cuando decidía conseguir algo. Julian rodeó con los brazos su estrecha cintura. La electricidad crepitó y chispeó entre ellos. Podía intentar negárselo a sí misma, pero él veía la respuesta en sus ojos; la notaba en su cuerpo y en el aroma con que le llamaba.

—Funde tu mente por completo con la mía, de manera que él no pueda encontrar rastro de ti.

Desari intentó soltarse con una sacudida.

—¡No! No puedo.

Esa sonrisa irritante curvaba de nuevo su boca, se burlaba de ella.

—¿De qué tienes miedo, *piccola*? ¿De mi determinación? No he intentado en ningún momento ocultarte mis intenciones. Te quiero en todos los sentidos. Soy imparable cuando algo es tan importante para mí, y tú eres lo más importante en mi vida, en todos mis siglos de existencia. Únete a mí. Volaremos muy lejos de aquí y hablaremos de cosas importantes.

Era un desafío en toda regla. Él no disimulaba su diversión. Los ojos de Desari centellearon al mirarle.

—No te tengo miedo —soltó—. Soy poderosa por mí misma. No puedes seducirme sin mi consentimiento. Iré contigo para aprender de ti. —Sonó como una princesa que concede un favor a un siervo.

Julian sabía que era mejor que no se le notara el triunfo en la cara. Le cogió ambas manos.

—Pues bien, *cara mia*, ven conmigo, fúndete conmigo. —Su voz era una caricia que propagó llamaradas por el cuerpo de Desari, llamaradas que no tenía intención de sofocar.

La sangre de Julian corría por sus venas. Ella se estiró con su mente e hizo una inmersión completa, entrando con decisión en la de Julian para no darse opción de caer en el pánico y cambiar de idea. Al instante supo que estaba perdida. Él la había atraído hasta un mundo erótico de pasión, anhelo y fiera necesidad. Y él era tan despiadado como Darius, en todos los sentidos. Un solitario. Un gran guerrero con siglos de batallas a sus espaldas. Parecía no ocultarle nada. Nada, ni siquiera su terrible e implacable oscuridad. Siempre había estado solo, incluso en su propio mundo. Siempre solo. Hasta este momento. Desari se movió por el interior de esa oscuridad, inquieta de pronto.

Cambia de forma, piccola. *Emplea la imagen que te he dado.* Sus palabras transmitían una urgencia que ella no podía pasar por alto. Darius estaba cerca.

Se lanzaron al cielo de forma simultánea, con los corazones latiendo al unísono, con sus plumas iridescentes incluso en el cielo nocturno. Batiendo las alas con fuerza, alzaron el vuelo deprisa y se alejaron de allí. En perfecta sincronía, hicieron virajes en el aire, volando en dirección a las lejanas montañas.

Julian compartió con ella la belleza de la noche. No había visto colores en siglos, de modo que todo le resultaba nuevo y maravilloso. Las hojas plateadas de los árboles que relucían por debajo, el brillo del agua del gran lago cercano, el chillido inquietante de un búho que perdía su presa, y el rumor de ratones grises escurriéndose a través de la vegetación en el suelo del bosque.

Darius sería incapaz de rastrear a Desari mientras estuvieran tan fundidos y juntos, pero en el momento en que volvieran a separarse, podría encontrarla. El truco era llevarla muy lejos, establecer tantas pantallas como pudiera, de modo que su hermano no tuviera otra opción que regresar y buscar la seguridad antes de que le cogiera el amanecer.

Desari vaciló por un momento al leer las intenciones de Julian. No había considerado estar lejos de su familia durante el día, esas horas en la que ella sería totalmente vulnerable. Al instante, Julian le mandó oleadas de calor y tranquilidad, la determinación implacable del carpatiano de proteger a su compañera estaba por encima de todo lo demás. Mientras ella se encontrara a su lado, nada le sucedería, nunca lo permitiría.

Y ¿qué me dices de ti? ¿Estoy a salvo de ti? Lo preguntó en tono suave, muy consciente de la feroz necesidad del cuerpo de Julian, de su propio cuerpo, del deseo terrible e insaciable que sentía por ella, sólo por ella. Nadie más sería capaz de satisfacer jamás las necesidades que le comunicaba su cuerpo. Nadie más podría apagar el fuego que ardía tan dentro de él. Y saberlo sólo servía para debilitar aún más su resistencia. Aquella necesidad era algo terrible.

Siempre, Desari. Siempre te protegeré con mi vida. Lo percibes; sé que es así. No me queda otro remedio que garantizar tu seguridad.

Julian notó la perturbación en el aire, oleadas de poder que reverberaban por el cielo buscando la presa que el cazador estaba decidido a encontrar. Sonrió dentro del cuerpo de ave rapaz. Darius era muy peligroso, un verdadero anciano con una voluntad de oro. Desari, fundida ahora con él, permanecía oculta a su hermano. Aun así, Darius era un adversario de talento, y Julian no era tan arrogante como para desdeñar a su contrincante. Sabía que se enfrentaba a un igual o casi.

Las oleadas de poder rastreador fueron remitiendo, y el aire quedo tranquilo y fresco. Luego, sin previo aviso, Darius volvió al ataque. Julian notó el dolor que le golpeaba en la cabeza, dentro de la cabeza de Desari. Ella hizo un ruido, sólo un leve grito gutural, pero al instante Julian absorbió las ondas sónicas y las bloqueó.

Escucha, desconocido. Sé que me percibes, sabes qué soy. Si le haces daño, del modo que sea, no habrá ningún sitio en esta tierra donde puedas esconderte. Te encontraré, y morirás: una muerte lenta y dolorosa. La voz llegaba desde los márgenes de la noche, transmitiendo en toda longitud de onda posible para que no hubiera duda de que se oía y entendía con claridad.

Julian estaba asombrado del poder que tenía el guardián. Parecía tan competente como Gregori, e igual de peligroso. Tal vez Darius careciera de la gracilidad elegante de aquel —parecía más desenfadado y primitivo— pero esgrimía un poder muy real. Pocos eran capaces de lo que estaba haciendo: mantener una nota dolorosa en la cabeza de Julian sin previo intercambio de sangre y sin que tuviera idea de dónde se encontraba. Y hablaba en serio. Era decidido y despiadado, sin una sola pizca de compasión.

Julian inspiró con brusquedad y descendió del cielo con Desari para ir hasta una pequeña y cómoda cabaña instalada en lo alto de las cumbres montañosas. Mientras aterrizaba y cambiaba de forma, mantenía la unión con la mente de Desari para que ella no delatara de forma inadvertida su ubicación, pero cambió el tono del sonido para que no le maltratara con tal agudeza.

Costó un poco devolver la trampa sónica a su creador, sobre todo teniendo en cuenta que al mismo tiempo mantenía a Desari al margen de la batalla que libraban los dos carpatianos. No era necesario que ella se enterara de que ambos se estaban midiendo. Invirtió la nota, volvió a modularla y la envió con fuerza de regreso por el cielo nocturno. Le producía cierta satisfacción saber que había marcado un tanto al poderoso carpatiano. Sólo entonces liberó a Desari de su mente y le permitió salir por completo.

Por primera vez, ella se dio cuenta de que estaba asustada de verdad. ¿Qué había hecho? ¿Había seguido a aquel completo desconocido lejos de la protección de su familia? Y ¿por qué? Sexo. Lisa y llanamente. Se sentía tan atraída por Julian Savage que se había saltado de forma voluntaria sus valores y normas y había colocado a Darius en una posición insostenible. Estaría preocupado por ella. Había confiado en Julian porque nunca antes, en toda su existencia, había sentido algo tan profundo por alguien. No obstante, ahora sabía que él estaba manipulándola, y que era un maestro en aquel arte. Tal vez estuviera manipulando también todas sus demás emociones.

Julian se apartó de ella para que no se sintiera abrumada, y lo hizo con sus movimientos fluidos y poderosos. Se pasó una mano por la espesa melena y desplazó su mirada por ella con actitud posesiva.

—¿Quieres que permita que sientas dolor cuando es algo innecesario? —Su voz sonaba estrictamente neutral.

Ella sabía que Julian quería recalcar aquello. No la obligaba. O confiaba en él o no. Así de sencillo.

Julian cruzó los brazos sobre su amplio pecho y apoyó perezosamente una cadera contra una columna del porche.

—Sé que lo has notado.

—Por un momento —admitió ella, a sabiendas de que se refería al estallido de dolor que había surgido tan de repente en su cabeza. Se había ido al instante.

—Y lo eliminé de inmediato. Era tu hermano. Una advertencia.

—Oí su advertencia. Le he preocupado de forma innecesaria. Mi intención es comunicarle que regresaré a casa esta noche —dijo desafiante. No quería marcharse. Julian era tan tentador, con su ansiosa mirada derretida. La intensidad que sentía por ella era abrumadora, estimulante.

—Entonces regresaremos los dos. Pero ¿de verdad piensas que vamos a conocernos en compañía de tus protectores? Será muy difícil e innecesario. —Hizo un ademán indicando una silla en el porche—. Siéntate un rato y habla conmigo.

Sonó como un suave y amenazante ronroneo. Su intención era irse con ella si se marchaba, y entrar como si tal cosa en la guarida de quienes pretendían destruirle. Su voz era tan hermosa. Pura y amable. Denotaba un dejo de ternura, un toque de arrogancia, y una buena dosis de diversión masculina.

Sonaba como un desafío. Como si ella fuera una cría, una niña que se asusta con su propia sombra y con estar lejos de su hermano mayor. Desari inclinó la barbilla y ascendió con aire majestuoso las escaleras hasta la silla del porche. Se sentó con los ojos oscuros fijos en el rostro de Julian.

Él le sonrió y de pronto se disipó el peligro sombrío que llevaba pegado como una segunda piel. Por un momento, casi pareció un muchacho.

—No voy a retenerte como una prisionera, Desari. No hay ninguna necesidad de mirarme como si fuera un monstruo.

Desari descubrió que se relajaba. Una sonrisa lenta de respuesta iluminó su rostro.

—¿Eso estaba haciendo? Me siento culpable por desafiar a mi hermano y hacer que se preocupe. Y tal vez la haya tomado contigo. Es mucho más fácil culpar a alguien que a uno mismo.

Julian sacudió la cabeza.

—No te preocupes por tu hermano. Sabe perfectamente que no voy a hacerte daño. De hecho lo que le cuesta más es renunciar a su control sobre ti.

—¿Qué es una pareja de vida? —preguntó Desari, pues sabía que era importante. Había estado en su mente, sabía que él creía que ella era su pareja de vida.

—Todo carpatiano varón es depredador de nacimiento; nuestra naturaleza es cruel y mortal. Cierto, tenemos un fuerte instinto de protección hacia nuestros seres queridos, pero hay una oscuridad en nosotros que cobra fuerza con cada siglo que pasa. Sin una pareja perdemos toda emoción, incluso la habilidad de ver colores. Es una existencia vacía. Cada día la bestia se hace más fuerte y la oscuridad avanza poco a poco por nuestras almas. ¿No lo has advertido en los varones de tu grupo?

Desari se daba golpecitos en la mejilla con una larga uña.

—De hecho, sí. Al menos en Darius y Dayan. Barack siempre está rebosante de alegría, al menos ha sido así hasta tiempos recientes. Ahora está más tranquilo. Y había otro, Savon, que se transformó hasta el punto de no reconocerle ninguno de nosotros.

—Si los carpatianos no encuentran a su pareja verdadera, su otra mitad, la luz para su oscuridad, desaparecen. No podemos recuperar nuestras emociones. Estamos perdidos. —Julian soltó un leve suspiro al observar el pesar que crecía en el rostro de Desari—. Tenemos dos opciones: exponernos al sol y poner así fin a nuestra estéril existencia, u optar por perder nuestra alma y convertirnos en no muertos: vampiros buscando presas entre la raza humana para satisfacer el éxtasis definitivo, el poder de matar. Es la única sensación que nos queda.

Desari sabía que contaba la verdad. Savon había optado por convertirse en vampiro. Darius había destruido muchos no muertos a lo largo de los siglos. Tragó saliva con dificultad y alzó la vista.

—¿Cómo sabe uno con seguridad que ha encontrado a su pareja de toda la vida?

La sonrisa de Julian parecía tener contacto físico; era como una suave caricia.

—He vivido durante siglos sin ver colores o sin sentir emociones. Y entonces te encontré. El mundo ahora vuelve a ser hermoso y lleno de vida, con colores, con emociones tan intensas que casi no puedo procesarlas. Cuando te miro, mi cuerpo cobra vida. Mi corazón está abrumado. Tú eres esa mujer.

—¿Qué sucede si la mujer no siente lo mismo? —preguntó Desari con curiosidad. Era un concepto del todo nuevo para ella, ya que nunca había considerado algo así.

—Sólo existe una pareja verdadera para cada uno de nosotros. Si el varón lo siente, sucede igual con la pareja. —Sus blancos dientes relucieron al mirarla—. Tal vez, al principio, se muestre testaruda y no lo admita, pues no quiere ver su libertad restringida para siempre. Como hay muy pocas mujeres, desde el nacimiento se las protege y en cuanto tienen edad suficiente son entregadas al cuidado de su pareja.

—¿A qué te refieres con lo de libertad restringida para siempre? —De pronto, Desari se sintió inquieta. Sólo observar la manera fácil en que se movía el cuerpo de Julian le hacía entrar en calor y suspirar por él. No le gustaba el sonido de su voz, suave y arrogante, mientras pronunciaba estas palabras con cierta diversión. Sonaba como si la mujer no tuviera elección en aquel asunto.

Él le sonrió y, de repente, se movió con asombrosa velocidad, fluida y grácil, y se elevó dominante sobre ella, cuando ya se creía segura.

—No tienes por qué preocuparte, Desari. No me queda otra opción que velar por tu felicidad. —Le tendió la mano—. Tienes hambre; noto tu necesidad dentro de mí como si fuera mía. No tienes por qué sentirte incómoda.

Sin tiempo a pensar, dejó que él tomara su mano, una reacción instintiva a la llamada del sexo que envolvía a Julian. La estaba poniendo en pie, rodeando su pequeña cintura con el brazo antes de que tuviera ocasión de contestar. El cuerpo de Julian estaba excitado y rígido y su fragancia llenaba la mente de Desari. Cuando inspiró, ella le absorbió hasta dentro de sus pulmones y entonces él se precipitó por su cuerpo como una fuerte droga. Fuera cual fuera la química entre ellos, no podía negárselo: era intensa, incendiaria e instantánea.

—No puedo beber tu sangre —susurró ella temiendo que si la probaba estaría perdida para siempre.

Los blancos dientes de Julian relucieron durante un instante por encima de la cabeza de Desari, y luego se inclinó poco a poco, casi con languidez, hacia su tierna garganta. Sus ojos dorados ardían en deseo y retuvieron su mirada durante un largo momento hasta que bajó las pestañas, y entonces ella notó su boca moviéndose sobre su piel.

Todo su cuerpo se contrajo como reacción. Él la sujetó con los brazos como bandas de acero, pero aun así era un abrazo protector a su peculiar manera. El cuerpo de Julian se inflamó lleno de necesidad, pegado a ella, con una exigencia feroz que no pretendía disimular. Pasó sus labios, firmes y tiernos, sobre su arteria. Los dientes mordisquearon con dulzura y la lengua aportó un roce más áspero mientras jugueteaba y tentaba.

—¿Me lo vas a negar, entonces? —preguntó en voz baja, con la boca pegada a su piel de satén.

No podía negarle nada. Su cuerpo ya no le pertenecía, sólo era la otra mitad de Julian. Desari se acercó un poco más, pues necesitaba darle lo que él ansiaba con semejante desesperación. No había espacio para ningún pensamiento. Ella notaba su respiración, tan cálida e incitante; su lengua acariciando su piel y creando un fondo de calor dentro de ella. Ardía en deseos por él. Cerró los ojos y movió los brazos para acunar la cabeza de Julian. Un calor candente perforó su garganta, y el placer fue tan intenso que casi resultaba doloroso. Se oyó gemir a sí misma; notó la boca de Julian alimentándose de su sangre, tomando la esencia de su vida e introduciéndola en su cuerpo, sellando su unión de un modo erótico que no entendía.

Desari había bebido sangre cada noche a lo largo de siglos; también había donado sangre en numerosas ocasiones cuando era necesario. Pero nunca había sido así. El fuego corría por su cuerpo, abrasador, con llamaradas que saltaban exigiendo alivio. Se sentía una llama viva ardiendo en sus brazos, y su cuerpo se movía inquieto pues anhelaba con impaciencia la ruda agresión de Julian.

Éste cerró las marcas de la garganta de Desari con una caricia de su lengua al tiempo que se abría los botones de la camisa con una mano, mientras le sujetaba con la otra la nuca. Le murmuró algo en italiano, algo suave, ansioso y sensual, y la humeante necesidad desató un frenesí que ella nunca había conocido. Él la estrechó contra sus marcados músculos y estiró la mano para sujetar su pequeño trasero cubierto por los pantalones vaqueros, instándola a acercarse más contra la voluminosa evidencia de su erección.

El olor de Julian era fresco y masculino, y su cuerpo ardía en llamas por él. Tenía la piel tan sensible que le dolían los pechos, ya que sus pezones estaban irritados dentro del fino sujetador de encaje que los restringía. El hambre se apoderó de ella, hambre a la vez sexual y físico. No podía distinguir dónde empezaba ella y dónde acababa él. El corazón de Julian latía deprisa y con fuerza; la esperaba, la necesitaba y la deseaba. El anhelo era un brusco dolor entre las piernas de Desari, en su estómago y en sus pechos, y le corroía sin piedad hasta que por fin notó sus dientes perforando la piel de Julian.

Al instante la invadió el placer. Se apoderó de su cuerpo y se precipitó por su interior como un muro en llamas, una tormenta de fuego, pura belleza y éxtasis. Dulce y ardiente. Inconmensurable. Como nada que hubiera conocido en el pasado. Creaba adicción, la consumía, era eterno. Nunca existiría Desari sin Julian. Nunca existiría Julian sin Desari. Ella necesitaría su cuerpo, su sangre y su alma para el resto de sus días. Él necesitaría los de ella.

Jadeante y aterrorizada, cerró los diminutos pinchazos y se aferró a él, la única sujeción sólida en un mundo que parecía desintegrarse a su alrededor. Al instante, los brazos de Julian estaban ahí, fuertes y reales, mientras le rozaba con la barbilla la parte superior de la cabeza, de tal modo que los mechones sedosos de su cabello quedaron atrapados en la sombra dorada de su mentón, entrelazándolos como si fueran hebras.

—No tengas miedo a esto, *piccola*. Sé qué hacer. Soy anciano y poderoso, y conozco las costumbres de nuestra gente. Esto es algo natural para nosotros.

Desari sacudió la cabeza, ya que el corazón le iba a estallar.

—Para mí no lo es. No entiendes nada en absoluto, Julian. No puedo abandonar a mi familia. He estado en tu mente y conozco tus intenciones para nosotros. Eres un solitario; incluso tienes algo de renegado. Te gusta establecer tus propias normas e ir a la tuya. Sigues a tu príncipe, pero a tu propia manera, con flexibilidad.

Julian volvió a levantar la mano para acariciarle el cuello y aliviar su tensión.

—Tendremos tiempo para acostumbrarnos el uno al otro.

—Soy cantante, Julian. Me encanta cantar. Me gustan las multitudes, compartir la excitación con el público, la conexión con ellos. Y quiero a mi familia. Si tenemos un príncipe, un líder, ése es Darius. Ha dedicado su vida a nosotros, ha vivido para nosotros y nos ha protegido. No sabes todo lo que ha hecho por nosotros. No puedo abandonarle en este momento, cuando se halla tan cerca de la destrucción.

La noche les susurraba y envolvía con su capa oscura. Julian alzó el rostro al cielo y se quedó mirando las estrellas que se extendían sobre ellos como una manta centelleante.

—Háblame de él. Cuéntame cómo es posible que ningún otro carpatiano sepa de su existencia. Si vosotros habéis conseguido pasar desapercibidos, tal vez haya más. Esto sería de gran importancia para la continuidad de nuestra especie.

Su voz era tan amable y tierna que conmovió a Desari. No obstante, podía percibir su implacable resolución. Igual que Darius, Julian tenía una voluntad fuerte e implacable. Había escogido seguir su propio camino, crear sus propias normas. Julian le sonsacó toda la historia, desde épocas inmemorables. La terrible matanza. La precariedad del barco. El terror de los niños en medio de una tierra salvaje, sin ley, rodeados de animales depredadores.

Julian no tardó en comprender que Darius y Desari eran sin duda familiares vivos del sanador, del Taciturno. Tenían que ser el hermano y la hermana pequeños de Gregori, a quienes se daba por muertos a manos de los turcos. Tal vez otros habían escapado también. En el momento en que supo la verdad, se comunicó a través del tiempo y el espacio. *¡Gregori! He encontrado lo que buscaba durante tanto tiempo. Hay otros. De tu línea sanguínea. Sobrevivieron a las matanzas y se escaparon muy lejos.*

No era de extrañar que Darius le recordara tanto al sanador. De hecho, contaba con tantos recursos y era tan poderoso como su hermano mayor. Sería un enemigo implacable, inclemente, peligroso más de lo imaginable. También constituiría un amigo leal y protector pese a ser incapaz de sentir emociones. Su palabra era ley. No reconocía a nadie más. Julian se dio cuenta de que respetaba a Darius como a pocos.

Gracias por mandarme noticias de Darius y Dara, Julian.

También percibo tu necesidad. Desari es tu pareja de vida. Ocúpate de ella. Pese a la distancia, la gran satisfacción era evidente en la voz del sanador. *¿Necesitas de mí en esta ocasión?*

No, sanador. Acepto con beneplácito el desafío que representa para mí el miembro de tu familia. Y era cierto. La maravilla y belleza del mundo estaba a su alcance.

Contactaré con Mihail e informaré a Savannah. Vendremos en caso de necesidad; si no es así, nos reuniremos todos dentro de poco.

No os necesito por ahora, tranquilizó Julian al sanador. Tenía fe en sus propias habilidades. No quería ni necesitaba la interferencia o la presencia del sanador. Gregori conocía sin duda la naturaleza exacta de la oscuridad que seguía agazapada en su alma, un hecho que él había conseguido ocultar incluso a su hermano gemelo. Gregori creía en su honor, pero también sabía que estaba marcado por aquella sombra, y podría decidir que alguien así no se merecía a Desari, que no tenía derecho a ella en absoluto.

Pero Julian no tenía intención de renunciar a Desari. Era algo imposible, aunque estuviera predispuesto a hacerlo. Estaban unidos para toda la eternidad. Ya había pronunciado las palabras del ritual y, aunque todavía no habían concluido el ciclo completo del mismo, las palabras ancestrales por sí solas ya eran vinculantes, y él conocía las consecuencias. Serían incapaces de estar separados sin padecer un intenso sufrimiento, sin una absoluta incomodidad física. Y las oleadas de excitación carpatiana harían que se rindieran al final, exigiendo su unión. Aquello protegía la cordura del carpatiano varón, protegía su alma: poder permanecer unido a su pareja para toda la eternidad, pese a los temores de ella. Esos temores podían aplacarse, pero la destrucción del alma de uno era para toda la eternidad. Desari creía que podría controlar su destino, que tenía alguna opción, pero Julian sabía que no. Ella le pertenecía, era una parte de él. Ni siquiera Darius podría cambiar eso sin destruirla. Y si el honor le exigía a Darius hacer lo correcto, liberarla de alguien como él, ya era demasiado tarde. Les había unido para siempre en el ardor de su primer encuentro. Ya estaba hecho.

Julian soltó un leve suspiro y la estrechó entre sus brazos.

—Tu hermano es carpatiano y tiene tu misma sangre. No deseo hacerle daño. Si es preciso continuar con él para garantizar su bienestar, así lo haremos.

Desari sabía que Julian creía estar haciendo una gran concesión por ella, pero no le hacía ningún favor. Darius no le aceptaría en su círculo con tanta facilidad. Ni tampoco Dayan ni Barack. Los hombres eran difíciles, por no decir otra cosa. Durante cientos de años habían dependido los unos de los otros, habían colaborado entre sí, y no estarían dispuestos a permitir que un desconocido se entrometiera así como así.

Capítulo **5**

Desari alzó la cabeza del calor y la tentación del pecho de Julian. Sus enormes ojos estaban enternecidos por la tristeza.

—Sé que no lo entiendes, pero no puedo hacer otra cosa que regresar con mi familia ahora mismo. Me niego a continuar siendo irresponsable y egoísta después de todo lo que ha hecho mi hermano por nosotros.

Ella pensaba que Julian iba a oponerse, y le temblaba la mano que apoyaba sobre el corazón de él. Los ojos dorados de Julian se desplazaron con expresión posesiva sobre el rostro que le miraba. Su ardiente anhelo, tan intenso y patente, la dejó sin respiración, arrebatándole la determinación. ¿Cómo un hombre podía necesitarla tanto? ¿Cómo podía él mostrar tal necesidad de ella sin ego o sin temor a sentirse del todo vulnerable? ¿Cómo podía alejarse ella de una necesidad vital tan honesta?

—Julian —susurró su nombre suspirando de deseo. Tenía la sensación de debatirse entre dos hombres fuertes, dos lealtades, una de las cuales ni siquiera entendía.

—Tenemos pocas horas hasta el amanecer, _cara_. Si insistes en regresar al lado de Darius, entonces debemos hacerlo. —Su voz era un suave hechizo cautivador; sonaba seductora y masculina. Amenazó la precaria voluntad de Desari sólo con su sonido. Sus palabras decían una cosa, mientras que su ostensible pasión sensual susurraba algo bien diferente.

—Julian, tienes que dejar de mirarme de esa manera —le advirtió, mientras notaba que algo le oprimía de tal modo en la garganta que le era imposible respirar. Intentó apartar su mirada de la intensidad de los ojos dorados—. No puedo pensar si me miras así.

Julian movió la mano sobre su sedosa masa de pelo, frotando los mechones entre los dedos como si no pudiera evitarlo.

—¿Siempre has sido una artista?

Había una nota en su voz, una arrastrada caricia de admiración y embrujo que aceleró los latidos del corazón de Desari. La desarmaba por completo con ese modo suyo de arrastrar las sílabas, perezoso e italiano. Su pregunta la despistó. Parecía una seducción, sin dejar de ser inocente.

—Sí, siempre he cantado. Viajamos a continentes diferentes cada veinticinco años más o menos. De ese modo nadie advierte que no envejecemos. —Julian había deslizado de algún modo la mano, con la que toqueteaba de modo tan inocente sus mechones de pelo, hasta su hombro, por lo que sus dedos ahora le frotaban y le daban calor a través del fino material de su prenda superior. Sentía la piel de él conectada con la suya y le falló la voz mientras perdía el hilo de sus pensamientos.

Él se inclinó un poco más como si quisiera tranquilizarla.

—Por favor, continúa. Es extremadamente interesante. Durante siglos he buscado carpatianos perdidos, pero ya había renunciado a toda esperanza. Que consiguierais escapar es algo de veras extraordinario. —Movió los dedos hasta el escote de su camiseta siguiendo con aire ausente su delicado ribete bordado.

Desari tragó saliva mientras notaba unas pequeñas llamaradas lamiendo su piel, mientras sus pechos reaccionaban al contacto de la base de su pulgar, que se deslizaba sensualmente sobre la tierna prominencia. Alzó la vista, decidida a darle una reprimenda, pero él mostraba una apariencia tranquila y aparentaba poner gran interés en lo que ella le estaba explicando. Excepto sus ojos. Sus ojos eran oro fundido y ardían con un fuego líquido que parecía consumirla, cautivarla.

—No tengo idea de lo que estaba diciendo —admitió por fin Desari, con la voz tan ronca que sonó como una invitación.

Julian desplazó su cuerpo aún más cerca de ella, sin tocarla, lo justo para que su calor y fragancia masculina la envolvieran, la rodearan y la inundaran. La atraía como nada más podría hacerlo.

—Me hablabas de viajar de un lado a otro para cantar. —Su voz se consumía de necesidad.

Ella la detectó con claridad, y todo su cuerpo respondió por iniciativa propia, disolviéndose en calor líquido. Desari se aclaró la garganta.

—Sencillamente nos convertíamos en nuestros propios ancestros si alguien nos recordaba. Pocas veces era necesario pues nos asegurábamos de mantenernos alejados de algunas zonas durante décadas. Dayan es poeta, un maestro con las palabras, y nadie le supera con la guitarra. Syndil también es una música maravillosa, puede tocar casi cualquier instrumento. De hecho, lo mismo sucede con Barack, que parece disfrutar de veras tocando para nuestro público. —Le ofrecía esa información, pero su mente estaba centrada en el hecho de que los dedos de Julian se habían deslizado por dentro del escote y habían adoptado un movimiento casi hipnótico, adelante y atrás, como si estuvieran memorizando el contacto con ella.

—Barack y Dayan —Julian repitió los nombres con voz queda. Había algo levemente mordaz en su tono, y el modo en que apretaba sus perfectos dientes blancos recordaba a los de un lobo hambriento—. Esos dos actúan como si tuvieran ciertos derechos en lo que a ti respecta. —Había un gesto cruel en su boca y una oscuridad en sus ojos dorados—. No los tienen. Darius, en lugar de tu padre, es el único al que debes responder hasta que tu pareja de vida te declare suya. Yo ya lo he hecho. —Se inclinó hacia delante como si la atracción anulara su voluntad y le tocó la clavícula con los labios. Al momento, la dureza de su rostro se suavizó. El contacto fue leve como una pluma, pero penetró a través de la piel de Desari y se fue directo hasta su corazón, que se aceleró con una emoción que no quería ni intentar comprender.

Julian movió la boca y dejó un rastro de fuego desde la clavícula hasta el pulso que latía con tal frenesí en su garganta. La tierna boca de Desari temblaba, y sus largas pestañas descendieron hasta cubrir el relumbre luminescente de sus ojos oscuros. Debería detenerle. Por su propia cordura, debería detenerle. Pero él movía la boca tan despacio, con tal ternura, llevando a cabo una acalorada exploración en absoluto agresiva.

Desari intentó con desesperación poner sus pensamientos en orden.

—Y ¿tú me has declarado tuya?

Julian entrelazó sus dedos y se llevó su mano hasta el pecho, estrujándola contra su fuerte musculatura. A continuación, le pasó el pulgar por encima de la arteria con falso aire de inocencia. Notó cómo brincaba su pulso cuando bajó un poco más los labios y empujó los límites del escote de la camiseta, donde la cremosa invitación de sus pechos se hinchaba con expectación.

—Sí lo he hecho. Estás ligada a mí. —Susurró aquellas palabras sobre el valle que formaban sus pechos, y todo el cuerpo de Desari se contrajo con una necesidad que la debilitó.

Habría jurado que las llamas danzaban sobre su piel. De hecho, bajó la vista, esperando ver pequeñas lenguas naranjas de fuego lamiendo su piel. Se estremeció e intentó retirar la mano, intentó poner cierta distancia entre ellos, algo al parecer tan necesario en aquellos momentos.

—Crees que lo estoy, pero no. —Desari se percató de que, aunque su cabeza entendía con claridad que quería moverse, su cuerpo se negaba a cooperar.

La risa de Julian sonó grave y ronca, con su peor tono de diversión masculina.

—No es posible que de verdad pienses que puedes alejarte de mí ahora. —Desplazó su atención al brazo. Sus labios pasaron sobre su piel desnuda y se detuvieron en la parte interior del codo antes de continuar por el antebrazo. Luego estuvo haciendo algo en la parte interior de la muñeca, arañando la piel con los dientes, hasta que cada músculo del cuerpo de Desari se contrajo y ella creyó que iba a ponerse a gritar de necesidad—. No sería muy buena pareja de vida si no fuera capaz de retener lo que es mío, ¿no crees?

Mientras Julian se inclinaba hacia delante sobre el brazo, el pelo rubio rozó su piel. Desari cerró los ojos para resistir las oleadas de calor que con tal brusquedad crecían entre ellos. Sonrió a su pesar.

—Eres tan arrogante como Darius, en todos los sentidos. —Le gustaba sentir sus manos y el oro fundido de sus ojos ardiendo sobre ella. Incluso le gustaba aquella arrogancia.

—Humm... —murmuró bastante distraído; era obvio que ausente—. ¿Ah sí? —Deslizó la mano sobre su caja torácica hasta que encontró el extremo de la camiseta—. Sabes que te gusta todo lo mío. —Enterró el rostro en las olas de seda de ébano que caían en cascadas en torno a sus hombros y su espalda—. Me encanta como hueles. —Deslizó la mano bajo el fino algodón y abrió los dedos para abarcar el máximo de piel.

Aquella sensación superaba la más alocada de las fantasías. Era tan excitante. Adentrarse en Desari y fundirlo todo sin más.

—Pensaba que íbamos a hablar —dijo ella un poco desesperada. Sus brazos parecían tener voluntad propia y se deslizaban por el cuello de Julian. Por un momento cerró los ojos y saboreó el calor de su cuerpo en el frescor de la noche.

—Estoy hablando contigo —le susurró él—. ¿No oyes lo que te digo?

La voz se movía como terciopelo sobre su piel. ¿Cómo no podía oírle? Dentro de su cuerpo, Desari notó la erupción del volcán de calor fundido. La lava se precipitó por ella, espesa y pesada, ardiente e hiriente. Le deseaba, y él la necesitaba. ¿De veras podía ser tan sencillo? Volvió la boca hacia arriba, hacia la exigente invasión que tramaba Julian.

Él hubiera jurado que la tierra se había movido bajo sus pies. Desari sabía que había oído el estruendo de los truenos y que había notado el latigazo blanco y azul de un relámpago. Julian abrió la puerta de la cabaña de una patada y se las arregló para entrar, con su cuerpo desbocado. La bestia en su interior, siempre presente, pugnaba por la supremacía. Pegó su boca a la de ella, un poco descontrolado, con un suave gruñido de advertencia que emanaba de lo profundo de su garganta mientras Desari intentaba levantar la cabeza.

Julian extendió la mano sobre su garganta y la atrajo hacia él, abrazándola como si fuera parte de él, abrazándola como si fuera la cosa más preciosa del mundo y no pudiera estar sin ella. Bajó la otra mano por la cintura y la dejó descansar ahí, excitado, con premura, pese al modo tranquilo en que tenía la mano posada sobre su piel. Desari era muy consciente, consciente de lo cerca que estaba de la parte más íntima y sensible de su cuerpo. Ardía en deseos por él. Le quería. No podía ni pensar racionalmente; quería que su mano se moviera. En cualquier dirección, eso no importaba. Notaba su boca caliente, dura y aun así suave como el terciopelo, exigiendo su rendición completa. Y luego movió la mano y encontró el diminuto cierre en la parte delantera de su sujetador de encaje, y sus pechos quedaron libres. Fue algo muy simple, pero todo su cuerpo se sintió salvaje e ingobernable, y notó una enorme necesidad.

Desari sintió el gemido que surgía de lo profundo de su alma mientras él le acariciaba con una mano la parte inferior del pecho, plena y redonda. La asombró que él pudiera sentir un placer tan intenso sólo con coger el peso de su pecho en la palma. Abría la boca para recibir la invasión de Julian, y su cuerpo se mostraba receptivo a cada uno de sus avances. Cuando le rodeó el pecho con la mano, comprimiendo el pezón erecto bajo su palma, ella soltó un jadeo y apartó la boca para poder saborear la piel de él, para quedar libre y llevar a cabo sus propias exploraciones.

Notaba cómo Julian seguía la forma de su pecho con la mano, el contorno de la curva, la suave invitación turgente, su pezón, dolorido y duro, comprimido contra su palma. Desari deslizó las manos bajo la camisa y encontró la piel acalorada de él, el relieve de sus músculos definidos, el vello dorado que se extendía sobre su pecho. Hacía que se sintiera tan viva, tan completamente femenina. Hizo que se sintiera inquieta y excitada, que su cuerpo se convirtiera en un caldero de fuego líquido y cremoso.

Julian le acarició el pecho, maravillado de la absoluta perfección de su cuerpo. Estaba admirado de la textura de satén de su cuerpo, del tacto sedoso del pelo, del calor que surgía entre ellos, y de lo pequeña y delicada que parecía ella bajo su fuerte cuerpo, aunque todos sus músculos eran firmes y elásticos. Le estaba volviendo loco con las manos, poniendo en peligro no sólo su tenue control sino su propia cordura. Su cuerpo bramaba; estaba tan necesitado de alivio que notaba la ropa ceñida de un modo insoportable a su piel.

Desari le tiró de la camisa, sin reparar en los botones que volaban en todas direcciones. Necesitaba hundirse lo más cerca de él posible. A Julian le temblaba el cuerpo, estimulado más allá de lo soportable. Sentir las manos de Desari sobre su piel excitada sólo servía para enloquecerle todavía más. Su cuerpo se quedó rígido cuando ella movió la boca sobre su pecho y empezó a descender por el fino rastro de vello dorado.

Julian agarró la camiseta de Desari por el escote y partió con facilidad la tela, arrojando el trozo de encaje del sujetador a un lado para que su piel reluciera incitante en la oscuridad. Se le cortó la respiración al ver lo perfecta que era. Extendió las manos sobre su cintura y la dobló hacia atrás para que sus pechos se elevaran y encontraran su boca que descendía. Era exuberante, hermosa, todo lo bueno y perfecto de este mundo.

Le rodeó un pezón con la boca caliente y húmeda, todo calor y fuego, provocando una erupción de llamaradas dentro de ella, dentro de él, como una tormenta de fuego. Con cada fuerte tirón de sus labios succionando su pecho, se producía un torrente de ardiente líquido cremoso, mientras el cuerpo de Desari reclamaba con urgencia el de Julian, provocando a su vez un torrente de pasión enardecida en el cuerpo de él.

Él bajó las manos por su cintura hasta la delgada curva de sus caderas, llevándose por delante los gastados vaqueros y sus braguitas sedosas. Sus piernas eran suaves como el satén, firmes bajo su tacto, pero totalmente tiernas por la parte interior de los muslos. Retiró la boca de los pechos por un momento para que su lengua pudiera seguir la diminuta hendidura de su ombligo, y luego regresó una vez más a la tentación de sus senos turgentes y tiernos. Deslizó la mano entre sus piernas para encontrar allí el calor húmedo.

Desari gritó, fue una nota suave y musical que penetró hasta el interior del cuerpo de Julian y encendió un infierno de llamas que empezó a lamer la piel de ella, su cuerpo y el de él, sus mismísimas entrañas. Ella manoseaba sin pensar los extremos de los pantalones de Julian y por fin él quedó libre, excitado y exigente, con el cuerpo enardecido sin posibilidad de salvación. Desari notó los dedos de Julian irrumpiendo en ella, y su propio cuerpo pesado y poco familiar, excitado y dolorido por la urgente necesidad. Movió las caderas, pretendiendo liberarse del tormento que crecía. Los dedos de Julian ahondaron más, verificando su disposición y elevando la temperatura otros noventa grados. La crema caliente respondía a sus caricias, y Desari arañaba su amplia espalda con las uñas, respirando con jadeos convulsivos.

—Dios, *cara mia*, qué excitada estás, tan dispuesta a aceptarme. —Su voz sonaba ronca y áspera mientras arrastraba a Desari por el interior de la cabaña, con la boca aún en su pecho, acariciando delicadamente con los dientes la tierna piel y aliviando con la lengua el leve dolor.

Ella le seguía, y cada paso parecía imposible, en medio de la pasión. Julian la acariciaba rítmicamente con los dedos, mientras succionaba su pecho y mantenía un juego erótico con los dientes que la enloquecía y desinhibía de tal modo que se movía con urgencia contra su mano.

Julian siguió la curva del pecho con los dientes, lamiendo delicadamente con la lengua el profundo valle. La cogió con las manos y, con cuidado y dulzura, la bajó hasta la gruesa colcha que cubría la cama. Sacándose lo que quedaba de sus ropas, se arrodilló de inmediato sobre ella para dejar atrapado su delgado cuerpo debajo del suyo.

A Desari se le escapó un largo resuello cuando su enorme figura descendió sobre ella y sus pieles entraron en contacto, cuando sintió la dura fuerza de él y la larga, ardiente y gruesa erección que presionaba de modo agresivo contra su muslo. Le pareció que el corazón dejaba de latirle. Miedo o expectación, excitación o aprensión, pánico o impaciencia, no tenía ni idea de lo que sentía en realidad. Todo al mismo tiempo.

Julian acomodó su rodilla entre las piernas de Desari para poder empujar con su sensible punta de terciopelo sobre la húmeda y ardiente entrada. Al instante el cuerpo de Desari le bañó de crema candente, difundiendo ondas de urgencia por todo su cuerpo. Atrapó sus labios con la boca y se adentró un poco más en ella. La respiración surgía con violencia de los pulmones de Julian. Ella ajustaba su terciopelo ardiente y le sujetaba, le metía en su cuerpo. La sensación era próxima al éxtasis; Julian tuvo que apretar los dientes para aplicar cada pizca de control que le quedaba y obligarse a ir con calma, a dar tiempo a Desari para ajustar su cuerpo a la invasión.

Ella movía las caderas sin cesar, sin percatarse, pues le necesitaba por completo, quería mucho más. De repente sintió dolor, jadeó y se quedó rígida. Julian permaneció del todo quieto, sin retirarse, reteniéndola cerca de él con sus brazos fuertes como bandas de protección. Le cogió el rostro entre las manos para contemplarla con sus ojos ardientes de oro fundido, tan intensos e hipnotizadores que ella no pudo apartar la mirada.

—Mírame, *piccola*. Mírame sólo a mí. Funde tu mente con la mía.

—Eres demasiado grande, Julian. No nos ajustamos. —Desari quería apartar su mirada de la pasión en los ojos de él, pero lo cierto era que se hundía en su ansia manifiesta—. Julian. —Se limitó a decir su nombre, un sonido susurrado, una mezcla de temor y deseo anhelante.

—Estamos hechos el uno para el otro —la tranquilizó Julian con ternura, y se inclinó para besar la comisura de sus labios—. Fúndete conmigo, fúndete del todo conmigo. —Movió la boca sobre su barbilla y llegó hasta la garganta. El pulso de Desari le llamaba al desenfreno; lo notaba en lo más profundo de él. Siguió con sus dientes la fina garganta hasta la prominencia del pecho, deteniéndose para descansar sobre el corazón acelerado—. Relájate por mí, Desari. Cuando me miras a los ojos, ves el interior de mi alma, y sabes que puedes confiarme tu vida, tu cuerpo. Relájate por mí, Desari. —Las palabras eran hipnóticas, y su voz hermosa y pura, ronca a causa del deseo. Sus ojos dorados encontraron los de ella, una llamarada de pasión abrasadora, y luego le cogió las caderas con las manos. Impulsó el cuerpo hacia delante, con una embestida poderosa, y al mismo tiempo sus dientes perforaron a fondo, provocando el grito de Desari por el ardor exquisito de todo aquello, y las lágrimas relucieron como joyas en sus ojos. Él la llenaba por completo, llenaba el terrible vacío de su alma. Mientras Julian retrocedía con su cuerpo para embestir una segunda vez, ella notó cómo ocupaba su mente.

La intensidad de sus sentimientos, el placer enardecido que él estaba experimentando, estaban ahí para compartirlo con ella, igual que él podía sentir el arrebato en el cuerpo de Desari, el disfrute de su posesión. Julian empezó a moverse, a penetrarla con embestidas seguras, fuertes, que parecían crecer en intensidad, ocasionando una ardiente fricción entre ellos, tan abrasadora que las llamas les consumían.

Desari se aferró a él, su única sujeción segura, mientras la transportaba cada vez más y más alto, a un lugar donde el éxtasis era tal que no se creyó capaz de soportarlo. La boca de Julian se alimentaba de ella, sus caderas arremetían contra ella, en un frenesí de deseo y amor, de reverencia y anhelo. Continuó incesante hasta que el cuerpo de Desari pareció pertenecerle más a él que a ella, hasta que se oyó a sí misma soltar un grito de pura conmoción al sentir su cuerpo fragmentarse en miles de piezas, saltar en pedazos, sacudido por una oleada tras otra de fuego, convulsionando sus músculos de tal manera que se ceñía aún más a él, con pasión y exigencia.

Julian pasó la lengua sobre la curva de sus pechos y cerró la diminuta evidencia de su ataque. No obstante, dejó su marca sobre su suave piel.

—Te necesito, Desari —susurró con voz erótica y áspera a causa de su ronca exigencia—. Te necesito.

Ella estaba fundida con su mente y sabía lo que él anhelaba, por lo que su cuerpo suspiraba. Era casi demasiado, la fuerte embestida de sus caderas al penetrarla con tal fiereza. Con cada fuerte impulso ahondaba más y más en su cuerpo, en su mismísima alma. Ella sabía que estaba sucediendo, pero se sentía indefensa, incapaz de negarle nada. Desari saboreó con la lengua su piel húmeda, la hizo girar sobre los músculos definidos que protegían su corazón. Notó la respuesta instantánea: el cuerpo de Julian, enterrado en su ceñida vulva, hinchándose y endureciéndose aún más, y el vuelco de su corazón bajo su boca cuando ella empezó a indagar.

Julian sujetó con fuerza sus delgadas caderas, apretándola contra él, con el cuerpo tan excitado, duro y húmedo a causa de la cremosidad ardiente de Desari que creyó ahogarse en el calor abrasador. Notaba cómo le rodeaba ella con su fuego de tirante terciopelo, con una pasión erótica que jamás había imaginado. Un relámpago candente le sacudió cuando finalmente ella perforó su piel con los dientes. Tuvo convulsiones en la garganta y su cuerpo quedó dominado por el frenesí de la necesidad inclemente e incesante. Arrojó la cabeza hacia atrás, con los ojos dorados ardiendo de posesión y fiero compromiso. Retenía la mente de Desari en la suya, y su cuerpo cada vez se excitaba más mientras ella absorbía la esencia misma de su sangre vital. Desari no dejaba de sujetarle con su vulva, exprimiéndole con insistencia hasta que él estalló en un torrente de pasión, vertiendo su semen en lo más profundo de ella. El cuerpo de Desari se ciñó a él con ardor extremo, se meció con su propia respuesta a la fiebre profunda que rugía entre ambos. La propia tierra pareció oscilar con un temblor ondulante y la atmósfera se fragmentó; su mundo se estrechó hasta quedar sólo ellos dos. Dos seres fundidos tan a fondo, unidos con tal proximidad, que habían quedado convertidos en un solo ser, como correspondía.

Julian la abrazó con fuerza, con rostro duro e inclemente como el tiempo.

—Nunca podré permitir que me dejes. Tienes que saberlo.

Desari estaba demasiado asombrada como para responder, por el fuego que se había apoderado de su cuerpo, por la adicción que creaba el sabor de Julian, por las pequeñas ráfagas eróticas que aún persistían en su vulva y no permitían a su cuerpo soltarle. Todo parecía tan perfecto, tan correcto, con Julian enterrado en el fondo de ella. Levantó la mano para tocarle la boca con un dedo tembloroso, y siguió el contorno de sus labios. Podría ahogarse en el oro fundido de sus ojos, vivir para siempre cobijada en su corazón.

—No tenía ni idea de que sería así, que podría ser así alguna vez.

Julian bajó poco a poco la cabeza, con su larga melena caída sobre los hombros, rozando la hinchazón del pecho de Desari, tocando la marca de él.

—Tu belleza, Desari, es increíble; me hace perder la cabeza.

Una suave sonrisa tocó los labios de ella.

—Quiero que lo recuerdes cuando haga algo que no sea de tu agrado. —El cabello de Julian sobre su sensible piel estaba avivando las brasas que aún ardían en lo profundo de su ser. Estaba conmocionada por su propia conducta disoluta, la forma en que tensaba sus músculos para atormentarle y jugar con él, con su cuerpo tan pegajoso por el líquido combinado de ambos y la débil mancha que señalaba la pérdida de la inocencia—. Tengo la sensación, Julian, de que eres el tipo de hombre que pone objeciones con demasiada frecuencia.

Él alzó las cejas. El cuerpo de Desari le hacía cosas deliciosas. Le besó la comisura de los labios y luego encontró la plenitud de su pecho. Podría besarlos eternamente. Su tacto era tan exquisito, tan perfecto; su cuerpo estaba creado en exclusiva para él. Se deleitó con esa noción: ella sólo le pertenecía a él, y ningún otro hombre, humano o carpatiano, podía satisfacerla. Les había unido en cuerpo y alma con las palabras rituales. Había bebido su sangre, le había donado la suya, y había tomado su cuerpo. El ritual ahora estaba completo. Nunca podría escapar de él en toda la eternidad.

Y la había expuesto a un peligro terrible. Cerró su mente a ese pensamiento, al eco de una advertencia pronunciada siglos atrás. Julian quería perderse en el cuerpo de Dara, en su alma. Necesitaba enterrarse en lo más profundo de ella, bañarse en su luz para que la sombra se retirara de su alma, al menos durante un tiempo. Le lamió el pezón con la lengua, en parte juguetón, en parte posesivo. Ese cuerpo era suyo y podía explorarlo, excitarlo, satisfacerlo y completarlo.

Julian la estaba volviendo loca con la perezosa y lenta exploración. Movía la palma sobre cada centímetro de su cuerpo y encontraba cada curva y memorizaba cada sinuosidad. Desari volvió a notar la agitación, pero cuando quiso cogerle por las caderas con manos exigentes, él negó con la cabeza, rozando su piel con su cabello dorado, enardeciéndola aún más.

—Quiero conocer cada centímetro de ti, *cara mia* —susurró mientras sacaba poco a poco su grueso y caliente miembro.

—¡Julian! —Desari le censuró con sus ojos oscuros, sin dejar de mover sus delgadas caderas, tendida sobre la colcha debajo de él, decidida a conseguir que volviera con ella. El mero contacto, duro y ardiente, contra su muslo ya era erótico. Le deseaba.

Julian la cogió con las manos y le dio la vuelta para poder seguir con los labios la curva perfecta de su espalda. Se tomó su tiempo: besó la nuca, los hombros, y descendió a besos por la columna. Mientras tanto, la retenía con los muslos en todo momento debajo de él, mientras su miembro se inflamaba y presionaba contra las nalgas de Desari, con la punta tan ardiente que ella se retorció contra él de necesidad.

Julian estaba decidido a no permitir que nada desbaratara su tenue control. Estaba decidido a conocer su cuerpo tan bien como el suyo, a conocer cada punto secreto que pudiera excitarse, cada curva y cavidad que anhelara su contacto. Encontró con los dientes el músculo redondeado de las nalgas y notó que ella daba un brinco bajo las manos acariciadoras. Debajo de ella encontró con la palma de la mano su húmeda invitación, tan ardiente a causa de la urgente necesidad, que provocó una sonrisa en Julian, satisfecho de saber aquello. Se limitó a levantarle las caderas y presionar contra la entrada expectante, esperando sólo un instante para obtener la reacción anhelada. Desari empujó hacia atrás, frenética de necesidad por aquella invasión.

La cogió por las caderas y se abalanzó hacia delante, penetrándola a fondo, enterrándose en esa vulva húmeda, ceñida, suave como el terciopelo, que tan bien se ajustaba a él, de forma única. La sensación era diferente a cualquier cosa que hubiera experimentado en sus largos siglos de existencia. Se encontró moviendo las manos sobre su hermoso cuerpo, cogiendo sus pechos, acariciando su trasero, saboreando su espalda con la boca. Su larga melena de ébano caía en cascadas ondulantes hasta un estanque de cabello que la rodeaba sobre la colcha: era una visión que sabía que nunca olvidaría. Y luego el fuego se apoderó de él tan deprisa y con tal ardor que se encontró agarrando sus caderas y hundiéndose en ella con más fuerza y rapidez, más a fondo, hasta que la apasionada fricción quedó suspendida sobre un fino extremo indistinguible entre el placer y el dolor. El cuerpo de Desari se retorcía y comprimía; ella le gritó pidiendo alivio. Él quería permanecer ahí, suspendido para siempre en ese extremo, con su tierno cuerpo consumiéndose por él, y su mente compartiendo el éxtasis con él. Las salvajes exigencias de su raza salieron entonces a la superficie, se inclinó sobre el cuerpo más pequeño con actitud dominante por completo y encontró con los dientes el hombro de Desari para sujetarla sumisamente en su sitio.

Desari lo permitió; notaba la compulsión que dominaba a Julian. Había una necesidad desesperada que ella casi podía tocar, casi ver, oculta en el fondo pero girando cerca de la superficie, una sombra escurridiza que no podía captar del todo. Luego perdió por completo ese hilo de pensamiento mientras el cuerpo de Julian continuaba inflamándose dentro de ella, con una erección tan gruesa y dura que iba a hacerle perder el juicio. Y a continuación explotaron juntos en el tiempo y en el espacio. Los colores estallaron alrededor de ambos como los fuegos de artificio más maravillosos que imaginarse pudieran. No quedaba espacio en sus pulmones para respirar.

Julian se habría desplomado encima de Desari, pero era demasiado consciente de lo delicada que era. Se dio media vuelta y se la llevó con él, pues no podía tolerar la menor separación. Había visto la mente de Desari en la misma medida que ella la suya. Desari creía, erróneamente, que ahora regresaría con su familia y que se reuniría con él de cuando en cuando. O, peor todavía, que él la abandonaría por su negativa a dejarlo todo y acompañarlo. Tenía su pesado brazo apoyado sobre el estrecho torso de Desari y la mantenía quieta con el muslo. Con un perezoso movimiento de mano le cogió un pecho y lo acarició con el pulgar ligero como una pluma, pasando primero sobre el pezón y luego sobre la curva turgente.

Desari notó su cuerpo contrayéndose como reacción. Siempre sería así. Lo sabía. Julian Savage tenía cierto dominio sobre su cuerpo, conseguía cierta unión perfecta con ella que nadie más podía igualar. Ella había leído libros de sexo, conocía todos los detalles, todas las posiciones, las más intrigantes intimidades que podían compartirse. No obstante, su cuerpo no había sentido deseo ni en una ocasión. Era como si esa parte de ella estuviera muerta. Daba por supuesto que la mayoría de mujeres de su raza carecía de los deseos y urgencias de las mujeres humanas, así de simple. Pero su cuerpo había estado esperando a este hombre. Su otra mitad.

Julian la besó con dulzura.

—No permitiré que me dejes, Desari —dijo en voz baja, con un tono que era un encantamiento hipnótico.

Notaba el roce en su mente como las alas de una mariposa. Puro y benévolo. Casi tierno. Tan insidioso que por un momento no reconoció el toque elegante de la coacción. Desari suspiró; no quería desbaratar un interludio tan perfecto con discusiones. Tal vez nunca volviera a tener un momento así. No obstante, tenía una obligación; no podía ser egoísta por muy perfecto que esto pareciera.

Julian era un renegado, alguien que casi nunca reconocía la autoridad, que prefería ir a la suya. Su intención era llevársela a algún lugar remoto, lejos de su familia y de su música. Pero eso no era ni por asomo posible. Una leve sonrisa se formó en sus labios. Le conocía, y sabía quien era, porque había unido su mente con ella. Sabía que había un lugar oscuro, una sombra en la que todavía no había entrado. De cualquier modo, tenía la seguridad de que él no sería capaz de permitir su infelicidad.

No había duda de que era un proscrito. Había sobrepasado los límites de las leyes carpatianas en muchas ocasiones durante su existencia, en su búsqueda incesante de conocimiento. Julian tenía un cerebro activo; era rápido e inteligente. Estaba tan habituado a su propio poder, que lo esgrimía como una segunda piel. Sabía cosas que muchos de su especie aún ignoraban. Era un guerrero extraordinario, un consumado cazador de vampiros, y había destruido a muchos no muertos.

En lo profundo de él, Desari tocó aquella oscuridad. Julian parecía creerse diferente a la mayoría de carpatianos; creía que su oscuridad no era resultado de siglos, sino que había estado siempre presente en él, que había empezado a crecer ya cuando era niño. Ella pensaba que, fuera cual fuese la diferencia que le separaba de los miembros de su raza, era la misma que estaba presente en su propio hermano. Era lo que les dotaba de una voluntad de hierro y un empuje implacable para seguir adelante sin convertirse en vampiros cuando los otros desfallecían.

Desari había tocado el vacío de su vida, la sensación de existencia estéril y sin sentido. Él había decidido poner fin a todo; no creía en la posibilidad de encontrar su pareja eterna. Por un momento tocó esa extraña sombra en su mente. Había un fulgor de arrepentimiento por no haber conseguido salir airoso en su misión de autodestrucción, pero luego desapareció, tan escurridizo como antes. Advirtió la dicha que sentía por haberla encontrado, la intensidad de sus sentimientos por ella. Su naturaleza posesiva tenía dimensiones gigantescas. Nunca antes había oído hablar de compañeros de vida. Ni siquiera sabía si creía en aquel concepto, pero Julian sí.

Él yacía estirado en la cama, apoyado en un codo para poder estudiar cada expresión que atravesaba el rostro de Desari, que incorporaba a su ser como el mismo aire que respiraba. Le parecía increíble que esta mujer, tan hermosa, pudiera ser suya. Parecía un sueño, una fantasía a la que de algún modo había dado vida. Nunca se había permitido el lujo de desear o esperar. Desde el principio había sabido que acabaría decidiendo exponerse al sol. Esto era un inestimable regalo de vida, un tesoro más allá del reino de la imaginación. Y la había traído a un reino de oscuridad y peligro cuando ella sólo había conocido la luz.

Desari oía el ritmo constante del corazón de Julian. Era muy consciente de sus duros músculos cerca de ella, de su postura en cierto sentido protectora y posesiva al mismo tiempo. Piel con piel. La puerta de la cabaña seguía abierta y permitía la entrada de la brisa nocturna que giraba por la habitación y refrescaba la piel acalorada de ambos. Desari sonrió y agitó con su aliento el fino vello dorado que daba aspereza a los músculos definidos de su brazo.

—Te cambiaste de ropa por mí. —Julian había acudido a su encuentro en la taberna vestido con elegancia.

Él movió la mano sobre la línea de la espalda, sin prisas, deleitándose con el simple contacto de su palma con ella.

—Estabas tan bella con tu vestido blanco, mientras que yo iba con unos vaqueros y una camiseta. Pensé que debía ponerme a la altura. —Continuó moviendo la mano sobre su torso y cogió el blando peso de un pecho.

—Y yo me puse vaqueros por ti —admitió Desari—. Creo que estás muy sexy con vaqueros, pero —empujó su trasero ajustándolo a la curva del cuerpo de Julian— debo admitir que cuando te arreglas eres pura dinamita.

Él apartó un mechón de su sedoso pelo para acariciarle la nuca con la boca. Era extraordinario tocarla de este modo.

—Dinamita es una palabra interesante, *cara*.

Su voz sonaba tan distraída que Desari volvió la cabeza para mirarle. Sus ojos dorados ardían de pasión y se desplazaban por todo su cuerpo. Notó el calor que abrasaba sus entrañas pese a la fresca brisa. Era muy consciente de la mano que acariciaba la tierna redondez de su pecho.

—Tenemos que pensar, Julian. Lo sabes bien.

—Yo ya me he decidido, Desari —le respondió, con un ronroneo amenazante en su voz—. No tienes otra opción que quedarte conmigo. Somos pareja de vida. Podría permitirte regresar con tu familia para que supieras que hablo en serio y descubrieras lo doloroso que sería para ti. No me queda otro remedio que garantizar tu bienestar.

Desari suspiró y sus largas pestañas descendieron hasta cubrir el repentino dolor que apareció en sus ojos oscuros. Necesitaba estar más tiempo con Julian, saborear esta noche con él. Poner fin a un interludio tan hermoso con una discusión era lo último que deseaba.

—No hay necesidad de discutir —murmuró él con dulzura; era obvio que aún seguía metido en la mente de Desari—. No tengo otra opción que garantizar tu bienestar en todo momento. Te persiguen. Aparte del malestar de la separación, nunca me despegaría de ti sin eliminar antes el peligro que te amenaza. —Y ¿qué pasaba con el peligro que él mismo había creado?

—Julian. —Ella se volvió temblando un poco mientras unas llamaradas danzaban espontáneas sobre su piel por allí donde pasaban los dedos de Julian—. Si crees lo que dices, entonces debes entender que no puedo soportar una pelea entre mi hermano y tú. Nunca antes le he desafiado, y es responsable de mi seguridad, la seguridad de toda mi familia. Lo que he hecho esta noche es sin duda incorrecto. —Alzó una mano—. No lo lamento, Julian. Por favor no me malinterpretes. No cambiaría esta noche contigo por el resto de días que me quedan de vida.

Julian recogió una masa de mechones de ébano en su puño y la aplastó contra su rostro, inhalando la fragancia fresca y limpia de Desari.

—Yo me ocuparé de Darius.

—Ahí quiero ir a parar. No quiero que hagas eso —se opuso con paciencia.

—Y entonces, ¿qué quieres, Desari? —preguntó entre sus dientes blancos—. ¿Un rollo de una noche? ¿Eso es todo? —En vez del enojo que ella esperaba, la voz de Julian sonaba un poco burlona, y su diversión masculina acabó por sacarla de quicio.

Los ojos marengo de Desari se volvieron negros, con un fuego que echaba chispas.

—Sabes que no es así. Pero creo que es mejor tomárselo con calma.

Él se rió a viva voz, luego se dio media vuelta para alzar la vista al techo, sacudiendo sus amplios hombros con la risa. Desari le fulminó con la mirada. Se había puesto de rodillas, inconsciente de lo sugestiva que resultaba su piel reluciente en medio de la noche.

—¿Qué es tan divertido?

Él le tocó la cara, con una tierna caricia que pretendía calmar.

—No calificaría esta noche como algo que nos tomamos con calma, *piccola*. Más bien tiene que ver con un fuego incontrolable que nos consume a los dos. —Su sonrisa era pura satisfacción masculina.

—Borra esa sonrisita de la cara. —Desari tocó sus labios perfectos con la punta del dedo.

—Me la he ganado —le contradijo con solemnidad—. Sabes que sí. —Sus ojos volvían a mostrarse derretidos y apasionados; la tocaron tan en lo hondo que Desari casi olvida lo que momentos antes era tan importante.

—Me estás distrayendo a posta —le reprendió, pero encontró con sus dedos los marcados músculos del pecho y dejó la mano sobre su corazón—. Deberíamos arreglar esto.

Julian cubrió con su mano la de ella, apretándola contra su piel.

—Ya lo hemos arreglado. Yo voy donde tu vas. Tu vienes donde yo voy. Ya no te encuentras bajo la protección de Darius, aunque todos los carpatianos protegemos a nuestras mujeres como los tesoros que sabemos que son. Él entenderá.

—En su momento, Julian —accedió ella con un poco de desesperación—, pero no de inmediato. Yo regresaré a hablar con él. Si accede a nuestra relación, los otros no tendrán otra opción que hacer lo que él dice. Dame unas pocas jornadas para convencerle.

Desari era muy consciente del gesto severo en la boca de Julian. Ni mucho menos él estaba accediendo.

Capítulo 6

Julian pensó que se le cortaba la respiración y la garganta se le contraía hasta el punto de cerrarse por completo. Dara estaba tan bella, de rodillas, rodeada del sedoso cabello que acariciaba su cuerpo y caía sobre la colcha. Tenía un cutis perfecto, y su estrecho torso y pequeña cintura resaltaban la plenitud de sus pechos. Le encantaba el sonido de su voz, tan pura y sincera, como nada que hubiera oído hasta entonces.

Desari no podía escapar de él, y Julian se sentía bastante satisfecho al respecto. Mientras le miraba iracunda, intentando mostrarse exasperada con él, no podía borrar de su expresión la ternura de sus ojos oscuros. No había un solo gramo de mezquindad en su cuerpo.

Julian se limitó a estirar la mano, cogerla por la cintura y levantarla con facilidad con su extraordinaria fuerza. Al mismo tiempo se cambió de posición con un movimiento fluido y dejó a Desari encima de él. Su larga cabellera le rozaba los muslos y las caderas, danzaba sobre su piel con el mismo erotismo de unos dedos expertos. Cuando hizo descender su cuerpo, con delicadeza, Julian ya había vuelto a cobrar vida, con una erección dura, ansiosa por sentir la vulva de terciopelo ajustándose a su alrededor.

Desari soltó un jadeo cuando él la llenó. Expulsó entonces de su mente cualquier pensamiento excepto la necesidad en su cuerpo de igualar el apetito insaciable de Julian. Tenía los ojos muy abiertos, y

Julian alzó la mano para tomar sus pechos mientras mantenía cautiva su mirada con sus ojos dorados. Estaban compartiendo mucho más que sus cuerpos, eso Desari lo sabía; ella indagaba en el interior de su alma, y él podría ver la suya con la misma facilidad. Julian movió las caderas, meciéndola con dulzura, comunicándole muchas más cosas de sí mismo que aquel dominio desenfrenado e impetuoso.

—No hay mujer más hermosa que tú, Desari —susurró en voz baja—, no en este mundo.

La sonrisa de ella fue lenta y seductora, la sonrisa de una mujer segura del poder que esgrime. Siguió el contorno definido de sus músculos y pasó los dedos por la mata de vello dorado del pecho. El tiempo parecía paralizado mientras continuaban con la exploración perezosa y sensual, juntos, con su mutuo consentimiento silencioso. Julian siguió con las manos los contornos de satén de su figura, deteniéndose en cada lugar que le intrigaba y memorizando aquel contacto.

Adoptó un ritmo de caderas un poco más agresivo y ella notó la ardiente y pegajosa pasión que crecía con cada penetración. Desari empezó a dejarse llevar, a apretar los músculos para que aumentara la fricción, aferrándose a Julian con su terciopelo caliente y jugando con él. Le encantaba verle el rostro, la manera en que el ámbar de sus ojos se convertía en oro fundido, la manera en que le costaba respirar, la manera en que la pasión resaltaba su sombría sensualidad. Él la agarró por la cintura con firmeza, con ambas manos y apretando los dientes, y un áspero grito desgarró su cuerpo cuando ella explotó en torno a él, en una oleada tras otra, arrastrándole consigo. Se encumbraron juntos y ascendieron más alto de lo que jamás hubieran creído posible en tan poco rato.

Desari yacía sobre él, segura en la protección de sus brazos, contenta de estar quieta, sin pronunciar palabras que estropearan el tiempo que les quedaba juntos. Oía las ramas de los árboles rozando el lado de la cabaña, y vio que la luna iluminaba la habitación con un relumbre plateado. El amanecer se acercaba más deprisa de lo que le hubiera gustado, pero aún tenían tiempo para permanecer un rato más juntos.

El viento soplaba a través de la puerta abierta de la habitación y llenaba el aire de relatos nocturnos. De súbito Julian agarró la cintura de Desari con más fuerza y la dejó inmóvil. La advertencia le llegó a ella desde la mente de Julian que, en silencio, la instaba a vestirse a toda prisa, mientras él rodaba sobre la cama para levantarse, poniéndose en pie con un movimiento fluido. Todo en su postura sugería amenaza. Hizo un ademán con una mano y al instante su cuerpo musculoso quedó cubierto de parafernalia civilizada.

Quédate donde estás, ordenó sin mirarla, saliendo ya de la cabaña y descendiendo los peldaños, decidido a encontrarse con el intruso lo más lejos posible de Desari sin que dejara de ser una distancia segura. Había sido un idiota arrogante al alejarla de la protección de su unidad familiar a sabiendas de que la perseguían, ya que su oscura sombra consituía una señal más llamativa para los no muertos, para sus enemigos jurados. Lo que les acechaba en la noche, fuera lo que fuese, se encontraba cerca. Él lo sentía, lo percibía, aunque no pudiera identificar la amenaza.

Inspiró con brusquedad, estudió el cielo, el bosque, el mismísimo suelo. Su aspecto era por completo el de un depredador peligroso, lo que era en realidad. *Dara, si llega un ataque, llama a tu hermano para que se reúna contigo, y acude junto a él de inmediato.*

Desari no tenía intención de hacer algo así. Si algo les amenazaba, no iba a salir corriendo como un conejo y dejar que se enfrentara solo al ataque. *¿De qué se trata?*, preguntó.

Los tonos tiernos de Desari aliviaron parte de la tensión de Julian. *¿Qué percibes?* Él le exigía una respuesta; su actitud le recordó a su hermano.

Hubo un momento de silencio mientras los sentidos de Desari se expandían por la noche. No percibía ninguna amenaza. Nada en absoluto. Cruzó los brazos con gesto protector sobre su pecho y se fue hasta la puerta para apoyarse en el marco; allí inhaló el aire nocturno. Nada. *¿Estás seguro de que sufrimos alguna amenaza? No detecto nada de ese tipo. Y te aseguro, Julian, que no me faltan poderes. Creo que si existiera algún peligro cerca, lo sabría.*

Si una carpatiana tan poderosa como Desari no podía sentir una amenaza, sólo había un motivo. No era ella la amenazada. Julian dio varios pasos para adentrarse en un claro, que rodeó con cautela a la espera del encuentro con la amenaza. Estaba ahí. En algún lugar próximo. Notaba una canalización de energía opresiva dirigida contra él. Era fuerte, mucho más fuerte de lo que hubiera previsto, y golpeaba su mente con pensamientos de derrota, en un intento de amedrentar su seguridad. Julian había utilizado un truco mental de ese tipo en muchas ocasiones. Le enojó que su adversario pudiera pensar que era un simple aficionado.

Era bastante fácil invertir esa aprensión y enviarla volando de regreso a través del aire nocturno, reforzada con su propio poder y fuerza. Hubo un momento de completo silencio. Hasta los insectos parecían contener la respiración, como si su contraataque hubiera alcanzado el objetivo, que ahora estaba invadido por una fría furia asesina. El ataque le llegó por la izquierda, un movimiento borroso imposible de ver. Fueron los sentidos agudizados de Julian los que le salvaron de las zarpas punzantes e hirientes. El leopardo se materializó surgido de la nada y fue directo a por su vientre con terrible ferocidad. Las garras se quedaron a un milímetro de clavársele. Julian, de hecho, tuvo que contener la respiración para impedir que el felino le abriera el vientre del todo.

Con una maldición, saltó por el aire cambiando de forma al hacerlo, adquiriendo garras afiladísimas, un pico curvado y una envergadura de alas de dos metros. Descendió directo sobre el musculoso leopardo negro con las garras estiradas.

El leopardo dio una voltereta para evitar la embestida letal y ponerse a cubierto entre los árboles, a sabiendas de que el oponente cubierto de plumas lo tendría más difícil para maniobrar bajo el pabellón de ramas.

Desari se hallaba quieta en el porche, con los ojos fijos en la terrible batalla. *Julian. Darius.* Su peor pesadilla hecha realidad. Respiró a fondo y exhaló poco a poco. Luego alzó las manos hacia la luna y empezó a entretejer un esquema intrincado mientras cantaba en voz baja.

Las notas cobraron vida delante de ella; notas de plata y oro que se derramaban en dirección a los dos combatientes. Su voz se hinchó de pureza y belleza, adquirió alas y se elevó por encima del claro, para propagarse fuera por el bosque. La canción era un susurro de sonido pero llegaba con una claridad perfecta. Las notas danzaban como remolinos de polvo de estrellas, girando alrededor del leopardo y el búho y en medio de ambos.

La canción de Desari se transportó aún más por la noche, y todo el mundo y todas las cosas que alcanzaron a oírla tuvieron que detenerse y escuchar. Era una canción de paz y entendimiento entre las especies. Su voz no era terrenal, sino una mezcla de notas musicales tan ajustadas a la afinación del universo que hacía imposible que incluso los adversarios naturales estuviesen enfrentados, ni nada que se encontrara al alcance de esa música. Atrapados por el encantamiento místico, Darius fue incapaz de mantener la forma de leopardo acechante, y Julian casi se cae del cielo mientras su cuerpo recuperaba la forma original. Aterrizó con cierta pesadez y bastante cerca de Darius.

Los hombres se quedaron mirándose uno al otro, asombrados del poder de la voz de Desari. Dos fuertes carpatianos incapaces de encontrar la agresividad para continuar con la batalla, retenidos bajo su hechizo. La voz de Desari no cesaba, estiraba las notas en una red de plata y oro que relucía brillante bajo la luz de la luna. Esa malla envolvió a los dos hombres, tejiendo diminutos hilos radiantes entre ellos. Ahora no podían hacer otra cosa que observar, cautivados por el puro esplendor y el poder de su increíble don.

Darius sintió la profundidad de las emociones de su hermana, su necesidad de este hombre, las exigencias de su cuerpo, sus incertidumbres y temores. Podía sentir la fiera naturaleza protectora, el rasgo posesivo, el profundo anhelo y deseo del carpatiano por Desari, y la pasión que corría en lo más profundo de él. Notó la fusión de las dos almas en una sola unidad, compartida por dos cuerpos separados.

Y Julian veía con claridad el interior de Darius. La manera en que su alma le exigía proteger a su hermana, ocuparse de que todos los miembros de la familia se encontraran a salvo. De hecho, temía que él fuera un vampiro, un no muerto que atraía a su hermana a la fatalidad. Darius lucharía a muerte, se llevaría consigo a cualquiera que la amenazara. No había paz para él. Luchaba con la terrible oscuridad a la que se enfrentaban los machos de su raza al final de su existencia. Luchaba y superaba cada amanecer sólo por la pura fuerza de su voluntad.

Las notas de plata y oro empezaron a titilar y su luminiscencia se desvaneció poco a poco mientras se apagaba el susurro de voz. Hubo un silencio. Era ruidoso, casi obsceno después de la belleza de su canción. Darius continuó mirando a su hermana. Julian estaba de veras asombrado por la exhibición de poder. Él, como la mayoría de carpatianos, pensaba por lo general en el poder como una fuerza destructiva. Desari tenía tanto poder como cualquier varón, pero de un tipo por completo diferente.

—No me la llevé para hacerle daño —manifestó en tono grave.

Los ojos oscuros de Desari centellearon.

—Nadie podría llevarme, Darius. Voy a donde yo deseo, no a donde alguien me lleve.

—He visto que ya has elegido, hermanita —respondió Darius sin alterarse—. Pero este hombre no será una compañía fácil. —Podía percibir el olor combinado de ambos tras la relación mantenida, la sangre del varón circulando por la de ella. No sabía cómo lo había conseguido este desconocido de pelo dorado, pero Desari estaba unida a él para toda la eternidad—. Me llamo Darius —se presentó a su pesar—. Desari es mi hermana.

—Julian Savage —respondió Julian deslizándose por el porche para ocupar su puesto al lado de Desari. Su postura proclamaba su actitud posesiva, y aun así se mostraba protector, casi tierno, hacia ella—. Desari es mi pareja de vida.

—Nunca antes habíamos encontrado a alguien como nosotros. Sólo habíamos tenido encuentros con no muertos a los que había que destruir. —Darius evaluó a Julian con sus ojos oscuros, tan parecidos a los de Desari pero letales en su frialdad. Si consideraba o no a Julian alguien que estaba a la altura era algo que quedaba oculto bajo la máscara impasible que cubría su rostro.

—Quedamos pocos —dio Julian con calma—. A menudo sufrimos la persecución de los que se han vuelto vampiros con la misma agresividad con que nosotros les hostigamos. —Encontró con la mano la abundante melena ébano que caía por la espalda de Desari y recogió un puñado casi de forma distraída, con gesto tierno—. ¿Sabías que Desari era capaz de hacer esto?

—Ni siquiera sé qué diablos ha hecho —admitió Darius.

—Estoy aquí —replicó Desari con indignación—. Y sé con exactitud lo que he hecho. Si vosotros dos no fuerais tan arrogantes y engreídos, tal vez hubierais considerado la posibilidad de que las mujeres de nuestra raza tengan dones iguales a los de los hombres.

Julian echó un vistazo a Darius, sólo un rápido destello de ojos dorados, pero éste captó cierto brillo, quizá de diversión.

—¿Arrogantes? ¿Engreídos? —Julian le reprendió con una mueca—. Desari, eso es un poco duro.

—Creo que no —respondió con severidad—. Sois como animales machos con un sentido del territorio muy desarrollado, acechándoos amenazadores sin siquiera saber las intenciones del otro. ¿Es eso muy inteligente?

—Desari... —Había una clara advertencia en la voz de Darius.

Ella bajó la vista a sus pies desnudos y luego se sonrojó, percatándose de que Darius sabía con exactitud lo que había sucedido en la cabaña. Y ¿cómo no iba a saberlo? Llevaba el olor de Julian pegado a cada centímetro de su piel. Julian desplazó la mano hasta su nuca y sus fuertes dedos iniciaron un masaje lento y calmante. Estaban conectados mentalmente, y había notado cómo le incomodaba que su hermano conociera circunstancias tan íntimas.

Aquel contacto protector en el cuello le proporcionó valor y convicción, y su mirada volvió a saltar al rostro de su hermano.

—Te tengo el mayor respeto, Darius, eso ya lo sabes. Ninguna hermana podría querer más a un hermano. Todavía no sé con exactitud qué es esta cosa entre Julian y yo, pero es fuerte e implacable. Los dos tendréis que llevaros bien: se acabó la violencia física. Hablo en serio. Es poco lo que pido, pero os insistiré a los dos en esto. Debes prometérmelo. Debes darme tu palabra de honor.

Los ojos oscuros de Darius llameaban con una advertencia.

—No deposites tanta fe en él, hermanita. No le conoces. Un desconocido irrumpe de repente, anunciando un ataque contra tu vida, y tú confías en él por completo. Tal vez seas demasiado confiada.

Julian soltó el aliento con un siseo largo y furioso. Sus ojos dorados centelleaban llenos de amenaza.

—Te apresuras a juzgar a quienes no conoces. —Su voz sonaba suave, incluso agradable, pero a nadie se le pasaría por alto la amenaza implícita bajo la superficie. Este Darius era como Gregori, tenía la misma sangre que el sanador, el segundo tras el príncipe, y percibía la sombra de Julian igual que aquel.

—Y tú subestimas a tus enemigos —indicó Darius con voz de terciopelo negro—. Estás tan seguro de ti mismo que tomas muy pocas precauciones para salvaguardar a quien declaras tuya. Cuesta creer lo fácil que ha sido desentrañar tus lamentables intentos de distraerme.

La blanca dentadura de Julian relució bajó la luz de la luna que empezaba a desvanecerse.

—Sabía que me seguirías. ¿Cómo no ibas a hacerlo si eres responsable de la seguridad de tu hermana? En cualquier caso, no podías hacer otra cosa después de haber permitido que los asesinos atentaran contra su vida. —Lanzó el golpe con una sonrisa pero sin humor. Estaban jugando al gato y al ratón, estaba claro.

Desari propinó tal empujón a Julian y de forma tan inesperada, que por un momento le dejó tambaleante en el extremo del porche.

—Basta. Ya me he cansado de los dos. —Les miró alzando la barbilla—. No consentiré más este disparate. No voy a abandonar a mi familia en este momento, Julian. Puedes aceptar mi decisión y quedarte con nosotros como miembro de nuestra unidad o puedes seguir tu camino. Si te niegas a aceptarle, Darius, entonces no me quedará otra opción que seguirle a donde él decida. —Exasperada, dirigió una mirada iracunda a ambos—. Vosotros diréis. Hablo en serio.

A Julian se le movieron los labios, y sus ojos de color ámbar se enternecieron llenos de diversión.

—¿Siempre es así? Tienes que ser un carpatiano tolerante para haber criado a una mujer tan impertinente.

Desari le empujó de nuevo, pero esta vez Julian estaba preparado y se rió en voz alta al ver su enfado. La cogió por las muñecas con facilidad y la atrajo hasta su lado.

—Ha sido un cumplido lo que le he dicho a tu hermano, *carissima*. —Su voz era una tierna caricia burlona, que se extendió como brasas candentes dentro de ella, llenándola al instante de calor—. ¿No es eso lo que querías?

Ella alzó la barbilla.

—No es exactamente lo que tenía en mente, Julian.

—No he tenido mucha experiencia complaciendo a mujeres en los últimos siglos. La verdad, se me había olvidado lo difícil que pueden ser las mujeres de nuestra raza —le comentó Julian a Darius con expresión seria.

—¿Difíciles? —Desari estaba indignada—. ¿Me llamas difícil mientras tú y mi hermano intentabais haceros pedazos a zarpazos? Los hombres de nuestra raza tienen serios problemas de autocontrol. Lleváis demasiado tiempo saliéndoos siempre con la vuestra. Os habéis vuelto arrogantes y engreídos, y estáis por completo consentidos.

Darius se movió de pronto con una velocidad increíble, incluso para su raza, y obligó a su hermana con su cuerpo a ponerse a cubierto en el porche, agachada.

—Fúndete con Savage ahora, como has hecho antes —le ordenó con un sonido siseante en la quietud de la noche.

Desari obedeció porque siempre obedecía a Darius, y fundió su mente por completo con la de Julian. Esperaba encontrar ira ahí o al menos algún resentimiento por la prepotencia de Darius. En vez de eso, encontró a Julian alerta, colocándose junto a Darius para protegerla. Ella se sumergió dentro de la mente de Julian para evitar que alguna fuente externa que sondeara y buscara una señal femenina encontrara algo.

Percibió la oscuridad cubriendo la tierra, la aberración pervertida a la que llamaban no muerto. El horrible contacto con el vampiro la enfermó a medida que se acercaba más y más, buscando, siempre buscando. Olió el hedor del mal, el alma retorcida y maldita de la criatura que siempre mataba a su presa y vaciaba de sangre vital a su víctima, en muchos casos, después de torturar y atormentar a la desdichada criatura.

Protegida entre los dos poderosos carpatianos, Desari no se sentía asustada, pero la vileza del vampiro hizo que su cuerpo reaccionara, y que su estómago se revolviera y diera vueltas. Julian envolvió su mente por completo como había hecho antes, protegiéndola del no muerto que se precipitaba por el cielo. El amanecer venía siguiendo los talones al vampiro, que no podía hacer frente ni siquiera a los primeros rayos de sol. Pasó sobre sus cabezas y desapareció, dejando una oscura mancha en el cielo, como un parche oleoso de maldad.

—Buscan a nuestras mujeres —siseó Darius con gravedad—. Siempre nos siguen la pista. Sé que son las mujeres lo que perciben. —Envió un rápido sondeo viajando con el viento. *¿Está protegida Syndil? El no muerto nos ha encontrado una vez más.*

Julian permitió a su pesar que Desari saliera a la superficie de la inmersión total, y le rodeó los hombros con gesto protector. Su corazón latía lleno de inquietud. ¿Acaso la sombra en su interior había atraído a esta vil criatura directo hasta su pareja de vida? Tenía que destruir a aquel demonio.

La respuesta a la pregunta de Darius llegó por una vía mental utilizada sólo por la unidad familiar, y permitió que tanto Darius como Desari oyeran las noticias. *Notamos su aproximación y tomamos precauciones. Syndil se encuentra en lo profundo de la tierra donde no puede encontrarla aunque haga otro rastreo. Está cerca, pero pronto tendrá que descender a la tierra.* Era la voz de Barack. *No temas, Darius, nadie nos arrebatará a Syndil, ni nadie intentará hacerle daño y pretender seguir con vida.*

—Tienen que ser más —informó Darius a Julian, una vez verificó que todo estaba bien en casa—. Han empezado a viajar juntos en grupo, quizás en la creencia de que así será más fácil derrotar a sus perseguidores. —Había una seguridad natural en la voz de Darius que decía lisa y llanamente que no le importaba cuántos vampiros intentaran derrotarle; eso era algo imposible.

—Mi hermano lleva muchos años viviendo en San Francisco, persiguiendo no muertos en el oeste de Estados Unidos —informó Julian—. Él también ha advertido la tendencia de vampiros habitualmente solitarios a congregarse en grupos en el norte de California y, más al norte, en Oregón y Washington. En un principio me pareció una locura que recurrieran a esa táctica en vez de evitar sin más la zona de mi hermano.

Julian salió un poco hacia fuera del porche, llevándose a Desari con él, rodeándole la muñeca.

—¿Cuáles son las noticias del resto de la familia? El vampiro no detectó a la otra mujer, ¿cierto? —Sabía que Darius había contactado con su familia; él habría hecho lo mismo.

Los ojos oscuros de Darius le dirigieron una rápida mirada. Julian se asombró de cómo le recordaba a Gregori, el sanador del pueblo carpatiano. Aunque los ojos de Gregori centelleaban plateados cuando amenazaban, los ojos negros de Darius conseguían reflejar un amenaza igual con la misma facilidad.

—Nuestra familia está a salvo —replicó Darius en voz baja y gesto pensativo—. Daré caza a esta criatura ahora y me meteré en la tierra cuando haya acabado.

—No corras riesgos. Recuerda que te necesitamos. —Desari habló en un tono grave que traicionó su miedo.

—Me necesitáis para que dé caza a estos asesinos —le recordó Darius con gran amabilidad—. Nos persiguen allí a donde vamos. La razón por la que los vampiros se congregan en esta parte del país, Savage, es porque Desari prefiere actuar en esta zona. Su lugar favorito para actuar es un pequeño local al norte de aquí, el Konocti Harbor Resort and Spa, una sala muy de su gusto. La gente es amistosa, el público receptivo, el campo es hermoso y el lugar es pequeño e íntimo, perfecto para su voz.

Julian le rodeó la cintura con un brazo y la acercó al calor de su cuerpo, pues la necesitaba al menos un momento.

—Debería haber sabido que eres una alborotadora —susurró contra la piel desnuda de su cuello, pues deseaba reconfortarla con sus bromas.

—No lo hagáis, ninguno de los dos. —Los tiernos ojos de Desari se habían humedecido de pesar—. Intentáis distraerme para ir a la caza de este vampiro pese a mis deseos.

—Yo iré de caza —corrigió Darius con firmeza—. Savage se quedará para protegerte.

—No. Desari está a salvo aquí de momento. Iré contigo —manifestó Julian en voz baja, consciente del silencio aterrorizado de su pareja ante la posibilidad de que su hermano prefiriera recibir una herida mortal y morir con honor luchando contra un vampiro. *Tranquila,* cara, *me aseguraré que tu hermano regrese sano y salvo. Ningún vampiro podría derrotarnos a los dos. Desciende a la tierra, y yo regresaré contigo después de que destruyamos al no muerto.* Tenía también sus propias razones para no querer dejar en manos de Darius la caza de este vampiro.

Ella le agarró el brazo con los dedos. Había lágrimas en su mente. *Lo más probable es que acabéis matándoos el uno al otro si no estoy yo para hacer de árbitro.*

Te he dado mi palabra, piccola. *Tienes que confiar en mí.* El timbre profundo de la voz de Julian en su mente era tranquilizador, enviaba oleadas de alivio y afecto por ella.

—No hay necesidad de que vayamos los dos —le desafió en voz baja Darius.

Los dientes blancos de Julian centellearon como respuesta, pero la sonrisa no se reflejó en sus ojos.

—Estoy de acuerdo contigo, Darius. Puesto que Desari depende tanto de tu protección, sería muchísimo mejor que te quedaras con ella. —Se inclinó hacia delante y rozó con la boca la comisura de los labios de Desari. Cara, *no te inquietes.* Su forma sólida ya titilaba, se evaporaba, como el prisma de una bruma de cristal elevándose hacia el cielo gris.

Darius maldijo en voz baja, obviamente desarmado. A regañadientes, empezaba a sentir respeto por el desconocido de los ojos dorados. No había sido tan fácil como había sugerido desenmarañar el rastro de Savage; casi había tenido la certeza de que ese hombre sabía que le seguían. Pero le encontraba interesante. No confiaba del todo en él porque era un renegado, y algo no estaba del todo claro, algo enterrado en lo más profundo de su ser. Su intención era no quitarle el ojo de encima.

—Desciende a la tierra, Desari. No discutas conmigo, pues te estoy dando una orden; no es ninguna petición. Quiero saber la ubicación exacta para luego poder dormir encima de ti en la tierra. —Tocó el rostro de su hermana con la mano como muestra del amor y afecto que querría sentir, que debería ser capaz de sentir, pero que no sentía. De todos modos, siempre dedicaba aquellos gestos a Desari pues sabía que los necesitaba; sabía que quería que él sintiera esas emociones ya desaparecidas.

Sin esperar una respuesta, consciente de que la primera luz del amanecer haría imposible que el vampiro fuera a la caza de Desari, Darius saltó al cielo y se disolvió en una fina neblina que siguió a toda velocidad a la bruma iridiscente. Desari se quedó mirando a los dos carpatianos, entrecerrando un poco los ojos mientras la penumbra anterior al amanecer empezaba a reemplazar la oscuridad. No quería sentir miedo por ninguno de los dos; ambos eran fuertes y peligrosos, pero no podía evitarlo. En más de una ocasión, había visto regresar a Darius ensangrentado y lleno de heridas tras una batalla encarnizada con un vampiro. Y ellos dos también hacían frente al amanecer que les debilitaría enormemente, si bien no de un modo tan drástico como a los transformados en vampiros.

Darius siempre había intentado mantener a las mujeres lejos de ese aspecto de su existencia, pero ella era de su misma sangre. El mismo poder e inteligencia corría profundamente por ella, y conocía su terrible lucha. Sabía que él se alejaba de ella, y temía por su alma, por su raza y por la de los seres mortales. Ella creía de corazón que si Darius se transformaba, no existiría ningún cazador vivo que pudiera defenderla. Todo estaría perdido, incluido Darius y todo lo que había hecho; todo lo que había sacrificado por ellos a lo largo de los siglos.

Entró en la pequeña cabaña y deambuló mientras tocaba las cosas de la habitación. Obras de arte poco habituales, antiguas y únicas. A Julian le gustaban las cosas hermosas. Cogió su camisa de seda, se la llevó al rostro e inhaló su fragancia masculina. *Julian.*

Estoy contigo, cara. *No te inquietes.* Le admiraba que la comunicación entre ellos fuera tan fuerte. Sólo un pensamiento de él, su preocupación por Julian en su mente, y él se percataba al instante. *Regresaré contigo pronto. Desciende a la tierra.*

Descenderé a la tierra, le aseguró, *pero no voy a dormir hasta que sepa que los dos estáis a salvo.*

No vas a controlarme mientras destruyo al no muerto. Sería espantoso para ti, tal vez incluso peligroso. Por favor, haz lo que digo, Desari. Utilizó la palabra por favor como si se lo pidiera, pero había un sutil trasfondo de imposición.

Desari nunca había considerado eso. Cuando Darius salía de caza, Syndil y ella siempre permanecían refugiadas en lugar seguro, y el contacto con él quedaba restringido. Nunca se les había ocurrido desafiar a Darius; en tales asuntos, su palabra era la ley. De algún modo, en cierto sentido, estaba unida a Julian. La idea de que él estuviera en peligro era tan terrible que apenas conseguía respirar. ¿Cómo podía hacer ella lo que él le pedía y cortar el contacto con él? ¿Cómo podía no seguirle por el amanecer de vetas grises para ver por sí misma que no le alcanzaba la vil perversión del vampiro?

Al fin y al cabo, Darius era el guerrero, una máquina asesina fría como la piedra, cuando la situación lo exigía, mientras que Julian era un hombre con emociones, que podía conferir al mismo tiempo debilidad y fuerza.

Desari salió de la cabaña. Normalmente su familia no usaba un edificio para descansar; la mayoría de las veces buscaban tierra profunda. Había aprendido desde la tierna infancia que era el único refugio de verdad en un país peligroso. Todos ellos se sentían incómodos, mucho más vulnerables de lo habitual, si dormían encima de la tierra. Durante las horas en que el sol estaba alto, perdían por completo su gran fuerza. Y si sus cuerpos acababan de algún modo expuestos a la intensa luz, arderían. Podían tolerar la primera hora de la mañana y el final del atardecer, aunque no siempre de un modo confortable. Incluso la más débil luz del sol afectaba a sus ojos hipersensibles, y el dolor abrasador se propagaba por sus cabezas como fragmentos de vidrio.

Desari encontró una discreta loma cubierta de ondulaciones de hierba verde. Le gustó de inmediato, ya que le produjo una sensación de paz. Con un ademán abrió la tierra y flotó hasta lo profundo del lecho. De inmediato envió las coordenadas tanto a su hermano como a Julian.

Cierra la tierra y duerme. Reconoció las suaves órdenes de Julian. Era como Darius en ese sentido: no tenía que elevar la voz para transmitir amenaza o autoridad.

No hasta que regreses.

No quiero tener que obligarte a obedecer.

Como si eso pudiera suceder. Pareces olvidar que no soy tu aprendiz sino tu igual. No malgastes energía intentando lo imposible. Destruye a este vampiro si es tu deber; luego regresa junto a mí deprisa. Discutiremos sobre tu engreimiento cuando volvamos a levantarnos.

Se oyó el suave eco de la risa de Julian. Desari se relajó con la certeza de que entendería que no iba a aceptar tonterías. Estaba desprevenida por completo cuando la asaltó su coacción, fuerte y total, una necesidad de obedecerle de primordial importancia. Antes de que pudiera impedirlo, había renunciado a su control para entregárselo a él, que la envió de inmediato a dormir el sueño profundo de su raza. Detuvo su corazón y sus pulmones y luego la tapó con el suelo sanador y curativo que procura protección y rejuvenecimiento.

Una vez dada aquella orden, Julian volvió su atención a su objetivo. Tendría que enfrentarse a la cólera de Desari cuando volviera a levantarse, pero por el momento quedaba fuera del alcance de cualquier vampiro. Estaba a salvo. Ningún vampiro podría utilizarla empleando a Julian como ruta.

Al percibir la oscura presencia del no muerto en las proximidades, se quedó quieto en el suelo, y su forma vaporosa titiló hasta formar músculos y huesos sólidos. Darius se materializó un instante después que él.

—Deberías haberle enseñado a obedecer a quienes la protegen —le censuró Julian arrastrando las palabras.

Los ojos negros de Darius, fríos como una tumba, le pasaron por encima.

—Nunca ha sido necesario obligar a Dara a obedecer.

Se movieron juntos, desplegaron su acoso lento y cauteloso a lo largo del precipicio, con todos sus sentidos alerta. El vampiro protegería su lugar de descanso con agresividad.

—Entonces, ¿por eso se vino conmigo? ¿Porqué tú lo aprobabas? —Julian pasó la mano poco a poco por la superficie de la roca.

Darius le agarró y le hizo retroceder justo cuando una roca se desprendía por encima de sus cabezas y se desplomaba sobre el sitio preciso donde Julian había estado de pie.

—Sabía que no corría peligro alguno. Si hubieras querido hacerle daño, se lo habrías hecho en el concierto, cuando atacaron los asesinos —contestó Darius con satisfacción. Mientras hablaba, estaba examinando una sección del muro de roca pura, con la atención puesta en las capas de ágata compacta y granito.

—Ah, sí, el famoso concierto en el que tú la vigilabas.

—No pongas demasiado a prueba mi paciencia, Savage. Eres responsable de lo que sucedió en ese concierto. Si no me hubieras distraído con el poder que exudabas, los asesinos no habrían conseguido entrar. Les abriste la puerta. —Darius retrocedió un poco e inspeccionó el precipicio—. Esta forma parece extraña, ¿no crees?

Julian estudió los múltiples estratos de la pared del precipicio.

—Tal vez sean sus protecciones. No me resultan familiares. ¿Has visto formas así antes? Pensaba que lo había aprendido todo de los sistemas más ancestrales.

Darius le dedicó una rápida mirada.

—Tienes suerte de contar con la ventaja de que te enseñen esas cosas. Casi todo lo que he aprendido ha sido a base de quemarme los dedos con pruebas fallidas. Éste es un esquema relativamente nuevo desarrollado en el Nuevo Mundo en algún momento de este último siglo. Creo que se inició en Sudamérica, donde un grupo de vampiros tenía una plaza bastante fuerte. Copiaron el esquema del arte autóctono. Esto parece alguna variante de eso. —Hizo una pausa—. En Sudamérica también encontré evidencias de inmortales que tal vez fueran como tú. Pero no pude asegurarme de que no fueran vampiros, y con las mujeres no quise arriesgarme, de modo que trasladé a mi familia lo antes posible y la alejé de aquel lugar.

Julian le echó un vistazo y luego examinó la pared de roca con atención, tomando nota para una futura consulta de la posibilidad de que pudieran existir otros carpatianos en Sudamérica. Trasladaría la información a Gregori. Al príncipe también le gustaría saberlo; y cualquier cosa que llegara a oídos de Gregori también llegaría a conocimiento de Mihail.

—Interesante. La teoría de la reversión de efectos no funciona con este esquema. Está urdido hacia delante y hacia atrás.

—Exacto. Al deshacerlo, no sólo tienes que revertir el esquema sino que tienes que moverlo arriba y abajo, y adelante y atrás. Es intrincado, muy complejo de desentrañar y deshacer. No estoy seguro de que tengamos tiempo. El sol ya está ascendiendo. Empiezo a sentir sus efectos —admitió Darius.

Julian estudió a su acompañante. Sus ojos dorados veían más de lo que le gustaría a Darius. La mayoría de carpatianos podían soportar los primeros rayos de la mañana. No obstante, había dos cosas que les volvían hipersensibles: tomar sangre de una víctima asesinada y estar próximos al momento de transformarse en vampiro. Darius tenía que estar cerca. Muy cerca. Se veía en el fondo sin emoción de sus ojos y en su total desprecio por su propia vida. Darius no sólo luchaba totalmente seguro de su destreza, sino que lo hacía como un carpatiano al que no le importa el resultado.

—Regresa junto a mi hermana, Savage. Protégela bien. Haré aquí cuanto pueda, ya que estoy más familiarizado que tú con este sistema de salvaguarda. Si algo me sucediera, tú tal vez pudieras ocupar mi puesto y convertirte en líder del resto de mi familia. —Darius lo dijo sin darle importancia, aunque esta última sugerencia debería haberle supuesto al menos un poco de esfuerzo. De cualquier modo, su sentido del deber le hacía querer que alguien de poder, aunque fuera Julian, protegiera a su familia si se diera el caso de que buscara una muerte honorable.

Julian negó con la cabeza.

—Soy un solitario en sentido estricto. No tengo cualidades de líder. —No iba a ponerle fácil a Darius abandonar a su hermana y dejarla con el corazón roto.

—Desari tiene miedo de que si algo te sucede, también le suceda a ella. ¿Es eso cierto? —Darius hizo la pregunta casi ausente, como si en realidad no le estuviera prestando atención.

Julian asintió.

—Así es. Está ligada a mí. Si yo muriera, es muy posible que ella optara por exponerse al amanecer en vez de vivir sin mí. Tendrías que enviarla bajo tierra durante mucho tiempo para protegerla.

—Es demasiado arriesgado. No estoy dispuesto a poner en peligro la vida de Desari o su estado mental. Serías del todo capaz de ser líder si lo decidieras. Tal vez no lo desees, pero en caso de necesidad, estoy seguro de que te ofrecerías voluntario —replicó Darius.

Julian tenía la sensación de que Darius estaba poniéndole de nuevo a prueba de algún modo. No importaba. Había vivido mucho tiempo con la oscuridad agazapada en él. Se había apartado de su gente, de su propio hermano, incluso de su príncipe, y estaba acostumbrado a sentirse un marginado, a estar solo y a no confiar en nadie.

—Oh, no, Darius, no lo harás. Desari teme por ti; le asusta la idea de que te expongas a recibir una herida mortal. Y yo no lo puedo aprobar. Desari no está lista para dejar a su familia, y los otros no me aceptarían. Los dos regresaremos junto a tu hermana ahora y nos ocuparemos del vampiro con la puesta de sol.

Darius se quedó del todo quieto. De repente parecía el depredador que en realidad era, en todos los sentidos.

—Te he ofrecido ser líder de mi familia, Savage, no que me dirijas a mí. Conozco mi camino.

—Igual que yo. No es mi intención faltarte al respeto; de veras, Darius, quiero conocer tu historia y aprender de ella. Creo que eres hermano de Gregori, nuestro sanador. Es un gran hombre, os parecéis bastante. —Julian sonrió de repente—. Gregori y yo no siempre nos llevamos bien.

Darius pestañeó: fue la única evidencia de movimiento.

—No me imagino por qué —masculló apesadumbrado.

—Acabarás cayéndome bien —aseguró Julian.

—No creo que debas confiar demasiado en eso —respondió Darius.

—El sol sale, amigo mío. Vayamos.

—No será tan fácil vivir cumpliendo mis normas —le advirtió Darius en voz baja.

Julian alzó las cejas.

—¿De verdad? Puesto que sólo respondo ante mi príncipe, creo que debería resultarme una experiencia interesante.

Darius empezó a disolverse en una fina bruma. Era más fácil viajar sin cuerpo bajo la luz del sol. Incluso así, el cerebro insistía en hacerle sentir que sus ojos se hinchaban, se le ponían rojos y le lloraban a lágrima viva bajo la terrible luz.

Capítulo 7

El viento soplaba a través de la espesa arboleda y agitaba las ramas que danzaban y se inclinaban hacia abajo hasta barrer el suelo. Las hojas susurraban con un sonido apresurado, una exhibición esplendorosa de la música de la naturaleza. Las notas resonaban bajo la tierra y atraían de regreso al mundo a los dos cazadores sumidos en el profundo sueño. Los dos corazones empezaron a latir de forma simultánea. El sol se hundía despacio bajo el horizonte de la montaña.

Se produjo un estallido amortiguado cuando la tierra salió arrojada por el aire, primero un géiser y luego, a pocos metros, otro. Cuando el polvo y la suciedad se asentaron, dos hombres elegantemente vestidos se hallaron de pie uno frente al otro. Uno era una amenaza dorada, el otro era moreno y peligroso. Sus blancas dentaduras relucieron cuando ambos se saludaron en silencio.

—¿Mi hermana? —Darius expresó su principal preocupación.

—Dormirá hasta que esta desagradable tarea esté por fin concluida —respondió Julian, y sus ojos centelleantes encontraron el punto exacto donde Desari yacía bajo la tierra.

—¿Estás seguro de esto? —Darius arqueó una ceja expresiva con escepticismo.

Los ojos dorados de Julian se helaron, fríos y severos.

—Puedo ocuparme yo solo de mi pareja eterna, no te equivoques en eso.

Si Darius hubiera sido capaz de sentir regocijo, seguro que ése hubiera sido el momento para ello. Dara era una descendiente directa del Taciturno, una anciana y, aunque fuera hembra, mucho más poderosa de lo que Julian reconocía.

—¿Has conocido a muchas mujeres de nuestra raza? —preguntó Darius con engañosa afabilidad.

—No. Quedan muy pocas. Están protegidas en todo momento, como corresponde. Es raro oír de alguna mujer que no tenga pareja después de cumplir los dieciocho años.

Darius se giró en redondo para quedarse mirando a Julian.

—¿Es eso verdad? A los dieciocho aún son unas crías, sólo son niñas. ¿Cómo es posible?

Julian encogió sus amplios hombros.

—Con tan pocas mujeres y tan pocos niños de nuestra especie que nazcan y sobrevivan, hay pocas esperanzas para los numerosos varones que están a punto de transformarse en vampiros, por lo tanto es lo único seguro que puede hacerse. Cualquier mujer que no haya sido reclamada por un varón es una presencia perturbadora.

—Pero la mujer está en inferioridad de condiciones a tan tierna edad y ante un hombre poderoso. Apenas ha tenido tiempo de formarse en nuestros dones más simples. ¿Cómo podía desarrollar su propio talento y destreza? —Darius sonaba un poco molesto con los varones de su propia raza.

Los ojos dorados de Julian centellearon por un momento.

—Si encontraras una mujer que te devolviera los colores y las emociones, que diera vida a tu alma muerta y la bañara de luz, ¿serías capaz de apartarte de ella sólo porque fuera una chiquilla? Tal vez aún no hayan desarrollado sus habilidades, pero su cuerpo es el de una mujer, y cualquier varón en estas circunstancias estaría más que encantado de dedicar siglos a ayudar en su aprendizaje. —Su cuerpo empezaba a relumbrar y a disolverse formando diminutas gotitas de humedad—. ¿A qué esperas, viejo? Si no has dormido bastante, te lo aseguro, puedo ocuparme yo solo de esta tarea.

—¿Viejo? —repitió Darius. Hizo su propia transformación con velocidad asombrosa. El sol, aunque ya se hundía, aún brillaba lo bastante como para herir sus sensibles ojos. Había advertido que Julian parpadeaba y bizqueaba un poco, pero sus ojos no lloraban a lágrima viva como los suyos—. Tengo que asegurarme de que no coincidas con más niñitas.

Una capa de bruma cruzó el cielo en una carrera contra el sol en dirección al precipicio. Los colores iridescentes de Julian se entremezclaron con los de Darius, y el precipicio no tardó en aparecer imponente ante ellos; una intimidante pared de roca pura. Julian se materializó, con los brazos cruzados sobre el pecho, y observó con interés cómo Darius empezaba a describir un extraño esquema a lo largo de las capas de granito. Se movía sin prisas, como si tuviera todo el tiempo del mundo, como si no le preocupara el sol que se hundía o el despertar del vampiro.

El vampiro estaba encerrado en lo profundo de la pared del precipicio, pero era muy consciente de los dos cazadores que rondaban tan cerca, y también de la posición exacta del sol y del tiempo con que contaba antes de poder levantarse. Tenía los labios retraídos, formando un gruñido de odio, y sus dientes irregulares estaban manchados y oscuros de las muertes que consumaba mientras tomaba su sangre. Su piel pálida, grisácea, se estiraba muy tirante sobre el cráneo. Tenía los brazos cruzados sobre el pecho y unas largas uñas amarillas que parecían agujas. Su venenoso siseo era un juramento de venganza y repugnancia. Sólo podía esperar, encerrado dentro de la prisión de piedra, encerrado en su terrible debilidad, mientras fuera las criaturas que le perseguían olisqueaban y arañaban la entrada a su guarida.

Julian estaba intrigado por la facilidad con que Darius deshacía las salvaguardas que había dejado el vampiro. Se movía con gran seguridad, aun así no se daba prisa, ni siquiera por la puesta de sol. Parecía absorto en su trabajo, como si aquella labor atrajera toda su atención. Pero Julian no se dejaba engañar: aquel hombre era consciente del peligro que corrían.

Mientras Darius seguía trazando su extraño diseño por el precipicio, empezó a tomar forma una débil línea que discurría zigzagueante por la pared de roca. Con un estruendo que no presagiaba nada bueno, la línea empezó a cobrar profundidad y ensancharse hasta formar una grieta. Al instante empezaron a bullir escorpiones desde la hendidura, miles de ellos, grandes y horrendos, que avanzaban apresuradamente hacia él. Mientras Darius se movía para evitar la cascada de insectos venenosos, una ondulación agitó el suelo, que se levantó y dio sacudidas, arrojándole directamente hacia la trayectoria de los escorpiones. Julian tiró de él para sacarle de en medio y les arrojó a ambos por el aire mientras los guardianes del vampiro pululaban por el suelo.

Darius echó un vistazo al cielo y empezaron a saltar relámpagos de una nube a otra. Se quedó contemplando las centellas que crepitaban creando energía hasta que pudo formar una brillante bola de fuego naranja que dirigió hacia una masa de escorpiones que correteaban escurridizos. Al instante se olió el hedor de los insectos ennegreciéndose hasta quedar reducidos a cenizas.

Cuando Julian volvió a aterrizar en el suelo, Darius retomó su faena como si no se hubiera producido aquella interrupción. Julian observó el extraño diseño, intrigado por un trabajo que no había experimentado en sus largos siglos de cacerías. No le quedaba otro remedio que admirar la gracia fluida que exhibía Darius, su seguridad y mano firme, la ausencia de vacilación. El corazón le latía con un ritmo de excitación y pavor. *¿Sería él? ¿Estaría esperando dentro de la guarida aquel anciano maligno, con la esperanza de reclamar al alumno que tanto tiempo atrás él había formado?*

—El terreno. —Darius pronunció en voz baja las palabras. Julian casi no las oyó, pese a su agudo oído, de lo abstraído que estaba en sus oscuros recuerdos.

—¿Disculpa? —Mientras pronunciaba aquella palabra, Julian ya hacía caso de su advertencia y estudiaba con atención la tierra por debajo de sus pies. Darius no había apartado la mirada de la pared del precipicio; seguía trabajando en las protecciones para que la grieta se expandiera, mientras la pared de roca empezaba a resquebrajarse y crujir, obligada a abrirse. Julian captó un movimiento, tan rápido y sutil que casi se le escapa, bajo los pies de Darius, que elevó el suelo no más de un centímetro mientras algo cruzaba bajo la superficie.

Luego un tentáculo surgió apenas a unos centímetros de los zapatos de Darius, retorciéndose de un modo obsceno, y buscando a ciegas una presa. Julian arremetió al instante contra la endiablada raíz que se retorcía a las órdenes del vampiro. Mermó cada apéndice que salía del suelo en busca de Darius, quien por lo visto hacía caso omiso de toda la batalla, trabajando con eficiencia a pesar de los tentáculos lacerantes que intentaban rodear sus tobillos. Julian se apresuró a destruir aquella cosa tan repulsiva.

Mientras el último tentáculo se retorcía y quedaba reducido a cenizas, un bulbo enorme surgió a escasos metros de Julian abriendo mucho la boca. Una rociada de líquido amarillo verdoso salió arrojada en dirección a Darius, que permaneció quieto, abriendo la hendidura y revelando la alcoba oculta en su interior, dejando en manos de Julian la defensa de su última amenaza. Éste hizo estallar el bulbo con una explosión de fuego que cayó como un láser desde el cielo, incinerándolo antes de que la salpicadura ácida pudiera alcanzar a Darius.

—El sol —le recordó Julian, consciente de su posición baja en el cielo al ver los rojos y rosas del crepúsculo manchando los cielos.

—No hay manera de acelerar este procedimiento —replicó Darius en voz baja—. El no muerto es consciente de nuestra presencia y envía a sus subalternos para retrasarnos.

Julian fue en busca de la mente de su oponente oculto. *Eres débil, maligno. No deberías haber desafiado a alguien mucho más fuerte que tú. Mi sangre y poder son antiguos, y nunca han sido derrotados durante estos siglos, ni siquiera por otros más sabios y expertos en estas artes que tú. No tienes posibilidades de ganar. Ya estás derrotado.*

Desde el interior oscurecido de la cámara surgió un veloz ejército de ratas, que, dando brincos, fueron a por los dos carpatianos con una ferocidad salvaje fruto de la inanición y la coacción. El vampiro orquestaba el ataque encarnizado del grupo con su mente desesperada y astuta. Julian se percató de que las ratas atacaban a Darius. El vampiro estaba preparado para este carpatiano oscuro, pero tal vez no había captado la presencia de otro cazador que también le acechaba. Las ratas atacaban al protector de Desari, lo cual sugería que ella era el objetivo final del no muerto. Con salvaje satisfacción, Julian se plantó de un brinco sobre la espesa masa de cuerpos peludos y se abrió camino hacia el interior del vientre de la montaña.

El anciano al que había estado buscando durante muchas vidas no era quien se encontraba dentro de la guarida; él habría reconocido de inmediato a Julian, su voz, su sangre y la sombra. Aun así, la furia despiadada que sentía le impulsó hacia el interior en busca de la presa. Éste no iba a escapar.

Las paredes del estrecho túnel estaban repletas de agujas afiladísimas y cortantes, que surgían de forma inesperada, primero hacia la derecha, luego hacia la izquierda, mientras el vampiro arrojaba obstáculos en el camino de su cazador para retrasarle. Era consciente del peligro que se aproximaba y del sol que se hundía. Creía que si entorpecía el avance del cazador lo bastante como para permitir que el sol se pusiera y para recuperar su propia fuerza, tendría una ocasión para luchar.

Julian sencillamente adelgazó y alargó su cuerpo, y se deslizó a través del laberinto de agujas afiladas, avanzando cada vez más hacia el fondo por dentro de las entrañas de la montaña. Apestaba a muerte y descomposición. Mientras entraba en la cámara propiamente dicha, miles de murciélagos se precipitaron hacia él, emitiendo agudísimos chillidos de alarma. Se esforzó automáticamente por calmarlos con su mente y hacer que se retirasen a las profundidades de la cueva para no quedar atrapados por la luz, presas de especies más agresivas.

El vampiro yacía observándole con ojos rojos ardientes de ira, con sus delgados labios, sin sangre, retraídos formando un gruñido que revelaba su dentadura putrefacta. La piel se le había encogido y apenas cubría su cráneo; ya parecía un esqueleto. Julian quiso sentir lástima por la criatura maldita, pero la repulsión al mal a tan corta distancia resultaba abrumadora. Detestaba al no muerto de una forma implacable, despiadada, que nunca podría superar. En su infancia había estado demasiado cerca de convertirse en un ser repulsivo, y tenía grabado en su recuerdo el hedor repugnante y podrido para siempre.

El vampiro se hallaba en una depresión de la tierra, con su cuerpo escuálido cubierto por ropas putrefactas, en otro tiempo elegantes y delicadas. Parecía grotesco. Mientras Julian se acercaba, curvó la boca formando una parodia de sonrisa.

—Llegas demasiado tarde, cazador. El sol ha desaparecido del cielo. —El vampiro se incorporó flotando desde el suelo y se quedó erguido.

Julian se encogió de hombros con estudiado gesto de tranquilidad.

—¿No me reconoces? Crecimos juntos. En otro tiempo fuiste un gran hombre, Renaldo. ¿Cómo es que has caído tan bajo como para recorrer la tierra en busca de nuevas víctimas a las que asesinar?

La cabeza calva onduló hacia delante y atrás con un movimiento ineficaz.

—¿Por qué has venido a este lugar, Savage? Nunca te han preocupado las normas de nuestra raza. —La voz del vampiro era un feo susurro arrojado desde su garganta.

—Elegiste convertirte en algo para lo que no habías nacido. He perseguido durante mucho tiempo a quienes escogen condenar sus almas y poner en peligro a los demás —respondió Julian en voz baja, casi amable. Su voz era de una hermosa pureza; sus tonos llenaban la caverna y desplazaban a un lado la peste de la putrefacción—. Hubo otro tiempo, Renaldo, en que cazabas a mi lado. Ni siquiera entonces estabas a la altura de mi fuerza y poder. ¿Por qué ibas a creerte ahora capaz de desafiarme? —A primera vista, parecía una pregunta lo bastante inocente, pero su voz era hipnótica, de terciopelo, aún más poderosa pues casi era imposible detectar la coacción oculta en ella.

Darius había seguido a Julian hasta el interior de la montaña y se mantenía en segundo plano para detectar cualquier otro peligro, pues sabía por experiencia que los no muertos tendían muchas trampas y engaños y siempre intentaba arrastrar a la muerte con ellos a quienes les perseguían. Con los no muertos, nada era lo que parecía.

Encontró interesante la manera suave y amable en que Julian se aproximaba al vampiro. Darius era más directo; perseguía a los no muertos y se los despachaba a toda prisa, en una batalla breve y feroz. Julian era un poco como el propio vampiro: indirecto y engañoso, hacía perder la confianza a su oponente, le entretenía y le confundía, recordándole tiempos pasados y mejores. Darius sacudió la cabeza pero continuó en silencio, sin ser detectado. La pareja de su hermana era un hombre interesante, un renegado, que iba a la suya en todos los aspectos, y hacía gala de un humor despreocupado y sardónico que sacaba a relucir cuando menos se esperaba. Julian daba muestras de no temer nada, de respetar a pocos y ser él mismo su propia ley.

La curiosidad de Darius respondía a algo más que sus deseos de conocer mejor al hombre que reclamaba a su hermana para él. Había algo en la pareja escogida por su hermana que se le escapaba. Algo oscuro y misterioso que le tenía intrigado.

El vampiro se movía en dirección circular, intentando colocarse más cerca de la salida. Julian no cedía terreno, se limitaba a ir girando con el monstruo, ejecutando una danza extraña y fluida. Bien podría estar bailando un minué a decir por la tensión que dejaba entrever.

—Sabes que no puedo permitir que sigas con vida, Renaldo. Sería inhumano por mi parte.

—A ti los humanos te traen sin cuidado, Julian —indicó el vampiro—. No sigues a nadie, ni siquiera al príncipe de todos los carpatianos. ¿Piensas que no noto la sombra que se alarga y crece dentro de ti? Llevas nuestra misma sangre. No lancé el desafío para ti, sino para otro; alguien desconocido para la gente de nuestra patria. Éste acumula más de una mujer idónea para sí. Esto va en contra de nuestras leyes.

La dentadura de Julian relució en la oscuridad de la cámara.

—Y ¿tú cumples con nuestras leyes? —preguntó con engañosa afabilidad, aunque las palabras del vampiro habían hecho mella. «Llevas nuestra misma sangre.»

Pero mientras hablaba, notó un leve desplazamiento de tierra bajo sus pies; empezaba el siguiente asalto mortal y desesperado del no muerto. Julian se movió al instante con la velocidad de un rayo, pasando de su relajada posición a arrojarse directamente contra el vampiro, lanzando su mano a fondo contra la pared del pecho, para extraer el corazón aún latiendo y apartarse de un brinco.

Su imagen había quedado tan borrosa, y su velocidad había sido tan impetuosa, incluso para uno de su especie, que Darius pensó por un instante haberse imaginado el diestro ataque de Savage. El vampiro se balanceó con incertidumbre, jadeando a causa del golpe, y sus rasgos grotescos se contrajeron formando una máscara aún más grotesca. Se cayó a cámara lenta y aterrizó casi a los pies de Julian.

El carpatiano tiró el corazón a cierta distancia del cuerpo y de inmediato recogió energía en sus manos para limpiarse la sangre de la piel. Luego dirigió una llamarada naranja contra el órgano que todavía pulsaba y lo incineró hasta convertirlo en ceniza gris. La llama entonces saltó de su mano al cuerpo del no muerto y al instante quemó los restos para que el vampiro no pudiera volver a levantarse de ninguna manera.

La tierra fluctuó bajo sus pies, se elevó y dio sacudidas. Se oyó el crujido nada halagüeño de la roca, y las capas de piedra chirriando cuando las losas de granito empezaron a desplazarse unas sobre las otras. Darius apareció, dio un brinco hacia la hendidura que se movía y describió un extraño esquema con las manos mientras cantaba algo en voz muy baja, ralentizando la trampa mortal que el vampiro había preparado. Julian no esperó a recibir una invitación por escrito. Cambiando de forma en vuelo, y empequeñeciéndose lo más posible, se lanzó a toda velocidad a través de la grieta que se cerraba para salir al aire exterior y a la noche, con Darius justo al lado. Los dos salieron disparados a la libertad del cielo, la extensión despejada de aire, justo en el momento en que ambos lados de la hendidura chocaban con un estruendo.

—Pensaba que estabas planeando hablarle hasta que muriera —informó Darius con sequedad al murciélago dorado mientras él mismo cambiaba de forma, pasando del murciélago negro a un depredador cubierto de plumas, mucho más poderoso.

—Alguien tenía que hacer algo mientras tú jugabas con tus diseños en la roca —replicó Julian tranquilamente, permitiendo que unas plumas iridescentes surgieran por todo su cuerpo, convirtiéndose en un ave rapaz bien capacitado para seguir el vuelo agresivo de su compañero.

Empezaron a volar uno al lado del otro en dirección al bosque donde habían dejado a Desari.

—No podía hacer otra cosa que proteger al hombre elegido por mi hermana. —Darius consiguió hacer que sonara como si su hermana tuviera un agujero en la cabeza.

Julian dio un resoplido.

—¿Protegerme? Creo que no, viejo. Eras tú el que permanecía en las sombras mientras yo destruía a la bestia.

—Tenía que asegurarme de que no sufrías ningún daño con otras trampas y culebras. Con toda certeza malgastaste bastante tiempo con el no muerto —contestó Darius en voz baja. Dio un viraje hacia la izquierda, volando por encima de la bóveda de árboles. Cuando Julian siguió su misma trayectoria, Darius describió un amplio círculo para regresar junto a él—. ¿No querrás regresar conmigo junto a mi familia?

—Debo despertar primero a Desari —contestó Julian con suficiencia.

—Desari se levantó hace una hora. —Darius le comunicó el mensaje con voz tranquila y neutral.

Julian, dentro del cuerpo del búho, casi se cae del cielo a causa de la conmoción. No le entraba en la cabeza que Darius le estuviera tomando el pelo. No tenía un sentido del humor perceptible, ya que estaba más cerca de transmutarse que cualquier otro carpatiano que Julian hubiera conocido en la vida. De todos modos, era inquietante pensar que algún día pudiera tener que darle caza e intentar destruir al hermano de su pareja de vida.

Desari. Susurró su nombre por el cielo en algún punto entre la ternura y la ira. De algún modo se las había ingeniado para despertarse por su cuenta pese a su contundente orden. Debería haberlo sabido en el momento exacto en que se había levantado. Era su pareja de vida. Estaban conectados, dos mitades del mismo todo. Darius sí sabía que Desari se había ido. ¿Había contactado con él? Por un momento, el cuerpo cubierto de plumas de Julian sufrió una sacudida de rabia. Ella no entendía lo que significaba que una pareja la reclamara. Estaba unida a él, en corazón y alma. Necesitaba aprender mucho más del hombre que ahora era su compañero de vida. No iba a tolerar rebeldías por haberla obligado a obedecer.

¿Tolerar? La suave voz de Desari habló con desdén en su mente. *No te debo obediencia, Julian. No soy ninguna novata para tener que seguir tu guía sin cuestionarla. Eres tú quien necesita aprender más de la mujer que afirmas tener unida a ti. No voy a permitir que se me trate de tal modo.*

Julian cerró la mente con brusquedad mientras hacía frente a una rabia con la que no estaba familiarizado y le consumía por dentro. Nunca había experimentado una rabia celosa. Nunca había tenido motivos. Y como el poderoso carpatiano que era, había creído con toda naturalidad que su pareja cambiaría voluntariamente de vida por él, que querría adaptarse a su mundo, que no le obligaría a vivir en el de ella. No obstante, Desari parecía tener ideas propias.

Julian se apartó a posta de Darius para concentrarse en reprimir aquel enfado inesperado. Necesitaba tiempo a solas para recuperar el control, para pensar a fondo las cosas, para intentar comprender que Desari no era una novata a quien su pareja tuviera que guiar. Que ella tenía muchos siglos de vida, muchos poderes y que estaba acostumbrada a tomar decisiones e inspirar cierto respeto. Se dirigió volando hacia las cumbres de la montaña, donde siempre sentía algo parecido a la paz. Pasaría un tiempo ahí considerando la situación y la mejor manera de manejarla.

«Tienes nuestra misma sangre», le había dicho el no muerto. Y era la terrible verdad. ¿Cómo había pensado que podía encontrar pareja y vivir como correspondía a un carpatiano honorable? Sin duda, Mihail, el príncipe de su pueblo, sabía la verdad. Gregori, también. Y Darius sin duda lo percibía en él. Todavía peor, se percató Julian entonces, lo que sabía Darius también lo sabría Desari. «Tienes nuestra misma sangre.»

Desari deambulaba por el campamento que había escogido Dayan. Aunque estaban cerca de otros campistas, campistas humanos, estaban protegidos de las miradas curiosas. Se encontró yendo de un lado a otro hasta que Dayan le dijo que parara si no quería trazar un nuevo sendero en el suelo. Al principio pensó que lo que sucedía era que estaba enfadada con Julian por mandarla a dormir como si fuera una cría. Luego decidió que estaba enojada consigo misma por ser vulnerable a tal coacción. Y ahora ya no sabía lo que le pasaba. Su mente estaba sumida en el caos y se esforzaba en todo momento por encontrar a Julian. Eso era desconcertante por sí solo. Tal vez lo que le hacía falta era alimentarse. No, lo que necesitaba era encontrar a Julian. Tocarle. Verle.

Maldijo en voz baja y se fue haciendo aspavientos hasta la mesa con bancos adosados. Forest, el leopardo macho que siempre viajaba con ellos, estaba estirado tan largo era sobre la mesa. Desari lo empujó con irritación.

—Baja.

El felino respondió levantando el labio con desprecio, pero no se movió. Dayan se dio media vuelta para mirarla llena de sorpresa.

—¿Qué te pasa?

—De todo. Nada. No sé. Es la cuarta vez que se nos estropea el autobús este mes. Barack no tiene ni idea de arreglar vehículos; les hace pequeños ajustes todo el tiempo. Nadie quiere comprar uno nuevo, y yo sigo diciendo que, o aprendemos a arreglar nosotros mismos el motor o contratamos un mecánico para que viaje con nosotros. No es que no podamos permitírnoslo. —Desari empezó a ir otra vez de un lado a otro, incapaz de permanecer quieta.

—Los felinos nunca tolerarían que un humano andara por aquí —dijo Darius mientras se materializaba al lado de la mesa. Estiró el brazo para sacar al leopardo de su puesto privilegiado.

—Tendrán que tolerarlo —soltó Desari, mirando con ojos centelleantes a su hermano y luego inspeccionando el cielo y los bosques que les rodeaban. ¿Dónde estaba Julian? *¿Dónde estás?* Se le escapó antes de poder contener aquella petición de contacto mental. Sólo encontró silencio, y su turbación fue en aumento. ¿Por qué era tan importante? Al fin y al cabo, ¿qué era él para ella? Un amante. La gente cambiaba de amante todo el tiempo. Barack era un ligón empedernido. Al menos lo había sido durante un par de siglos. Desari dejó aquellos pensamientos de golpe. No podía pensar en eso. No podía pensar en Julian y en dónde pudiera estar.

—Dara, cálmate —le ordenó Darius en voz baja—. Tu estado mental no tiene nada que ver con nuestro vehículo.

—No me vengas con que sabes cuál es mi estado mental —replicó ella—. Os he repetido a todos una y otra vez que necesitamos una nueva caravana. Ahora, hasta el camión empieza a estropearse. ¿Alguien quiere hacer algo al respecto? Syndil está demasiado ocupada ocultándose del mundo. Barack está cambiando de piel en algún lugar. Dayan y tú no prestáis atención a los detalles de nuestra vida.

—Yo subo al escenario cada noche —dijo Dayan defendiéndose—. Y escribo las canciones y la música para ti. No sé nada de motores, ni quiero saber. No somos mortales para ocuparnos de esas cosas.

Darius se limitaba a mirar a su hermana sin hablar. Se estaba frotando las manos y los brazos sin parar como si tuviera frío. El aire nocturno era fresco pero nada fuera de lo habitual. Su palidez era anormal.

—Subir al escenario no es ocuparse de los detalles, Dayan —le informó Desari—. Tenemos que contratar las giras, no perder de vista las cuentas, planificar las rutas, ocuparnos de que podamos mantener a los felinos en todo momento, asegurarnos de contar con gasolina suficiente y establecimientos a mano por si algo se rompe mientras estamos en la carretera. Debemos parecer humanos, actuar como humanos. ¿Haces algo de todo eso, Dayan? Lo que yo digo es que necesitamos vehículos nuevos o un mecánico. O sea, que mejor decidís qué preferís o cerráis la boca y acatáis cualquier decisión que tome yo.

Darius alzó una ceja con elegancia.

—Y ¿cuál piensas que es la mejor solución, Dara? ¿Un mecánico? Lo más probable es que los felinos se lo coman antes de que acabemos de entrevistarle. Aunque, tal vez, si encontraras alguien que resultara poco apetitoso para los felinos, podríamos dejarle viajar con nosotros.

—¿Un humano? ¿Un hombre? —Dayan estaba indignado—. Eso no sería tolerable cerca de nuestras mujeres.

Desari alzó la cabeza de golpe, lanzando fuego con los ojos.

—Nosotras las mujeres no somos vuestras posesiones, Dayan. Tenemos derecho a hacer lo que nos plazca, a estar cerca de quien queramos, hombre o mujer, mortal o inmortal; nosotras escogemos. Tú no nos das órdenes, y nunca lo harás.

Dayan soltó aliento con un largo y lento siseo de desaprobación.

—Este desconocido con el que decidiste tener trato anoche debe haberte contagiado un virus. Estás de un humor fatal, Desari.

—Dayan. —Darius se colocó entre su hermana y su segundo al mando—. Ya basta. El «desconocido», Julian Savage, es un poderoso carpatiano, un cazador de no muertos. Haríamos bien en aprender todo lo que pudiéramos de él. Si viene a este campamento, le tratarás con respeto como si fuera uno de nosotros.

Dayan sacudió la cabeza, molesto por la locura de permitir la presencia de un desconocido.

—Haré lo que me digas, Darius, pero creo que este hombre tiene a Desari hechizada de algún modo.

—¿Por qué? —preguntó ella—. ¿Por qué insisto en que ayudes con algunos de los detalles de nuestra existencia? No sois animales de la selva, machos defendiendo su orgullo como única necesidad. Tendrías que ayudar más.

Dayan alzó una ceja pero se contuvo para no continuar la discusión con Desari.

—Ocúpate de esto —le dijo a Darius—. Sólo puedes hacerlo tú. —Y luego se marchó antes de que Desari pudiera contraatacar.

A Desari no le quedó otro remedio que hablar con su hermano.

—No dices nada, Darius. Sé que me pasa algo terrible. No sé lo que es, pero siento que estoy perdiendo la cabeza. Es más que un malestar físico, también es mental.

—Llámale para que venga junto a ti. —Darius le dio la orden en voz baja, a su manera. No por ello tenía menos impacto. Su voz tenía siglos de autoridad.

Ella cerró los ojos con fuerza se agarró el estómago revuelto con las manos.

—No puedo, Darius. No me pidas eso.

—No puedo hacer otra cosa que pedírtelo —respondió él—. Llámale para que acuda a ti.

—Si lo hago, creerá que tiene derecho a que yo le obedezca.

—Estás sufriendo de modo innecesario. Lo que haya hecho este hombre para unirte a él, nosotros no podemos deshacerlo hasta que sepamos más. —Se obligó a sonar amable—. Sabes que no puedo permitir que sufras, Desari. Llámale para que venga junto a ti.

—No puedo. ¿No has oído lo que le he dicho a Dayan? Las mujeres tenemos derechos. No pueden mandarnos los hombres sólo porque lo crean así.

Los gélidos ojos negros de Darius retuvieron la mirada sombría y apenada de ella.

—Siempre he sido responsable tanto de ti como de Syndil. Debo insistir en esto. Siento tu dolor, el caos en tu mente. Haz lo que te pido.

—Por favor, Darius. No deseo desafiarte abiertamente. —Desari de hecho se estaba mordiendo las uñas; la crispación en su rostro era algo terrible de presenciar para su hermano. La otra mano se la metía con nerviosismo entre la masa de ébano de su pelo que caía en cascada alrededor de sus hombros y espalda.

—Lo has hecho de forma repetida desde que este hombre entró en nuestras vidas —le recordó Darius con amabilidad—. Sólo a ti te toleraría tal desafío, hermanita. Comprendo que es una nueva experiencia, fuera de nuestro reino de conocimiento, pero no puedo permitir que sufras. Llama a Savage a tu lado.

Las lágrimas relucieron en los ojos de Desari y en sus largas pestañas. Se hundió en el banco de madera al lado de la mesa, bajando la cabeza con gesto de derrota.

—No hay necesidad de llamarme. —La forma musculosa de Julian se materializó a su lado, lo bastante cerca como para que ella notara el calor de su cuerpo. Él dobló su brazo para rodearle los hombros—. No puedo soportar estar separado de ti, Desari. —Lo admitió sin vacilar, si preocuparle que Darius lo oyera, pues sólo quería ahorrarle más dolor a ella.

—¿Qué me has hecho? —Había lágrimas en su voz así como en sus ojos. Dobló los dedos formando dos puños que apretó hasta clavarse las uñas en sus palmas. Su voz se convirtió en un trágico susurro—. ¿Qué has hecho que no puedo estar sin ti?

Julian inclinó la cabeza hacia ella sin dejar de abrazarla con cariño y abriéndole los dedos uno a uno con ternura. Con sumo cuidado, llevó sus manos hasta el calor curativo de su boca, dejando un beso en el centro exacto de cada palma herida. Retenía con sus ojos dorados la oscura mirada de ella.

Desari notó que el terrible nudo en la boca del estómago empezaba a fundirse con el calor líquido de Julian. Aquel fuego que ardía en lo profundo de él, fuera lo que fuera, prendía llamas igual de ardientes en lo más profundo de ella. También una paz se estaba apropiando de su alma y corazón, llenando el terrible vacío. Se sintió completa; de nuevo estaba completa del todo con él tan cerca. Sus pulmones podían respirar y su corazón latía a buen ritmo, constante.

—Percibo tu miedo, Desari —dijo Julian quedamente—. No tienes por qué. Yo no puedo lastimarte. Soy tu pareja de vida, responsable de tu felicidad.

—¿Cómo es posible eso si ni siquiera puedo pasar lejos de ti ni un breve periodo de tiempo? —Desari lanzó una rápida mirada a su hermano, rogándole en silencio un momento de intimidad. Ya tenía bastantes problemas para aceptar un fenómeno tan extraño sin que hubiera testigos de su humillación.

Julian esperó a que Darius hiciera una señal a los leopardos para que acudieran a su lado y desaparecieran por el interior oscuro de los árboles para ir de caza. Puso la palma de la mano en el cuello de Desari y acarició su cabello sedoso con los dedos.

—Nuestros cuerpos físicos pueden estar en lugares alejados, *piccola*, pero nuestras mentes contactan a menudo cuando estamos separados.

—Lo sabías y aun así te alejaste. Yo opto por reafirmar mi independencia, y tú me castigas por ello —comentó, alzando la barbilla al mirarle.

—Pasaste por alto tu propia seguridad, *cara mia* —dijo en voz baja—. Te has negado a creer todo lo que he intentado decirte, incluso permitiéndote el acceso a mi mente. Mi única opción era dejar que aprendieras de primera mano que lo que digo es cierto. Soy tu pareja de vida y no puede haber falsedades entre nosotros.

Desari encontró un botón de la inmaculada camisa de Julian y lo retorció con nerviosismo.

—No es que creyera que mintieras. Las cosas que tú creías... no dudo que pensaras que eran verdad. Pero todo parecía tan irreal, como una fantasía, un sueño. ¿Cómo pueden unirnos unas meras palabras para toda la eternidad? ¿Cómo un hombre puede tener el poder de cambiar la vida de una mujer?

—Estamos conectados desde el nacimiento, *cara* —le explicó él acercando un poco su cuerpo cuando notó el estremecimiento de Desari—. Dos mitades del mismo todo. Sólo hay una pareja verdadera en la vida. Yo tengo la suerte de que la mía esté llena de talento y belleza. No obstante, no es ninguna suerte —añadió— que seas tan terca y que desconozcas lo que se espera de ti.

Desari se apartó de un brinco, alejándose de la mesa de un solo salto. Su aspecto era salvaje y rebelde, una hechicera sensual capaz de dejarle sin aliento.

—¿Piensas que soy terca porque insisto en tomar el control de mi propio destino? No me hables de esta historia de la pareja de vida. Para mí no significa nada. Nada en absoluto. Entras en mi vida tan campante, haces algo para dejarnos unidos y ¿luego crees que tienes derecho a darme órdenes sobre cómo debería vivir mi vida?

Julian observaba las expresiones que se sucedían veloces por su rostro bello y furioso. Todo en ella era un milagro para él. Qué pequeños y delicados le parecían sus huesos. El brillo y la masa del cabello sedoso era tan exuberante que pensó que podría perderse en él.

—Procedo del Viejo Continente; soy carpatiano. No tuve en cuenta que podías desconocer las costumbres de nuestro pueblo.

—¿Se supone que eso debe de ser algún tipo de disculpa? —Desari cruzó los brazos sobre su cuerpo, temblando como si tuviera frío—. No me importan las costumbres de tu pueblo.

—Nuestro pueblo —le corrigió él con amabilidad.

—Mi pueblo son quienes viven conmigo, comparten mi vida, como, por ejemplo, mi hermano, al que intentaste matar.

—Si hubiera intentado matarle, *cara mia*, estaría muerto. —Alzó una mano para detener otra interrupción indignada de Desari—. No estoy diciendo que Darius no me hubiera llevado también a mí con él; lo más probable es que sí. Pero tampoco él intentaba matarme de verdad. Más bien era una cuestión de asegurarse. Darius no iba a entregar a su querida hermana a un desconocido incapaz de protegerla. Era una prueba.

—¿Darius te estaba poniendo a prueba? —repitió ella despacio—. ¿Tengo que entender que se trata de alguna cosa entre hombres y que debería aprobarlo?

Julian se movió tan deprisa que estuvo sobre ella antes de que tuviera tiempo de echar a correr. No dio el menor aviso; en ningún momento sacudió músculo alguno. Pero estaba allí, así de sencillo, arrimando su cuerpo con cierta agresividad, extendiendo la mano sobre su garganta, rozando con el pulgar su delicada barbilla.

—Desari, *cara*, no tenemos otra opción que aprender cada uno las costumbres del otro. Estamos unidos. Me gustaría ser capaz de decir las palabras agradables que tú desearías oír, que me equivoqué al obligarte a obedecer...

—Al intentar obligarme —le corrigió con un centelleo en la mirada.

Julian se inclinó para rozar con sus labios el satén tentador en su frente mientras la diversión hacía aparición en la profundidad dorada de sus ojos.

—Intentar obligarte. Eso es cierto. Qué suerte tengo de que mi pareja de vida sea tan poderosa. De todos modos, *piccola*, tengo todo el derecho a ocuparme de tu seguridad. No me queda otro remedio que asegurarme de tu bienestar. Nuestro pueblo no se puede permitir perder ni siquiera una sola mujer, Desari. La extinción de nuestra raza casi es total. Nuestras mujeres son nuestra única esperanza. Admitiré que no siempre sigo las leyes de nuestro pueblo, pero en esto no tengo elección, y tú tampoco. Tu seguridad y salud deben estar por encima de todo lo demás. La otra mujer que viaja con vosotros también debe ser protegida.

Desari se pasó una mano por el pelo.

—Entonces, ¿se supone que tan sólo tenemos que dar niños a nuestra raza? ¿Es ése el único motivo de nuestra existencia?

—No, *cara*. La razón de tu existencia es traer dicha a este mundo, como has hecho durante tantos siglos. Dios no te habría honrado con esa voz, una herramienta tan poderosa de paz, si no pretendiera que la usaras. Pero —Julian encogió sus amplios hombros mientras describía un dibujo sobre su cuello— con el tiempo, lo que se esperaría, sí, es que tú y yo diéramos a nuestra raza descendientes femeninas. No estoy seguro del tipo de padre que yo sería, pues nunca me he imaginado en ese papel; nunca pensé que encontraría una pareja de vida o que fuera a serlo de alguien.

Algo parecido al humor titiló por un momento en sus ojos.

—No puedo decir que seas un éxito total en ese ámbito. —Pero el elogio que había hecho de su talento la había reconfortado, igual que la caricia arrastrada de su voz, la admiración en lo profundo de sus ojos, en lo profundo de su mente.

Julian encontró su nuca con la mano y la atrajo hacia sí de modo inexorable mientras inclinaba la cabeza hacia ella. Bajó la boca con lentitud infinita, y luego la pegó a sus labios para poder saborear su dulzura. Desari sintió que el corazón le daba un brinco con su contacto, y su cuerpo empezó a derretirse al instante. Notó su gran fuerza, el deseo precipitándose por él mientras la pasión formaba un arco de electricidad entre ellos. Julian movió la boca para juguetear con la comisura de sus labios y encender un rastro de fuego por toda su mandíbula y barbilla.

—No obstante, creo se me dan bastante bien un par o tres de cosas —murmuró con seguridad despreocupada. Mordisqueaba con los dientes su barbilla.

—¿Se supone que con esto te vas librar de problemas? —preguntó ella con los ojos cerrados, saboreando su tacto y contacto. Al instante parecía imprescindible quedarse a solas.

—No tendré problemas. Esto me resulta tan nuevo a mí como a ti, Desari. Hasta ahora he pasado la vida totalmente solo. —Pasó sus labios rozando la columna sedosa de su cuello—. El intentar adaptarme a esta situación me resulta tan ajeno como a ti. Si lo que necesitas es estar con tu unidad familiar, entonces no me queda otro remedio que quedarme aquí contigo. Pero debes reconocer que también yo tengo necesidades. No deseo encontrar otros hombres cerca de ti, ni quiero que cuestiones mi criterio cuando tu seguridad está en juego.

Aunque ella iba a protestar, Julian la sacudió un poco.

—Piensa lo que dices antes de hablar. Estoy en tu mente. Sé que no quieres que otra autoridad te diga qué hacer con tu vida. Entiendo mejor que la mayoría esto que te sucede. Pero obedecerías a tu hermano en cuestiones de seguridad. La misma responsabilidad que aceptó por tu seguridad es ahora mía. Requiero la misma confianza y lealtad que siempre has depositado en él.

—La confianza se gana, Julian —indicó Desari en voz baja—. Y lo digo por los dos. Mi hermano no me da órdenes de modo arbitrario sobre lo que puedo o no puedo hacer. Pero estoy en tu mente. Percibo las emociones a veces violentas a las que te enfrentas, el intenso desagrado que te provocan otros hombres cerca de mí. Ni siquiera quieres que tome sangre.

Julian notó sus palabras como una puñalada en su vientre. Apretó cada músculo como protesta por la vívida imagen que le venía a la mente. Desari atrayendo a un hombre hacia ella con su belleza y misterio, inclinándose sobre él hasta que sus cuerpos se tocaran, para poder desplazar los labios sobre el cuello del hombre y encontrar la arteria que latía ahí. La rabia estalló en él, profunda y casi incontrolable, desde luego como nada que hubiera experimentado en su vida. Era desenfrenada e indómita, una rabia demente.

Sacudió la cabeza. Era ilógico sentir una emoción tan intensa por algo tan natural como alimentarse de sangre. Nada en sus siglos de vida le había preparado para algo así. No lo comprendía.

—No tomarás sangre de nadie excepto de mí —declaró, incapaz de dejar de darle órdenes.

Desari estaba observándole con atención, controlando sus pensamientos. Julian no hizo el menor intento de ocultarle algo. Quería sinceridad total entre ellos. No era culpa suya que él experimentara dificultades para las que no estaba preparado, ni quería que lo pensara.

De repente la tierna boca de Desari esbozó una sonrisa:

—Tienes razón, Julian. No lo haré. No tengo deseos de estar tan cerca de ningún otro hombre. —Le rozó la mandíbula con la punta de los dedos, su primera muestra real de afecto hacia él sin haberla suscitado—. No será ninguna dificultad permitir que tú me alimentes si es lo que necesitas.

El alivio fue tremendo para Julian, y el terrible vuelco en la zona de su corazón algo inesperado.

—Haré todo lo posible para llegar a cierto tipo de acuerdo en relación con tu unidad familiar y tu necesidad de cantar. Es un gran don, Desari, tu voz y lo que eres capaz de hacer con ella. Siento orgullo por tus logros, pero no puedo mentir. Temo por tu seguridad. Tus actuaciones se anuncian con mucha antelación. Creo que por ahora estás a salvo de los asesinos humanos, pero debemos analizar la posibilidad real de que los vampiros se congreguen en esta región con la esperanza explícita de encontrarte a ti y a la otra hembra. —Ahora más que nunca era fundamental tener éxito en aquella lucha de siglos por destruir a su mentor vampiro, o ella nunca volvería a estar otra vez segura. El anciano podría seguir ahora la pista de Desari con facilidad a través suyo.

Desari dio un respingo al oír el último comentario.

—La «otra hembra» es Syndil. La quiero como a una hermana. Tienes acceso a mis recuerdos, puedes verlo. También puedes ver por qué somos especialmente protectores con ella y por qué prefiere adoptar forma de leopardo en este momento.

—Mientras mantiene forma de leopardo no tiene que enfrentarse a su trauma —reflexionó Julian—. Pero tienes que comprender, Desari, que eso no está bien. Sólo sirve para alargar su recuperación. Todos vosotros pensáis que la estáis ayudando, pero ella necesita ser fuerte por sí sola. Puede conseguirlo. Fingir que el ataque no se produjo no permitirá su recuperación completa. Necesita que se la anime a empezar a recuperar el control de su vida.

Desari inclinó la cabeza para mirarle, asombrada de su percepción.

—¿Cómo puedes saber esto sin tan siquiera conocerla? ¿Por qué no nos hemos dado cuenta de que sólo estábamos alargando su recuperación? —La angustia palpitó en la voz musical de Desari—. Ha sido negligencia mía no haberme percatado de esto.

Julian le sonrió.

—Asumes demasiadas responsabilidades, Desari. Todos intentasteis protegerla. Estoy seguro de que al principio era justo lo que necesitaba. Ahora eso ha cambiado. Compartir contigo la mente, aun viendo las cosas desde una perspectiva nueva, me permite mostrarte la conclusión a la que tú habrías llegado con el tiempo.

Desari se movió con inquietud, pues deseaba el calor y confort del cuerpo grande de Julian. Él respondió de inmediato atrayéndola hacia sí. La rodeó con sus fuertes brazos y la estrechó contra él.

—Todo irá bien, Desari. Te lo prometo.

—Darius le ha dicho a Dayan que hay que tratarte con respeto —susurró contra su pecho.

Julian se encogió de hombros con aire despreocupado antes de intentar reprimirse. No buscaba la aprobación ni la protección de nadie.

Capítulo 8

Desari alzó la mirada al rostro de Julian. Parecía tallado en piedra; era una máscara implacable, inescrutable y glacial. Suspiró en voz baja. Integrar a Julian en su familia no iba a ser fácil. No era el tipo de persona que aceptaba a otro hombre como líder. Seguía su propio camino. Era inevitable que Darius y él se enfrentaran cada dos por tres. Los otros hombres de la familia le tratarían sin duda con desconfianza, y eso bien podía ser como encender una cerilla en un pajar. Julian se comportaba con arrogancia y tenía un irónico sentido del humor que a menudo rozaba el desprecio.

Él deslizó la mano con gesto posesivo por el brazo de Desari y por un momento la dejó sobre su blanda piel antes de entretejer sus dedos exploradores entre la exuberancia de su cabello. Se inclinó para acercar su boca al oído de Desari y hacerle cosquillas con su aliento caliente.

—Puedo leer tus pensamientos, *cara mia*, y deberías tener más fe en tu pareja de vida. No me queda otro remedio que ocuparme de tu felicidad. Si tu deseo es que vivamos durante un tiempo en paz entre tu familia *—qué sentido del territorio tan desarrollado que tienen sus machos—*, entonces no puedo hacer otra cosa que ofrecerles mi amistad.

Desari estalló en carcajadas. Había intentado sonar sincero, pero había acabado sonando acongojado. En cualquier caso, ella leía sus pensamientos con la misma facilidad que él los suyos.

—¿Machos con un sentido del territorio muy desarrollado? ¿Qué significa eso? No tenemos ningún territorio propio, a menos que te refieras a la costa de África, donde vivimos durante mucho tiempo.

—Yo pasé cierto tiempo en África, entre los leopardos —dijo para dejar a un lado el peligroso tema de su familia.

Los ojos de Desari, tan enormes y hermosos, brillaron al mirarle.

—¿Ah sí? Qué increíble. Pasamos casi doscientos años allí, y aún volvemos de visita algunas veces. Sería curioso que hubiéramos estado en el mismo continente al mismo tiempo y nunca hubiéramos coincidido. En especial si corrías entre nuestros leopardos.

Él sacudió la cabeza.

—Dudo que eso sucediera. Percibí el poder de tu hermano justo cuando estuvimos próximos, igual que él percibió el mío. No nos habríamos pasado inadvertidos si hubiéramos estado cerca en África. Y aún más importante, tú y yo, como pareja de vida desde nuestro nacimiento, hubiéramos percibido de algún modo la presencia del otro.

—Pero le pareció interesante que se hubiera sentido atraído de un modo inexplicable por África, y por los leopardos de aquel continente, mientras iba en busca de otros carpatianos. Tal vez, ya entonces, le había atraído algún rastro de Desari.

—Cuéntame más cosas de tu pueblo —le dijo ella entonces.

—También es tu pueblo. Tienes parientes de sangre, Desari, que aún existen. Tu hermano mayor es un gran hombre entre nuestro pueblo, muy respetado y también temido. Se llama Gregori, y Darius se parece mucho a él. —De repente puso una sonrisa que transformó sus rasgos de dura belleza en los de un muchacho travieso—. Son muy parecidos. A menudo se adjudica a Gregori, el Taciturno, el papel de ogro, para mantener a raya a los niños pequeños. El único inmortal tan importante en línea sanguínea como él es Mihail. Mihail es conocido como el príncipe de nuestro pueblo, el que ha mantenido a nuestra raza viva y con esperanzas durante todos estos siglos. Mihail y Gregori mantienen una estrecha relación; son como hermanos a su propia y peculiar manera. Son tan poderosos cada uno por separado que nadie osaría desafiar a alguno de los dos, por temor a la represalia del otro.

Desari hizo un gesto afirmativo con la cabeza.

—Como nuestra familia.

Julian pensó en eso.

—En cierto sentido, sí. De todos modos, son pocos los carpatianos vivos que mantienen unidades familiares como la vuestra.

—Y ¿qué hay de tu familia? —le preguntó Desari con inocencia.

Vio que su rostro se crispaba y movía la mirada hacia otro lado.

—Ya te he dicho que tengo un hermano gemelo. Aidan. Reside en San Francisco. No he hablado con él durante muchos años, ni he conocido aún a su pareja de vida.

Ella alzó las cejas. Había algo sombrío en él que volvía a rondar cerca de la superficie. Percibió un profundo dolor en Julian y optó por no sondear sus pensamientos en un área tan sensible. Eligió sus palabras con cuidado:

—¿Hubo palabras duras entre vosotros?

—Entre nosotros hay sangre, Desari. Igual que tu hermano puede seguir tu rastro, nosotros también podemos hacerlo. —Julian suspiró y se pasó una mano por el pelo—. La mayoría de nuestros varones se niegan a compartir sangre entre ellos por el simple hecho de que todos sabemos que es inevitable que, sin pareja, tengamos que optar por quitarnos la vida o bien perder el alma para toda la eternidad y convertirnos en vampiros. Es mucho más fácil seguir el rastro de alguien con quien has compartido sangre, sobre todo para un cazador.

Desari respiró hondo. Julian guardaba un terrible secreto que no iba a compartir con ella.

—¿Has compartido sangre con otros, Julian? —le preguntó.

Julian le sonrió y le mostró su reluciente dentadura blanca.

—Sólo tienes que explorar en mi mente para dar con la respuesta, *cara mia*.

La estaba tentando, con una ostensible seducción, para que entrara en su mente y le conociera de la forma más íntima. Cada vez que fundían sus mentes estaban más unidos. Desari notaba cómo su mente le resultaba más familiar con cada contacto. Y su mente anhelaba el contacto con él; la necesidad crecía dentro de ella del mismo modo que crecía la necesidad de compartir su cuerpo. Era como una brasa que no se apagaba, y la llama se propagaba con una pasión oscura a la que, lo sabía, era incapaz de resistirse. No obstante, en algún lugar en la mente de Julian, enterrado en lo más profundo, había una sombra, demasiado dolorosa, que él se negaba a compartir.

Desari apartó un momento la vista hacia al denso bosque. La libertad estaba tan cerca. Julian no la tocaba, ni siquiera la mente; él estaba de pie a su lado, sin más. Alto. Musculoso. De un guapo pecaminoso. Con su dolor enterrado en lo más hondo de sí; se preguntó si ella podría descubrirlo alguna vez y erradicarlo. Sus ojos dorados la miraron centelleantes con ansia y necesidad, atrayéndola hacia él. El corazón le dio un vuelco pues sabía que estaba perdida.

—He dado sangre en más de una ocasión, pequeña, aunque, puesto que soy un cazador conocido, a menudo han rechazado mi ayuda. Si el que la recibe se transforma algún día, yo podría seguir su pista con facilidad para destruirlo. —Mientras pronunciaba aquellas palabras en voz alta, recordó también, una vez más, por qué tan pocos carpatianos con pareja iban a la caza de los no muertos. Era comprensible que, por proteger a su pareja, el cazador vacilara antes de enzarzarse en una batalla encarnizada que pudiera destruirle y llevarse también a su compañera, pues en su dolor inconsolable, acabaría destruyéndose a sí misma.

El cazador ideal era el que contaba con sabiduría, longevidad, habilidad, crueldad y poder. Era poco probable que alguien así encontrara pareja, de modo que no había que temer por la pérdida de su vida. En el caso de que tuviera pareja, cuando el cazador moría, lo más probable era que su compañera optara por ir al encuentro del amanecer. Y su raza no podía permitirse la pérdida de tan siquiera una de sus mujeres. Julian sólo había oído hablar de un caso en que la pareja hubiera sobrevivido sin el otro. Fue la mujer quien murió, y el hombre se transformó en vampiro, haciendo estragos en la región de los Cárpatos, atacando a todo el que consideraba responsable, llegando al punto de matar a su propio hijo e intentar asesinar a la pareja de su hija, a sabiendas de que aquello también pondría fin a su vida.

Desari apoyó una mano cariñosa en el brazo de Julian y al final contactó con su mente para descubrir qué pensamientos le habían hecho quedarse tan quieto y distante. Vio el recuerdo de Julian acercándose poco a poco a un hombre apuesto. El hombre tenía unos ojos negros angustiados, ojos que habían visto demasiado. Los ojos de un hombre al que habían torturado más allá de lo soportable. Herido brutalmente y desangrándose, observó la aproximación de Julian con mirada alerta y peligrosa. Desari vio a Julian hablar en voz baja y tender el brazo con prontitud al hombre que podía llevar en sus venas la preciada sangre de un antiguo carpatiano. *Jacques. El hermano de Mihail. Pareja de la mujer carpatiana que había padecido la transformación de su padre: había matado al hermano, había vendido a su gente a los asesinos humanos, había torturado a su esposo y la había intentado matar incluso a ella.* Captó todo eso antes de que Julian borrara el recuerdo de su mente y le cogiera la barbilla con sus fuertes dedos.

Los oscuros ojos de Desari de inmediato quedaron prisioneros de su mirada dorada.

—Solucionaremos esto de una manera en que los dos quedemos satisfechos, Desari —prometió quedamente—. Ven conmigo. Necesitas alimentarte esta noche antes de marcharnos de aquí con los demás. Y yo necesito sentir tu cuerpo, tocarte, saber que de verdad eres mía, saber que no eres alguien que ideé en un sueño desesperado.

Había tal intensidad en su necesidad que todo lo demás se borró de la mente de Desari. La excitación crepitaba y danzaba sobre su piel, formaba un arco de relámpagos candentes entre ellos. Julian deslizó una mano sobre su nuca y la acurrucó junto a él mientras empezaban a alejarse del campamento. A cada paso que daban juntos, sus cuerpos se rozaban.

Desari sentía también la ardiente necesidad. Pero además notaba una paz interior: se sentía completa. Le encantaba la forma en que él movía el cuerpo, tensado como el de un elegante felino salvaje lleno de poder. La sensación de su brazo, tan seguro y fuerte, hacía que se sintiera delicada y femenina pese a saber que tenía igual de poder por sí sola. De vez en cuando, Julian movía los dedos sobre su nuca, mientras se adentraban en el bosque, lejos de los sonidos de los demás. Notaba cómo le frotaba los mechones de pelo entre el índice y el pulgar; parecía no cansarse nunca de su tacto. Luego esos dedos descendieron como si tal cosa por el cuello, por su clavícula, se movieron sobre su piel y la acariciaron con suavidad, casi de forma distraída. Aun así, cada caricia hacía palpitar el fuego líquido en todo su cuerpo.

¿Cómo había podido ser feliz alguna vez sin él? Antes de Julian, nunca había sentido su cuerpo inquieto ni ansioso como ahora. Le encantaba su vida, adoraba cantar. Ahora, no obstante, siempre pensaba en él, en su vida extraña y solitaria, en su soledad y la terrible necesidad dolorosa que sólo ella podía aliviar. Él parecía llenar su vida como ninguna otra cosa. Desari había cambiado para siempre, tal y como ella se temía. Sin embargo, en esos momentos, con él caminando tan silencioso a su lado, no tenía ningún temor.

Pese a que andaban juntos en perfecta armonía, respirando el fresco aire de la montaña, escuchando las criaturas del bosque, el crujido de las ramas que se partían y un arroyo que corría en las cercanías, Julian sólo podía pensar en una cosa. Antes que perder la cabeza, tuvo que inclinarse y encontrar la boca de Desari con sus labios. Deseaba que el sabor de ella permaneciera en su cuerpo para siempre. Su intención era ser cariñoso con ella —una caricia, nada más—, pero en el momento en que sintió la ternura de su boca perfecta, una lava al rojo vivo, fundida y ansiosa, ardió en unas llamas que le consumieron. Sus músculos entraron en tensión hasta el punto de sentir dolor. Sus brazos, por iniciativa propia, la rodearon para estrecharla con fuerza. Su cuerpo quedó grabado en la blandura de ella, dejando que Desari sintiera su dolorosa necesidad, su cuerpo henchido y exigente, con la boca pegada a la suya como si ella fuera su propio aliento.

—Eres el aire que respiro —susurró dentro de la ternura de su boca—. Eres el único motivo de que continúe con vida, Desari. Mi intención era ir al encuentro del amanecer una vez cumpliera mi encargo de advertirte del peligro inminente que te amenazaba. —Exploró con su lengua el terciopelo acalorado de su boca y luego se desplazó sobre la delgada columna de su cuello. Mientras continuaba avivando el fuego entre ellos, seguía adentrándose cada vez más en las sombras del bosque. Deslizó las manos bajo la blusa de Desari para apoyarlas en su estrecho torso, abarcando el máximo que pudo de su suave piel. Julian cerró los ojos durante un momento, sólo para saborear el contacto con ella y la textura de pétalos de rosa de su piel.

Desari le rodeó el cuello con un brazo, rozando los mechones salvajes de pelo dorado que caían alrededor de su rostro y luego se desabrochó poco a poco los diminutos botones nacarados en la parte delantera de la blusa. A medida que soltaba cada uno de ellos del lugar en que descansaban, la blusa se se fue abriendo, y entonces él bajó la cabeza hasta su piel desnuda. Sólo una fina envoltura de encaje cubría sus pechos turgentes y ansiosos. Tenía los pezones duros; se notaban erguidos a través del encaje, y su necesidad era tan enorme como la de él.

Julian susurró algo suave y sensual en italiano, pero el sonido quedo amortiguado mientras dejaba un rastro de fuego desde su garganta hasta el valle entre sus pechos. Desari oyó su propio jadeo, un suave grito de necesidad, y se arqueó para encontrar la boca errante de Julian. Él le lamió con la lengua los pezones justo a través del encaje, con una caricia húmeda y apasionada... que creó una respuesta húmeda y apasionada entre sus piernas.

—Te necesito, Desari. Me sentía vacío sin ti. Y ese tipo de vacío te consume, te devora hasta que tu alma se vuelve desagradable y sombría, y lo único que importa es saciar tu hambre. Pero nada llena el vacío. Nada. Año tras año soportas el vacío, hasta que tu propia vida es una maldición difícil de soportar. Y entre tanto la oscuridad, la bestia en ti, susurra, y es un susurro insidioso que promete poder tras el asesinato, promesas que deterioran tu fe en Dios, en todas las cosas que están bien, las cosas buenas y verdaderas. El monstruo en tu interior, tan negro y ansioso de vida, crece y crece hasta que acaba por consumir todo lo que fuiste en algún momento. Ésa es la maldición que soportan los carpatianos varones, Desari.

Los brazos de Julian la estrecharon de tal modo que su fuerza amenazó con quebrarle los huesos, pero ella se limitó a abrazarle todavía más, escuchando la angustia en su voz. Acunó su cabeza junto a su pecho, protectora y femenina, su refugio y salvación.

—Hemos perdido a tantos de los nuestros... He tenido que ir a la caza de amigos de la infancia, y no me he atrevido a intimar demasiado con nadie por si acaso me encargaban poner fin a su existencia. —Movió las manos sobre la piel de Desari, siguiendo el contorno de cada costilla. Tenía las palmas calientes mientras buscaba su cintura.

Julian alzó la cabeza para perder su mirada, lenta y posesiva, por su cuerpo. A Desari le encantaba el peso de sus ojos sobre ella, el anhelo que ardía con tal intensidad ahí.

Le observó mientras levantaba una mano muy despacio y se quedaba mirando las uñas perfectas por un momento, antes de que una empezara a alargarse hasta formar una afilada zarpa. Con lentitud, la insertó entre sus pechos, tocando nada más el insignificante encaje pegado a su cuerpo. Un amplio movimiento descendiente cortó el material con toda facilidad, soltando sus pechos y dejándolos libres.

Desari contuvo el aliento, temerosa de moverse o hablar, sin querer romper aquel momento, sin querer que esa mirada ansiosa, sólo por ella, abandonara su rostro jamás. Julian movió las manos hacia arriba y las deslizó sobre su piel hasta tomar sus pechos. Su mirada arrebatada recorrió su rostro y estudió cada detalle, cada expresión, cada emoción en sus ojos oscuros.

—Nunca te mereceré, Desari, por mucho que vivamos, por mucho que lo intente. No me merezco una mujer como tú. —Susurró aquellas palabras pronunciando cada una de ellas en serio.

Ella sonrió e inclinó la cabeza a un lado.

—Tal vez no, Julian —expresó conformidad—. Pero no soy el ángel que crees. Sólo tienes que preguntar a mi hermano para saber en qué problema te estás metiendo. Pero te lo prometo: tengo intención de demostrártelo.

Su voz, suave y pura, llegada directamente del cielo, se deslizaba sobre el cuerpo de Julian como el roce de sus dedos, le tocaba en todas partes, jugueteaba, acariciaba, prometía cosas como las que componen las fantasías. Ella quería poner fin a este sufrimiento, llevarse siglos de vacío sin esperanza, el terrible peso de las muertes con las que cargaba, obligado a cazar a sus amigos y poner fin a sus vidas para salvar a mortales e inmortales por igual. Quería jugar y provocarle, ser todo lo traviesa que fuera posible, enseñarle el significado de la clase de «problema» que se había buscado.

Un sonido les importunó. Los otros todavía estaban demasiado cerca de ellos. El campamento se encontraba a cierta distancia, pero los carpatianos tenían un oído de agudeza excepcional. Julian podía oírles desmontando el campamento y poniendo en marcha los vehículos. Respiró hondo y se obligó a calmar la furiosa tormenta desatada en su interior. No iba a torturar a los otros hombres, todos ellos tan próximos a la transmutación, con el sonido de sus relaciones amorosas.

Tomó con suma ternura la plenitud cremosa de los pechos de Desari en las palmas de sus manos. Acarició con los pulgares los pezones que formaban puntas duras y atrayentes.

—Eres tan hermosa, Desari, y tu piel tan cálida y suave. —Inclinó la cabeza para seguir con la lengua el valle que formaban sus pechos, demorándose sobre el ritmo constante de su corazón—. Te deseo tanto que creo que me volveré loco si no te tengo en este mismo instante.

Ella apoyó la cabeza sobre la suya, frotando su espesa melena de cabello dorado con la barbilla.

—¿Pero?

Julian soltó un leve suspiro.

—Tendré que contentarme con mirarte con adoración. —La dejó a su pesar y se apartó unos pasos—. Pienso que puedo arreglármelas y esperar un poco —sus ojos dorados relucían con peligro al mirarla— si haces algo para distraerme.

Desari inclinó la cabeza y su larga cabellera cayó como si fuera seda sobre su hombro, ocultando parcialmente a sus ojos la piel desnuda. Una pequeña sonrisa femenina curvó su tierna boca. Sólo aquella expresión hizo gemir a Julian.

—Puedo pensar en varias cosas interesantes que podríamos intentar para distraerte y que no pienses en mi familia. —Su sonrisa era sexy y provocadora: una promesa.

—No me estás ayudando —le reprendió él, pues el dolor en su cuerpo era constante.

Desari había unido con lentitud su mente a la de él. Vio la terrible necesidad en Julian, las imágenes de ellos entrelazados. Notó el fuego que corría por su sangre, la pesadez que se acumulaba entre las piernas. El monstruo que rugía pidiendo liberación, incitándole a tomar a su pareja con pasión y desenfreno; al cuerno los desconocidos con los que intentaba ser considerado.

El hecho de que Desari no hubiera tenido en cuenta a los hombres ni su capacidad auditiva y olfativa, daba la medida de la pasión que la dominaba. El viento transportaría con facilidad a los otros lo que sucedía en el bosque.

—Me mereces mucho más de lo que crees —susurró en voz baja, tan orgullosa de él que quería arrojarse en sus brazos.

El fuego del anhelo y la necesidad se habían apoderado de ella. Quería que el cuerpo de Julian la aplastara, la llenara, que su sangre corriera por sus venas. Necesitaba que la proximidad eliminara su miedo a verse separados.

Julian sacudió la cabeza y le rodeó la nuca con la mano.

—No me mires de ese modo, *piccola*, o estoy seguro de que arderé en llamas.

Desari permitió que sus dedos se enredaran en su melena dorada.

—Gracias por pensar en mi familia cuando ni siquiera yo he sido capaz. —Su voz era un susurro de seducción que se deslizaba sobre la piel caliente de Julian. Sólo aquel sonido contrajo cada músculo de su cuerpo.

Él hizo otro intento de respirar. Aire. Estaba a su alrededor, por todas partes, y aun así parecía no poder inspirar suficiente cantidad para llenar sus pulmones. Tomó la mano de Desari en la suya y se la llevó al calor de su boca:

—Necesitamos encontrar un tema seguro, *cara mia*, o no superaré estos próximos minutos.

La suave risa de Desari sonó a música transportada por el viento. Se acomodó en un tronco que yacía en el suelo del bosque. La brisa tiraba de su largo cabello de tal modo que lo desplazaba a su alrededor como un velo. En un momento dado ocultaba la tentación de la reluciente piel desnuda y al siguiente la exponía.

—Un tema seguro —reflexionó en voz alta—. ¿Qué podría ser?

A Julian se le escapó otra vez un jadeo sólo de verla. Parecía formar parte del entorno que la rodeaba. Salvaje. Sexy. Provocativa.

—Puedes intentar abrocharte la camisa. —La voz de Julian sonaba ronca y desesperada incluso para sus propios oídos.

Desari no hizo el menor intento de abotonarse la blusa, y sus pechos continuaron expuestos ante él, una tentación a la que sabía que nunca sería capaz de resistirse mucho rato. La botonadura de los pantalones vaqueros también estaba parcialmente desabrochada y dejaba al descubierto la diminuta cintura y estrecha cadera. Continuó sonriéndole con descarada seducción, mientras jugueteaba con los dedos sobre el tercer botón de sus vaqueros.

La ardiente mirada dorada de Julian se posó en ella y luego la alejó a toda prisa.

—No me estás ayudando, Desari. —Su voz sonaba ronca a causa de la terrible necesidad. Mucho más de esto y podría arder de verdad en llamas, por combustión espontánea.

Ella sacó la punta de la lengua con un movimiento veloz para humedecerse la exuberante boca.

—Un tema que nos ayude a mantener las mentes en otras cosas. —Le tocó el pecho con delicadeza, apenas fue un roce con la punta de sus dedos, pero notó que él daba un brinco—. Estoy pensando, Julian —dijo en voz baja e inocente, observándole con sus grandes ojos oscuros. Soltó con suavidad los botones de su camisa para encontrar con las palmas de la mano los voluminosos músculos de su pecho.

Julian apretó los dientes.

—Me vas a matar, Desari. Mi corazón no aguantará mucho más.

—Sólo te estoy tocando, sin más —comentó ella con recato, y deslizó ligeramente las uñas sobre su piel, siguiendo cada músculo bien definido con cuidado exquisito—. Me gusta tu tacto. —Ella inclinó la cabeza un poco más para que su largo cabello rozara la sensible piel de Julian, a quien se le escapó un sonido de la garganta—. Me encanta también cómo hueles. ¿Es eso tan malo?

Julian atrapó sus manos y las sostuvo con fuerza contra él.

—Vas a meterte en problemas.

—Me pregunto si te sentirías cómodo si te desabrochara la parte delantera de los vaqueros. Parece que te van un poquito prietos. —Desari soltó con suavidad sus manos y siguió con gesto travieso la línea de vello dorado que descendía sobre el vientre plano de él. Se puso a trabajar con los dedos, que abrieron el tejido antes de que pudiera detenerla.

—Estás muy provocativa, Desari —le acusó, y volvió a gemir cuando su cuerpo se liberó de la contención de los vaqueros.

Desari alzó las pestañas para que él pudiera mirar a sus ojos oscuros. Sexy, traviesa, intrigante.

—Humm... qué bien —susurró al observar la evidencia del deseo—. Muy bien.

Si seguía mirándola a los ojos, iba a perderse para siempre. Nunca sería capaz de mantener el control. Como si ella le leyera el pensamiento, bajó aún más las manos, rozándole las fuertes columnas de los muslos y desplazando sus dedos de nuevo hacia arriba, poco a poco, hasta que Julian fue incapaz otra vez de respirar. Entonces ella tomó en las manos su pesada erección, sintió todo su grosor y acarició la punta de terciopelo con dedos expertos.

Julian no pudo contenerse y echó la cabeza hacia atrás mientras el placer se apoderó de él, mientras el fuego se precipitaba por sus venas. Apretó los dientes.

—¿Qué estás haciendo, mujer? ¿Intentas volverme loco?

Los ojos oscuros de Desari atrapaban la luna y resplandecían brillantes. Su voz era un ronroneo de inocencia y risa, de notas plateadas que descendían danzando sobre él para acariciarle.

—Pensaba que te estaba dando un poco de alivio.

Desari siguió con las manos las imágenes que veía en la cabeza de Julian, y se volvió más habilidosa, más persuasiva, jugueteando y deslizándose por encima y alrededor de su miembro hasta que él estuvo tentado de clamar misericordia.

—¿Aún no se ha ido mi familia? —susurró intrigada por su reacción. Movió la cabeza para rozarle el estómago con la boca. Su cabello cayó como una cascada en torno a su cara y revoloteó contra la piel de Julian, cuyo cuerpo clamaba liberación.

Un grave rugido se escapó de su garganta.

—Justo ahora empiezan a mover los vehículos —dijo entre dientes.

—¿De verdad? —replicó Desari distraída con la ardiente erección. Le rodeó las caderas con las manos mientras se agachaba aún más hasta encontrar la alfombra de vegetación con sus rodillas. Le oyó jadear y alzó la mirada a su rostro marcado por las severas líneas de la necesidad. Ella sonrió despacio y una vez más inclinó la cabeza hacia él.

Julian nunca había visto nada más hermoso en su vida. El viento balanceaba los árboles y mecía sus ramas. Desari tenía el rostro blanco y perfecto bajo la luz de la luna, con sus largas pestañas y ojos oscuros cargados de misterio, y su boca tan erótica que quiso retener este momento para toda la eternidad. Su blusa estaba abierta y dejaba ver sus pechos desnudos e incitantes. Parecía una diosa pagana de épocas antiguas.

Luego, su cálido aliento bloqueó en Julian toda capacidad de pensar. Su boca, húmeda y caliente, le arrebató el poco autocontrol que le quedaba. Mientras los suaves labios se deslizaban sobre su cuerpo, él agarró dos puñados de cabello sedoso para atraerla un poco más. Sus caderas se lanzaron dentro de su boca casi sin poder hacer otra cosa. Ella le arañaba los muslos con las uñas, con delicadeza pero instándole a acercarse todavía más. Movía las manos sobre sus nalgas, siguiendo su contorno con cariño, y luego pasaron de nuevo a la parte frontal.

—Gracias a Dios que se han ido —jadeó Julian empujando su cuerpo dentro de la ardiente boca de Desari. Luego apretó los dientes y empezó a ponerla en pie. A su pesar, Desari dejó la exploración erótica y permitió que tirara de ella hacia arriba para apoyarla contra su figura dura como una roca. Julian pegó sus labios a su boca para devorarla, dominarla y poseerla. Sus brazos amenazaban con aplastarla.

Desari gozaba con la fuerza de sus brazos, con su necesidad de ella, su deseo de ella. Julian se estaba sacando los pantalones a patadas en un momento de tanto frenesí, que se había olvidado de su capacidad para hacerlos desaparecer sólo con su voluntad. A Desari le encantaba su necesidad salvaje e incontrolable, el fuego y el ansia por ella. Sólo por ella. Se sentía completa, femenina y poderosa. Estaba perdida en sus brazos, se entregaba a él del todo para convertirse en cualquier cosa que pudiera necesitar o desear. Y ella le deseaba con la misma furia y necesidad salvajes. Las llamas tomaban su cuerpo. Sólo sus besos derretían sus huesos. Permitió que su blusa cayera flotando al suelo y deslizó sus brazos alrededor del cuello de él para apretarse aún más contra su cuerpo.

Julian desgarró sus vaqueros, arrancándoselos a tiras de sus piernas. La levantó en brazos para que ella pudiera rodearle fuertemente la cintura con las piernas. Ella enterró el rostro en su hombro y respiró el salvaje aroma entre jadeos, mientras él la bajaba y la llenaba del todo. Era un milagro la manera en que su cuerpo se estiraba para acomodarse a su invasión, la manera en que sus músculos le acogían. El pulso violento de Julian atrajo la atención de Desari, y al instante aumento su ansia. Necesitaba a aquel ser fluyendo dentro de su cuerpo, su mente unida a la suya, su sangre circulando por sus venas, su cuerpo tomándola con salvaje desenfreno.

Desari le pasó la lengua por el cuello. Una vez. Dos. Notó que el corazón de Julian daba un vuelco contra su pecho. Él impulsó las caderas hacia delante y se enterró dentro de ella. Arañó su piel repetidas veces, con sutileza y ternura, y lanzó un gruñido de advertencia, sujetándola con las manos por las nalgas, instándola a una cabalgada feroz y turbulenta. Ella hundió los dientes a fondo y él gritó con éxtasis, en algún lugar entre el cielo y el infierno. Desari podía sentir lo que él sentía, entrar en su mente llena de aquella neblina de calor y pasión.

Julian se acercó al tronco caído para poder apoyar a Desari contra él. El ángulo le daba la capacidad de profundizar con sus embestidas, y el cuerpo de ella tuvo que acogerle en su totalidad. Se movía con agresividad, con dureza y rapidez, enterrándose en ella una y otra vez mientras los relámpagos centelleaban a través de sus cuerpos y a su alrededor. Quería que durara toda la eternidad. Ella aniquilaba su terrible soledad, la oscuridad agazapada en su interior, y la mantenía a raya con su fuego aterciopelado.

El viento empezó a soplar a su alrededor, moviendo las ramas que tenían encima. Ella cerró los diminutos pinchazos con una pasada de su lengua. Empezó a recostarse poco a poco contra el árbol, con los pechos desnudos hacia el cielo y las caderas sujetas por las palmas de las manos de Julian que la penetraba. Él la miraba detenidamente y vio el triángulo de sedosos rizos negros uniéndose a los suyos dorados. Quedó hipnotizado por la belleza de sus cuerpos unidos.

Los músculos de Desari se contraían y su húmeda vulva se ceñía sin soltarle, hasta que la fricción entre ambos fue tan intensa que Julian notó las llamas danzando sobre su piel, sobre la piel de ella. La erección de Julian crecía y se hinchaba, cada vez más gruesa y dura, y de todos modos quería continuar.

Julian. Fue la más leve de las súplicas; la voz hermosa y evocadora de Desari fulguró en su mente pidiendo alivio. Aquello le precipitó hasta el clímax, llevándosela con él para poder aferrarse uno a otro mientras la tierra temblaba y los cielos explotaban.

Julian casi se desmorona encima de ella, agotada su gran fuerza por un momento. Su cuerpo relucía bajo el aire de la noche, con la melena dorada revuelta alrededor de su rostro. Desari le tocó la boca con la punta del dedo, del todo maravillada.

—¿Cómo es posible esto, Julian? ¿Cómo puede ser que durante todos estos largos y solitarios siglos no tuviera idea de esto? ¿Por qué no ansiaba algo así?

Los ojos de Julian centellearon con una amenaza de advertencia; el frío gélido de la propia muerte en su mirada.

—Estabas hecha para mí, Desari, sólo para mí. No tenías ninguna necesidad de buscar a otro.

Se negó a sentirse intimidada. El rostro de él era severo, con un indicio de crueldad alrededor de su boca.

—Ahora no la tengo, pero he vivido mucho tiempo. ¿Por qué mi cuerpo no anhelaba esto? Leo libros, oigo historias cuando estoy entre los humanos. Syndil y yo hablamos de ese tipo de anhelos, pero nunca he sentido tal necesidad. He pasado siglos sin tan siquiera conocer la belleza de esto. Y ¿si nunca me hubieras encontrado?

Julian enredó sus manos en el cabello de ébano.

—Eres mía, *cara*, sólo mía. Nadie más puede hacer que tu cuerpo sienta las cosas que yo puedo darte. Y si intentaras experimentar, tendría que matarle. No te equivoques, Desari, es bueno adquirir conocimientos, pero no hay necesidad de que acudir a otro hombre. Si deseas intentar algo nuevo, te complaceré, pero no toleraré que nadie se acerque a ti.

Ella empujó el sólido muro de su pecho con las palmas de las manos, con mirada iracunda.

—Oh, cállate ya. No estaba considerando irme con el primer hombre que vea. Sólo me preguntaba por qué he tenido que esperar tanto.

Julian se negó a moverse un solo centímetro; su pesada figura la sujetaba debajo, y su cuerpo seguía firmemente enterrado en ella.

—Me esperabas a mí, como debías hacer. Para nosotros sólo hay una persona.

Ella arqueó las cejas.

—Oh, ¿de veras? Entonces, ¿por qué Barack se relaciona así con las mujeres humanas? ¿Lo has hecho tú? Te advierto que no voy a aceptar normas diferentes para ti y para mí.

Julian apartó el cabello que caía sobre la frente de Desari con un gesto tierno mientras se inclinaba para rozar con un beso su ceja.

—Los hombres sólo sienten durante doscientos años de su vida, más o menos, *piccola*. Algunos se dejan llevar por sus impulsos, aunque lo que sienten es una pobre imitación de lo que nos inspira nuestra pareja verdadera. La auténtica pasión sexual llega cuando encontramos a nuestra compañera. Es algo más que química o un capricho pasajero. Es más fuerte que el amor o el sexo. Es una combinación de mente, corazón, alma y cuerpo. La emoción es tan fuerte que uno siempre debe mantener la proximidad con el otro.

Desari se quedó un momento en silencio, consciente de repente de lo vulnerable que se sentía. No era sólo su cuerpo lo que se abría a él, ni la profundidad de su deseo, sino las emociones que él evocaba en ella. Bajó sus largas pestañas para ocultar una duda repentina.

Al instante Julian apretó con más fuerza su pelo.

—*Cara mia*, no temas tanto nuestra unión. Velaré por tu felicidad. Nunca podría lastimarte. ¿Aún no lo entiendes? —Atrapó su mano y se la llevó a la boca, y la mantuvo ahí, contra sus labios finamente cincelados—. Aunque eligieras estar con otro hombre, nunca te haría daño. No sería posible algo así. Pero estoy siendo franco contigo cuando te digo que mataría a ese hombre. Soy un depredador. Nada, ni siquiera tu luz, puede cambiar por completo lo que soy. No permitiré que nadie te aparte de mi lado.

—¿No te asusta, Julian, la intensidad de nuestros sentimientos? —susurró ella con sus oscuros ojos empañados—. Me asusta más que cualquier otra cosa que haya conocido. No soportaría ser la causa de la muerte de otra persona. Veo cómo pugnas con tus emociones; esas que yo he provocado. Es una batalla interior que no me puedes ocultar por más que lo intentes. Y hay algo más, algo que te esfuerzas por esconder, incluso a ti mismo.

Julian le arañó los nudillos con los dientes como muestra de cariño.

—Sí, las emociones son nuevas y extrañas, desconocidas para mí durante tantísimos siglos. Y sí, es difícil aprender a aceptarlas, ya que son intensas y violentas.

En cuanto al «algo más», aún no podía compartirlo con ella, no podía enfrentarse a eso.

—Pero tenemos siglos para aprender —concluyó Julian. Se apartó de ella a su pesar—. Siento tu desasosiego, *piccola*. Ven aquí junto a mí. —Ya la estaba levantando para poder examinar su cuerpo en busca de marcas.

—Estoy perfectamente bien, Julian. —Por algún motivo la incomodaba que él inspeccionara su preciosa piel en busca de magulladuras reveladoras que su pasión pudiera haber dejado en ella.

—Explícame por qué Syndil ha experimentado sentimientos sexuales y yo no antes de conocerte. ¿Soy tan diferente? ¿No soy femenina?

Julian alzó entonces la cabeza con el ámbar de sus ojos encendido.

—¿Cómo es posible que no sepas lo deseable que eres, Desari? Seguro que ves el efecto que tienes sobre el sexo masculino, mortales e inmortales por igual.

Ella le cogió los dedos.

—Eres el primer inmortal que he encontrado fuera de mi familia. Y sólo porque los humanos varones me encuentren deseable no quiere decir que lo sea. Nuestra raza tiene a menudo ese efecto sobre los mortales. No soy yo. Aparte, no siento nada como respuesta.

—De lo cual estoy eternamente agradecido. Por qué Syndil ha sentido estos impulsos, es algo que no sé. Tal vez ha percibido a su pareja cerca de ella, pero sin reconocerle. —Había un débil ceño en los rasgos de granito de Julian—. Es posible que algunas mujeres puedan tener aventuras sexuales con hombres que no sean sus parejas antes de que estos las reclamen. Pero no imagino cómo, dada la vigilancia estrecha bajo la que les mantenemos. No veo a Darius permitiendo que algún hombre se acerque a ti o a Syndil, aunque no haya sido educado siguiendo las tradiciones de nuestro pueblo.

—Eso es cierto. Darius nunca hubiera permitido que una de nosotras saliera con un hombre. Ni tampoco Dayan o Barack. Nos vigilan en todo momento. Desde la conducta traicionera de Savon, se vigilan entre ellos también —añadió con tristeza.

—Sólo Darius se enfrenta a la oscuridad con verdadera desesperación —respondió Julian en tono grave—. Se ha visto arrastrado a la profundidad de las sombras porque ha tenido que matar para protegeros a todos vosotros. Los otros podrán aguantar más, si así lo desean. La batalla de Darius es difícil.

Las lágrimas inundaron los oscuros ojos de Desari.

—No puedo dejarle, Julian. Cree que no podemos pasar sin su protección. He visto la misma cosa en él, y temo por su persona todo el rato. Cada vez se recluye más en sí mismo. Ahora rara vez comparte sus pensamientos conmigo. Es un gran hombre, y no quiero perderle.

Julian inclinó la cabeza para rozar los dos párpados de Desari con el contacto calmante de su boca.

—Entonces no nos queda otro remedio que ocuparnos de que continúe con nosotros.

Desari alzó el rostro hacia él y le sonrió como si le hubiera concedido la luna.

—Gracias, Julian, por comprender. Si conocieras a Darius, entenderías lo importante que es esto.

—He estado en tu mente muchas veces, *cara*. Puedo verle igual que haces tú. Además, le he visto hacer gala de una voluntad de hierro, que os permitió sobrevivir a todos vosotros en circunstancias imposibles. Es alguien que de verdad merece la pena salvar. —Luego su mirada dorada barrió toda la longitud del cuerpo de Desari, y una vez más el deseo relució en la profundidad de sus ojos.

Capítulo *9*

Desari desapareció al instante, se apartó de un brinco de él como una gacela, y su risa juguetona flotó en el viento mientras se posaba sobre el enorme tronco caído. Le dejó sin aliento, allí, de pie, desnuda bajo la luz de la luna, con las ramas meciéndose a su alrededor. El viento tiraba de las ondas de su cabello que caía en cascada en torno a su cuerpo formando una capa. Un sonido escapó de su garganta, algo entre un gruñido y un gemido.

Julian era un hombre duro, curtido por siglos de ruda existencia. Si alguna vez había compartido unas risas con otros, no era más que un vago recuerdo de su juventud. Había sido condenado a una vida de soledad, y sin embargo ahora lo que más deseaba era estar con esta mujer, compartir la vida con ella, las montañas, las ciudades, el mundo. No sabía jugar, no había considerado el sentido del humor más allá de una diversión ocasional y extraña que las acciones de otros provocaban. Pero algo nuevo despertaba en él. El sonido de la risa de Desari encontraba una nota juguetona de respuesta en algún lugar profundo de su persona.

Saltó tras ella sobre el tronco caído e intentó alcanzarla por la cintura, pero Desari ya había desaparecido y su cuerpo relucía en medio del aire mientras cambiaba de forma y luego aterrizaba con suavidad sobre otro tronco, para alejarse dando un bote. Ahora un pelaje oscuro, lacio y lustroso, cubría su piel desnuda, y tenía un hocico redondeado y hermoso. La hembra de leopardo echó una rápida mirada hacia atrás, tentadora, y luego se fue, corriendo con ligereza por el bosque y mezclándose con el follaje.

Julian sonrió abiertamente y la siguió, alargando su figura y estrechándola hasta adoptar la forma pesada y musculosa de un leopardo macho. Podía oler la salvaje fragancia de ella propagándose por el aire nocturno para llamarle, y lo indómito creció en él como respuesta. Para el macho, la fragancia de la hembra era siempre tan atrayente como el más caro perfume. El reclamo de la hembra reverberó de manera extraña en la noche, llamándole, y el macho respondió como si fuera un susurro de seducción.

Cogió velocidad y se movió sin esfuerzo, como un rayo de pelaje dorado acosando en silencio a su presa. Cuando la vio, su parte salvaje aumentó hasta que hubo en él más de leopardo primitivo que de hombre moderno. Ella se revolcaba juguetona sobre un lecho de agujas de pino, con sus curvas sensuales, casi serpenteantes. Era tan sugestiva que el macho no pudo hacer otra cosa que quedarse contemplándola, hasta que sus antiquísimos instintos activaron su necesidad y se aproximó con cautela a la hembra.

La hembra le contempló con recelo pero no rechazó su acercamiento. Él describió círculos a su alrededor sin dejar de observarla ni un momento. Ella volvió a revolcarse, moviéndose más cerca de él para que pudiera tocarla con el hocico. Aceptó la caricia del macho y le correspondió con la suya. Se miraron uno a otro y luego empezaron a correr juntos, saltando sobre los troncos y las ramas, haciendo virajes por el bosque con consumada gracia.

Dentro del cuerpo del leopardo, Julian se deleitaba con la elasticidad de músculos y tendones, con la propia noche y la libertad del bosque. Olía la invitación incitante de ella, la distinguía en la seducción juguetona de su cuerpo. Permaneció cerca de la hembra, dándole un leve empujón de vez en cuando y disfrutando del modo en que su cuerpo ansiaba el de ella. Era paciente. El rechazo de una hembra de leopardo podía ser peligroso, y ningún macho iba a arriesgarse a recibir su sólido ataque. Se limitó a permanecer cerca y dejarse guiar por el instinto.

Ella aminoró la marcha, luego empezó a rodearle con ganas de jugar, agachándose delante de él de vez en cuando como invitación.

Cuando el cuerpo más pesado del macho intentó cubrirla, la hembra soltó un gruñido de advertencia y se apartó de un brinco, para regresar enseguida con otra seductora invitación. Julian sentía que los impulsos del felino iban a más: cada vez más fuertes e intensos con cada paso que daba ella. Era tan bella, su pelaje tan suave y lustroso, su hocico perfecto. Una vez más, se agachó como invitación, tentándole. Él cubrió su cuerpo y encontró con los dientes su hombro, sosteniéndola quieta mientras se juntaba más a ella, recurriendo a su peso superior para mantenerla inmóvil.

En ese momento, eran tan leopardo, todo animal e instinto, que después nunca supo si fue el leopardo o el hombre quien reaccionó. Percibió la sombra oscura que intentaba alcanzarles justo cuando llegó el ataque. Empleó su considerable poder para arrojar a la hembra bien lejos de él y darle a Desari una mejor oportunidad de correr. Al mismo tiempo, él intentó rodar, para que el enorme golpe que le venía encima le alcanzara en el hombro.

El dolor fue intenso pues las afiladísimas zarpas desgarraron su hombro hasta el hueso. Al instante anuló su sensibilidad en esa zona y se disolvió para salir de debajo de su atacante, cambiando de forma mientras lo hacía. Pero plantó cara al vampiro en su forma humana, vestido con elegancia, perdiendo sangre por la herida y su melena dorada enmarcando su rostro severo. *¿Se trataba de él? ¿Habría atraído su sangre a su torturador y traicionado a su pareja de vida?*

Desde la corta distancia que les separaba evaluó a su enemigo, manteniendo su cuerpo humano directamente delante de Desari. No la miró, no malgastó tiempo en advertirle que le obedeciera. Estaba concentrado por completo en el vampiro. Una pequeña sonrisa curvó su boca, pero no se reflejó en el oro gélido de sus ojos, y luego hizo una lenta inclinación.

—Muy astuto; aplaudo tu oportunidad. —Sus palabras sonaban comedidas; su voz era amable y pura. No había reconocimiento, porque éste no era su enemigo acérrimo. Julian no sabía si sentía alivio o decepción.

El vampiro le contemplaba con los párpados caídos. Era alto, más alto que Julian, pero sin su fuerte musculatura. Tenía el rostro sonrojado puesto que había matado hacía poco. Algún campista con mala suerte, sin duda. A Julian le inquietó que el vampiro se negara a participar en el diálogo. La criatura se limitaba a mirarle. Era inusual que un no muerto no se jactara o fanfarroneara tras haber dado un golpe como el que acababa de recibir él.

El bosque parecía desdibujarse alrededor de Julian, y el terreno se ondulaba casi con suavidad bajo sus pies. Su sonrisa se agrandó intencionadamente, mostrando sus fuertes dientes blancos.

—Un truco infantil. Aprendí eso cuando no era más que un novato. Me siento insultado por esta falta de respeto. —La voz de Julian no cambió de tono en momento alguno. Se mantuvo como una mezcla hipnótica de compulsión sugestiva y pureza. Su voz estaba crispando al vampiro, eso lo veía con claridad. Éste, de hecho, puso una mueca y sacudió la cabeza en un intento de librarse de aquella coacción.

La criatura sin alma se movió entonces, describió con sus pasos un esquema, deslizándose con una danza hipnótica. Julian permaneció quieto, sin querer seguir la extraña danza. Se mantuvo alerta, con el cuerpo relajado y preparado, apoyado sobre la parte anterior de la planta del pie e inspeccionando con su mente las zonas que le rodeaban, incluso los cielos. Este comportamiento no era en absoluto natural en el no muerto. A Julian se le escapaba algo y, con Desari en peligro, no se atrevía a actuar demasiado pronto y cometer un error. Su pareja de vida no había salido corriendo, de modo que tenía que protegerla.

¿Crees que hay algún otro ahí fuera? Desari era una sombra en su mente, consciente de sus pensamientos, de su desasosiego. Ella había inspeccionado la zona, pero no había sido capaz de detectar ningún otro ser.

Estoy seguro de ello.

Y ¿sería mejor que nos enfrentáramos a los dos juntos?

Así tendría más oportunidades de organizar la batalla.

Desari se había empequeñecido, pues quería que Julian se preocupara lo menos posible de ella. Entonces volvió a recuperar toda su altura y, con gran confianza, se colocó a la izquierda de él. Aquello dejaba a su pareja espacio suficiente para maniobrar y no obstante le permitía verla sin tener que buscarla con su mente. *No escuches la música que voy a crear, Julian,* advirtió, y sus palabras fueron como un roce de sus dedos en su mente. Alzó el rostro al manto de estrellas y empezó a cantar con suavidad.

El cuerpo de Julian se contrajo por entero con la primera nota plateada. Requirió una tremenda fuerza de voluntad obligarse a bloquear aquel sonido. Su voz era evocadora y hermosa, se elevaba por el cielo nocturno y se propagaba por el bosque. Era transportada por un viento poco habitual que parecía girar a través de los árboles, alcanzar las alturas de la bóveda celeste y ahondar en los barrancos más profundos. Era un llamamiento, una suave orden de salir, de acudir a ella; todas las criaturas, buenas y malas. ¿Quién o qué podría resistirse a esa voz de ensueño? Era pura y hermosa, sus notas de oro y plata, y titilaba visible en la oscura noche. Como una llamada que se difundía y atraía. Una exigencia tan suave, de belleza tan inquietante que resultaba cautivadora, imposible de pasar por alto.

Julian contempló el efecto del canto de Desari sobre el vampiro. Su rostro se quedó gris y demacrado, y su piel se encogió sobre los huesos hasta que pareció un esqueleto. Las ropas empezaron a hacerse jirones y encogerse, desprendiéndose podridas de su cuerpo, igual que su piel. Era incapaz de seguir manteniendo la ilusión de juventud y limpieza. Parecía tener mil años, sin alma y deteriorado: la parodia de un ser vivo. Las notas le volvían loco, le atraían hacia la luz de la bondad y la compasión, las cosas a las que había renunciado junto con su alma.

Gruñendo y escupiendo, resistiéndose cada centímetro, el vampiro siseó y se arrastró cada vez más cerca de Julian y de la muerte. Desari seguía cantando de todos modos. El aire nocturno rugía por el esfuerzo de aguantar el peso acumulado de los búhos que acudían volando y se posaban en las ramas alrededor de ellos. El ciervo, el puma, el oso, incluso el zorro y los conejos, fueron atraídos hasta el lugar, describiendo círculos en torno a las tres figuras erguidas.

El vampiro se cubrió las orejas, maldijo entre gruñidos y blasfemó con resentimiento, y a pesar de eso sus pies continuaron arrastrándose por la tierra hacia Desari. Por detrás de Julian, otro no muerto avanzaba desde los arbustos. Tenía los ojos rojos, relucientes de odio. Estaba mirando con fijeza a Desari, chasqueando los dientes irregulares, anunciando su llegada con su aliento fétido y caliente. Era mayor, más diestro que el primero, al que evidentemente había usado como peón para atraer a su cazador. Se oponía a la coacción de Desari con cada respiración. *Pero tampoco era el que buscaba.*

Julian supo de inmediato que éste era peligroso y astuto. Había una expresión cruel en la boca del anciano vampiro y algo alarmante en su manera de mirar el rostro de Desari. *Ten cuidado de no mirarle*, le advirtió Julian, y una oleada de temor invadió su calmada seguridad. Maldijo el hecho de que ella se encontrara allí, de que sus sentidos se vieran divididos por aquella emoción tan abrumadora... terror por ella.

Julian golpeó sin más preámbulos, y se movió con la velocidad que le había dado fama entre los de su especie. Pero el vampiro no estaba allí. De algún modo había roto el hechizo que Desari había creado y se había situado sobre ella antes de que ésta tuviera ocasión de moverse. Julian giró de inmediato y fue a por el segundo objetivo, golpeando su puño contra la pared de su pecho, impulsándolo a través de músculo, hueso y tendón hasta alcanzar lo que podía destruir a aquel vampiro de poca monta. El corazón corrupto, aún palpitante, estaba en la palma de su mano, retirándolo del pecho mientras retrocedía deprisa del no muerto que aullaba.

La sangre mancillada saltó a borbotones por todas partes mientras el vampiro daba vueltas como un demente, describiendo círculos antes de caer al suelo donde sufrió unas convulsiones atroces. Entonces volvió a moverse para atraer la energía del relámpago que saltaba de nube en nube por encima de ellos. El rayo cayó sobre el cuerpo que se retorcía y lo incineró de inmediato. Las llamas saltaron luego al lugar donde Julian había arrojado el corazón. En cuestión de segundos, el vampiro inferior quedó reducido a cenizas humeantes, y Julian se desvaneció sin más, como si nunca hubiera estado ahí.

A Desari se le escapó el aliento de los pulmones con un violento jadeo cuando los dedos como zarpas del vampiro anciano le rodearon el cuello. Su contacto era repugnante; le puso los pelos de punta. El mismísimo aire que le rodeaba era apestoso, y no quería respirarlo. Julian había destruido al otro vampiro con tal rapidez que apenas se había percatado de que lo había hecho, pues también él se había disuelto a continuación sin dejar rastro. Confiaba por completo en su pareja. No se paró a pensar por qué, pero sabía, con una certeza superior a cualquier cosa que hubiera sabido en la vida, que él no la había abandonado.

—¿Por qué me has estado acosando, viejo? —preguntó quedamente Desari, empleando su voz como el arma que era. Las notas musicales arañaron al viejo.

El vampiro se estremeció y siseó, pinchándole la piel con sus garras ponzoñosas como advertencia.

—No hables —le ordenó, escupiendo y gruñendo mientras las palabras le surgían con precipitación.

—Lo siento —respondió con amabilidad, con voz suave e inocente. Estaba decidida a dar ventaja a Julian fuera como fuera.

El vampiro la volvía en todas las direcciones, empleando el delgado cuerpo de Desari como escudo, manteniendo apretada una garra afiladísima sobre su vena yugular. Perforó su piel con la punta, provocando un delgado rastro de sangre que goteó por el cuello hasta la blusa de seda blanca que se había puesto al cambiar de forma. Su captor inspeccionaba el bosque a su alrededor con desesperación. No encontraba ni rastro de Julian.

Por encima de sus cabezas, los búhos empezaron a cambiar de posición. Dos pumas gritaron con estremecedores gritos que parecían humanos. Otros animales se movieron inquietos, fuera del círculo invisible que Desari había creado. Sus ojos relucían con fiereza mientras continuaban formándose relámpagos entre las nubes.

—Tu héroe te ha abandonado —se burló el vampiro con sus ojos llenos de odio, inspeccionando sin descanso la noche.

—¿Crees que le necesito para salvarme? Soy una anciana de nuestra raza. Puedo defenderme yo sola. Aparte, no quieres matarme. No me has acosado una y otra vez sólo para librar al mundo de mi presencia. —Su voz parecía terciopelo, notas musicales—. Has desafiado a dos de los ancianos más poderosos que conozco para llegar a mí. ¿Harías esto para luego matarme? No lo creo, viejo.

Él apretó los dedos sobre su garganta con una fuerza dolorosa que amenazaba con dejarla sin aire. Desari se rió en voz baja, juguetona.

—¿Piensas que me asustas con tus amenazas vacuas? Es más fácil que me cortes la respiración con tu peste que con tus dedos.

El no muerto le siseó al oído, escupió maldiciones y amenazas, pero de repente gritó y tiró de ella hacia atrás dando vueltas como un loco, intentando escapar a las llamas que de súbito surgían de toda su ropa putrefacta y de su carne.

Tiró del pelo de Desari con crueldad como represalia por el asalto inesperado de Julian. Pero al hacerlo, unos cien búhos se lanzaron desde todas direcciones con las garras extendidas, directos a por los ojos relucientes del vampiro. El aleteo de sus alas creó un torbellino frenético de hojas, ramas y agujas de pino que borraron su visión. Desari se agachó cuando las aves fueron a por la cabeza del vampiro. Un enorme búho, con plumas empapadas en sangre, se materializó de la nada, fuerte y con sus garras curvadas estiradas. Evitaron los ojos del vampiro y se fueron directos a por su pecho. Mientras el gran búho clavaba las garras en la carne, los otros arañaron y cortaron el rostro del vampiro, haciéndole aullar y perder el equilibrio, incapaz ya de poner en práctica su poder ni sus habilidades ancestrales.

Desari se echó al suelo y se cubrió la cabeza, pero ninguna de las aves la rozó siquiera. Julian había orquestado la batalla a la perfección, sin dar ocasión al no muerto de lastimarla. Se quedó del todo quieta, olvidando por el momento que ella también podía desaparecer. El sonido de la carne desgarrándose era terrible, y los gritos del vampiro, sobrenaturales. Hasta el momento en que la criatura la tocó con los pies, Desari no se acordó de disolverse en gotas de bruma y buscar a toda prisa la seguridad de los árboles. Una vez que se posó sobre lo alto de un árbol de gran altura, se volvió de nuevo y reapareció, mordiéndose el labio inferior con nerviosismo mientras contemplaba el panorama.

La escena parecía salida de una película de terror. Darius siempre había querido mantenerla apartada de sus cacerías, igual que había hecho Julian días atrás cuando la sumió en un sueño profundo. Esto era brutal y aterrador. El hedor a maldad del vampiro se intensificó, ya que intentaba apestar adrede el aire, para que tanto a animales como a hombres les resultara imposible respirar. Pero por más que lo intentaba, Julian contrarrestaba todo bufido venenoso con una entrada de viento refrescante, de aire fresco.

Los búhos casi habían dejado ciego al no muerto con sus zarpazos. La cavidad pectoral abierta a la fuerza escupía un géiser de sangre mancillada que parecía rociar a propósito todas las criaturas que encontraba en su camino, quemando como si fuera ácido e incluso matando a algunos de los pájaros. Los animales cada vez se juntaban más, formando un anillo de criaturas inquietas, hambrientas y excitadas hasta un punto febril por el espectáculo de violencia y el olor a sangre fresca.

Un enorme búho atrajo la mirada de Desari. Sabía que era Julian, su pareja, y era terrible verle en su papel de destructor. Le tocó la mente con vacilación, y descubrió que había expulsado todo pensamiento de ella, para poder ser tan cruel y despiadado como el más competetente depredador. Atacaba desde todos los ángulos, una y otra vez, deprisa, mortífero, desgastando al maligno con cada corte agudo, con cada profunda laceración, siempre buscando el corazón.

El vampiro no tenía opción de disolverse y escapar, pero sus garras y sangre mancillada estaban provocando un daño desmesurado. Incluso en su forma de búho, Julian continuaba gravemente herido por el golpe sorpresa del primer vampiro. Desari se percató de cómo se protegía un costado la criatura emplumada, sin extender en ningún momento el ala por completo. Se dio cuenta de que Julian habría escapado incluso de aquel golpe si no hubiera estado pensando exclusivamente en ella. Su velocidad era increíble; se movía como el rayo, golpeaba y se movía, golpeaba y se movía, dando pocas oportunidades al anciano no muerto de recuperar energías y esgrimir su considerable poder maligno.

Fue terrible oír su aullido. Aquella fealdad le hirió los oídos. Quiso cerrar los ojos, no ver los pájaros muertos y moribundos, el chorro de sangre reluciendo negro bajo la luna, siseando y crepitando como si tuviera vida. No quería ver al grotesco vampiro ensangrentado, sus desgreñados mechones de pelo embadurnados del líquido mancillado, sus ojos como pozos de sangre. Los profundos boquetes en su cara intensificaban el espanto que producían sus horribles rasgos. Estaba despedazado con multitud de heridas, y aun así se negaba a caer, se negaba a reconocer que no tenía posibilidades de sobrevivir.

En el suelo, la sangre mancillada se movía, se expandía por la vegetación en busca de una víctima. Allí donde tocaba, las plantas se marchitaban y ennegrecían bajo la luz de la luna. Luego, Desari se percató de que la sangre seguía los movimientos del búho más grande, a la espera de una oportunidad para atacar.

El diminuto punto en el cuello donde le había perforado la garra del vampiro empezó a hincharse palpitante, como si la zarpa hubiera estado mojada en veneno. Si esa pequeña herida le dolía, ¿qué sentiría Julian en el zarpazo que le llegaba hasta el hueso? No podía imaginárselo y volvió a tocar su mente, pero se encontró con que él había bloqueado todo dolor para poder concentrarse sólo en destruir al maligno.

Desari quiso adelantarse apresuradamente a recoger todas las aves caídas que habían ayudado a Julian en la lucha contra el anciano vampiro. Herido como estaba, no había tenido otra opción que aceptar su ayuda, pero supo de forma instintiva que él se apenaría por la destrucción de animales tan bellos.

Su corazón se acongojó por Julian, por su hermano, por todos los que tenían que combatir y destruir a una entidad viviente. Sabía que los no muertos eran del todo malignos, que no podía hacerse otra cosa que librar al planeta de ellos. Sin embargo, quienes se veían obligados a hacerlo se jugaban la vida y, peor aún, ponían en peligro sus propias almas al hacerlo.

Desari intentó calmarse, no quería que su mente se sumiera en el desconcierto; quería que albergara sólo seguridad y fuerza. Luego se envió a sí misma al interior de la mente de Julian para darle el refuerzo de energía que podía proporcionar su sangre y poderes ancestrales. Ella era incapaz de matar; no podía acabar con ninguna vida —la compasión corría por lo más profundo de su ser— pero rogó para no obstaculizar la capacidad de su pareja.

Julian se sintió agradecido de la fuerza que penetraba en él. Había sufrido una pérdida tremenda de sangre, y la sangre mancillada del vampiro, que había entrado en contacto con su piel a través de las plumas del búho, estaba quemando en profundidad su carne. De todos modos, no vaciló ni un momento en continuar con su asalto incesante, contraatacando al poderoso no muerto con sus garras, ahondando más y más en la pared de su pecho. Sólo cuando atravesó el músculo y la osamenta de protección volvió a adoptar la forma de su propio cuerpo, su mente buscó los búhos que aún quedaban para liberarles de la coacción de atacar.

Desari soltó un jadeo y se llevó la mano a la garganta al ver las gotas de sangre mancillada en el suelo que se aglutinaban precipitadamente para formar un gran charco. El líquido ennegrecido empezó a formar una parodia de brazo y luego se extendió obsceno componiendo una mano diabólica y oscurecida que empezó a arrastrarse furtiva a través de las agujas de pino y sobre las ramas caídas para alcanzar su objetivo. *¡Julian, en el suelo!*

Él no respondió ni reconoció la advertencia: se limitó a mirar de cara al vampiro con calma. Las arrugas de cansancio surcaban su apuesto rostro; su pelo dorado ondeaba salvaje sobre los hombros. Permaneció erguido, alto, con los hombros cuadrados y sus ojos de ámbar reluciendo con alguna especie de fuego.

—Traigo la justicia de nuestro pueblo, viejo. Lo que has hecho es un crimen contra la humanidad, contra la vida misma. Vengo a aplicar la sentencia dictada sobre ti por el príncipe de nuestro pueblo, y confío en que encuentres misericordia en otra vida ya que yo no puedo concederte ninguna aquí. —Sus palabras sonaron suaves y amables, hipnóticas y persuasivas.

Y mientras el cuerpo del vampiro comenzaba a convulsionarse en un último intento de escapar, mientras la sangre mancillada llegaba a escasos centímetros de Julian, el cazador carpatiano hundió su mano en la fisura del pecho del no muerto y extrajo el corazón. Se oyó un horrible sonido succionador mientras el órgano pulsante salía del demonio que se encogía. Julian se apartó con un salto de la rociada de sangre y de la mano grotesca que intentaba cogerle los pies.

El vampiro se desplomó sobre el suelo, intentó levantarse dos veces, luego empezó a palpar a su alrededor ciegamente, buscando lo único que podía mantenerle vivo. Julian tiró el corazón a una distancia segura de aquella aparición que se negaba a creer que había sido derrotada.

Desari notó entonces el terrible agotamiento, el dolor palpitante que ardía en el cuerpo de Julian. Le observó recogiendo energía de los relámpagos para dirigirla primero contra el corazón, luego contra el cuerpo del no muerto y por fin contra la misma tierra, para incinerar la sangre oscura que se propagaba como una mancha por el suelo del bosque. Sólo entonces se hundió para sentarse sobre un tronco caído. Desari contempló con fascinación cómo atraía más luz reluciente hacia sí, y como la retenía por un momento para limpiar sus manos y antebrazos.

De un salto descendió de su alta rama y ya iba a echar a correr para ir junto a Julian, cuando éste negó con la cabeza y le indicó el bosque con el brazo bueno. A paso lento pero constante, varios humanos se encaminaban directos hacia el anillo de animales inquietos. Desari empezó a cantar al instante para sosegar a los grandes animales y liberarles del hechizo fascinante que ella había creado. Los animales, gruñendo y ladrando, se escabulleron por el interior oscuro del bosque, lejos del grupo de humanos.

—Debían de estar acampados en un lugar al alcance del sonido de mi voz —le dijo a Julian.

—Tenemos mucho que hacer esta noche antes de podernos ir a descansar —respondió él—. Hay que encontrar a las víctimas del vampiro, destruir toda evidencia, y limpiar este terreno de cualquier rastro del no muerto.

Desari reconocía el cansancio en su voz, lo notaba en su mente. La pérdida de sangre había sido considerable.

—Yo me ocuparé de esas cosas. Tú regresa al campamento y súmete en el sueño reparador mientras yo acabo estas tareas.

Una pequeña sonrisa suavizó el gesto duro en la boca de Julian.

—Ven aquí, *piccola*, te necesito cerca de mí. —Su voz era un calor aterciopelado que ella no podía pasar por alto.

Desari se percató de que sus pies se movían hacia él antes incluso de detectar que obedecía su suave orden. En el momento en que estuvo a su alcance, Julian sacó la mano, sujetó su muñeca y ejerció presión para que se sentara a su lado en el tronco.

—Quédate quieta, *cara* —ordenó—. La garra del vampiro estaba sucia. El veneno ya se mueve por tu sistema. Lo expulsaré de tu cuerpo, y luego tengo que retirar el recuerdo de tu canción de estos humanos para que sus vidas no se vean alteradas.

—Necesitas curarte más que yo, Julian —protestó ella—. No te preocupes por algo tan pequeño como este rasguño. Podemos ocuparnos de esto más tarde.

—No permitiré tal cosa —dijo él—. Tu salud se antepone a todo. El vampiro está destruido, pero el veneno todavía es letal. Quédate quieta, Desari. Voy a ocuparme de esto. Sé lo que es tener la oscuridad dentro del cuerpo, creciendo y extendiéndose por el interior; es algo que no puede eliminarse. No permitiré que tal cosa te suceda a ti.

Desari percibió su determinación, y aunque deseó poder ver el origen de su grave resolución, seguía ocultándoselo. Se sentía tonta allí con Julian ocupándose de tan pequeña laceración cuando él estaba tan mal herido, pero no intentó protestar más. No cambiaría su mente, y no iba a malgastar tiempo y energía en discutir.

Julian cerró sus ojos dorados mientras se concentraba y una vez más quedaba disociado de su propio dolor y fatiga. Se envió fuera de su propio cuerpo y se introdujo en ella. Encontró las inmundas gotas de veneno casi de inmediato. Las densas salpicaduras negras crecían de modo insidioso, extendiéndose por su riego sanguíneo, y se multiplicaban con rapidez. Julian era luz y energía, era fuego desplazándose deprisa para tomar la delantera a cada irrigación de veneno tóxico y neutralizarlo. Una tarea difícil. Tuvo cuidado de no pasar por alto las partículas más mínimas, ahondando en cada arteria, vena y órgano para asegurarse de que quedaba por completo libre de cualquier toxina residual que más tarde pudiera crecer y propagarse, provocando enfermedad y daño.

Cuando acabó, hizo el recorrido de regreso dentro de su propio cuerpo. Desari le tocó el rostro con dedos cariñosos, tiernos. Estaba gris y se balanceaba de cansancio. Le apartó el pelo, compungida por él. Notaba cómo le ardía la piel, las entrañas, la herida que se abría en su hombro.

—Tienes que descansar. Déjame hacer lo necesario.

Julian negó con la cabeza.

—Me serías de gran ayuda si te ocuparas de los humanos. No puedo permitir que se acerquen a los restos del vampiro o de sus víctimas. Nunca se puede confiar en estos seres, ni siquiera cuando han muerto.

—Ya ha sido destruido, Julian —le recordó en voz baja.

—Créeme, *cara mia*, he tratado con su especie durante siglos. Sus trampas perduran a menudo después incluso de que ellos hayan muerto. —Se llevó la mano de Desari a la boca—. Haz lo que digo, Desari. Ayuda a los humanos. No querrás que vivan el resto de sus vidas como zombis. Hazlo ahora. Y luego acude por el aire junto a Darius. Llámale, pídele que te baje a la tierra. Yo descenderé en cuanto pueda hacerlo con tranquilidad.

Desari se rió de él en tono suave.

—Insiste en tus fantasías, amor mío; estoy segura de que te ayudarán a sobrellevar este momento difícil. —Soltó su mano y le dejó para ir a atender al grupo de campistas que daban traspiés alrededor del perímetro del claro.

Julian la observó mientras se alejaba de la escena de la brutal matanza. Parecía tan serena y bella, tan inalcanzable por la violencia y la fealdad que les rodeaba... Notó una sacudida en el corazón, seguida de una curiosa sensación de derretimiento. Sacudió la cabeza maravillado con su suerte, se apartó el pelo y se puso en pie con piernas temblorosas. Se encontraba débil, mucho más débil de lo que habría permitido que viera Desari. La herida en el hombro producía un dolor intenso que se extendía por todo su pecho. Notaba el veneno propagándose por su sistema, y cada laceración de su cuerpo palpitaba y ardía. Pero tenía un deber que cumplir: su honor le obligaba primero a cuidar de su pareja y después eliminar toda señal del vampiro, para mantener a su raza oculta de los mortales interesados en destruirles.

Se arrodilló al lado de las aves muertas y moribundas. No podía hacer nada por las que ya habían muerto, pero las que aún vivían estaban sufriendo. Reunió las vivas junto a él y una vez más se envió fuera de su cuerpo y entró en las criaturas que habían contestado a su llamada de ayuda. Por difícil que resultara, sanaría a cuantas pudiera. Julian mostraba un profundo respeto por la naturaleza. Corría con los lobos, remontaba el vuelo en el cielo con las aves, nadaba en las aguas con los peces y cazaba con felinos salvajes en África. Vivía en unión con la naturaleza, y la naturaleza vivía en él. Antes que Desari, la naturaleza había sido su único consuelo en los largos siglos de existencia.

Ella finalizó la tarea de ocultar la atroz escena del bosque a los humanos y regresó junto a Julian, a quien encontró arrodillado al lado de los búhos caídos. Parecía un antiguo luchador, con marcas de guerra pero invicto. Su melena dorada ondeaba a su alrededor con salpicaduras de sangre por todo el pelo, y mantenía el rostro inexpresivo como si fuera de piedra, marcado por el dolor y el cansancio. No obstante, sus manos transmitían ternura mientras tocaba a los pájaros, mientras acariciaba las plumas y canturreaba el ritual carpatiano de unas palabras ancestrales como el origen de los tiempos. Notó que las lágrimas le saltaban a los ojos. Este hombre que permanecía tan calmado mientras se enfrentaba a la muerte, que podía destruir a un enemigo sin piedad, con crueldad, pensaba primero en curarla a ella y luego a las criaturas del bosque. El orgullo por él la inundó. Nunca entendería qué habían hecho aquellas palabras suyas para unirles, pero de pronto se sintió contenta de que lo hubiera consumado. Julian era un carpatiano excepcional, y ella tenía claro que pensaba antes en los demás que en sí mismo.

Tal vez me esté enamorando de ti. Las palabras rozaron su mente con una voz que era una delicada caricia.

Julian no alzó la vista, pero ella notó su sonrisa petulante. *Ya estás enamorada de mí, cara mia. Eres demasiado testaruda como para admitírtelo a ti misma. Camino por tu mente contigo. Sé que me amas.*

Sigue con tus fantasías, se burló ella, y continuó con la tarea encomendada: hacer que los humanos volviesen a su campamento.

A Julian le inquietaba perderla de vista. *Llámame si sientes cualquier tipo de perturbación. No olvides el reciente viaje de vampiros en dirección a esta zona. Como acabas de ver por ti misma, a menudo los vampiros menores, los que han transmutado recientemente, son usados por los no muertos más ancianos y diestros. Debes tener mucho cuidado.*

Estoy empezando a pensar que tus sermones son más aburridos aún que los de mi hermano, contestó Desari entre la risa y la exasperación, mientras guiaba a los humanos para que se alejaran de allí. No era ninguna novata para que la trataran como si no se enterara. A veces los varones de su raza le daban dentera.

Julian no podía llevar a cabo con prisas la curación de los búhos. Tenía que entrar en cada cuerpo cubierto de plumas y curar desde dentro hacia fuera. Intentaba suprimir todo pensamiento excepto el de convertirse en energía y luz para no cometer errores. De todas formas, se sentía culpable por haber utilizado a esas hermosas criaturas. Era el pago que había que hacer por sentir otra vez emociones: el pesar y la culpabilidad por los búhos que habían perdido la vida, miedo por Desari, por la separación a la que se veían obligados a causa de su débil estado.

Lanzó al aire, con gesto cansado, el último búho y observó cómo las poderosas alas lo elevaban en lo alto y se alejaba planeando. Entonces se levantó tambaleante del tremendo desgaste de energía, del volumen de sangre perdido. Necesitaba con desesperación descender a la tierra y buscar el sueño rejuvenecedor de su gente mientras el suelo curaba su cuerpo.

Se volvió e inspeccionó con gesto serio el terreno ennegrecido sobre el que se esparcían los búhos que no había podido salvar. Con un suspiro, invocó una vez más el relámpago de las nubes y lanzó un rayo que golpeó la tierra para prender fuego a los cuerpos. Cuando el último trozo de suelo del bosque estuvo limpio, se alejó de la zona para levantar un fuerte viento. Formó un torbellino a su alrededor parecido a un pequeño tornado, arrastrando las cenizas hacia lo alto del embudo y dispersándolas en todas direcciones.

Julian cambió de forma poco a poco, con la protesta de sus músculos y tendones, y la queja indignada de su hombro cuando una vez más comprimió su cuerpo para darle forma de ave de presa. Un ala no quería moverse correctamente, o sea, que precisó gran concentración y habilidad para alzar el vuelo. Una vez en el aire, planeó sobre el bosque en busca de las víctimas recientes del vampiro. También era una tarea seria, y no quería que Desari anduviera por allí. La detectó con los humanos que habían quedado a su cargo, devolviendo a los campistas a sus tiendas y caravanas.

Descendió mucho para asegurarse de que ningún peligro la amenazaba, y entonces remontó orilla arriba del río, apartándose del campamento principal. Desari tocó su mente con afecto y preocupación, y él intentó sentirse fuerte y capacitado para que ella no se preocupara. Percibía su naturaleza compasiva, y su tierno corazón era un faro capaz de sacar a su pareja de vida del borde de la locura depredadora.

Allí abajo, olió la peste a muerte. Se dejó caer aún más y dio dos vueltas de inspección sobre la orilla del río antes de posarse en tierra. Cambió de forma mientras aterrizaba. Al instante su cuerpo volvió a protestar; esta vez el dolor casi le hace caer de rodillas. Nunca se había tolerado ninguna debilidad. Se maldijo con elocuencia en su lengua ancestral y fue andando hasta los cuerpos de dos jóvenes lavadores de oro. Yacían destrozados, desechados a la típica manera descuidada de los vampiros, con los rostros rígidos de terror. Estos dos habían visto al no muerto mostrándose en todo su horror. Eran jóvenes, no más de veintitrés o veinticuatro años. Julian sacudió la cabeza, irritado consigo mismo por no haber percibido antes la presencia del anciano vampiro. Por lo habitual, no podían aproximarse a kilómetros de él sin su conocimiento. Sus emociones eran tan nuevas e intensas, los colores tan vívidos, los deseos tan absorbentes, que casi le cegaban. Con toda certeza había estado ocupado con su pareja y sus propias necesidades en vez de prestar atención a lo que sucedía a su alrededor.

¿Desari? Tocó su mente con delicadeza, pues necesitaba saber que no corría peligro.

Aquí el trabajo está cumplido, Julian. ¿Regreso a tu lado? Su voz era un aliento sosegador de aire fresco en su cabeza.

¡No! La advertencia fue drástica. *No vengas,* cara. *Vuelve con los otros, al autobús, y yo me reuniré allí contigo.* Se sintió agradecido por la belleza de su voz y anheló apartarse de la visión del mal y la muerte, volver a estar en presencia de Desari, junto a la que encontraría alivio.

Ella se retiró sin discutir, pues percibía su cansancio; sabía que le ocultaba la verdadera extensión de sus heridas. Se alimentó, segura de su necesidad de sangre, pero tomó la precaución de utilizar sólo a mujeres. Lo último que necesitaba ahora era que su pareja se enfureciera por su causa.

Julian, aún una sombra en su mente, se encontró sonriendo al leer sus pensamientos. Tal vez estuviera demasiado cansado como para ponerse una furia en este preciso momento, pero agradeció que ella fuera considerada con sus sentimientos. Incineró los cuerpos humanos y esparció las cenizas sobre una gran área, dejando el campamento chamuscado y ennegrecido como si lo hubiera alcanzado el rayo de una tormenta violenta. Las autoridades nunca encontrarían los cuerpos y tal vez supusieran que los campistas se habían ahogado y que la corriente había arrastrado sus cadáveres. Lo sintió mucho por las familias, pero no podía dejar evidencias de la obra del vampiro ni de su sangre mancillada para que algún funcionario humano la analizara. Proteger a su raza era su máxima prioridad. No tenía otra elección. Dio un último vistazo a su alrededor y se aseguró de haber hecho todo lo posible para ocultar la evidencia del no muerto. Satisfecho, empezó a andar en dirección a su propio campamento.

Capítulo 10

Desari dio una patada a la rueda del autobús.

—Esta maldita cosa se niega a arrancar. Lo sabía. Sabía que sucedería en el peor momento. —Dio otra patada al neumático con frustración.

Julian se hallaba entre las sombras de los árboles, oscilando levemente, con los ojos pegados a la figura delgada de ella. Era toda gracia; parecía agua en movimiento, y su cabello de ébano formaba una cascada de ondas de seda a su alrededor. Qué bella era, incluso con esos accesos de mal genio.

Desari se dio media vuelta, y sus enormes ojos le localizaron al instante bajo los árboles. Su expresión cambió de inmediato a una de profunda preocupación. Estaba gris y demacrado, con la camisa empapada de sangre. Parecía tan cansado que se alarmó. Al instante salvó de un salto el espacio que les separaba y le rodeó la cintura con su delgado brazo en un intento de servirle de sostén.

—Apóyate en mí, Julian —canturreó en voz baja. Había recorrido a pie toda la distancia. No había flotado ni utilizado su asombrosa velocidad en ningún momento. Era una prueba de que casi había perdido todas sus fuerzas.

Julian le rodeó los hombros y apoyó una pequeña cantidad de su peso en ella. Desari parecía tan angustiada, que quiso besarla para tranquilizarla, pero el veneno en su interior crecía y se propagaba, y no iba a correr el riesgo de infectarla.

—Debes llamar a Darius para que acuda a ayudarnos —le ordenó en voz baja. Había pensado mucho en esto mientras regresaba junto a ella. Quería llamar a Gregori, el sanador que conocía y en quien confiaba, pero no había tiempo que perder. Tendría que aprovechar la fuerza y experiencia de Darius.

Desari le ayudó a subir el escalón y a entrar en el autobús. Julian recorrió el pasillo con piernas temblorosas y casi se cayó sobre el sofá.

—Necesitas sangre, Julian. Luego, una vez estés descansando en la tierra, te recuperarás deprisa. —Sonaba nerviosa pese a su decisión de que no se le notara.

Julian sacudió la cabeza.

—Llama a Darius para que venga. —Su voz era un hilo de sonido, y bajó las pestañas como si luchara por mantenerse despierto y no perder el conocimiento.

Darius. ¿Puedes oírme? Desari ahora sonaba intranquila. Julian no era el tipo de hombre que pedía ayuda.

¿Me necesitas? Darius estaba lejos, pero percibía su temor.

Acude a nosotros ahora. Por favor, date prisa, Darius. Estoy asustada.

Julian enlazó sus dedos entre los de ella.

—¿Le has llamado?

Ella le apretó la mano, temerosa de que estuviera perdiéndole.

—Sí. Toma ahora mi sangre, Julian, y desciende a la tierra hasta que él llegue.

—No voy a correr el riesgo de contaminarte. Márchate con los otros. Ellos te protegerán hasta que tu hermano y yo estemos listos. —Había cerrado los ojos por completo. Su piel estaba lívida.

Desari se llevó su mano a la boca, pero antes de poder besar las laceraciones de sus nudillos para curarlas con el agente de su saliva, él apartó la mano de golpe.

—¡No lo hagas! —Era una brusca reprobación.

—Habla conmigo. Dime por qué rechazas lo que te ofrezco. Tengo derecho a curarte, a darte sangre y cuidarte. —Desari se sentía dolida y asustada; las emociones formaban torbellinos que no podía distinguir.

Algo se agitó en la mente de Desari: una sensación de calor, que se coló alrededor de sus hombros para abrazarla. El corazón de Julian latía con una lentitud anormal, podía percibirlo en su mente, oír la pulsación irregular.

—Este vampiro era un anciano, *cara*, uno de los vampiros más viejos, muy diestro en los métodos antiguos. Su sangre es muy peligrosa.

—Tú la sacaste de mi sistema, Julian. —Se inclinó sobre él con ansiedad—. Sácatela del tuyo.

—Ya no me quedan fuerzas, *piccola*. No temas por mí. No voy a dejarte. Ahora vete junto a los otros para que así sepa que estás a salvo.

Desari se sentó más erguida. Ahora lo comprendía.

—Piensas que pueden venir más no muertos.

—Creo que tú y la otra mujer, Syndil, les atraéis. Buscan parejas, pues piensan que van a llevarles de regreso a sus emociones y a sus almas. Vete, Desari, mientras aún esté lejos la salida del sol. —Julian temía que viniera él, su anciano enemigo; temía que sintiera la atracción directa de Desari.

La voz de Julian casi se apagó del todo. Hasta su respiración era fatigosa. Aquel veneno que se extendía por él estaba dominando sus pulmones y su corazón. Le retiró hacia atrás el cabello dorado que caía sobre su frente. Tenía frío y estaba sudoroso. Ella sabía que Julian se preocupaba muy en serio por su bienestar, pero, ¿cómo iba a dejarle?

Aunque Julian llevaba en su vida muy poco tiempo, no obstante, era el aire que ella respiraba. Su cuerpo reconocía el de él. Su corazón y su alma por fin estaban completos. Tenía que estar donde él estuviera. *Darius, por favor, corre*, susurró, pues sabía que su hermano volaba ya hacia ellos, cubriendo con sus poderosas alas la distancia que les separaba en el menor tiempo posible. Pero tenía que darse prisa.

¿Qué haría si aparecían otros colaboradores del vampiro? No era una guerrera, así que ¿cómo defendería a Julian en su débil estado? De nuevo percibió la confortación y el calor de él.

Justo entonces algo golpeó el exterior del autobús con fuerza suficiente para hacer balancear el sólido vehículo. El corazón le dio un vuelco, lleno de aprensión. Julian se puso en pie al instante, con rostro severo y despiadado, tallado en granito.

—Canta el cántico sanador ancestral, Desari. Está en tu mente, lo he oído ahí. Y fúndete conmigo mientras cantas.

La transformación de su estado desfallecido a esta presencia dominante fue pavorosa. Avanzó con la cabeza bien alta hasta la puerta del autobús, lleno de determinación. Desari se quedó quieta con el corazón desbocado. No podía permitir que saliera sin ayuda; Julian contaría con su fuerza y valor, con su fe en él, y cualquier otra asistencia que necesitara. Su voz inició un cántico ancestral, tan antiguo como el tiempo, algo con lo que nacían, que llevaban grabado en el recuerdo. Era tranquilizador y sosegado, y su voz única fortalecía el poder de la melodía.

Julian escuchó las notas mientras se abría camino en la noche. Su voz era tan pura que relegaba a un lado los efectos del veneno del vampiro, lo suficiente para que él se concentrara. Afuera había sombras que se movían bajo los árboles y rodeaban el autobús.

Dio un suspiro de alivio. No era otro vampiro, sólo los subalternos esclavizados del anterior, sus zombis. Estos antiguos humanos tenían una tremenda fuerza y astucia —la sangre del vampiro corría por sus venas—, pero no eran inmortales. Dormían en cloacas y cementerios para huir del sol mortal para ellos; comían carne fresca y sangre. Vivían para servir a su señor, con la esperanza de que un día les concedería la inmortalidad. Julian sabía que tal cosa era imposible. Ya estaban muertos; eran meros títeres que sólo vivían por capricho del vampiro y gracias a su sangre.

Salió del autobús y se enfrentó a los muertos vivientes. El objetivo era Desari. Aunque su amo ya estaba destruido, no tenían otra opción que llevar a cabo sus órdenes de apoderarse de la chica, y actuaban con brutalidad a causa de su rabia y miedo. La primera tarea era salvaguardar a Desari, dotar al autobús de las salvaguardas más poderosas para protegerlo en caso de que los necrófagos le derrotaran en su débil estado. Darius tendría que deshacer lo que él forjara.

Paralízalos hasta que llegue Darius. Julian oyó la súplica en la voz de Desari. No podía soportar que él sufriera más.

Canta para mí, cara mia. *Eso es lo que mantiene el dolor a raya. No puedo hacer otra cosa. Eres mi vida. Mi única razón de existir. Cumpliré con mi responsabilidad de protegerte.*

Entonces provoquemos una tormenta. Yo puedo traer la bruma, lo que necesites. Permíteme librarte de alguna carga. No deseaba discutir con él ni distraerle de quienes le amenazaban. Podía oír los oscuros murmullos, el rumor de las hojas y la rotura de ramas bajo sus repugnantes pies. Los zombis avanzaban hacia él.

Canta para mí, piccola. *Tu hermano mandará una avanzadilla que precederá a su llegada. Estáte preparada para que emplee tu vista.*

Desari tendría que contentarse con eso. Inició el cántico ancestral una vez más mientras iba hasta la ventana para ser capaz de ver lo que Darius le pidiera que viera. Julian parecía tan solo. De pie, erguido y alto, con el cabello azotado por el viento y el cuerpo, tan atormentado por el dolor, relajado y listo para el ataque. Su orgullo por él creció en su interior.

¿Desari? Era Darius, con su voz tan calmada y poco excitada como siempre, repleta de seguridad. Sonaba fuerte y próxima. *Cuéntame qué problema hay con Julian.*

Desari continuó cantando para Julian pero dirigió sus pensamientos hacia su hermano. Llevaba tantos siglos hablando con él a través de su vía mental privada, que dividía su atención con facilidad. *Dice que el vampiro con el que luchó era anciano, que su sangre tenía un poderoso veneno. Julian está herido, pero aun así no permitirá que le fortalezca con mi alimento. Se encuentra demasiado débil como para expulsar él solo el veneno. Te espera.*

Ya sabes lo que necesitaré, respondió Darius. *Prepara el autobús con las velas y hierbas necesarias. Que los aromas llenen el aire cuando yo me deshaga de los que ahora te amenazan. Llama a los otros. Necesitaremos que se unan a nosotros en el ritual de curación. Insiste en que Syndil participe, pues ella cuenta con unos poderes curativos tremendos.*

Darius rompió la conexión con su hermana y se desplazó sin ser visto ni detectado por encima del círculo de sirvientes del no muerto. Siete. Desde luego, ese vampiro había sido muy poderoso para poder mantener tantos muertos vivientes sólo con su sangre.

A la vez, sintió un profundo respeto por el carpatiano que no cedía terreno, como un cazador intimidante en todos los sentidos. El hecho de que no se hubiera confeccionado una camisa limpia le indicó la medida de la debilidad de Julian. No obstante, pese al dolor y la debilidad, parecía estar dispuesto a luchar.

Darius se dejó caer desde el cielo, cambiando de forma mientras tocaba el suelo, y saltó sobre sus patas con garras para atacar directamente a su presa. El gran leopardo macho hundió los colmillos en la garganta del primer zombi y se lo despachó con eficacia mortal. Dejó caer el cuerpo y anduvo sin hacer ruido hasta la siguiente víctima. Esta vez el sirviente del no muerto estaba de espaldas a él, pero el leopardo se limitó a saltar sobre las ramas de encima y luego cayó sobre el demonio, hundiendo a fondo los caninos y aplastando su garganta.

Julian observaba aquellas abominaciones, siete en total, en varios estados de descomposición que avanzaban poco a poco, hacia él. Sin su su amo, ahora ausente no podrían mantenerse con vida. Luego una oscura sombra se movió tras la línea de árboles, y captó un destello de pelaje lustroso. El gran felino salvaje no tardó en librarse de dos de los zombis.

Soltó una lenta exhalación. Estos muertos vivientes estaban mancillados por la sangre infectada del vampiro, y lo más probable era que Darius acabara también envenenado por sus víctimas esta noche. Sobre sus cabezas se estaban formando nubes oscuras y amenazantes que emborronaban la luna. Empezaron a saltar relámpagos de una a otra, y una tormenta fuerte y rápida aulló a través de los árboles, balanceando las ramas que danzaron furiosas. Julian sabía que era obra de Darius.

Un zombi se arrojó hacia delante, con sus ojos encendidos fijos en el autobús y su presa. Lo único que se interponía entre él y su objetivo era Julian. Avanzó gruñendo de un modo demencial, babeando y echando espumarajos por la boca, mostrando su horrible dentadura mientras se acercaba arrastrando los pies. Meneó sus enormes brazos con torpeza cerca de la cabeza de Julian. Él esquivó los golpes agachándose y respondió con su mazazo. La cabeza del zombi se balanceó y su cuello se quebró de forma audible.

Acto seguido, se apartó de un brinco para ir al encuentro del segundo oponente que se movía hacia él. Éste esgrimía un hacha, cuya hoja no le alcanzó por escasos centímetros. Julian maldijo en silencio que su brazo colgara inútil a un lado y respondió con una patada baja que con su impulso arrancó las piernas del siervo del vampiro. Luego lanzó con rapidez un golpe asesino a la cabeza, que le machacó el cráneo justo cuando el tercer necrófago le alcanzaba. Pese a su lentitud, este monstruo era fuerte y astuto. Fue a por el hombro herido de Julian y le golpeó como un toro embistiendo. El dolor fue insoportable, y explotó en él antes de encontrar la energía y la fuerza necesaria para quitar la sensibilidad de esa zona. El aire dejó sus pulmones con tal violencia que tuvo que buscar aliento con esfuerzo, con un nudo en su estómago contraído, invadido por la náusea.

Un rayo alcanzó al instante a su atacante, atravesando su cuerpo. Surgía humo de su boca y nariz, y su ropa y piel quedaron negras. Una bola de llamas naranjas parecida a un meteoro del espacio le dio luego en el vientre e incineró al monstruo, que aulló de modo extraño mientras se convertía en cenizas. Las llamas saltaron luego de cuerpo en cuerpo, dirigidas por la mano de Darius, que liquidó a los zombis restantes con la facilidad de un cazador con larga experiencia y en plenitud de facultades.

Rodeó de inmediato a Julian con el brazo y sostuvo todo su peso. Se llevó al gran hombre como si se tratara de un niño, sostenido con delicadeza en sus brazos.

—¿Tienes fuerza para retirar las salvaguardas? —le preguntó. Su voz sonaba calmada y segura, sin cambios en la respiración pese al largo vuelo, la terrible pelea y el peso que transportaba.

Julian asintió como respuesta a la pregunta de Darius e inició la complicada tarea de deshacer las protecciones, comprobando en todo momento que era seguro hacerlo. Desari abrió la puerta de golpe y salió al exterior para que su hermano pudiera meter dentro a su pareja. Les siguió hasta la cama con nerviosismo. La caravana estaba a oscuras; sólo las velas aromáticas desprendían parpadeos de luz. La fragancia relajante a hierbas y velas llenaba el aire, de manera que cada vez que Julian inspiraba, el aroma curativo entraba en su cuerpo para ayudar a aliviar ese dolor que le acuchillaba.

—¿Va a ponerse bien? ¿Puedes ayudarle? —preguntó Desari angustiada, rondando detrás de Darius, intentando ver a su pareja por encima de la espalda de su hermano.

—Tiene razón el veneno del vampiro es fuerte e inusual. Quiero que te apartes. Súmate al canto curativo de los otros y dame tu fuerza. Le curaré a él y luego a mí mismo.

Desari se mordió el labio y se llevó la mano a la garganta.

—Y tú ¿cómo te has infectado?

—Los siervos del no muerto estaban mancillados. Una trampa del vampiro para quienes se atrevieran a frustrar sus planes. —Darius hablaba con total naturalidad, sin rastro de alarma. Su voz serena y calmada, tan familiar para ella, la reconfortaba.

Darius se inclinó sobre Julian. El cazador carpatiano sacudió la cabeza sin abrir los ojos.

—Primero tú, Darius. El veneno se propaga deprisa y cobra fuerza. Cúrate antes de que sea demasiado tarde. Yo seré incapaz de hacer lo mismo por ti. Hazlo por Desari, ya que ahora no puedo cuidar de ella como debiera.

—Descansa, Julian —le ordenó Darius, acostumbrado a que le obedecieran. Pocos se atrevían a cuestionar su autoridad.

Entonces, se envió por dentro de su propio cuerpo, en busca de cualquier partícula de veneno que avanzara por su riego sanguíneo. Estudió la naturaleza del veneno, sus células y su conducta. Contento de saber cómo funcionaba, empezó a destruirlo, para expulsarlo de su organismo de la misma manera pausada en que lo hacía todo. Julian tenía razón. El veneno era fuerte y actuaba deprisa, destruía las células y se multiplicaba con gran rapidez. Era un tributo a la increíble fuerza de Julian que siguiera con vida; que hubiera antepuesto su pareja y sus deberes a su propio bienestar, aun sabiendo lo que podía pasarle. Aunque el cántico curativo interpretado por la bella voz de Desari le dio fuerza, pero se encontró un poco mareado cuando volvió a emerger en su propia forma.

—Estás gris, Darius. Toma lo que te ofrezco de propia voluntad para que tú y Julian podáis una vez más recuperar la fuerza. —Desari le tendió la muñeca a su hermano.

Darius tomó su mano y le dio la vuelta. Su hermana parecía frágil y delicada, aun así su sangre antigua corría con fuerza y poderío. Inclinó la cabeza y bebió, y al instante notó las fuerzas que regresaban a él. Si había sido difícil y agotador eliminar el veneno letal de su cuerpo después de tan breve exposición, sería un trabajo monumental salvar a Julian.

Desari tocó ligeramente a su hermano para reconfortarse. Julian tenía un aspecto terrible, lívido y débil, con el rostro marcado por líneas de sufrimiento. Había lentificado su corazón y sus pulmones para impedir el avance del veneno, pero éste se estaba apoderando de su cuerpo, eso se veía con claridad. Cuando tocó la mente de Julian para fundirse con él, su bloqueo no le permitió entrar. No iba a darle la más mínima opción a sentir el tormento desgarrador que soportaba en silencio.

—Va a hacer falta la ayuda de toda nuestra familia —dijo Darius mientras cerraba la herida de su muñeca—. Aseguraos de que ninguno flaquea, por muy mal aspecto que yo presente. Siempre podréis darme la sangre que necesite una vez que haya acabado con él.

Óyeme, Julian. Estaré contigo. Donde quieras ir, yo te seguiré. No estás solo. Siempre estaremos juntos. Desari lo susurró con solemnidad en la mente de Julian y le hizo oír su promesa y comprender su determinación. Ella no perdería a su pareja, aunque ello significara seguirle a donde le llevara. En esta vida o en la siguiente, ella iría con él.

Darius respiró a fondo e inhaló las hierbas aromáticas, para llevárselas con él al entrar en el cuerpo de Julian en forma de luz y energía. Al instante se percató de que su riego sanguíneo estaba hecho un desastre. El veneno actuaba como un virus, mutaba deprisa, se reproducía y atacaba las defensas del cuerpo. Avanzaba desenfrenado, liquidando al carpatiano todo lo rápido que podía, cumpliendo las órdenes de su amo. El vampiro debía de haber estudiado y experimentado con aquello mucho tiempo. Era un desafío al que él jamás se había enfrentado.

Aun así confiaba en sí mismo y en sus habilidades. Siempre encontraba la manera. Nunca se rendía. Triunfaría. No admitía otra idea, ningún otro resultado, en el abanico de posibilidades.

Entró en la cámara del corazón e inspeccionó los daños. Julian sabía lo que le estaba sucediendo a sus entrañas y el dolor tenía que ser insoportable. Había ralentizado corazón y pulmones para aminorar la propagación del veneno. Mientras Darius trabajaba reparando el daño, estudió las variedades mutadas. No era tan complicado detener la descomposición original, pues ya conocía la estructura tras haberla estudiado dentro de su propio cuerpo. Pero las mutaciones eran más agresivas y complicadas, y era importante saber cuál se movía más deprisa y causaba más daño antes de poder ir tras ellas.

Tras tener las paredes del corazón reparadas y la variedad original destruida, se pudo hacer una idea aproximada de cómo el virus rompía la célula, volvía a configurarla y la multiplicaba. Entró en una arteria para empezar su verdadero trabajo. El veneno avanzó hacia él como un sólido ejército de células a la ofensiva, apresurándose por combatir la amenaza, lo que lo obligó a convertirse en un general y a crear su propio ejército de anticuerpos. Envió una oleada tras otra contra el veneno que avanzaba. Sus creaciones empezaron a adquirir velocidad y se movieron rápidas para destruir la última trampa mortal. Requería una fuerza tremenda por su parte mantener aquel estado incorpóreo, ser sólo luz y energía, y aguantar el virus cambiante que mutaba para escapar al asalto de los guerreros que había creado para poder combatirlo.

Se encontró a sí mismo admirando el trabajo del vampiro. Era una genialidad, esta mácula, algo entre virus y veneno, de rápida actuación, letal y con un tipo de inteligencia programada. Su único motivo de existir era dominar a su receptor y asegurar su propia supervivencia. Su actuación era complicada, pero lo hacía con su habitual seguridad y calma. La batalla era extraña y poco familiar, pero era sólo cuestión de desentrañar lo que había forjado el vampiro. Nada le derrotaría.

Al mismo tiempo, una parte de sí mismo estaba analizando al carpatiano elegido por su hermana como pareja. Era admirable que Savage hubiera antepuesto tanto la salud como la seguridad de Desari pese a conocer la magnitud de la amenaza. Incluso había curado a los pájaros heridos que le habían ayudado en su batalla con el anciano —un gran despilfarro de tiempo y energía—, y limpiado todo rastro de la existencia de los vampiros y sus habilidades para preservar los secretos de su raza.

Entonces Darius descubrió la sombra ahondando dentro del cuerpo de Julian. La estudió mucho rato. No era un efecto del virus; esto era otra cosa, algo que no había visto nunca. Le inquietó. Julian, sin embargo, estaba del todo calmado y aceptaba la presencia de Darius en su cuerpo, seguro de su capacidad como curandero. No había dudas, ni descargas de adrenalina, y ninguna de las defensas del cuerpo reaccionó contra él mientras trabajaba. También era consciente de que había descubierto su oscura sombra.

El ancestral canto curativo, suave y melodioso, le aportaba a Darius fuerzas renovadas a medida que su energía flaqueaba. Las conocidas voces estaban todas presentes: Desari, con su propia voz curativa y sosegadora; Syndil, amable y tranquila como su carácter; Barack, fuerte y seguro, y Dayan, el número dos, siempre presente y listo para ayudarle si se diera el caso. Sólo cuando consiguió suprimir la última variedad mutante y fabricar el anticuerpo adecuado para mantenerlo a raya, se permitió emerger y regresar a su propio cuerpo.

Casi había agotado su gran fuerza. Había trabajado durante dos horas, lo cual era un lapso extraordinario de tiempo para permanecer fuera de su cuerpo. Se balanceaba de agotamiento, y su cuerpo pedía a gritos alimento al notar la primera agitación ante la proximidad de la salida del sol.

Dayan ofreció al instante su muñeca al líder.

—Toma lo que te ofrezco de buena voluntad —dijo ceremonioso.

Desari le tocó el hombro a su hermano.

—Estás gris, Darius. Por favor, bebe. —No quería decirle que su aspecto casi era tan preocupante como el de Julian. Se retorcía las manos con angustia, temerosa de tocar la mente de Darius para indagar si pensaba que Julian iba a vivir, temerosa de preguntar aquello en voz alta.

Vivo, preciosa mía. La voz masculina de Julian le rozó la mano, la envolvió en calor y consuelo, y una especie de diversión exasperada. *Vivo para enseñar a mi pareja el significado de la obediencia. Tu hermano es tan experto como Gregori, y eso, amor mío, es el mayor cumplido que puedo hacerle.* Sonaba agotado y muy alejado, como si el esfuerzo de llegar a ella le estuviera debilitando todavía más.

—Julian —susurró en voz alta.

Darius volvió su gélida mirada negra al rostro de Desari como clara reprimenda. Con meticulosa gentileza cerró la laceración en la muñeca de Dayan y luego inclinó la cabeza para hablarle a Julian.

—Escúchame, desobediente. No estás en condiciones de enfrentarte a mí. Si no quieres que te imponga mi coacción, permanece callado y conserva tus fuerzas para plantar batalla a lo que intenta destruiros a ti y a mi hermana. —Había una dura autoridad en su voz y la completa convicción de que haría lo que decía si fuera necesario. Darius nunca se repetía, a menudo ni siquiera se molestaba en hacer advertencias. Golpeaba con dureza y rapidez. Los que le conocían obedecían sin hacer preguntas.

Julian yacía como un difunto; apenas se distinguía actividad en su corazón y pulmones, pero por increíble que pareciera, una débil sonrisa suavizaba el aspecto mortal de su rostro.

Darius echó un vistazo a su hermana.

—A éste no le gusta la autoridad. Vete a descansar, Desari, y deja de dar la lata.

Al instante el aire de la sala se enrareció con sombras opresivas. Una advertencia, una promesa de represalias. Desari se encontró conteniendo el aliento. No podía creer que nadie desafiara las órdenes de su hermano, y menos aún un hombre medio muerto que todavía necesitaba ayuda de aquel a quien amenazaba. Sin duda Julian sabía que Darius jamás le haría daño a ella. Sólo la mandoneaba porque era su forma de comportarse.

Entonces, Darius sometió al carpatiano que yacía quieto a una poderosa coacción para lograr que se durmiera. En su actual estado, no había manera de que Julian desafiara tal poder, pero tuvo un único pensamiento antes de sucumbir a su voluntad: este hombre era mucho más peligroso que cualquiera que hubiera conocido durante sus siglos de vida. Tal vez incluso más que Gregori.

Desari rodeó a su hermano y apartó el pelo de la frente de Julian. Mantuvo la mano con afecto sobre su piel.

—Sólo quería protegerme —susurró.

Su hermano apretó los dientes con un chasquido audible.

—No hace falta que se muestre tan protector mientras yo esté contigo. Eso ya lo sabe. Me estaba advirtiendo que vigilara la forma en que te hablo. —Sus ojos negros centelleaban amenazantes—. Tiene la arrogancia de diez hombres. —Darius inspiró a fondo y absorbió el aroma relajante de las velas hasta dentro de sus pulmones—. Reanuda el cántico y pon una o dos velas más. Tal vez así te libres de problemas.

Una vez más, Darius se limitó a bloquear todo y a todos, hasta que sólo quedó la luz y energía que eran su fuerza e inteligencia. Volvió a entrar con sumo cuidado en el riego sanguíneo del cazador carpatiano para examinar el virus venenoso en busca de nuevas amenazas. Con toda seguridad, una nueva variedad estaría atacando los anticuerpos que él había configurado.

Examinó la estructura celular, maravillado de los estragos que podía hacer. El veneno original había transportado las semillas para implantar una variedad mucho más violenta. Luchaba por reproducirse una y otra vez y replicar el monstruo que pugnaba con tal ferocidad por cumplir la última orden de destrucción del vampiro. Darius mandó una vez más su ejército a combatir esta variedad, quedando liberado para iniciar el arreglo de las atroces heridas y laceraciones en la carne de Julian. El nuevo veneno había debilitado otra vez las paredes de arterias y ventrículos. Se pasó rato restaurando los sistemas. La herida del hombro era especialmente mala, pues había desgarrado carne y músculo hasta el hueso. Darius la curó con lentitud y luego regresó meticuloso al riego sanguíneo de Julian para garantizar que hubiera quedado limpio por completo del virus venenoso del vampiro. No iba a correr el riesgo de que su hermana se contaminara. Repasó todos los músculos, tejidos y huesos, cada órgano y vena, verificando la eliminación de todo vestigio de células extrañas.

Luego se volvió una vez más a inspeccionar la extraña sombra. Ahí estaba, en la mente de Julian, en su cuerpo. Era oscura. Y estaba mancillada. Era una marca del vampiro. Darius la estudió durante mucho rato. No había manera de combatir aquella marca. Julian había mantenido un contacto estrecho con el vampiro, y la bestia había cobrado fuerza dentro de él. La lucha de un solitario carpatiano por salvar su alma era lo bastante dura sin la mancha del vampiro en su interior. No quería imaginar siquiera la fiera batalla que Julian tenía que haber librado cada momento de su existencia. De todos modos, no tenía otro remedio que ayudar al carpatiano que había reclamado a su hermana. Con un suspiro de pesar, entró en su propio cuerpo una vez más. Vigilaría a Julian de cerca para garantizar la seguridad de Desari.

Sus ojos reaccionaron al instante a la llegada del amanecer. Poco a poco, la luz empezaba a teñir de un gris perla la oscuridad, anunciando la mañana. Cerró los ojos para suavizar el efecto. Esta reciente debilidad le inquietaba. Nunca había tenido que hacer frente a la debilidad con anterioridad. Durante siglos había logrado aguantar sin resguardarse bajo tierra hasta las diez, a veces hasta las once de la mañana. Pero estos últimos interminables años, sus ojos se habían vuelto más sensibles a la luz. Darius tenía una voluntad de hierro, y cuando decidía hacer algo, por muy difícil que fuera, ya estaba hecho. Aún así no conseguía superar esta sensibilidad a la luz matinal.

—¿Darius? —Dayan le tocó el hombro con suavidad para traerle de nuevo a ellos—. ¿Ya está hecho?

—Tenemos que bajarle al suelo, dejar que la tierra le cure. Le donaré sangre justo antes de meterle. Mi sangre es anciana y debería acelerar el proceso de recuperación. Aunque no me imagino por qué puedo desear algo así.

—Darius, ya le has dado demasiado esta noche —protestó Dayan—. Yo se la donaré.

Darius negó con la cabeza.

—No quiero poner tu vida en peligro. Cabe la posibilidad de que se me haya pasado por alto alguna célula del venenoso virus, y eso sería suficiente para infectarte. —La verdadera razón era más compleja. Si Dayan se transformaba alguna vez, no debería ser Julian quien le diera caza. Él asumiría esa responsabilidad. Y si la sombra de Julian resultaba ser una guía para el vampiro, y ponía en peligro a Desari, él tendría que acabar destruyendo a la pareja de vida escogida por su hermana.

¿Hay alguna posibilidad de que se te haya pasado algo por alto?, le preguntó Desari a su hermano, sin creérselo ni por un instante. Darius siempre era de lo más concienzudo.

No seas ridícula. Darius sonaba más cansado de lo que pretendía. Se dio cuenta cuando vio la intranquilidad en los ojos oscuros de su hermana. Le tendió la mano al instante para calmarla.

—No te preocupes, hermanita.

Dayan volvió a ofrecer su muñeca, brindando al líder lo que hiciera falta para ayudarle. Por su parte, Barack ya estaba tendiendo a Syndil bajo tierra, con fuertes protecciones que garantizaran su seguridad. Siempre era Barack quien cuidaba de Syndil, sobre todo desde el ataque. Aunque en el pasado se había tomado la vida con calma y un poco de petulancia, ahora se había vuelto mucho más callado, y sus ojos se mostraban alerta y pensativos cada vez que descansaban en Syndil. Y así, mientras Dayan había ayudado a su líder en la curación del desconocido, él había protegido a la otra hembra.

Dayan tuvo que sentarse repentinamente, mareado por el volumen de sangre que había donado esta vez. Darius ya estaba obligando a Julian a beber su sangre, y él no pudo evitar admirar la manera eficiente en que su líder lo hacía todo, sus movimientos siempre seguros y poderosos. El desconocido mostraba la misma seguridad que él.

Entonces estudió al inmortal a quien Desari había escogido como pareja. Parecía peligroso incluso en su estado moribundo. Dirigió una rápida mirada a Desari, un poco perplejo por que ella hubiera elegido a un hombre tan parecido a su hermano, pese a sus frecuentes enfados por las estrictas normas que éste imponía a las mujeres.

—Vete a buscar alimento, Dayan —le dijo Darius—. Desari y yo bajaremos a Julian a la tierra. Yo yaceré encima de los dos para proteger a ambos mientras él se cura. Deberás poner protecciones alrededor del campamento para mantener alejada cualquier amenaza mientras dormimos estas horas del día.

Dayan hizo un gesto de asentimiento.

—No hay problema, Darius. No te preocupes.

—Llámame si necesitas mi ayuda.

Dayan se levantó y salió en silencio a cazar. Desari soltó un suave suspiro.

—A veces parece muy solo, Darius.

—Los hombres siempre están solos, hermanita —le respondió con calma—. Es algo a lo que debemos enfrentarnos. —Le tocó la barbilla con la punta del dedo—. No contamos con tu compasión o naturaleza cariñosa.

—¿Qué podemos hacer para ayudarle? —preguntó Desari de inmediato con ojos ensombrecidos por la preocupación.

—Tus cantos ayudan, igual que la paz en tu interior. Tú y Syndil sois nuestra fuerza, Desari. No pienses que no lo sois.

—De todos modos somos las responsables de que los vampiros se hayan congregado en esta región. Nos buscan a nosotras.

Darius asintió.

—Es más que probable. Pero no se puede decir que sea culpa vuestra.

—No obstante, serás tú quien tenga que destruirlos.

—Es mi deber. Lo acepto sin preguntar ni pensar. Bien, Desari, estoy cansado y tenemos que dejar a este hombre tuyo en las profundidades de la tierra para que concluya su curación. Vayamos.

Desari empezó a andar por el pasillo del autobús y luego se volvió para dirigirse a su hermano por encima del hombro.

—El autobús ha vuelto a estropearse, Darius. Mi intención es poner un anuncio en alguno de los diarios para buscar un mecánico que viaje con nosotros. Comprendo que cambiará un poco las cosas, pero podremos controlar con facilidad a un solo ser humano. Incluso podría incluir alguna coacción en el anuncio para atraer a la persona que buscamos.

—Si hay alguien así ahí afuera, y si tu elegido no se pone celoso, porque parece un poco posesivo.

Desari se apartó de su hermano contenta de haber podido obtener esa concesión por su parte. Era obvio que Darius creía que nunca encontraría tal persona, pero ella estaba decidida a intentarlo. Estaba cansada de ocuparse de todos los detalles de los viajes ella solita.

Salieron a la luz grisácea del amanecer y se apresuraron a adentrarse en el profundo bosque para seleccionar una zona protegida del sol que a su vez tuviera varias rutas de escape.

Desari encontró el lugar preciso e hizo un ademán con la mano para abrir la tierra, dejando al descubierto la frialdad curativa ofrecida por el suelo, esa condición que rejuvenecía a los de su especie. La llamó con promesas susurradas de sueño y protección.

Tras ella, Darius flotó en silencio hasta el lugar con su carga a cuestas, para dejar a Julian con sumo cuidado en el lecho de tierra.

—Duerme profundamente, sumido en el sueño de nuestro pueblo, elegido de mi hermana, para que te cures del todo y despiertes renovado y lleno de fuerza. —Pronunció ceremonioso aquellas palabras mientras Desari seguía a Julian hasta el interior de la tierra. Él observó a su hermana que hacía un ademán con la mano y tomaba su último aliento antes de que la tierra se vertiera sobre ellos.

Darius permaneció en pie un momento escuchando el canto de los pájaros y el rumor de ratones y pequeños roedores que hurgaban entre los arbustos. Normalmente descendía a la tierra antes de que el sol estuviera tan alto; casi había olvidado los sonidos de la mañana. Mientras miraba a su alrededor, al mundo en blanco y negro, sintió la absoluta soledad que soportaban los varones de su raza durante la mayor parte de su estéril existencia. El tiempo se extendía ante él, largo e interminable, sin esperanzas de dejar de ser algo desagradable. Nada podía cambiar eso. Era cuestión de tiempo que la mancha negra que se propagaba por él envolviera por completo su alma. Sólo su voluntad de hierro y su estricto código de honor, su responsabilidad de proteger a su familia, impedía que saliera al encuentro del sol y pusiera fin al infierno en vida en el que existía. ¿Cuánto más difícil habría sido para la pareja de Desari, con la marca del vampiro consumiendo su alma, devorándole desde dentro hacia fuera? Julian Savage era una amenaza para todo el que entrara en contacto con él. Y ahora formaba parte de su familia.

Capítulo *11*

El sol se ponía con lentitud difundiendo tonos naranjas, rosas y rojos por el cielo. Se hundió tras las montañas, irradiando sus colores por todo el bosque y proyectando sombras danzantes sobre hojas y arbustos. Soplaba un viento suave, fresco y limpio que renovaba el ciclo de vida.

La mayoría de campistas hacía rato que habían dejado la zona, perturbados por alguna sensación desconocida de desasosiego, como si algo peligroso acechara en las proximidades. No habían encontrado a los dos campistas desaparecidos que habían estado lavando oro, pese a la batida por toda la zona, a caballo, con helicópteros y con perros. Los equipos de búsqueda y rescate sentían una fuerte opresión, un ahogo angustioso en el corazón que casi no les dejaba respirar. En secreto, todos ellos querían largarse de allí.

La barrera que había levantado Dayan funcionaba bien, y Darius la había reforzado varias noches atrás al levantarse. Además, el autobús había sido reparado por fin.

Julian tuvo plena conciencia de que su corazón y pulmones empezaban a funcionar, del sonido de otro corazón que latía cerca de él. Inspeccionó con cuidado la zona superior y a su alrededor para asegurarse de que estaban solos, libres de peligro. Verificó puntos perdidos que podrían enmascarar la presencia de no muertos. Luego retiró la tierra situada sobre ellos para descubrir la bóveda de ramas oscilantes y la noche que era su mundo. Se movió para estirarse, con cuidado, despacio, y para palparse el cuerpo. El movimiento le puso en contacto con una suave piel y un cabello sedoso. Inspiró a fondo para introducir aquella fragancia en sus pulmones.

Desari. Era un don, un milagro que le había sido concedido, el no despertarse solo nunca más. No volvería a vagar por la tierra siempre solo. Tocó los mechones de ébano con sus dedos y se los llevó a la boca. ¿Cómo le contaría la verdad? Nunca renunciaría a ella. Julian había tenido la fortaleza necesaria para separarse de su hermano gemelo, de su gente, pero ahora no se sentía capaz de apartarse de Desari, aunque cada momento en su compañía estuviera cargado de peligros. Se volvió hacia ella para enterrar el rostro en la riqueza de su cabello.

Desari respondió al instante y le rodeó con los brazos, estrechándole con fuerza feroz. La podía sentir temblando contra él.

—Pensaba que te había perdido —susurró en voz baja contra su cuello—. Faltó muy poco.

Él la abrazó también con más fuerza, amoldando su blanda y elástica figura a él.

—Te dije que confiaras en mí, *cara*. Te preocupaste sin motivo.

Notó el hambre de Desari tan fuerte como el suyo. Los dos habían permanecido bajo tierra estas últimas jornadas mientras él se curaba y rejuvenecía, y ahora precisaban alimento. Julian salió el primero al aire, elevándose con rapidez para poder hacer frente a cualquier peligro potencial para ellos, de inmediato. Ella le siguió sólo cuando él le dio la señal de que la costa estaba despejada, y cerró la tierra sin dejar rastro alguno de que la habían ocupado, mientras le seguía a él por el cielo en busca de alguna presa.

El bosque parecía tranquilo, casi vacío de víctimas humanas. Volaron describiendo círculos por encima de los árboles, dentro de sus cuerpos de búho que les permitía abarcar una zona de caza más amplia que con cualquier otra forma. Río arriba, a varios kilómetros de su lugar de descanso, Julian detectó abajo un movimiento. Descendió hasta el cañón e hizo una sola pasada por encima. Dos hombres estaban montando juntos una tienda, riéndose de los chistes que contaban uno y otro. Julian le indicó a Desari que buscara un árbol en el extremo del cañón y que le esperara. Continuó volando en círculos, explorando la zona en busca de peligros, asegurándose de que ella se encontraba a salvo antes de irse volando hasta un árbol próximo a la presa. Recogió las alas y caminó por una rama hundiendo las garras en la madera. Estudió la disposición del campamento y alzó la cabeza para captar la información del viento sobre el río y el bosque que les rodeaba, para verificar que se encontraban solos.

Desari, paciente, se mantuvo a la espera de que Julian tomara sangre de los dos varones. Le observó y encontró placer, fuera cual fuese la forma que él adoptara. ¿Qué había en él que atraía su mirada como un imán? De algún modo le había arrebatado el corazón y la había envuelto hasta el punto de no poder vivir sin él. En realidad ya no le importaba. Su especie pertenecía a la tierra y el cielo, formaba parte de la propia naturaleza. Había aprendido siglos atrás, en un mundo siempre cambiante, que la naturaleza era salvaje y libre, que establecía sus propias leyes y las dejaba de lado cuando ya no las necesitaba más. Uno no podía quedarse estático. Al igual que las estaciones cambiantes, la salida y la puesta de sol o la tierra que giraba sobre sí misma, todo cambiaba. Incluida su vida. Ahora Julian formaba parte de ella.

Le observó dejarse caer al suelo y adoptar de nuevo su aspecto humano. Al instante le dio un vuelco el corazón. Al ver aquella forma alta y musculosa notó la agitación en el estómago, como alas de mariposa rozándole las paredes. Parecía un guerrero de antiguas épocas, peligroso, intimidador y aun así apuesto y sensual. Desari siguió cada uno de sus movimientos, la forma despreocupada y fluida con la que se movía al acercarse a los dos campistas, con su sonrisa amistosa y palabras corteses que ocultaban el hechizo instantáneo. Inclinó la cabeza para beber. Ella advirtió que era cuidadoso y respetuoso, casi delicado con el primer hombre, mientras le ayudaba a sentarse debajo de un árbol antes de volverse al segundo que esperaba paciente su turno para suministrarle lo que su voz suave ordenaba. Ella se encontró maravillada con la manera en que trataba a los seres humanos, casi como si, en el fondo, le cayeran bien.

A Desari le gustaban los humanos. Había mucha buena gente en el mundo. Su hermano y los otros hombres los consideraban una amenaza en potencia, aunque los carpatianos eran capaces de controlar los pensamientos humanos e incluso implantarles o suprimirles recuerdos en caso necesario. Ella daba por supuesto que era un rasgo común en todos los hombres lo de ser desconfiados, y percatarse de que Julian se mostraba benevolente con la raza humana, le resultaba agradable.

No atribuyas tantas virtudes a tu pareja, cara mia. No siento la compasión ni la camaradería que tú eres capaz de sentir. Ojalá fuera así, pero antes que nada soy un depredador.

Desari se encontró sonriendo incluso dentro de su cuerpo de ave. Julian era una sombra en su mente que controlaba sus pensamientos.

Es la única manera de oír algo bueno sobre mí mismo, explicó. *Cuando hablas en voz alta, prefieres sermonearme cada dos por tres. Encuentro tus pensamientos mucho más de mi gusto.*

Tendré que tener más cuidado. Ya eres bastante arrogante.

Estás loca por mí. Su voz estaba repleta de petulante satisfacción masculina.

Desari intentó contener la risa, pero le fue imposible. Julian Savage era todo lo que podría desear. Incluso su retorcido sentido del humor y autoritaria seguridad eran demasiado atrayentes como para fingir lo contrario. *Ya te gustaría.*

No puedes evitarlo. Sin duda se debe a que soy guapo.

Y a tu actitud encantadora. Volvió a reírse, y esta vez abandonó la rama del árbol. El búho describió perezosos círculos sobre el cañón antes de instalarse en la tierra mientras cambiaba de forma. *Lo que me atrae en especial es tu modestia.*

Métete un poco más entre los árboles mientras libero a estos dos de mi autoridad. No permitiré que se acerquen a ti.

Ella alzó la cabeza de golpe con sus oscuros ojos llameando de forma peligrosa. Se alejó, pero ya estaba cansada de todas las órdenes que los hombres de su raza parecían estar decididos a dar todo el rato. *¿Se te ha ocurrido pensar, Julian, que puedo cantar una canción ineludible y dejarte atrapado en el cuerpo de un ave la siguiente vez que intentes cambiar de forma?*

Julian se rió un poco como respuesta, con la misma insolencia masculina que a ella le provocaba ganas de retorcerle el cuello. Él se había movido con velocidad increíble y ahora le alcanzaba por detrás con sus zancadas fáciles y fluidas. Le rodeó la cintura con el brazo y se inclinó para rozarle el lado del cuello con el calor de su boca.

—Podrías hacerlo, *cara mia*, pero seguro que no me dejarías mucho rato en ese estado. Tu necesidad de mi compañía será mi garantía de libertad.

La excitación recorrió el cuerpo de Desari sólo con aquel contacto. Julian olía a limpio y fresco, y sus ropas estaban inmaculadas, como si no hubiera estado cubierto de tierra durante los últimos días. Sus venas estaban rebosantes de vida y los latidos de su corazón la llamaban.

—Hombre arrogante —replicó con indignación fingida. De repente no importaba su fanfarronería juguetona. Tenía hambre, su cuerpo reclamaba alimento. Y, mezclado con su fuerte necesidad, un rayo deshacía sus entrañas y las convertía en lava fundida, esparciendo el calor hacia abajo con perversidad.

Julian la atrapó con fuertes brazos y se la llevó por el aire a través del bosque, lejos de cualquier otro ser, hasta una isla esmeralda desierta, en medio de un pequeño lago. Buscó su boca con una fiera dominación que topó con las apasionadas exigencias de los labios sedosos de Desari. Las manos de ella aparecían por todas partes y le quitaban la ropa, insistiendo en librarse de ella. Siguió el contorno de sus hombros, de sus pectorales y costillas, y la amplia espalda. Exploró la piel de Julian con la punta de los dedos para asegurarse de que no quedaban señales de la batalla librada con el no muerto, para verificar que se había curado del todo.

Su propia ropa le parecía pesada e incómoda, un fastidio para su piel de repente tan sensibilizada. Se libró de su indumentaria para que nada se interpusiera entre ella y la dura figura de Julian. Le gustaba tanto sentirle estrechándola con sus brazos... Se acurrucó más, pues necesitaba sentirle, deseaba introducirse en él, le quería hundido a fondo en ella. Tras muchos siglos sin una persona sólo para ella, sin posibilidad de tener hijos y sin alguien a quien querer de verdad y que la quisiera, se despertaba dichosa cada jornada.

Alguien que te necesite, corrigió él. Su voz sonaba ronca mientras llevaba a cabo su propia exploración. Se hincó de rodillas delante de ella y alzó la vista a su mirada oscura y provocativa, al fuego y las llamas de sus ojos. Se integraba tan bien en la noche, en el mundo de ambos, que relucía como la luna y las estrellas.

Julian la cogió con firmeza por sus delgadas caderas y la empujó hacia adelante para poder tocar cada centímetro de sus muslos de satén. Encontró todos los pliegues, pues ya se había grabado el recuerdo de su cuerpo para toda la eternidad. Era como si el tiempo se hubiera paralizado para él y le concediera un momento aparte del universo, un instante que podía durar eternamente, para ser consumido por completo por esta maravilla de mujer, por la firmeza de sus músculos, la suavidad de su piel, el brillo y la seda de su cabello, la sensualidad ardiente de la profundidad de sus ojos negros como el carbón, e incluso por sus largas pestañas, oscuras e impenetrables, y el triángulo de rizos oscuros que protegía su calor y fuego. Le parecía tan hermosa, tal milagro de luz y bondad, que por un momento las lágrimas amenazaron con desbordar sus ojos antes de tener ocasión de pestañear para disimularlas.

Descansó la cabeza sobre sus muslos e inhaló su aroma mientras el viento susurraba sus secretos y jugaba con sus cuerpos. Ella era una criatura de la noche, tan salvaje y anhelante como él. Era su otra mitad, y no obstante una parte de él no podía entender que no fuera a desvanecerse para dejar que se consumiera una vez más en su absoluto aislamiento, en su total desesperanza.

Encontró con su boca el calor de un muslo sedoso y dejó un largo rastro de besos, cada uno de ellos en agradecimiento por lo que le habían concedido. Seguía admirado de la promesa que Desari le había susurrado cuando yacía herido de gravedad, con voz suave y ronca, pura y convincente. Nunca habría falsedad en ella, ni en su voz. Había pronunciado en serio aquella promesa, con todo su ser. Si hubiera pasado a mejor vida, ella le habría seguido. *Siempre juntos. Te seguiré.* Su compromiso con él iba más allá de lo imaginable. Estrechó con manos posesivas su pequeño trasero, la atrajo hacia él. El corazón de ella le invocaba; su aroma salvaje le incitaba a aliviar su necesidad. Julian sólo quería procurarle placer, que todo fuera perfecto para ella: la propia noche, el contacto con su boca, sus manos, su cuerpo dentro del suyo, enlazándoles como deberían haber estado desde los orígenes de los tiempos.

Desari gritó al sentir el primer contacto de sus labios. Su cuerpo no parecía suyo, pertenecía a Julian, para que lo acariciara y tocara. Para que lo besara y explorara. Él encontraba lugares secretos cuya existencia ella desconocía, puntos tan placenteros que no tenía otro remedio que aguantar indefensa mientras él anegaba su cuerpo con oleadas de un éxtasis inconcebible. Tuvo que rodear con sus dedos la gruesa melena de cabello dorado para mantenerse sujeta a la tierra. Se elevaba y se alejaba, muy por encima del suelo, mientras el placer tensaba su cuerpo.

Buscando aire entre jadeos, Julian le cubrió la boca con los labios y empezó a echarla sobre la blanda tierra. Tenía el cuerpo endurecido y agresivo mientras le separaba los muslos con las manos y la obligaba a rodearle la cintura con las piernas. Le arañó el cuello con los dientes y luego descendió por la garganta hasta encontrar la blanda turgencia de su pecho.

Ella se apretó aún más, pues quería tomarle en su interior, retenerle como parte suya para siempre. Su anhelo era riguroso y doliente, una necesidad tan intensa que tuvo que atraer la cabeza de él hacia arriba para poder encontrar su piel con la boca. Notó cómo se estremecía el cuerpo de Julian al deslizar la ardiente punta de terciopelo dentro de ella. Desari empujó sus caderas con la intención de forzar la penetración completa, pero él se negaba a moverse y la agarraba por la cabeza para mantener su rostro pegado a su pecho.

Julian lo quería todo, su unión completa, en cuerpo, alma y corazón. Ella movió la boca sobre su piel abrasada, encendiendo llamas que lamieron todo su cuerpo, obligándole a apretar los dientes y pegarla aún más a él con expectación. Desari pasó sus dientes sobre su pecho, repetidas veces, hasta que él creyó volverse loco de necesidad. Movió con impaciencia las caderas, pero se contuvo, esperando, prolongando el momento. Ella le mordió: un pequeño mordisco seguido del giro balsámico de su lengua. *¡Desari!* Sonó desgarrador, su nombre fue una súplica.

Julian notó el temblor de ella como respuesta a su necesidad; sintió aquel momento en su mente. Mientras se hundía a fondo en ella, Desari clavó profundamente los dientes en su pecho. Los relámpagos blancos les recorrieron veloces. La electricidad iba de un lado a otro chisporroteando y fundiéndolo todo, hasta que quedaron unificados en un solo ser. Julian oyó su propia voz gritando ronca; el placer era tan intenso que no podía permanecer callado. Apretó las manos, una en el cabello de Desari y la otra extendida sobre su trasero. Cuanto más a fondo la penetraba, más desenfrenada era la respuesta; la fricción, fiera y apasionada, le retenía y luego le soltaba con un erotismo tremendo.

Desari movía la boca, atrapada en un frenesí de hambre y anhelo. La rica esencia de la sangre vital de Julian incrementaba su placer, no podía dejar de mover el cuerpo, con desenfreno, sin inhibición. Le quería a él tan adentro como fuera posible. Julian le estaba tocando lugares inconcebibles, y tirando por tierra sus simples ideas anteriores sobre erotismo. Cerró los pinchazos que habían dejado sus dientes con una pasada de lengua. Él le cogió al instante las muñecas y estiró sus brazos hacia arriba, para sujetarla debajo, mientras inclinaba la cabeza hasta sus pechos turgentes y cremosos. Ella soltó un grito cuando él pegó la boca a su erecto pezón, ya dolorido y sensitivo por la terrible necesidad. Julian respondió hundiéndose aún más, penetrándola con más fuerza, manteniéndoles al borde de la consumación.

—Julian, por favor —se encontró susurrando Desari, con convulsiones cada vez más fuertes.

Él desplazó la boca hasta su garganta y jugueteó sobre su piel, primero con los dientes y a continuación con la lengua. Dejó un rastro de besos en la parte inferior del pecho, y a continuación los dientes encontraron la tierna piel. Le dio un breve mordisco al que siguió el calor húmedo de su boca. Ella pronunció entre jadeos su nombre e intentó liberarse de sus brazos para poder atraerle hacia sí y forzarle a aliviar las llamas que lamían toda su piel, el fuego que ardía descontrolado entre sus piernas.

Entonces la mantuvo quieta, embistiendo todavía más a fondo con su cuerpo, con las líneas del rostro marcadas por el ansia. Era un estado salvaje, igual que su pasión y necesidad. La penetró aún más y con más dureza, precipitándose dentro de ella una y otra vez.

—Te deseo tanto, Desari. Así, como estás: frenética de necesidad, incapaz de estar sin mí. Siente, el fuego entre nosotros, mi cuerpo en el tuyo, en el lugar que me pertenece. Soy una parte más de ti, como tu corazón, tus pechos. —Se inclinó para prodigar atención a sus pezones, que succionó con fuerza—. No quiero que esto se acabe, jamás.

Su erección era tal; su miembro estaba tan hinchado por el semen y la ferocidad del fuego entre ambos, que el cuerpo de Desari parecía a punto de explotar. Se arqueaba recibiendo una descarga tras otra, como si aquello nunca fuera a acabar. Acabar. Gritó a viva voz al alcanzar el clímax interminable, temerosa de que si se prolongaba mucho moriría de puro placer. Él continuó de todos modos con la boca en su garganta.

—Te quiero así, gritando mi nombre para que te suelte, pero deseando que siga eternamente —susurró contra su piel—. Rogándome para que ponga fin a esto y suplicando que no finalice nunca. Está ahí en tu mente. Te oigo, veo tus fantasías, conozco cada una de ellas, y las satisfaceré todas. —Perforó su piel con los dientes, con actitud posesiva, dominante, mientras un relámpago blanco la atravesaba con su calor azul.

La poseyó por completo, su mente y su corazón, su cuerpo y alma, su mismísima sangre, declarándola suya mientras mantenía su orgasmo, hasta que la tormenta de fuego también le consumió a él, y su cuerpo reaccionó a los ruegos desesperados de ella. Impulsó sus caderas una y otra vez y se enterró a fondo vertiendo su semen dentro de ella y bebiendo de su garganta la esencia de su vida. Enredó la mano en su pelo para sujetarla mientras su cuerpo alcanzaba la liberación, llevándosela con él, dando vueltas sin control hasta que ya no fueron ni Desari ni Julian, hasta que se convirtieron en éxtasis y fuego, unidos en un solo ser.

Desari yacía atrapada debajo de él, incapaz de creer la explosión vivida entre ellos, incapaz de creer que él pudiera provocar en ella una reacción física tan demoledora para su mente. Incluso ahora, sucesivas oleadas reverberaban en su cuerpo y sus músculos convulsos continuaban aferrándose a su gruesa erección.

Julian permaneció tumbado un momento, con la boca en su garganta, antes de cerrar, a su pesar, los diminutos pinchazos. Inclinó la cabeza un poco más para tomar posesión de su pecho, tan tierno y firme. Con cada succión, notaba el calor líquido que se precipitaba entre sus piernas como respuesta, desde su mismísimo núcleo. El cuerpo de Desari estaba tan excitado que el mero roce de sus dedos sobre sus pechos la hacía jadear. Le pasó los labios con delicadeza, sin la menor agresividad, con un ritmo sosegador que pretendía calmarla.

Notaba cómo aún le sujetaban los músculos de terciopelo, la manera en que su cuerpo le retenía. Julian continuó moviéndose con suavidad y ternura, aliviando cualquier irritación que hubiera causado su ruda conducta.

—Me encanta sentirte, Desari, tan tierna, con tu cabello de seda. Es un milagro lo dispuesto que está tu cuerpo. —Siguió con las manos los elásticos músculos bajo la piel de satén—. Y me encanta cómo respondes a mí.

Ella entrelazó las manos tras la cabeza de Julian y cerró los ojos, entregándose al suave balanceo de aquel cuerpo, a la fricción aterciopelada que prometía dar alivio a las terribles exigencias que aún notaba en su cuerpo. Con un fluido movimiento, Julian se giró llevándosela con él, temeroso de que su peso fuera excesivo para Desari. Ella se sentó al instante, cambió de posición para poder arquear la espalda, cabalgando sobre él a su propio ritmo. Cada movimiento la acercaba más al objetivo que ella tenía en mente.

Le gustaba observar el rostro de Julian, su sonrisa de satisfacción, la admiración en su mirada dorada. Tenía los ojos absortos en ella, contemplando la línea de su garganta, su cabello y pechos oscilantes. Le hacía sentirse infinitamente sexy, mientras movía así las caderas, aceptando toda su erección dentro de sí, observándole mientras la observaba. Ahora su cuerpo volvía a arquearse de placer. Arrojó la cabeza hacia atrás y rozó con su pelo la piel de Julian, lo cual intensificó su reacción, y él embistió a fondo dentro de ella, una y otra vez, aumentando la fricción hasta alcanzar el siguiente clímax, aún más demoledor. En esta ocasión lo experimentaron al unísono, en perfecta sincronía, y les arrojó a los dos juntos por un mar de color y belleza.

Desari soltó un lento suspiro.

—No puedo creer que estemos juntos de esta manera. Sin duda estaremos acabados de aquí a un par de años.

—La pasión crece con los siglos, pareja, no aminora —le respondió con una sonrisa burlona y del todo petulante.

—No sobreviviré —advirtió ella, echándose el pelo detrás del hombro, con sus oscuros ojos aún ardiendo de pasión.

No era consciente de lo sexy que era aquel gesto. Al alzar sus pechos, su estrecho tórax resaltaba la diminuta cintura y perfecta osamenta. Julian la atrajo hacia sí y encontró su boca con sus labios, pues tenía que hallar una manera de darle las gracias, simplemente por existir. Por ser tan exquisita y perfecta.

Desari le devolvió el beso con la misma ternura que él exhibía. La derretía hasta tal punto su manera de pasar del hambre salvaje a la ternura. Permitió de mala gana que Julian la soltara. Casi era demasiado soportar la separación. Además, le había dicho que el tiempo sólo iba a aumentar esta necesidad que tenía de él, la intensa emoción que estaba descubriendo, a la que los humanos llamaban amor. Le costaba poner nombre a aquella emoción, no conocía palabras con las que describir la fuerza y la intensidad de lo que sentía por Julian. A punto de echarse a llorar, se levantó para no hacer más el ridículo y se fue andando hasta el lago, donde se sumergió en las resplandecientes aguas.

Julian se apoyó en un codo para observarla en la oscuridad. Nadaba como una nutria de líneas elegantes, moviéndose por el agua con su cabello flotando tras ella.

Alcanzó a ver su tentador trasero redondeado; sus pechos y pies pequeños. Sólo observarla le dejaba sin respiración. Sintió el dolor interno de algunas emociones no identificadas. Luego se puso en pie y se dirigió hacia el lago a buen paso, incapaz de permanecer quieto mientras sus entrañas se retorcían y anudaban con tantos sentimientos poco familiares que le hostigaban. Se metió en el agua corriendo y se hundió cerca de la superficie hasta llegar a aguas más profundas.

Salió cerca de ella, pues necesitaba su proximidad. Sólo hacía unos días su excitación le había impedido identificar el peligro que corrían. Era una lección difícil, que podría haberse llevado la vida de Desari y que casi le cuesta la suya. No volvería a suceder. Una parte de él inspeccionaba continuamente los alrededores. No parecía probable que hubiera muchos más vampiros en la zona. En la mayoría de casos, cuando viajaban por un tiempo juntos, se trataba de un vampiro anciano o experimentado y uno o dos peones de categoría inferior. Los no muertos, incluso los peones, no toleraban estar juntos demasiado tiempo sin que surgiera un conflicto por la supremacía entre ellos. Sin embargo, en algún lugar se encontraba su enemigo acérrimo, a la espera, tal vez observándole.

Aunque tenía la certeza de que tampoco la sociedad humana de asesinos volvería a atacar en un futuro inmediato, no olvidaría que ellos también habían atentado contra la vida de Desari.

Ella tenía varios conciertos programados durante las próximas semanas, pero el grupo iba a tomarse un merecido descanso después de la actuación del día siguiente. Los miembros de la familia ya estaban haciendo los preparativos y esperaban ansiosos la llegada de su cantante. Esa misma noche tendrían que recorrer la distancia que los separaba. Por el momento, ella sólo se había saltado la última actuación. Julian deseó que se las saltara todas. Pero sus conciertos se anunciaban con mucha antelación, y ella detestaba decepcionar a su público. De cualquier modo, a él le inquietaba que fuera de dominio público dónde iban a estar casi en cualquier momento de sus giras.

Julian miró al cielo. Hacía una noche clara y acogedora, reluciente de estrellas. El agua chapoteaba contra su cuerpo, y el sonido viajaba en el silencio. Una leve brisa agitaba las hojas de los árboles, mientras los murciélagos descendían y giraban por encima de sus cabezas. Su mundo. La noche. Echó un vistazo a Desari, que nadaba con fuerza, a ritmo acompasado, por el lago. Se fue tras ella con brazadas perezosas, manteniéndose a distancia suficiente como para alcanzarla cuando quisiera. Ella estaba decidida a dar el siguiente concierto, a ponerse en peligro, sólo para entretener a unos cuantos humanos.

Dio con fuerza con el puño en el agua y levantó un géiser que se disparó por el aire. Aquello atrajo de nuevo la atención de Desari hacia él. La notó en su mente antes de tener tiempo de censurar sus pensamientos

—No sólo para entretener, Julian. Por mí misma, por mi familia. Por Darius. Necesita mantenerse ocupado. Con los siglos, ha cambiado mucho. No puedo correr el riesgo de retirarme ahora, cuando me necesita más que nunca. Ya te expliqué mi punto de vista.

Julian ya le había dicho que permanecerían con su familia para que ella no tuviera que preocuparse por Darius.

—No he cambiado de idea, *piccola*. Tan sólo estoy considerando la concesión que te he hecho. Tú también podrías ayudarme un poco y aprender a obedecer. —En realidad estaba avergonzado de sí mismo por haberla puesto en peligro, por no ser lo bastante hombre como para dejarla. ¿No era una cuestión de honor? Había vivido por honor, y ahora sin embargo lo que más importaba era...

La suave risa de Desari se sumó a la belleza de la noche.

—Si yo fuera tú no esperaría sentado. Aprender a convivir con mi familia, a relacionarte con la raza humana te irá bien. Mejorará de forma considerable tus destrezas sociales.

—¿Estás diciendo que necesito mejorar mis destrezas sociales? —Había una cierta amenaza en su voz, y empezó a nadar en dirección a ella, deslizando su cuerpo en silencio como un tiburón sobre el agua, como el depredador que era.

Desari le salpicó agua a la cara y se sumergió hacia el fondo para escapar del brazo que él lanzó para atraparla. Notó cómo le rozaban los dedos el tobillo, y le dio una fuerte patada, con la esperanza de poner distancia entre ellos antes de salir a la superficie. Pero tenía tantas ganas de reír que le costó aguantar la respiración debajo del agua, y se vio obligada a salir al exterior. Unos fuertes brazos la capturaron de inmediato.

—Siempre puedo encontrarte, *cara mia* —le recordó Julian con el calor de su boca contra su cuello—. No puedes escapar de mí.

—No te lo creas demasiado —le dijo Desari con dulzura, y empezó a cantar con aire de suma inocencia.

Julian se quedó cautivado por las notas que rebotaban en la superficie del agua, pequeñas notas plateadas, como peces dando brincos. Se la quedó mirando, intrigado por esa exhibición de poder. ¿Todas las mujeres carpatianas tenían dones especiales? Las pocas que había conocido eran demasiado jóvenes, desde el punto de vista carpatiano, como para haber aprendido habilidades más difíciles. Las notas ascendían por el aire en partículas plateadas que danzaban y oscilaban como si estuvieran vivas. Notó una paz colándose en su interior y rodeándole de tal modo que su cuerpo se relajó y por un momento su mente se negó a funcionar, más allá de aceptar el chapoteo relajante y apaciguado del agua y la pureza de su voz. Nunca había conocido una paz así, ni siquiera de niño.

Julian se sumergió adrede en el agua para aclararse la cabeza. Estaba furioso consigo mismo. Una vez más, todo lo que tenía que ver con Desari le intrigaba tanto que se había permitido distraerse con los nuevos y vívidos colores y las emociones abrumadoras que le llenaban. Era en muchos sentidos como volver a nacer. Pero también necesitaba mantenerse siempre alerta, incluso cuando pensaba que estaban solos. No debía olvidar que les perseguían. Que la perseguían a ella. Su pareja de vida. Desari.

—¿Julian? —Desari regresó nadando a su lado y le rodeó cariñosa el cuello con sus brazos—. ¿Qué sucede? —Ella también inspeccionaba los cielos, el área circundante. La quietud de Julian, el oro reluciente de sus ojos, le provocó un estremecimiento.

—Me distraes demasiado, *cara mia*, y no puedo olvidar lo más importante, que es, por encima de todo, tu seguridad. No permitiré que vuelvas a ponerte en peligro.

Su voz sonaba tranquila; esa voz de suave terciopelo negro que era una amenaza personificada. Desari vio que hablaba en serio. Había estado jugando con él, tomándole el pelo y, como si tal cosa, él había sacado una conclusión de aquello. No le respondió, se limitó a bajar los brazos mientras sus ojos oscuros reflejaban la pena que la invadió, justo antes de bloquear su mente y alejarse nadando.

Había estado bromeando con él, lo admitía. Pero ¿qué había de malo en divertirse un poco? Percibía el torbellino interior de Julian; percibía lo difícil que era para él tener sentimientos. Lo experimentaba todo como algo nuevo, desde la necesidad sexual a los celos, desde el miedo por ella a la frustración por sus bromas. Y esa extraña mancha que tan reacio se mostraba a compartir con ella... Había empleado su voz para ofrecerle un concierto en exclusiva, para compartir con él su don especial. Lo había hecho de corazón, algo que nunca haría por otro ser. ¿Estaba tan mal que quisiera bromear con Julian, quitarle hierro a las cosas? Era su compañera de vida y tenía necesidad de preocuparse por él, igual que él se preocupaba por ella.

Aunque ella se alejó nadando con movimientos graciles y fluidos, no se dejó engañar. Irradiaba un dolor tan brillante como cualquier sol. Soltó el aliento con un leve suspiro. Tenía que aprender mucho como pareja. Sabía lo necesario para garantizar su seguridad y salud, aun así lo que parecía una tarea tan simple en teoría, no era tan fácil de poner en práctica.

—Te he vuelto a lastimar, Desari. Parece repetirse, y es algo que no me gusta de mi actitud. He visto a otros carpatianos sumidos en dilemas similares con sus mujeres, no obstante, pensaba que eran unos necios por no saber imponer su voluntad. En realidad, es obvio que el necio era yo. —Expresó serio cada una de sus palabras. Le molestaba que pese a haber acumulado siglos de conocimiento, pese a saber mover la tierra y dar órdenes a los mares, dirigir los relámpagos y las nubes, ser capaz de dar caza a los adversarios más desafiantes, fueran animales o vampiros, aun así fuera incapaz de satisfacer las necesidades de su pareja sin lastimarla. Qué ridículo. Ella era lo más importante de su vida, la única persona vital para él, la única persona que contaba en su existencia, y no sabía cómo comunicarse con ella como correspondía.

Nadó tras ella mientras intentaba encontrar palabras para expresarse. ¿Cómo encontrar el equilibrio entre la seguridad y el juego? Incluso hacer el amor a la intemperie parecía un riesgo. Sin embargo, en aquel mismo instante, mientras nadaban por el lago al unísono, la deseaba; su cuerpo la anhelaba cada vez más. Tenía la impresión de que, cuanto más tiempo pasaban juntos, más intensa era la necesidad de unirse.

Desari se sumió en sus pensamientos. No estaba enfadada con Julian; incluso podía entenderle hasta cierto punto. Era una mujer de pasiones profundas y una mente rápida e inteligente. Decidía en muchos casos seguir el criterio de Darius, porque la mayoría de las veces su pauta coincidía con la suya. Pero nadie más, ni Dayan ni Barack, podían ordenarle lealtad de la forma en que lo hacía Darius.

No quería tener la misma relación con Julian que con su hermano. Quería una asociación de igual a igual. Su instinto le decía que con menos nunca sería feliz de verdad. Necesitaba el respeto de Julian, poder discutir las cosas y tomar decisiones juntos; no dejar que él tomara la iniciativa para que ella le siguiera ciegamente. Tenía sus propios poderes; podía ser útil en momentos de necesidad si él confiaba en ella. ¿Por qué ella veía sus virtudes mientras él pasaba por alto las suyas?

—¿Desari? —Había un dolor en su voz que le estremeció las entrañas—. Sé que estás molesta. —La cogió por el brazo con suavidad y detuvo su huida. Afianzó sus piernas con fuerza dentro del agua para sujetarles a ambos, rodeando con un brazo su cintura, pegándola a su poderosa figura—. No te alejes de mí. Si no puedo leer tus pensamientos y saber lo que es importante para ti, no puedo satisfacerte.

Ella se mordisqueó el labio inferior. No le miraba, sus ojos oscuros no encontraban los suyos dorados. Aunque Desari apartara el rostro, Julian adivinaba la confusión que había en ella, porque no quería unir su mente con la suya. Julian recorrió la suave línea de su espalda con la mano, hasta llegar a la nuca para aliviar la tensión de sus músculos contraídos.

—Tengo mucho que aprender, Desari, sobre la relación de pareja. Mis emociones son tan intensas, salvajes y caóticas a veces, que casi me domina el pánico por miedo a perderte o permitir que te suceda algo.

La rodeó con sus fuertes brazos, estrechándola contra su corazón.

—Darius tenía razón al decir que en parte yo fui responsable del éxito que tuvo el ataque de los asesinos contra ti. Lo he repasado mentalmente un millón de veces. Por arrogancia, di por supuesto que tú y el resto de tu grupo erais humanos, y no consideré la distracción que ocasionó mi presencia. Darius notó mi poder y se entretuvo intentando detectar al no muerto. Más tarde, cuando empezaste a cantar, me quedé tan absorto por los colores que empecé a ver y las emociones que sentí, por la excitación de saber que estabas en el mundo, mi pareja de vida, que no podía creerlo. Creo que me quedé allí paralizado, incapaz de moverme, conmocionado del todo. Si no hubiera estado tan ensimismado en mis propias emociones, no habría permitido que un asesino se acercara a ti.

Le siguió la línea de la mandíbula con el pulgar, y luego lo movió rozándole el labio inferior. El mero contacto con ella hizo que su corazón diera un brinco.

—Desari. —Su voz era hipnótica, le llegó al alma de tal modo que no le quedó otro remedio que escuchar—. Te he fallado demasiadas veces; te he fallado al no detectar el peligro que corrías. En todos los siglos de mi existencia, nunca he cometido errores de este tipo. La última persona a la que quiero fallar es a ti. ¿No entiendes lo que te estoy diciendo?

Capítulo 12

Desari apoyó la cabeza en el hombro de Julian, sin saber muy bien qué hacer para aliviar la situación.

—Intento comprender, Julian, pero no es fácil. Al contrario de lo que tú piensas, no soy una santa. No tengo la paciencia de Job. Lo que quiero de mi unión contigo es que me respetes por lo que soy y por lo que aporto a esta relación. Si no sé más de tu pasado, más cosas que podrían ayudarme a entender mejor tus temores por mí, es porque he respetado tus deseos y no me he metido en tus recuerdos.

Julian se sintió como si le hubiera dado un fuerte puñetazo en las tripas. La cogió por los brazos con fuerza:

—Te he invitado a unir tu mente con la mía.

Ella se enderezó a su lado, con el agua chapaleando a la altura de la cintura.

—¿Qué es esa sombra en ti, Julian? ¿Por qué has permanecido solo todos estos años? Has elegido llevar una vida de soledad absoluta pese a que tu carácter no es solitario. Naciste junto a un hermano gemelo; necesitabas tener a otro cerca de ti y aun así te aislaste de él. Sé el amor que sientes por tu hermano, pero nunca hablas con él; fíjate en lo que digo: no hablas con él. —Le miraba fijamente con sus ojos oscuros—. No soy ninguna niña y no necesito que me protejas. O tengo una relación plena contigo o prefiero no tener nada.

—Mi pasado no es un problema en nuestra relación.

—Tu pasado te tiene obsesionado, Julian. —Indicó con un gesto el pacífico entorno a su alrededor—. Estamos en un paraíso, donde deseo hacer el amor contigo cuantas veces pueda y de muchas maneras. No veo nada malo en ello. No obstante, a ti te asusta atraer algún peligro hacia mí. No comprendo por qué prefieres castigarme y hacerme daño, en vez de contarme lo que tanto te asusta, así de sencillo.

Ella estaba tan hermosa allí bajo la luz de la luna. Le dejaba sin aliento con la misma facilidad con que le había robado el corazón.

—He intercambiado sangre con un vampiro. —Dijo aquellas palabras con crudeza, sin explicaciones amables; era la plena y desagradable verdad que le había obsesionado toda la vida. La verdad que le había arrebatado la familia y sus derechos inalienables, una verdad que no había contado a nadie más.

Desari se quedó muy quieta, con el rostro pálido, observando sus ojos embargados de dolor. Se humedeció los labios con la lengua, como único signo de reacción.

—Qué terrible, Julian. ¿Cuándo sucedió? —Había amor y compasión en su voz, en lo más profundo de sus ojos. Se movió para recorrer la distancia que les separaba y le rodeó con fuerza la cintura, apretando sus senos contra el pecho de Julian.

Él de hecho, notó lágrimas en sus propios ojos. Enterró el rostro en el cabello de Desari.

—Entendería que decidieras no quedarte conmigo.

Ella mordisqueó su piel con los dientes, como un pequeño castigo por dudar de ella.

—¿Cuándo fue, Julian?

—Yo tenía doce años. Él parecía joven y apuesto, y sabía todo tipo de cosas que yo quería aprender. Le visitaba en su refugio de la montaña casi a diario, sin decírselo a nadie, como él me pidió. Ni siquiera se lo conté a Aidan, aunque él sospechó que pasaba algo. —Había abundante desprecio en su voz.

Desari se pegó más a él, le besó el hueco junto a la clavícula y pasó las manos por su amplia espalda para consolarle.

—No sabías que era un vampiro. No eras más que un muchacho, Julian.

—No me justifiques. —Su voz fue un latigazo de autocensura—. Yo quería lo que él tenía. Siempre he buscado aprender cosas que no debería saber. Vio eso en mí, la oscuridad que se propagaba. Y un día, al encontrarle cometiendo un asesinato, se abalanzó sobre mí, bebió mi sangre y me obligó a introducir en mi cuerpo su sangre mancillada. Nos vinculó para siempre. A partir de entonces sabría dónde estaba yo y con quién. Podría usarme para escuchar a escondidas a otros, para traicionarles. Si quisiera, podría incluso utilizarme para matar. Era poderoso, y yo todavía no, de modo que no me quedó otra opción que marcharme y mantenerme lejos de todos los seres que me habían importado en la vida. —Se frotó el cuello como si le quemara—. Me martirizó durante siglos, pero yo acumulé poder y conocimientos hasta que ya no pudo imponerse más. Pero entonces se desvaneció, y yo jamás pude encontrarle para intentar destruirle. Recorrí todos los continentes, todos los rincones del mundo, y fui incapaz de dar con él. Debe aplicar algún poder especial que desconozco para impedir que le siga el rastro como hago con otros que ni siquiera tienen mi sangre en sus venas.

—Tal vez haya muerto. —Desari le rodeó el cuello para acercarle más a ella.

Julian negó con la cabeza.

—Hubiera notado su muerte. La sombra habría desaparecido. Mi temor es atraerlo a ti, a través de mí, que por mi causa venga a por ti.

Ella se quedó muy quieta en sus brazos, encontrando fuerza en el cuerpo de Julian.

—Ya no eres un muchacho, Julian. Te has vuelto muy peligroso.

Él notaba la tensión en ella como un fino alambre estirado. Julian le pasó la mano por la espalda y le indicó con delicadeza la orilla. Tenían que seguir el viaje hasta el siguiente lugar de actuación antes de que saliera el sol.

—Era poderoso cuando yo no era más que un muchacho, Desari, ni siquiera un adolescente. —Julian escogió las palabras con cuidado—. Durante siglos he perseguido a los no muertos y los he destruido, eliminando todos los restos de su existencia para proteger a nuestra gente. He presenciado mucha muerte y horror, la insidia y la destrucción que pueden provocar esas criaturas sin alma. Buscan víctimas entre nuestra gente y entre los seres humanos, tanto les da. Y crecen en poder a medida que envejecen.

—Tú eras un niño —dijo ella en voz baja—. Lo más probable es que te pareciera un anciano por tu juventud. —Sentía una terrible pena por él en el corazón, por la terrible soledad que había soportado—. ¿Por qué no se lo dijiste a nuestro príncipe? ¿O a tu sanador? ¿O a tu hermano?

—Dijo que me utilizaría para matar a mi hermano —admitió sin expresión. El dolor era tan profundo que Julian no podía compartirlo del todo—. Desde entonces he dedicado mi vida a destruir a los vampiros. No has visto como yo lo que son capaces de hacer. No puedo permitirte exponerte a situaciones tan peligrosas para satisfacer tu deseo de «igualdad». No tengo otra opción que protegerte, aunque eso signifique no poder estar a veces de acuerdo.

Desari caminó hasta la orilla y, de forma automática, sin pensarlo conscientemente, reguló la temperatura de su cuerpo para no sentir el frío de la noche en su piel húmeda. Se escurrió el agua de la larga melena.

—Entonces, ¿ser un cazador poderoso es tan diferente de ser una anciana poderosa que no caza?

Julian se encogió de hombros con una perezosa tensión muscular, siguiéndola con cómodas zancadas.

—Nosotros los carpatianos varones somos depredadores antes que nada, Desari. No tenemos compasión femenina ni bondad. Nuestras vidas son la justicia, el bien contra el mal. Los que somos cazadores presenciamos la muerte continuamente, somos testigos de la traición y de la conversión de viejos amigos e incluso de miembros de la familia. Nos vemos obligados a destruir a seres que apreciábamos en otro tiempo e incluso con quienes estábamos en deuda y debemos proteger a las mujeres de esos horrores para los que no están hechas.

—Te pareces mucho a mi hermano. Tú y Darius pensáis y reaccionáis casi del mismo modo —admitió Desari mientras creaba, con un ademán de la mano, algunas prendas que ponerse. Se cubrió con unos vaqueros azules y un jersey blanco con botones de nácar, que ocultaban su piel a sus ojos—. Entiendo por qué piensas que debería obedecerte, pero no soy una niña, y no soy capaz de regresar a ese estado.

—*Cara mia*, valoro tu opinión en todas las cosas, pero soy un cazador, un carpatiano. Llevamos grabado, antes incluso de nuestro nacimiento, cuál es nuestro deber. Conocemos las palabras rituales de unión, y sabemos que debemos proteger a nuestras mujeres y niños por encima de todo. No puedo eludir esa responsabilidad, ni sé si querría hacerlo.

Desari permanecía erguida, estirada del todo, con su largo cabello ondeando con la leve brisa. Tenía una presencia majestuosa, como una reina.

—Encuentro espeluznante que carpatianos conocidos tuyos hayan obligado a sus mujeres, apenas adolescentes, a unirse a ellos. No soy ni una niña ni una muchacha, pareja mía. Soy una mujer con mucho poder. Sé quién soy y lo que quiero. No deseo que me den órdenes como si no tuviera sentido común. ¿Por qué se te ocurre pensar que voy a interferir en tus batallas con los no muertos? Además, tengo derecho a ayudarte, como pareja tuya que soy, sea con mi fuerza o con mis sanaciones.

Julian se vistió con vaqueros y camisa blanca, a juego con ella. Reflexionó sobre aquellas palabras y encontró que estaba de acuerdo. Se merecía el mismo respeto que sentía por Darius. ¿Acaso sus dones eran inferiores a los de su hermano? La respetaba, ¿cómo no iba a hacerlo? Respetaba a cualquier mujer con la fuerza suficiente para convertirse en pareja de vida de un varón carpatiano, adolescente o no. Soltó una lenta exhalación. ¿Era éste el dilema de todo cazador al encontrar su verdadera pareja?

—¿Julian? —Desari le tocó el dorso de la mano—. No intento reprenderte, pero creo que deberías saber qué soy. Quién soy. Nunca me adaptaré a un amo y señor. Tú serás mi compañero o nunca tendremos una relación de verdad. No puedo someterme a tus normas más que tú a las mías. ¿No comprendes que lo que digo es real?

Julian pasó entre sus dedos unos mechones de su pelo de ébano.

—¿Crees que te considero inferior a mí?

Desari alzó la vista.

—Pienso que tal vez creas que no tengo la fuerza y sabiduría necesarias para protegerme a mí misma de todo mal.

—¿Ah sí? —Lo preguntó en serio, sin apartar su mirada vigilante del rostro de ella. No hizo ningún intento de entrar en su mente, pues quería ofrecerle la cortesía de la intimidad en este asunto.

El primer impulso de Desari fue decirle que por supuesto era lo bastante fuerte como para impedir que el vampiro se apoderara de ella. Incluso abrió la boca para decirlo, pero luego volvió a cerrarla. ¿Podía ella matar a alguien aunque se tratara de un vampiro? La respuesta era no, no podía. No podía destruir ni siquiera algo maligno. No iba con su naturaleza hacerlo. Ni habría sido capaz de contrarrestar los efectos del veneno como había hecho Julian. Por lo tanto, el vampiro podía haber triunfado.

—Carezco de la voluntad de destruir —respondió con franqueza—. Pero eso no invalida lo que te he dicho. No creo que, por no ser capaz de hacer lo mismo que tú, deba verme obligada a obedecer como si fuera una niña. No he sido ningún obstáculo en tu lucha, ni lo habría sido.

Julian rodeó su nuca con dedos cargados de ternura y delicadeza.

—Tu simple presencia era un riesgo, Desari; tenía la atención dividida. Cada momento que tú estás en peligro, yo apenas puedo respirar. En el pasado, cuando entraba en batalla, lo único que existía era el vampiro y yo mismo.

—Y ¿qué ha cambiado tanto ahora? —La voz de Desari era suave y hermosa; su pureza alcanzaba la oscuridad de Julian con una paz tranquilizadora.

Él se encontró soltando una lenta exhalación.

—Ahora la diferencia es que si me destruyen a mí, tú también acabarías igual. Y, ¿no ves que el mundo necesita tu don? ¿La paz que trae tu voz a todas las criaturas de cielo y tierra? A los seres humanos y a nuestra gente. Todavía no lo sabemos, pero tu voz podría servir para ayudar a nuestra causa, para encontrar la manera de conseguir niñas para nuestra raza moribunda. Aparte de mi actitud posesiva, de esa necesidad de tenerte conmigo, siento aún más la responsabilidad de tu seguridad sobre mis hombros. Puedo entender la presión a la que ha estado sometido Darius durante todos estos siglos. Cuentas con un don valiosísimo, pareja, que no podemos poner en peligro.

Desari sonrió pese a la seriedad de su conversación.

—No me enaltezcas tanto, pareja, que voy a empezar a flotar. No sé si mi voz puede hacer las maravillas que imaginas, pero agradezco tus cumplidos. La cuestión, Julian, es que tal vez no cuente con las destrezas necesarias para destruir al no muerto, pero sí tengo la sabiduría que me desaconseja enredarme en una batalla con él. Y lo más importante aún: respeto tu habilidad y me enorgullece tu fuerza. No soy ilógica, ni el tipo de persona que se pone en peligro intencionadamente o por despecho. Y debo recordarte que no deberías intentar obligarme a obedecer, sobre todo si tienes la mente dividida. Seguiré tus consejos en estos asuntos porque quiero hacerlo. —Alzó un poco la barbilla hacia él con una leve altanería.

Julian estaba habituado a ser la única autoridad en su mundo y siempre había visto a las mujeres como el sexo débil que proteger y alejar de todo peligro. No se le había ocurrido que una pareja pudiera ejercer tanto poder, a su manera, como él mismo. Desari tenía razón. No debía obligarla a obedecer, aunque sus vidas estuvieran amenazadas; ella obedecería sólo cuando estuviera del todo conforme. Qué arrogantes llegaban a ser los machos de su raza... Julian se pasó la mano por el pelo dorado y arqueó una ceja sin dejar de observar a Desari.

—Llevas parte de razón en lo que dices —admitió muy despacio a propósito, como si lo meditara.

Los oscuros ojos de ella ardieron.

—Lo que digo es la verdad.

Él se frotó el caballete de la nariz con gesto pensativo.

—Supongo que puedo admitir que hay parte de verdad en lo que dices.

Desari no pudo evitar echarse a reír.

—Me estás provocando a posta porque no soportas que tenga razón. Hay que bajarte esos humos machistas.

—No sólo los míos, *cara mia* —admitió con una mueca traviesa—, sino los de todos los demás cazadores que encuentran su pareja de vida. Disfrutaré viéndoles cuando se enteren de este dato vital e interesante, cuando les llegue el turno. Pero entretanto, Desari, cuando estemos entre otros carpatianos, podrías fingir que obedeces cada palabra que yo digo, a menos que queramos comunicarles esta lección indispensable.

Desari de pronto se encontró más relajada y sus ojos oscuros empezaron a danzar. Julian quería aceptar su punto de vista, y por fin le había abierto sus recuerdos por iniciativa propia; le había permitido ver las cicatrices de la infancia.

—Darius se parece mucho a ti, Julian.

—Ese hermano tuyo —dijo él arrastrando las palabras con exageración, en tono burlón.

—Te cae bien.

Julian alzó una ceja.

—Darius no es un hombre que caiga «bien», *cara*. Es alguien que inspira otras emociones que las que implica la expresión «caer bien», para quien pueda sentirlas, por supuesto. Puedes admirarle, respetarle, incluso temerle. Pero Darius no es alguien que caiga bien. Es un cazador. Pocos se atreverían a desafiarle, tal vez nadie.

—Tú sí lo harías —dijo Desari con completa convicción.

—¿Quién ha dicho que yo sea listo? —replicó Julian.

—¿Piensas que mi hermano va a permanecer con nosotros?

Julian se frotó otra vez el caballete de la nariz, con ojos de pronto inexpresivos.

—Es posible, Desari, que en algún momento desees formar tu propia familia en vez de quedarte en esta unidad.

Desari se puso a andar de nuevo, se alejó caminando y luego regresó.

—Piensas que le falta poco para convertirse en vampiro.

—Creo que tu hermano es un cazador poderoso. Sería un adversario mortal, y no me gustaría asumir el trabajo de seguir su rastro. Darius aguantará cuanto le sea posible. No decidirá perder su alma sin pelear antes.

—¿Conoces algún cazador que te supere? —preguntó Desari con curiosidad—. Aparte de mi hermano, por supuesto —añadió con picardía.

Él volvió a levantar las cejas con una mueca un poco sarcástica.

—¿Quieres convertirte en una *groupie* de cazadores? Te lo aseguro: soy más que competente en mi puesto.

Ella estalló en carcajadas.

—Serás idiota. Sentía curiosidad, eso es todo. Darius ha aprendido todo por experiencia. ¿Es tan diestro como el resto de tu gente?

—Tu hermano es muy fuerte y diestro. Tal vez lo haya heredado, tal vez lo llevéis en la sangre —reflexionó en voz alta—. Te recuerda, *cara*, que Gregori, el Taciturno, un cazador sumamente poderoso, el segundo de nuestro príncipe Mihail, es hermano tuyo y de Darius. Pertenecemos al mismo pueblo.

Desari hizo un gesto de asentimiento, intrigada.

—¿Piensas que se heredan todas las destrezas de cazador?

—El más grande de los cazadores, así como el más grande y singular de los vampiros, desciende de tu línea sanguínea. Los que escogen la vida de cazador suelen pasar un tiempo como aprendices de un preceptor experimentado y aprenden los rudimentos de la destrucción de vampiros desde muy pequeños. Pero tu hermano no contó con esta información.

—Pero ¿todos los que cazan tienen un tutor? —preguntó Desari.

Julian sacudió su cabeza dorada con gesto irónico.

—Algunos no tienen paciencia para enseñar o bien para aprender.

Desari se rió de él.

—Creo que sé de qué clase eras tú...

Julian miró sus ojos chispeantes, lo bellos que eran.

—¿Cazar es siempre una elección o vuestro príncipe lo ordena?

—Es elección a menos que, por supuesto, uno se tope con el no muerto. En esa situación o matas o mueres. Hemos perdido muchos varones que no estaban preparados para un percance así. Cuanto mayor es el vampiro, más peligroso. Un cazador inexperto tiene pocas bazas contra un vampiro que ha sobrevivido muchos siglos. Igual que nuestra destreza aumenta con el tiempo y la experiencia, la astucia y el conocimiento del vampiro también crecen.

—Y ¿mi línea sanguínea incluye tanto un vampiro como un cazador, ambos famosos por sus destrezas? —Ella no estaba segura de si quería saber algo del vampiro. Quería oír que su línea sanguínea era demasiado fuerte como para que uno de sus miembros se transformara. Su hermano se volvía cada día más mortífero. Ella intentaba no prestar atención a lo distante que llegaba a mostrarse, lo completamente carente de emociones. Antes, Darius solía fingir, como mínimo, que podía sentir afecto por ella; ahora rara vez se esforzaba.

Julian le rodeó los hombros con familiaridad espontánea, un movimiento reconfortante. Le rozó con la barbilla la cabeza.

—Darius no optará por la oscuridad eterna, *cara mia*; ha vivido demasiado tiempo. No temas por el alma de tu hermano. —Como siempre, él había leído sus pensamientos con facilidad, esa sombra en la mente de Desari.

Ella soltó una lenta exhalación; la proximidad de Julian alivió sus preocupaciones. Él había experimentado los cambios de los carpatianos varones a lo largo de los siglos. Había perdido los sentimientos y los colores hasta que sólo quedó una oscuridad desoladora en su mundo. No obstante, había sobrevivido. Incluso había sobrevivido a la marca de la bestia, la sombra del vampiro que llevaba en su alma. Podía conseguirse.

—Háblame de mis antepasados. Después de todos estos siglos creyendo que éramos los únicos de nuestra especie, es interesante saber que nuestra familia se remonta tan atrás, a criaturas tan legendarias.

Julian hizo un gesto de asentimiento.

—Eran dos. Gemelos. Gabriel y Lucian. Se parecían en todo. Eran altos y morenos, con ojos capaces de perforar a una persona hasta su mismísima alma. Les vi una vez, cuando yo era niño, en una ocasión en que vinieron a hacer una breve visita a Gregori y a Mihail, para luego volverse a marchar. Parecían dioses recorriendo nuestro pueblo. El viento se detenía por completo cuando ellos estaban cerca. La tierra parecía contener la respiración cuando pasaban. Eran ángeles de la muerte, a prueba de todo, implacables una vez que se ponían en marcha.

Desari se estremeció. No tanto por sus palabras como por las imágenes que avistó por un momento en su mente. Cierto, eran recuerdos de un niño; no obstante, ella veía las imágenes con claridad.

Los dos hombres eran muy altos y elegantes, y sus rostros tenían una belleza cruel, como tallados en piedra, con ojos oscuros y despiadados. Los fuertes carpatianos temblaban ante su presencia.

—Eran leales al príncipe de nuestro pueblo, pero todo el mundo sabía que, en el caso de que los dos optaran por la oscuridad, nadie sería capaz de destruirlos.

—¿Era el príncipe por entonces ese tal Mihail del que hablas? —le preguntó Desari.

—Cuando yo era pequeño, el padre de Mihail era nuestro líder. Creo que los gemelos, que ya eran ancianos entonces, habían servido al abuelo de Mihail mucho antes. En cualquier caso, siempre estaban juntos; eran inseparables. Se decía que mantenían un pacto desde la infancia, entre los dos, y que si uno se transformaba, el otro tendría que destruirles a ambos. Eran tan inseparables que pensaban lo mismo, sabían en cada momento lo que iba a hacer el otro, y cazaban y luchaban en equipo.

—¿Nacieron juntos como tú y tu hermano?

Julian asintió.

—Algunos han dicho que eran demonios, otros les llamaban ángeles, pero todo el mundo coincidía en que eran los carpatianos más letales, los que más sabían y los más experimentados. Lo que uno aprendía a través de una experiencia o estudio, lo compartía con el otro, con lo cual doblaban su poder y capacidad. Aunque a muchos de nuestra raza les aterrorizaban, eran muy necesarios. En aquellos días, los vampiros estaban adquiriendo cierta especie de popularidad entre los humanos, algo con consecuencias desastrosas para nuestro pueblo. Sin los dos ángeles de la muerte, los carpatianos hubiéramos sido perseguidos hasta la extinción, los vampiros habrían triunfado y el mundo se habría convertido en un lugar mortal y desolado. Era un tiempo de caos y guerra, y los cazadores de nuestra raza actuaban al límite de sus posibilidades.

—¿Por qué los humanos iban a seguir a los vampiros?

—Era una época de gran decadencia y excesos entre los ricos. Celebraban orgías de alcohol, gula y sexo. Presenciaban enfrentamientos violentos y sangrientos y adoraban al vencedor. Una atmósfera propicia para los no muertos, que pueden ser todo lo astutos y encantadores que sea necesario, ya que influir a personas ya corruptas no es tan difícil. Había que hacer algo para cambiar el curso de la historia. Fueron Gabriel y Lucian quienes lo hicieron.

—¿Quién era el vampiro entonces?

Julian sacudió la cabeza con su sonrisa burlona ahora ya habitual.

—Típico de una mujer impaciente.

Ella alzó una ceja con gesto expresivo.

—¿Yo soy la impaciente? Creo que no, Julian. Aquí el impaciente eres tú.

Él bajó de súbito la boca para tomar sus labios e iniciar una exploración lenta y pausada. Luego alzó la cabeza con ojos de oro fundido y dijo:

—Entonces tendré que ser más cuidadoso la próxima vez, para ser lento y meticuloso. Quiero que estés satisfecha en todo, pareja.

Ella le rodeó el cuello con sus delgados brazos.

—Sabes que lo estoy. Y si fueras mucho más meticuloso, lo más probable es que los dos nos muriéramos.

Julian la rodeó con brazos protectores y estrechó su cuerpo contra su dura figura.

—Eres tan perfecta, Desari. Para mí no existe nadie más.

—Ni para mí. Antes de ti, aunque mi mundo no era estéril ni desolado, sentía emociones y veía colores, tenía el canto que me hacía seguir adelante, y una familia a la que querer, estaba sola. Faltaba algo en mí. Mi parte inquieta y salvaje buscaba algo. Deambulábamos de un continente a otro para ocultar el hecho de que no envejecíamos, pero todos nosotros buscábamos también algo que pusiera fin a ese vacío. Ni siquiera sabíamos lo que buscábamos. —Le acarició la melena y dejó pasar entre sus dedos madejas de oro sedoso—. No quiero estar separada de ti, Julian, quiero que estemos siempre juntos.

Él la abrazó en silencio durante un rato, respirando la fragancia de Desari, intentando comprender por qué le habían concedido tal milagro, por qué había sido indultado en el último momento y por qué había sido recompensado con una mujer como ella. Julian intentó no pensar en el vampiro que podría destruirles a ambos.

Ella percibió sus pensamientos, las oleadas de intensa emoción que abrumaban a Julian, las cosas que no podía expresar con simples palabras. Desari apoyó la cabeza en su pecho y escuchó los latidos constantes de su corazón, consciente de que el suyo seguía el mismo ritmo exacto. Era lo correcto. Eran dos mitades del mismo todo. Quiso consolarle de la manera que fuera. Él sentía necesidad y eso era todo lo que le importaba.

Deja de perder el tiempo, hermanita. Ya no aguanto más tanto empalago entre tú y tu elegido. Tienes compromisos que cumplir, ¿lo has olvidado? La reprimenda queda y sin emoción de Darius reverberó en la mente de Desari.

Ya voy. No comunicó nada más, pues no estaba dispuesta a compartir sus pensamientos privados. Una vez más, lamentó el hecho de que Darius no sintiera emociones, ni siquiera cariño por ella.

Tal vez no sienta, hermanita, pero sé que está ahí. No me tengas miedo ahora, después de tantos largos siglos.

Temo por ti, Darius. No te alejes de nosotros. No era su intención mostrarle su angustia más profunda, pero se le escapó.

Hubo sólo silencio. Desari se encontró temblando; de pronto le costaba respirar.

Julian alzó la barbilla para estudiar los ojos oscuros de su compañera, igual que estudió su mente para encontrar lo que la había asustado.

—No va a dejaros, Desari, no buscará la muerte hasta que sepa que ya no puede resistir más la oscuridad en su interior. Si eso ocurriera, debes permitirle voluntariamente que se vaya al encuentro del amanecer. Es demasiado poderoso; si se convirtiera en vampiro, muchos de nuestros cazadores morirían antes de poder destruirle. Ha acumulado mucho conocimiento, lo cual dificulta aún más su existencia; es un arma de doble filo. Sabe que, como vampiro, tiene la posibilidad de sobrevivir, de sentir al menos la emoción de las muchas matanzas que llevaría a cabo. Pero todavía conserva sus recuerdos del amor y el deber, su código de honor, y eso le ayudará a aguantar. Sabe que sus seres amados serán los primeros que destruya si se transforma.

Desari se apartó de él para dar vueltas inquieta sobre el suelo del bosque esparcido de agujas de pino. Sus movimientos eran gráciles, y su cabello de ébano resplandecía como si tuviera un millar de estrellas enredadas en él.

—Háblame más de mis parientes, Julian. Háblame de su destino.

Él hizo un gesto de asentimiento.

—Ten presente, Desari, que los gemelos llevaban viviendo varios siglos más que la mayoría de nuestra gente, y no habían encontrado pareja. Eran cazadores, tenían que asesinar a menudo, lo cual suponía una carga por duplicado casi imposible de soportar mucho tiempo. Con cada siglo que pasaba, la leyenda crecía y más gente les temía y les rehuía. Se rumoreaba que eran más poderosos que nuestro príncipe, y mucho más peligrosos. No parecía importar que le fueran leales y que protegieran a las personas que no podían ser cazadores. Sus vidas transcurrían casi en total aislamiento de toda la sociedad. Tuvo que ser un tormento. —Julian conocía el tormento de vivir aislado.

—De todos modos siguieron adelante, igual que has continuado tú. —Desari apoyó la espalda en un árbol, con ojos enormes, buscando en aquella historia una sombra de esperanza para su hermano.

Julian asintió.

—Aguantaban siempre. Persiguieron a los vampiros que la alta sociedad había aceptado. Las batallas fueron largas y feroces, ya que los no muertos eran ancianos con mucho poder, a lo que se sumaba entonces el respaldo gubernamental. Pusieron precio a las cabezas de Gabriel y Lucian, de modo que tanto seres humanos como vampiros fueron tras ellos para obtener la recompensa. Los gemelos se enfrentaron a los muchos sirvientes de los vampiros, hordas de zombis, necrófagos y criaturas dementes creadas a capricho de los no muertos. Siempre salían vencedores y, aunque nuestra gente estaba agradecida, cada vez que los gemelos reaparecían, aumentaban los rumores que les convertían en criaturas medio de este mundo medio del mundo de la oscuridad.

—¡Qué injusto! —A Desari le enojó la conducta traicionera de los miembros de su propia raza. Y ¿si los seguidores de Mihail tratan a Darius del mismo modo? Cerró los puños a ambos lados de su cuerpo, hasta que los nudillos se le pusieron blancos.

—Sí, era injusto, aunque no del todo mentira. Un carpatiano, a medida que envejece e incrementa su fuerza como cazador y por el número de asesinatos, vive parcialmente en el mundo de la oscuridad. ¿Cómo no iba a ser así? Eran poderosos, y eran dos, con un pacto fuerte entre ellos. Serían invencibles si se transformaban en vampiros. ¿Quién podría destruirles? Gregori era joven entonces, igual que Mihail, aunque a veces daban cobijo a los dos guerreros cuando sufrían heridas graves. Sé que tanto Gregori como Mihail les donaron sangre en más de una ocasión. —Julian se frotó una ceja con aire pensativo—. Gregori sabía que yo les vi hacerlo, pero no me dijo nada. Yo era muy pequeño, ya me entiendes, no más de nueve años. Estaba sobrecogido por sus leyendas: Gregori, que ya por entonces crecía en importancia, y Mihail, emparentado con el príncipe. No habría traicionado su secreto jamás, y creo que lo sabían.

—Qué triste debía de ser la vida de los gemelos. —Desari parecía estar a punto de echarse a llorar. Julian salvó al instante la distancia que les separaba y la rodeó con sus fuertes brazos—. De verdad, Julian, tuvo que ser algo terrible que la gente apreciara tan poco sus sacrificios. Eran hombres sin familia ni país, sin siquiera amigos. —Igual que le había sucedido a él. De repente se percató de la enormidad de su sacrificio. Había sido un hombre sin familia, sin país ni amigos, y él ni siquiera tenía al lado a su hermano gemelo. El amor y la compasión la inundaron, con fuerza y potencia. Julian conocería el amor. Tendría un hogar, una familia: todo lo que ella pudiera ofrecerle.

—Ése es el peligro inherente a la actividad del cazador, a su adquisición de poder, de habilidad y experiencia durante siglos de batallas. Los dos eran cazadores letales, iguales en fuerza, intelecto y capacidad de combate. Nadie les superaba. Y luego llegaron las guerras, las invasiones turcas que diezmaron las filas de nuestra gente y destruyeron a nuestras mujeres y niños. Nuestro pueblo había elegido luchar al lado de los seres humanos con los que habían entablado amistad, a quienes conocían de años, pero perdimos al antiguo príncipe y la mayoría de expertos cazadores.

—Fue entonces cuando Darius nos salvó —apuntó Desari.

Julian hizo un gesto afirmativo.

—Fue durante ese periodo, sí —asintió—. Fue en la misma época en que Gabriel y Lucian se convirtieron en guerreros legendarios de verdad. Eran ellos dos contra los invasores turcos y los vampiros que se hacían fuertes entre éstos y arrastraban a los ejércitos a hacer cosas atroces a sus cautivos: las torturas y mutilaciones que puedes leer en los libros de historia. Algunos individuos mataban a innumerables mujeres y niños inocentes, bebían su sangre, se bañaban en ella y se daban festines de carne de seres vivos mientras los artífices, los vampiros, observaban y se regocijaban. Pero Gabriel y Lucian continuaron siendo perseguidos de forma constante por estos enemigos, y el número total de víctimas a manos de los gemelos era tan elevado que nadie creía que fueran reales. La gente prefería atribuirlo a algunos misteriosos vientos letales que soplaban sobre las ciudades, dejando poco a su paso. Los vampiros desaparecían por docenas, y eran innumerables los soldados de los no muertos y criaturas dementes —en su mayoría nobles y damas aristócratas— que eran asesinados o expuestos. La guerra hacía estragos por doquier. Los estragos entre los seres humanos y los carpatianos eran devastadores por igual. Y después llegaron las enfermedades y la muerte, el hambre, la falta de hogares y la esclavitud salvaje de los pobres. Fue una época atroz y cruel para todos.

—Y ¿mis parientes?

—Aunque pocos, de hecho, podían afirmar haberles visto, lo cierto era que los hermanos estaban por todas partes, destruyendo sin descanso al enemigo, salvando a las pocas mujeres que nos quedaban, pese a no tener pareja de vida que les diera alguna esperanza. Cuentan que por entonces consultaban a Gregori y Mihail, y yo fui testigo de uno de esos encuentros, justo después de que mataran al padre de Mihail cuando intentaba salvar a un pueblo de humanos. Poco después, siguiendo órdenes de Mihail, me sacaron de la región y me llevaron a un sitio oculto con el resto de niños. Mihail era joven para ser nuestro líder, pero tenía visión y comprendió que nuestro pueblo se enfrentaba a la extinción. Él y Gregori, los supervivientes con más edad, actuaron al instante para proteger a las pocas mujeres y niños que seguían con vida. Ni el uno ni el otro hablaban nunca de los dos ancianos o de aquella época, tal vez porque ambos perdieron a sus propias familias, o al menos eso pensaban, mientras intentaban salvar a su raza. Pero sus logros y su capacidad a una edad tan joven era algo casi inconcebible.

—Y ¿qué pasó con los gemelos? —apuntó Desari, intrigada por esta historia que desconocía hasta ahora, la historia de sus raíces y su línea de sangre.

—Cuentan que cuando las cosas por fin se calmaron en Transilvania y Rumania, a lo largo de los Cárpatos, este par se trasladó a París y a Londres, y a cualquier sitio de Europa donde los vampiros intentaran afianzarse. Les perseguían por todo el continente, pero siguieron trabajando juntos, como una sola unidad. Las historias de sus poderes sobrenaturales continuaron creciendo y superaron las leyendas para pasar a convertirse en mitología.

Julian se apartó de ella y se pasó una mano por la melena dorada.

—Más o menos medio siglo después comenzaron los rumores de que Lucian había caído en el lado oscuro. De que era vampiro y cobraba presas entre la raza humana. Ningún cazador daba con él, ni siquiera percibían su rastro. El único capaz de hacerlo habría sido Gabriel. La caza de Lucian continuó durante más de un siglo; no se parecía a nada anterior. Los vampiros son asesinos descuidados, dejan tras ellos un rastro de sangre y muerte que cualquiera de nosotros puede reconocer; un rastro que intentamos limpiar, pues nos expone a ser descubiertos por los mortales y a sus inevitables suposiciones erróneas de que el vampiro y el carpatiano son lo mismo, una sola cosa. En cierto sentido es una suerte para nosotros que la policía humana califique con frecuencia los asesinatos y mutilaciones como obra de asesinos en serie o de sectas. De otro modo nos habrían perseguido a todos hasta no dejar a nadie.

»Pero Lucian no se parecía a ningún vampiro conocido. No había evidencias de que hubiera matado a alguna mujer o niño, de que hubiera creado sirvientes o zombis. Cometió cientos de asesinatos pero sólo mató a seres corruptos y malignos; era el azote de la tierra. Muchos de nuestros cazadores estaban perplejos, engañados, y abandonaban la persecución pensando que tal vez los gemelos fueran un mito, y no seres reales. Sólo Gabriel podía reconocer la obra de Lucian. Sólo Gabriel podía seguir su pista.

—¿No tenía nadie que le ayudara?

Julian negó con la cabeza.

—Nadie más podía ayudarle. Gabriel era también una leyenda, un ángel de destrucción. Nadie se acercaba a él ni se atrevía a intentar aligerar su trabajo. Sólo él perseguía a Lucian, y cuando le encontraba, como eran iguales, las batallas se volvían largas y feroces, nunca decisivas; ambos asestaban golpes terribles, pero al final se alejaban e intentaban curarse las heridas hasta el próximo encuentro. Continuaron así durante años, hasta que un día los dos parecieron desvanecerse de la faz de la tierra, sin más.

Desari agitó sus largas pestañas durante un momento.

—¿Eso es todo? ¿Toda la historia? ¿Desaparecieron sin más?

—Existen muchas historias, y nuestra gente las cree. Una cuenta que Gabriel puso fin a la vida de Lucian y que luego decidió ir al encuentro del sol. Eso es lo que yo pienso que sucedió. Como anciano, él también estaba igual de próximo a la oscuridad, y sin una pareja que lo retuviera, sin tan siquiera su hermano, muerto hacía ya tiempo, creo que simplemente entregó su vida. Había vivido mucho tiempo y solo; se merecía el descanso de otra vida.

Desari negó con la cabeza.

—No puedo creer que después de aguantar tanto tiempo, después de librar tantas batallas, Lucian escogiera la oscuridad y Gabriel se viera obligado a perseguir a su hermano, su gemelo. Es tan terrible.

—Es el riesgo que corremos todos los cazadores. El asesinato desata una sensación de poder en todos nosotros. Para alguien que carece de emociones, y de otros sentimientos, puede ser una tentación, pues crea adicción. Además, está el problema de cuándo parar. Si Lucian continuaba cazando vampiros mientras fuera capaz, tal vez luego fuera demasiado tarde para tomar una decisión racional. Hay quien dice que Gabriel también se transformó, y cuando los dos vampiros lucharon por la supremacía, ambos murieron. Yo no lo creo, porque hubiera quedado alguna evidencia de la batalla. Gabriel respetaba a Lucian y habría preferido destruir toda evidencia de su batalla y de la derrota de éste antes de exponerse al sol.

—No puedes seguir cazando como estos hombres, Julian —dijo Desari mordiéndose el labio inferior—. No soporto que te suceda esto a ti. Es una historia horrible: dos hombres que dieron la vida por su pueblo, y nadie se preocupaba por ellos, nadie les apreciaba.

La sonrisa de Julian era tierna.

—*Piccola*, no tienes que temer nada. Ahora no puedo convertirme. Tú eres mi luz, la bondad para mi oscuridad, el aire que respiro y mi razón de existir. Los gemelos no encontraron pareja, pero no estoy de acuerdo con que nuestra raza no les apreciara. Aunque eran temidos, también eran muy venerados, y se han escrito muchas historias y canciones en su honor.

—Un poco tarde para ellos —desdeñó ella con indignación—. No se puede decir que sea una historia feliz, y no me gusta el final. No quiero esto para mi hermano. Debemos encontrarle lo necesario para que sobreviva.

—Necesita encontrar a su otra mitad, *cara*, y no se sabe cuándo sucederá o si llegará a pasar.

—Tal vez yo pueda ocuparme de eso, voy a ver qué puedo hacer. Mi voz es poderosa, mis palabras pueden crear hechizos. He reconciliado parejas que han vuelto a quererse y a reír; he consolado a padres destrozados por el dolor. Intentaré atraer hasta nosotros a la persona que necesita mi hermano.

—Si viene a tu concierto, créeme Desari, no harán falta hechizos. Darius la reconocerá al instante, no permitirá que ella se marche.

—Darius desconoce todo esto, tal vez tenga que explicárselo.

Julian negó con la cabeza.

—No, es mejor dejar que la naturaleza siga su curso en estas cosas. Cuando alguien está a punto de transformarse, puede intentar forzar cosas que no suceden. Si a él le pasa, sabrá qué hacer. Todo carpatiano nace con las palabras del ritual, con el instinto de unir su mujer a él. Está ahí para cuando lo necesite.

—Y ¿si ella no le quiere? —preguntó Desari.

—Eso ya lo hemos experimentado nosotros —bromeó él.

Desari tomó su rostro con la mano y siguió con el pulgar la dura línea del mentón, en un alarde de cariño.

—Te quise desde el primer momento en que te vi. —Desari sacudió la cabeza—. No es de extrañar que los varones de nuestra especie se vuelvan tan arrogantes. Son capaces de vincular a una mujer sin su consentimiento, sin tan siquiera su conocimiento. Eso debe hacerles sentirse superiores. —Su tono transmitía su enojo.

—Creo que tienden más a sentirse humildes —respondió él con sinceridad—. Cuando un hombre ha sobrevivido tantos siglos sin color o emoción, y encuentra a la mujer que trae luz y compasión a su vida, música y dicha, no puede hacer otra cosa que venerarla.

Desari le hizo un gesto con la ceja.

—De todos modos no deberían tener derecho a eso de unir una mujer sin su consentimiento. ¿Qué hay de malo en hacerle la corte? Eso ayudaría a aplacar sus temores y hacer que se sintiera especial para él.

—¿Cómo no va a sentirse especial una mujer cuando un hombre la necesita y quiere tanto? Una mujer sólo tiene que tocar la mente de su pareja para saber qué hay en su corazón. Sabe quién es él, conoce sus virtudes y flaquezas.

—¿Incluso en el caso de una adolescente? Un anciano podría ocultar lo que quisiera a alguien tan joven. No quiero imaginarme el temor que sentiría una mujer al quedar unida sin su consentimiento a un ser tan poderoso. No tendrá noción de su propia valía, de quién es, ni siquiera de sus dones o talentos especiales.

Julian le cogió la mano, le dio un beso en el centro de la palma y percibió su congoja por aquellas mujeres desconocidas que quedaban privadas de su juventud. Para Desari, que era tan fuerte, ya había sido bastante duro aceptar que Julian tuviera cierto dominio sobre ella. Pese a ser consciente de su propio dominio sobre él, aún le daba miedo. Suponía admitir una necesidad. Una necesidad de tenerle siempre cerca.

Julian cogió su rostro entre las manos.

—Nunca tengas miedo de la necesidad existente entre nosotros. Sientas lo que sientas, *cara*, yo siento el doble. Pasé demasiado tiempo sin colores, sin canciones o emociones. Han sido muchos siglos de desolación que me han ayudado a aprender a mostrar aprecio por mi pareja. A ti no te hacía falta mi existencia tanto como yo necesitaba la tuya, incluso para poder continuar mi vida, para salvar mi alma. Si nunca nos hubiéramos conocido, tú habrías vivido mucho más, hasta que el vacío de tu existencia empezara a hacer mella y se volviera demasiado insoportable.

Desari apoyó la cabeza en su hombro, deseaba retenerle cerca de ella.

—Pienso que la necesidad es mutua, Julian.

Hermana. La noche pasa volando, y vosotros dos todavía seguís mirándoos a los ojos. Este concierto es tuyo. No hemos ensayado aún, y no hay manera de planificarlo sin tu presencia. No voy a repetir lo que pienso al respecto. La voz de terciopelo negro de Darius sonó suave pero cargada de amenaza. Exigía su presencia y ella debía obedecer.

Desari suspiró.

—Tenemos que irnos antes de que sea demasiado tarde para recorrer la distancia esta noche. Los otros nos esperan.

Julian le rodeó la nuca con la mano para poder mantenerla quieta mientras inclinaba la cabeza en busca de su boca. Ella percibió la diversión que creaba en él la orden de regreso al redil familiar y la obvia necesidad de cumplirla.

—Debemos ir, Julian —susurró temerosa de que el carpatiano intentara desafiar a Darius.

Julian le dedicó una sonrisita con su centelleante dentadura blanca.

—Vamos allá, muchachita, debemos obedecer al ogro, o algo terrible podría suceder.

—No lo sabes bien —respondió con solemnidad.

La risa de Julian fue la única respuesta.

Capítulo *13*

El gentío era enorme. Julian inspiró a fondo y dejó que el aire le comunicara cada historia particular. El olor de la excitación, del sudor, de los ánimos encendidos, y del deseo. Todo eso estaba presente en el aire que introducía en sus pulmones. Quería detectar cualquier peligro que corriera su pareja e inspeccionaba con sus ojos color ámbar la enorme muchedumbre que pugnaba por entrar en el edificio. Se encontró tenso, pues él se inclinaba por mantener a Desari lejos de estos humanos. Oía millares de conversaciones al tiempo que inspeccionaba innumerables mentes. Los guardias de seguridad hacían pasar por los detectores de metal a la gente que entraba, pero de cualquier modo él estaba inquieto.

Detectó a Darius. Su figura se imponía, moviéndose en silencio y veloz a través de la multitud, perforando al tropel de humanos con sus gélidos ojos negros, inquietos y en continuo movimiento. Estaba tan alerta como Julian en todos los aspectos, decidido a proteger a su hermana costara lo que costara. Dayan, aunque tocaba en el grupo, se encontraba también en una entrada lateral, en guardia como los demás. Barack deambulaba por dentro del edificio, entremezclándose con la multitud como una precaución más en la seguridad de Desari. Ambos músicos proyectaban imágenes irreconocibles al público.

Los dos leopardos, Sasha y Forest, estaban encerrados en una de las habitaciones facilitadas a los miembros del grupo. Syndil también había adoptado su forma habitual de hembra de leopardo y esperaba con los otros dos felinos. Julian quiso protestar por aquella medida, pues era consciente de la tristeza que sentía Desari al ver a Syndil retirada de la acción. Julian también había advertido que Barack estaba muy tenso con todos ellos. A menudo interponía su cuerpo entre los otros hombres y Syndil. Era obvio que el terrible ataque había debilitado la fe que tenían los hombres unos en otros. Con asesinos humanos atentando contra Desari y vampiros amenazándoles por sus mujeres, todos ellos tenían los nervios a flor de piel.

Darius se detuvo un momento al lado de Julian.

—¿Alguna cosa?

Éste sacudió la cabeza.

—Nada, sólo una sensación de inquietud. No me gusta esto, de tener a Desari expuesta a todos estos humanos.

—No habrá errores esta vez —dijo Darius en voz baja pero segura—. No habrá más atentados contra la vida de mi hermana.

Julian tenía que respetar la convicción total de aquel hombre. Era difícil no creer en Darius pues llevaba el poder pegado a él como una segunda piel. No iba a correr riesgos esta noche. Hizo un gesto de asentimiento y continuó deambulando entre los humanos, inspeccionando sus mentes, escuchando las conversaciones a su alrededor. A su izquierda, dos hombres se enzarzaron en una pelea, gritando entre empujones y zarandeos. Pero el personal de seguridad humano se personó al instante, para escoltar a los participantes en la refriega hasta el exterior del edificio. Julian no detectó animosidad hacia su pareja de vida, de modo que pasó por alto el incidente. No quería que nada le distrajera de su tarea primordial: proteger a Desari.

Ella se encontraba en el vestuario, dando los últimos toques a su maquillaje. Le gustaba maquillarse ella misma al estilo humano. Era una labor que en cierto sentido la relajaba antes de salir al escenario. También tenía por costumbre inspeccionar antes de cada concierto las mentes de la multitud, e intentar encontrar personas necesitadas, con objeto de escoger canciones que fueran de ayuda y consuelo. Era importante para ella sondear el ánimo del público, detectar qué querían oír, sus baladas favoritas o las nuevas melodías evocadoras e inquietantes que fueran más adecuadas. Le gustaba saber qué gente ya había estado presente en más de un concierto, quién había recorrido largas distancias para verla actuar. A veces, tras sus actuaciones, buscaba a quienes habían venido a oírla cantar desde lejos o repetidas veces y, tras presentarse, charlaban un rato con ellos.

El público en su mayoría estaba impaciente, se movía con excitación e inquietud en sus asientos, ansioso por escucharla. Desari sintonizó con ellos con objeto de prepararse para el escenario. Su mente buscó a Julian de inmediato, como por iniciativa propia. Ella sonrió como si percibiera una oleada instantánea de calor, unos fuertes brazos que la rodearan.

Julian no estaba demasiado entusiasmado por cómo iban las cosas con su unidad familiar —como él les llamaba—, ni ellos estaban del todo contentos con él, aunque de momento no había habido peleas. Dicho fuera en su honor, Julian no había protestado ni una sola vez desde que ella había llegado al teatro para vestirse y preparar el concierto.

Eres la pareja de un hombre sensible y moderno. La diversión perezosa de Julian la confortó aún más y confirmó lo que ya sospechaba: que él permanecía como una sombra en su mente.

Qué suerte tengo. Desari se sonrió a sí misma desde el espejo. Su cabello oscuro caía en una cascada de ondas por su espalda. Le brillaban los ojos. Sabía que era Julian quien la hacía sentirse más viva que nunca. *Cuánto me gustan los hombres sensibles y modernos.*

¿Hombres? Estoy seguro de no haber oído pronunciar la palabra hombres a mi pareja. En plural. Ningún hombre está autorizado a ser de tu agrado aparte de mí. Sonaba severo, como un feroz carpatiano en su actitud más amenazadora.

Desari se rió en voz alta. *Supongo que puedo entender tu punto de vista, Julian, pero, la verdad, es muy difícil no reparar en esos guaperas tan cachas sentados entre el público.*

¿Guaperas tan cachas? Su voz sonó más grave con la afrenta. *Más bien son mozalbetes perdidamente enamorados. Si pudieran captar las vibraciones en el aire, serían más sensatos y saldrían corriendo para salvar la vida. Ya es bastante horrible leer sus fantasías y oírles explicar tanta basura,* cara, *como para enterarse de que mi mujer se*

fija en ellos. Una sonrisa al hombre equivocado, pareja mía, y ese des-graciado tendrá problemas al instante.

Suenas celoso, le acusó ella, con una curva de diversión en su tierna boca.

La primera regla que toda mujer debe aprender y jamás debe olvidar es que los carpatianos no comparten pareja. Tu hermano tiene muchas explicaciones que dar por no haberte inculcado esta noción desde la infancia. Era cosa suya prepararte para mi llegada. Lo dijo con un tono entre la broma y la queja.

Desari soltó un resuello y se encontró debatiéndose entre la risa y la exasperación. *Mi hermano no tenía idea de tu existencia, macho arrogante. Aparte, ¿cómo podía prepararme para tu total ignorancia sobre las mujeres? Lo más probable es que si hubiera sabido que venías a pronunciar tus palabras rituales, te hubiera esperado para tenderte una emboscada. Yo misma me hubiera enterrado en la tierra hasta que pasaras de largo y te hubieras alejado de los alrededores.*

Habrías salido estrepitosamente de la tierra directa a mis brazos, cara mia, *y sabes que es verdad.*

Ahora él se reía con esa diversión masculina, burlona y petulante que debería sacarla de quicio, pero en vez de ello, Desari se echó a reír. *Creo que intentas encontrar alguna orden que darme para no perder tu habilidad. Márchate y practica esta forma artística tan masculina con alguien más.*

Esta noche cantarás para mí, piccola, *y para ningún otro hombre.*

Eres un niño malcriado, no un hombre hecho y derecho.

¿Quieres que venga a enseñarte el hombre tan hecho y derecho que soy? Su voz sonó de pronto cálida, queda, tan sexy que ella notó una oleada de pasión como respuesta. Pudo notar el roce de sus dedos sobre su garganta, descendiendo entre el valle de sus pechos, de pronto dolientes.

Lárgate, Julian, se rió ella como respuesta. *No puedo consentir que me excites y me perturbes justo en este momento.*

Mientras sepa que te excitas y te perturbas por mi causa, haré lo que me pides y volveré a la faena.

De verdad, es lo que espero.

Desari oyó pasos familiares acercándose a su puerta, y Dayan que llamaba con fuerza para avisarle como era habitual de que faltaban cinco minutos. Sabía que Barack habría ido a comprobar una última vez cómo se encontraba Syndil. La excitación era palpable; el apuro anterior a salir al escenario.

Desari anduvo por el camerino una o dos veces para librar a su cuerpo de la adrenalina no utilizada. La segunda llamada llegó tres minutos después. Julian y Darius se encontraban ambos al otro lado de la puerta, sin dejar de inspeccionar con los ojos y la mente cada centímetro del edificio y del público. Desari se sintió pequeña al verse comprimida entre los dos cuerpos de mayor tamaño, de repente consciente del peligro potencial que corría. Era desconcertante que alguien quisiera verla muerta sin ningún motivo aparente. Se acercó más a Julian en busca de protección.

Éste le tocó el brazo con una caricia delicada, sumamente expresiva; era obvio que su mente estaba llena de medidas de seguridad, barriendo el aire a su alrededor. Aun así, Desari se sintió confortada y segura al instante. Dayan y Barack esperaban para salir al escenario con ella. Mientras avanzaban hacia sus puestos, el rugido de la multitud ahogó cualquier otro sonido.

Julian empezó a recorrer los perímetros del edificio, tomándose su tiempo, sensible a cualquier reacción del público. Conocía cada rincón y resquicio en el interior del auditorio, cada posible lugar en que ocultarse, cada entrada y salida. Conocía todas las posiciones, altas o no, desde las que un francotirador podría operar. Su mirada recorría sin cesar las áreas que mejor podrían encubrir a un atacante.

No hacía mucho había velado por la seguridad de la hija de Mihail y Raven, Savannah, en sus espectáculos de magia, durante los cinco años de libertad que Gregori le había concedido antes de reclamarla como su compañera de vida. En varias ocasiones, el equipo humano de seguridad había tenido que impedir la irrupción en el escenario de hombres demasiado entusiastas que intentaban acercarse a ella, pero Julian había mantenido oculta su presencia, dedicándose a combatir sólo a los vampiros que a menudo la acosaban, sin que tan siquiera ella lo supiera. Ni siquiera había tenido que tratar con los humanos que se sentían atraídos por Savannah.

Pero esto era diferente. La voz de Desari por sí sola era una atracción, un incentivo para todo aquel que la oyera. Y estaba tan preciosa ahí sobre el escenario, con su largo vestido que tan pronto flotaba con fluidez alrededor de su delgada figura como se quedaba pegado a su cuerpo... Su cabello de ébano resplandecía bajo la luz y caía en una cascada de ondas sobre su espalda, rozándole los hombros y los pechos, la cintura y la cadera. Estaba irresistible.

Julian notó que le costaba respirar. Le dejó sobrecogido. Su manera de moverse; la forma en que brillaba su alma perfecta con tal intensidad, para que todos la vieran. Desari era hermosa no sólo por fuera sino también por dentro, y aquello se notaba. Literalmente quitaba el aliento. Apartó la vista de ella y obligó a su mente a permanecer alerta, para detectar cualquier problema.

La voz de Desari impregnaba el aire y fluía a través de la sala de conciertos. El silencio era completo entre el público. Nadie se meneaba en su asiento; no se oía el más leve murmullo. El auditorio estaba hechizado. Su voz encandilaba, había una mezcla suave y vaga de risas y lágrimas, de recuerdos evocadores que creaban esperanzas. Profundos sentimientos de amor perdurable emanaban en quienes la escuchaban. Los asistentes entre el público de mayor edad recordaban cada momento encantador con su cónyuge: cogerse las manos, hacer el amor, engendrar hijos, la dicha de estar juntos como amantes y también como padres. Los más jóvenes soñaban con sus parejas perfectas, el primer encuentro, el primer contacto, el primer beso. Las parejas que estaban distanciadas recordaban sus compromisos y el amor mutuo antes del desgaste de su relación.

La voz de Desari ofrecía consuelo y esperanza para todos. Julian estaba maravillado con su poder. No recurría a la coacción; su don era un tesoro para el mundo, así de sencillo. El orgullo que sintió por ella fue a más con cada canción. Era como si Desari percibiera por instinto lo que necesitaban ciertos individuos o el grupo, y fuera capaz de ofrecérselo.

Julian se volvió hacia la zona situada justo frente al escenario, y percibió en su mente una sombra que avanzaba despacio pero con certeza. De inmediato le hizo una señal a Darius, que estaba situado en las proximidades. Éste enseguida se puso en movimiento y mandó al servicio de seguridad en la misma dirección. Dayan y Barack se acercaron al instante a Desari, con tal velocidad que se convirtieron en un borrón, colocando sus cuerpos con firmeza delante de ella mientras dos hombres se encaramaban al escenario. Estaban algo borrachos y fueron tambaleándose hacia los miembros de la banda. Apenas habían dado dos pasos cuando un muro de guardias de seguridad les detuvieron y les indicaron la salida del auditorio.

La voz de Desari comunicó una suave risa, una invitación a la multitud a unirse a ella.

—Pobres muchachos, no tienen ni idea de la que acaba de caerles encima. Por un lamentable incidente reciente, mi equipo de seguridad me está vigilando a todas horas. Por favor, tened paciencia con ellos.

Se metió al público en el bolsillo. A Julian le costaba creer con qué facilidad lo había logrado: había excusado educadamente a dos fans eufóricos y había bromeado sobre su servicio de seguridad, restando importancia a su vulnerabilidad y a su condición de famosa.

Por desgracia, la sombra continuaba presente en la mente de Julian. Dirigió una rápida mirada a Darius, cuyos ojos oscuros estaban fríos como el hielo. Éste sacudió un poco la cabeza para confirmar que no había pasado el peligro que amenazaba a Desari. Los dos empezaron a moverse en dirección opuesta para rodear el enorme teatro y, poco a poco, cubrir el terreno e inspeccionarlo. Algo no iba del todo bien. Ambos lo percibían. Dayan y Barack lo notaban también. Mantenían el rostro inexpresivo, pero permanecían colocados en posición protectora, cerca de Desari, sin dejar de mover los ojos; todos ellos buscaban el origen de esa sombra.

Los carpatianos sobre el escenario continuaron tocando, y la voz de Desari sonó más bella que nunca, creando tal hechizo entre todos los presentes que a Julian le costaba mantenerse concentrado en protegerla.

Algo maligno se estaba infiltrando en el edificio. Era un flujo de aire mancillado, tan lento y leve que apenas era discernible. Julian intentó encontrar su dirección. Ya había escaneado varias veces la multitud y sabía que no había ninguna amenaza real en esa dirección. Era algo más poderoso. *Nosferatu.* El no muerto.

Desari y Syndil tenían que ser el motivo por el cual los vampiros frecuentaran esta zona pese al hecho de que el hermano de Julian, Aidan, viviera tan cera. Aidan era un cazador célebre por sus habilidades, y aún así últimamente el lugar parecía estar plagado de no muertos. Julian no encontraba otro motivo, aparte de la presencia de las dos féminas carpatianas. Pocos serían conscientes de que Desari había sido reclamada por su pareja de vida, aunque, de hecho, poco importaba para un vampiro. Los no muertos eran tan arrogantes, se jactaban tanto de su propio poder, que estaban seguros de poder tomar posesión de cualquier mujer cuando se les antojara.

La mirada de Julian, con su reluciente destello de oro, retrocedió hasta el escenario. Barack se encalló de pronto en una nota y alzó al instante la cabeza muy alerta. Al mismo tiempo, Julian percibió la oleada de poder atroz llenando el aire a su alrededor y precipitándose hacia el vestuario de los músicos. Se desdibujó de forma automática y cruzó como un rayo la sala de conciertos, igual que Darius. Pero fue Barack el primero en llegar a la habitación donde esperaban los leopardos. Tras ellos, como si estuviera pactado, Dayan inició una alegre melodía en el escenario, acompañando a Desari con la voz y la guitarra y desatando la locura entre el público, que daba palmas y fuertes pisadas de aprobación en el suelo.

Hizo falta que Darius y Julian contuvieran a Barack para que no atravesara la puerta cerrada. Les gruñía con colmillos feroces y ojos rojos de furia asesina. Fue Darius quien habló con él, a través de la peculiar vía mental con la que Julian se estaba familiarizando poco a poco. La orden fue suave como el terciopelo, tranquilizadora, una promesa de protección para Syndil. Barack inspiró a fondo para calmarse y dio su consentimiento a regañadientes, relajándose, dominado por los dos cazadores.

Julian se disolvió de inmediato y fluyó bajo la puerta para entrar en la habitación bajo la forma de diminutas moléculas de aire. Los tres leopardos se movían inquietos y protestaban con graves gruñidos de advertencia retumbando en lo más hondo de sus gargantas. Intentó tocar sus mentes pero sólo encontró caos y rabia, un ánimo peligroso para cualquiera que quisiera entrar en la habitación. Syndil se había enterrado deliberadamente en el fondo del cuerpo que había adoptado, para impedir que quien la buscara la discerniera de los otros dos auténticos especímenes. Daba vueltas con ellos, igual de malhumorada y peligrosa, mentalmente furiosa con el maligno que les amenazaba. Ni siquiera él distinguía cuál de las hembras era en realidad Syndil y cuál era el leopardo genuino; aún no la conocía lo suficiente como para reconocer su espíritu en donde lo tuviera enterrado, tan en el fondo del espíritu del leopardo.

Julian notó que el poder de Darius llenaba la habitación y supo el momento preciso en que acudió a calmar a los leopardos acechantes. El vampiro estaba cerca, demasiado cerca, acosando a Syndil, pero el no muerto proyectaba su paradero desde todas direcciones, o sea, que ni Darius ni Julian podían establecer su posición con seguridad. Esperaban con la paciencia de los cazadores ancianos, quietos, calmados, aguardando el momento en que el agresor pasara a la acción.

El impacto que golpeó la puerta fue tremendo y creó un enorme abombamiento hacia dentro. Una parte de Julian continuaba manteniendo la conexión con Desari, decidido siempre a garantizar su seguridad. Ella tenía al público cautivado, sin dificultad, y proyectaba calma, sosegándolos con su voz mientras cantaba una balada evocadora. Dayan la acompañaba a la guitarra. Dayan y el equipo de seguridad estaban muy cerca de ella, aunque los guardias humanos no entendían muy bien cómo había desaparecido Barack del escenario. Nadie había captado del todo su salida. Aun así, permanecían cerca de Desari, dirigidos por Julian sin saberlo. Desari y Dayan estaban increíblemente tranquilos, con ella acomodada ahora sobre un alto taburete situado en medio del escenario, y el largo vestido formando fluidos pliegues llenos de encanto. Dayan interpretaba una suave e hipnótica música con la guitarra mientras la belleza de la voz de Desari continuaba llenando la sala de conciertos.

Los leopardos ahora se movían muy inquietos; el macho se arrojó en dos ocasiones contra la puerta lleno de agitación. Julian volvió a fluir hasta el otro lado de la puerta y salió al pasillo con una ráfaga de aire frío. Sabía que Darius se quedaría dentro para proteger a Syndil.

En el exterior, Barack mantenía una fiera batalla con el alto y demacrado extraño. El maligno tenía los ojos inyectados en sangre y una incisión pervertida en lugar de la boca. Le dio un zarpazo a Barack con sus uñas afiladas dirigidas contra la yugular, pero el músico eludió el rápido golpe y se propulsó directo contra el pecho del escuálido vampiro. Le desgarró con los colmillos la garganta, al tiempo que dirigía la mano directamente al corazón. El afable Barack parecía perdido dentro de la bestia feroz que había ocupado su sitio.

Julian buscó la mente del miembro de la banda y encontró una bruma roja de odio y rabia, dirigida no sólo contra el vampiro sino contra quien había atacado con tal violencia a Syndil, dejándola tan esquiva y solitaria. Le llevó unos pocos momentos encontrar la vía mental que la familia de Desari compartía entre sí. *No bebas su sangre, Barack. Ya está muerto. Le has destruido. Su sangre está mancillada.* Julian hablaba con suavidad en la mente de alguien que se había vuelto loco de rabia.

No te entrometas. Aún vive.

Cuando Julian se acercó con disimulo hacia el par de contrincantes, Barack le rugió una advertencia, un gruñido que sacudió todo el local. Julian se detuvo en seco, y no le sorprendió nada que Darius también se materializara a su lado.

—No, Barack. —La voz de Darius era una suave amenaza.

—No puedes beber la sangre cuando ya está herido de muerte. No en este estado de furia. Suéltale y deja que se caiga, que se aparte de ti.

Barack alzó la cabeza, con los colmillos manchados de sangre y los ojos brillantes de intensidad. Había arrojado el corazón a un lado, pero aún latía de un modo siniestro. El estruendoso rugido aumentó de volumen, una clara amenaza para que se alejaran de él.

Darius y Julian se miraron uno a otro con el mismo pensamiento. Si unían fuerzas, podrían obligar a Barack a obedecer, pero él nunca volvería a confiar en ninguno de ellos, y les perdería el respeto. Estaba claro que Barack se había vuelto peligroso, y ninguno quería perder su apoyo. Era un carpatiano, y tenía derecho a hacer lo que estaba haciendo: proteger a las mujeres de su unidad familiar, proteger a cualquier mujer de su raza. No era sólo su derecho sino su deber.

Julian buscó las mentes de los leopardos y encontró a Syndil cobijada en el cuerpo más pequeño de la hembra felina. *Barack corre peligro. No podemos persuadirle. Debes hacerlo tú. Hazle un llama-*

miento. Llámale. Hazlo ahora antes de que sea demasiado tarde y le hayamos perdido para toda la eternidad. No puede consumir la sangre de lo que está matando.

Julian notó la alarma inmediata en Syndil. Al instante cambió de forma y adoptó su forma humana. Su delgada figura curvilínea, algo más baja que Desari, irradiaba la misma luz interior y belleza de una mujer carpatiana. Se movió con gracia fluida y elegante, le miró por un breve instante con sus ojos oscuros y expresivos y luego se alejó de un salto a toda prisa, rehuyéndole. Su jadeo fue audible al examinar la escena sangrienta y violenta del pasillo y al ver la oscuridad en Barack, tan próxima de su superficie, con su rostro transformado casi en el de la bestia interior de los carpatianos varones. Darius se hallaba cerca del no muerto, lo bastante cerca como para distraer a Barack y que no se diera un festín con su sangre. Aun así, el poder y la rabia consumían al carpatiano más joven, consintiendo que la bestia interior dominara su mente, dejando sólo instinto y furia.

Syndil se acercó a Barack sin vacilación.

—No pises la sangre —le advirtió Darius, con sus oscuros ojos vigilantes. Si Barack daba un paso en falso hacia Syndil, no cabía la menor duda de que sería hombre muerto. Syndil no estaba asustada e hizo caso omiso tanto de Darius como de Julian, como si fueran invisibles.

—Barack —susurró con suavidad, casi con intimidad. Tenía la mirada fija en los brutales cortes escarlatas de su pecho y rostro—. Ven conmigo ahora. Necesito curar tus heridas. —Pese a los gruñidos feroces, ella apoyó con delicadeza una mano en el brazo de él, con cuidado de mantenerse apartada de la sangre que empapaba su ropa—. Ven conmigo, hermano. Permite que te cure.

Barack volvió la cabeza en redondo; sus ojos rojos relucían con ferocidad. Por un momento pasaron del rojo al negro, como si el hombre luchara con la bestia interior para retener el cuerpo y la mente que compartían.

—No soy tu hermano, pequeña —replicó con siseos, esforzándose por superar su rabia asesina.

Por un momento Syndil bajó la cabeza, como si sus palabras negando su relación hubieran causado un profundo efecto. Luego dio otro paso para acercarse un poco más y rozó con su blando cuerpo la figura corpulenta. Barack la rodeó de inmediato con las manos, cogiéndola de forma instintiva por su pequeña cintura, para levantarla y apartarla del denso charco de sangre que se extendía por el suelo. En el momento en que soltó al vampiro, el cuerpo del no muerto cayó, revolcándose a un lado y otro, dando cabezadas y abriendo largos y profundos surcos en la pared.

—Barack, no toques la piel de Syndil con la sangre mancillada de tus manos —le advirtió Darius con su autoridad de terciopelo negro.

Julian ya estaba recogiendo energía entre las palmas de las manos, tomándola directamente del aire, para formar una bola que dirigió en llamas hasta el corazón palpitante del no muerto. Luego las chispas saltaron desde el órgano incinerado hasta la sangre, reduciendo el denso charco a rizadas cenizas negras.

Barack permitió a su pesar que Syndil tocara el suelo con sus pies, una vez lejos de la atroz escena. Respiraba con dificultad, luchaba para ganar el control sobre la bestia interior, avergonzado de que Syndil tuviera que verle tan alterado. Tras un gesto de Julian, Barack estiró las manos para que las llamas danzaran por un momento sobre su piel manchada, quemando la sangre mancillada de sus manos y brazos. Entonces tomó posesión de la bola candente de energía y la desplazó en torno a la cintura de Syndil, donde él la había tocado, limpiándola de cualquier resto de sangre mancillada que ensuciara su ropa. Mandó de nuevo el fuego a Julian antes de devolver toda su atención a la mujer que había dado tal muestra de coraje.

—¿Estás herido? —le preguntó Syndil quedamente, sin prestar atención a los otros dos carpatianos, como si no existieran. Rozó el brazo de Barack con la punta de los dedos, e intentó no dejar ver cómo la había consternado que él negara su relación. Después de todos aquellos años, si él decidía rechazar los vínculos que había entre ellos, Syndil no iba a permitir que se diera cuenta de cómo le afectaba aquello. El único motivo que podía haber era la violación de Savon, lo que le impedía a Barack aceptarla del todo. Tal vez pensara que ella había provocado de alguna forma el ataque. Barack no era el mismo desde el asalto. Se había pasado mucho tiempo en la tierra evitándola a ella y también a los demás, y ahora parecía serio y severo, muy diferente a su personalidad anterior, tan afable. Le veía como un halcón, y casi parecía no confiar en ella, como si fuera una cría incapaz de cuidar de sí misma. Sintió ganas de llorar y salir corriendo para ocultarse de nuevo, pero algo en ella se negaba a dejarle en tal estado y con tantas laceraciones.

Syndil alzó la barbilla, pero se negó a encontrar su mirada.

—Permite que te cure, Barack. Sólo llevará unos pocos minutos.

Al final, él la cogió por el codo y se la llevó lejos de los otros dos hombres. Julian y Darius les observaron mientras se alejaban. Julian bajó la vista al suelo, al cuerpo del vampiro, y luego levantó la mirada hacia Darius.

—Supongo que nos corresponden las tareas de limpieza. —Dirigió un fogonazo contra el no muerto. Como siempre sucedía cuando el vampiro destruido no era el anciano que buscaba, experimentó un profundo desaliento.

Pero esta vez no estaba solo. Desde la sala de conciertos, Desari le envió calor, amor, le envolvió con su preciosa y evocadora voz y le estrechó cerca de su corazón.

Darius se había ocupado de que ningún ser humano se acercara, de que permanecieran a solas en el pasillo mientras Barack destruía al vampiro.

—Barack nunca antes había peleado con un no muerto. No había mostrado siquiera interés por la caza. No obstante, estaba aquí antes que ninguno de nosotros.

Julian asintió con aire pensativo.

—¿De veras es una sorpresa?

Darius encogió sus amplios hombros.

—Barack siempre ha permanecido muy cerca de Syndil. A menudo la protege. De niños eran inseparables. De todos modos, últimamente ella se ha aislado tanto que nadie puede acercársele, ni siquiera Desari.

—Se pasa demasiado tiempo bajo la forma de leopardo. No es posible que se recupere de su trauma si no hace frente a la situación —replicó Julian con toda naturalidad.

Darius asintió.

—No confía en ningún hombre. Es casi un milagro que respondiera a tu llamada y que nos ayudara a convencer a Barack de que abandonara al vampiro a su suerte.

—Creo que nadie puede culparla —dijo Julian distraído. Ya sentía la necesidad de volver con Desari. Podía tocar su mente cuando quisiera, ver lo que ella veía a través de sus ojos, mirar dentro de su mente, pero seguía inquieto si ella no se encontraba dentro de su campo de visión. Desari de pie, tan vulnerable, delante de una multitud tan grande provocaba lo peor en él. Su necesidad de protegerla era tan increíblemente fuerte que se encontró combatiendo sus instintos más primitivos, de arraigo profundo. Regresó deprisa a la sala de conciertos.

Desari estaba tan bella que soltó un resuello. Observó la manera en que se movía, con delicadeza y fluidez, balanceando las caderas, con el largo cabello cayendo en una cascada de ondas de seda sobre su espalda, rodeando su delgado cuerpo, atrayendo la atención hacia sus curvas y sinuosidades. Quería llevársela de allí, a algún lugar apartado, para siempre, lejos del peligro, lejos de las miradas escrutadoras. Quería escuchar su voz toda la eternidad y contemplar su sonrisa, e iluminar los espacios en torno a ella.

En ese mismo instante, mientras ella comunicaba su suave risa sobre el micrófono, al parecer en total comunión con la multitud, Julian notó el roce de la punta de sus dedos en la nuca, y al instante unas llamas ardientes atraparon sus entrañas y contrajeron sus músculos de tal manera que le obligaron a permanecer quieto, conmocionado por el poder de su contacto sobre él. Durante toda una eternidad, se había sentido vacío, con un agujero abierto en su mismísima alma, hasta tal punto, que la poca compasión y dulzura que había experimentado alguna vez le habían abandonado lentamente, las había perdido. Ella le había devuelto sus emociones y la alegría de vivir. Siempre había pensado que sentir la necesidad de una pareja sería una molestia. Era un cazador solitario, y disfrutaba con los animales y la naturaleza más que con la compañía de los demás. Pero no era así. Desari era un milagro para él.

Oyó un suave siseo en su mente; no era la vía habitual de comunicación de la familia de Desari sino un nuevo encuentro privado de sus mentes. Autoridad. Poder. Masculino. Sólo podía tratarse de Darius. El intercambio de sangre había forjado un vínculo que permitía a Darius comunicarse fácilmente con él cuando quisiera. *Deja de soñar despierto. Tenemos trabajo que hacer. Mi hermana te tiene embobado.*

Quiero recalcar que no has impedido que siga esta peligrosa carrera que ha elegido. Para empezar, has sido tú quien ha permitido esta insensatez. Julian se dio el gusto de poder comentar aquello mientras se movía por el auditorio abarrotado, con los sentidos muy alerta a cualquier señal de peligro.

Ahora son tus decisiones las que deben guiarla, respondió Darius.

No intentes colocarme tus fracasos. Llevará mucho tiempo reparar todo el daño ocasionado por tu educación permisiva. Tendré que trabajar poco a poco, sin que ella lo sepa, y convencerla para que abandone esta demente idea de poder tomar sus propias decisiones. Julian no pudo evitar que se le escapara una nota de humor. Lo último que alguien podría hacer sería imponer algo a Desari. No era ninguna novata a la que un macho arrogante pudiera mandonear.

Barack regresó al escenario, con su largo cabello recogido en la nuca y el rostro sin marcas, apuesto como siempre, con la ropa inmaculada. Julian notaba la presencia de Syndil en la sala, pero pasaba desapercibida al ojo humano. Fue Barack, con su mirada severa dirigida a un rincón del escenario, quien le dio a Julian la pista de su ubicación. Era obvio que la había arrastrado hasta allí. Julian se percataba de que no estaba dispuesto a actuar a menos que Syndil se encontrara en un lugar donde pudiera verla en todo momento. Estaba sentada sobre el borde de la tarima, un poco escondida, a la derecha de Barack. Parecía triste y Julian sintió la reacción instantánea de querer consolarla. Syndil parecía frágil y extenuada, una figura menuda, casi infantil. Barack debía de haber ordenado su presencia de tal modo que no había tenido otra opción que obedecerle. Julian no podía culparle, ni a él ni a los demás, de su actitud protectora. Era una situación explosiva, nada fácil de controlar. Proteger a dos mujeres ante una multitud tan enorme de asesinos humanos, fans entusiastas y vampiros era una labor difícil. Necesitaban a las mujeres cerca y juntas, donde ellos pudieran vigilarlas.

No somos niñas, le recordó Desari mientras hacía una reverencia al gentío ruidoso. *Y Barack ha sido bastante duro con Syndil. Debería haber sido más amable con ella. Syndil no provocó el ataque del vampiro.* Sonrió a la multitud, dedicándoles su famosa sonrisa sexy, que parecía detener demasiados corazones para la paz mental de Julian. A continuación hizo un gracioso gesto hacia atrás en dirección a los dos carpatianos sobre el escenario, para que recibieran también el aplauso del público puesto en pie.

En la primera fila, varias féminas gritaron e hicieron señales a los dos guitarristas, y una de ellas se arrojó contra el cordón de guardas de seguridad, llamando a Barack y arrojando unas braguitas de seda roja en su dirección. La prenda interior casi aterriza sobre el regazo de Syndil, pero la cogió con cautela entre el índice y el pulgar, las estudió por un momento y luego, sin ninguna expresión en el rostro, las arrojó sobre el mástil de la guitarra de Barack. Para el público, las braguitas rojas parecieron volar por el aire directas hacia él. Rugieron llenos de deleite y una vez más se pusieron en pie.

Syndil se levantó con su gracia natural y empezó a salir del escenario. Barack se movió de inmediato para cortarle la retirada. Al público le pareció simplemente que se hubiera apartado de Dayan, de espaldas a la platea y balanceando las caderas con provocación. Varias chicas gritaron aún con más fuerza e intentaron precipitarse sobre el escenario. Barack tocó un solo de guitarra que se prolongó durante varios compases, y la música adquirió más potencia, formando la cresta de una ola que avanza hacia la costa y luego estalla contra la arena. Aunque el público estaba electrizado por la intensidad, la atención de todos los carpatianos estaba centrada en la escena que tenía lugar entre el macho y la hembra de su grupo.

Syndil fulminó con la mirada a Barack, con el cuerpo rígido de rabia. Su mirada centelleó al mirarle.

—No tienes derecho a decirme qué hacer o dónde ir. Como has indicado antes, no eres mi hermano. Darius es el líder y no ha dicho que deba quedarme aquí, mirándote mientras deleitas a estas mujeres que te adoran. —Hizo un ademán desdeñoso hacia la fila de chicas que gritaban.

—No me provoques esta vez, Syndil —le dijo Barack en voz baja, con un gruñido de advertencia retumbando en lo profundo de su garganta—. Tanto me da lo que te haya dicho o no Darius. No voy a perderte de vista hasta que sepa que te encuentras por completo a salvo. En este asunto vas a obedecerme.

Por un momento, Syndil se encaró a él, rebelándose en silencio. Era imposible adivinar qué iba a decidir hacer.

—Por favor, Syndil —dijo Desari con una persuasiva voz baja—, tenemos un público. No des motivos a Barack, no es el momento de que se ponga hecho una furia con nosotros.

Syndil pestañeó una sola vez y sus largas pestañas acariciaron sus altos pómulos. Sus grandes ojos miraron a Barack de arriba abajo con leve altivez. Se echó el largo pelo sobre los hombros y se sentó para la segunda parte de la actuación, de espaldas a Barack. Había algo principesco en la manera en que se comportaba.

Barack acabó el solo de guitarra, su cuerpo volvía a estar más relajado, pero mantenía la mirada dura y vigilante. Desari dirigió una rápida mirada de alivio en dirección a Julian. La guitarra de Dayan se unió a la de Barack y la voz de Desari se elevó en el aire, poniendo en pie a los espectadores. Syndil empezó a seguir el ritmo de la música con el pie. Fue del todo involuntario, era la primera vez que respondía a la música desde el salvaje ataque que había sufrido. Siempre había tenido aptitudes para la música; tocaba con facilidad cualquier instrumento que le pusieran delante, normalmente el teclado y la batería. El grupo había explicado su ausencia a los fans diciendo que se había tomado unas largas vacaciones y que regresaría pronto.

Desari dio un pequeño suspiro de alivio para sus adentros. Era la primera señal en mucho tiempo de que Syndil pudiera encontrar la manera de regresar con ellos, consigo misma. Tal vez su amor por la música la trajera de vuelta. Mientras consideraba aquel tema, su voz continuaba manteniendo al público hipnotizado. Y de repente se le ocurrió que, mientras ella había tenido cerca a su familia durante toda la vida, Julian había estado por completo solo para poder proteger a su hermano de la mejor forma que se le había ocurrido, y también a su gente. Siempre había estado solo.

Eso se acabó, dijo Julian arrastrando las palabras, con una voz que era una caricia arrullante. *Puesto que ahora eres responsabilidad mía, supongo que no tengo otra opción que colaborar con tu hermano para proteger y guiar este atajo de locos. Lo que tendría que hacer es sacar tu bonito trasero de aquí de una patada. Los Cárpatos son nuestro hogar. Allí está nuestro sitio, el de todos nosotros, no aquí, entre tantos mortales.* Le estaba empezando a gustar de verdad la sensación de pertenecer a una familia, de pertenecer a Desari.

Baby. Lo susurró en la mente de Julian como una caricia de sus dedos sobre la piel. Juguetona. Cariñosa. Su propio mundo privado.

Julian tragó saliva con esfuerzo. Su rostro era una distante máscara de indiferencia; sus ojos duros y vigilantes inspeccionaban la multitud sin compasión. Sin embargo, por dentro, se estaba derritiendo con el calor que sólo ella sabía crear en él.

Capítulo 14

Julian cogió a Desari de la mano y la sacó andando para adentrarse en el bosque. El concierto le había parecido interminable, y había muchísima gente que quería hablar con ella después de la actuación. Espectadores que expresaban sus mejores deseos, periodistas, admiradores; demasiada gente para el gusto de Julian. Se alargó durante casi toda la noche. Ahora permitiría que la paz de las montañas y la brisa de la noche se llevaran los sonidos de la multitud y la aglomeración de tantos seres humanos dando empujones para acercarse a su pareja de vida. No estaba del todo seguro de poder sobrevivir con este tipo de existencia en el que ella insistía. Permitir que se le acercara tanta gente, se alejaba mucho de la naturaleza del carpatiano varón, pero Desari daba por supuesto que él aceptaría, sin más.

—No, no lo doy por supuesto, ¿sabes? Nunca he dado nada por supuesto —protestó compartiendo sus pensamientos—. Sé lo difícil que esto es para ti, y aprecio la manera en que me apoyas en mi elección.

Julian recorrió con sus oscuros ojos la expresión sincera en su rostro, las cejas algo alzadas.

—Ya, claro que sí, ¿verdad? ¿Aprecias la manera en que te apoyo en tu elección? —Pronunció aquellas palabras en voz baja con un leve atisbo de risa en lo más profundo de su voz—. Y pareces perfectamente sincera y seria, con esos ojos tuyos demasiado bonitos.

Ella le apretó la mano.

—Soy sincera del todo, Julian. Sé lo duro que es esto para ti, pero, de verdad, es mi forma de vida.

—Sólo este siglo, *cara*, sólo durante este siglo voy a permitirlo.

Ella se rió un poco.

—Eso te crees.

—Lo sé. Mi corazón no puede soportar la constante tensión de la preocupación. Tantos hombres rondándote con pensamientos nada puros. Me pone a cien. Y eso sin contar los vampiros que no dejan de asediaros cada dos por tres a ti y a la otra hembra.

—Syndil —corrigió Desari en voz baja—. Se llama Syndil.

Julian oyó la reprobación en su voz y notó las lágrimas en su mente. Quería a Syndil como a una hermana, la quería y echaba de menos su íntima camaradería. Aunque Julian llenara su vida, no podía suprimir la pena por lo que había sucedido. Quería recuperar a Syndil, completa y curada. Ni siquiera la voz de Desari conseguía deshacer la brutalidad de lo que había forjado Savon. Syndil no aceptaba su ayuda, y Desari se sentía indefensa. No podía hacer otra cosa que mirar mientras ella parecía retraerse más y más en su interior.

Julian alcanzó a captar fugaces recuerdos de Desari. Syndil riéndose, con los ojos alegres de pura dicha de vivir. Syndil abrazándola y susurrándole tonterías de chicas después de haberle tomado el pelo a Darius hasta sacarle de quicio. Las maquinaciones que tramaban para conseguir unas pocas horas de libertad. Riéndose en secreto del enfado de Barack con Syndil y de los sermones de Darius al descubrirlas. Habían pasado siglos juntas, tan próximas, las únicas dos féminas del grupo, sin más amigas ni confidentes con quien compartir sus más íntimos pensamientos, temores y dichas.

Julian inclinó la cabeza y frotó con la barbilla la seda de su pelo. La amaba. Amor. Era una palabra tan corta, y la gente parecía usarla para todo. Para él era sagrada. Desari era dicha y luz. Verdad y belleza. Era el amor en sí mismo. Era el mundo y lo que el mundo debería ser. Se sentía completo y en paz con ella, incluso cuando le volvía loco. Le maravillaba su seguridad natural y sus tremendos dones. Por supuesto, las mujeres carpatianas tenían que tener dones extraordinarios. ¿Por qué no se habían percatado? Habían sido tan arrogantes en sus creencias de que los hombres tenían poderes. En verdad, los hombres sólo contaban con los poderes oscuros. ¿Cómo podía compararse eso a los dones que las mujeres aportaban a su mundo? Aparte de la creación de vida, era obvio que contaban con más cosas que ofrecer: bendiciones de paz y naturaleza, virtudes curativas mucho más allá del alcance de los varones.

Julian soltó una lenta exhalación.

—Syndil volverá a recuperarse, *piccola*, volverá a sentirse completa y feliz una vez más. El tiempo puede curar lo que otras cosas no consiguen. Lo noto. Sé que sucederá. No te apenes tanto. Regresará contigo de un modo del todo inesperado. No sé cómo, pero sé que es así.

Desari estudió con sus grandes ojos el rostro de Julian y luego disimuló su expresión con sus largas pestañas.

—¿No me estarás diciendo esto sólo para tranquilizar mi mente?

—No digo cosas para tranquilizar la mente de nadie. A estas alturas ya deberías saber eso de mí. Las parejas de vida no pueden decirse mentiras. Busca la información en tu mente, Desari, y sabrás que creo lo que te digo. Y la llamaré Syndil como tú quieres que haga. Si es tu deseo que sea una hermana para mí, entonces que así sea.

—¿Por qué no pronuncias nunca su nombre?

Él se encogió de hombros con su gracia fácil y natural, con aquella vibración de poder que él daba por descontado, la enorme fuerza que ella estaba conociendo poco a poco.

—Por hábito. Nos relacionamos pocas veces con las mujeres sin pareja de nuestra raza, y no las personalizamos. Es una protección por ambas partes. A medida que los varones se acercan al final, es preferible que ninguno de ellos se fije en una de nuestras mujeres disponibles, por si... —Su voz se fue apagando, pues de pronto no quería pronunciarlo.

Desari se pasó una mano por el pelo.

—La ataca —acabó ella por él—. Syndil no hizo nada para provocar a Savon o llevarle a hacer eso. Sé que no.

—Ni por un momento se me ha ocurrido pensar que hiciera tal cosa. Una mujer no tiene que hacer nada para atraer a un vampiro.

Los no muertos son perversos, grotescos, malignos por completo. En sus imaginaciones retorcidas, piensan que si encuentran una mujer no reclamada por nadie, o si tal vez dejan viuda a una con pareja, encontrarán sus almas perdidas. Eso nunca sucederá. Una vez que eligen ese camino, es para toda la eternidad, hasta que uno de nuestros cazadores sea capaz de destruirles como es debido. La mayoría de ellos intentan encontrar una compañera en algún momento. Utilizan a mujeres mortales y a veces incluso son capaces de convertirlas sin matarlas. Pero la mujer se trastorna y se alimenta de sangre de niños. Es una terrible tarea para un cazador verse forzado a destruir a una criatura tratada de forma tan injusta. Ése es el peor de nuestros trabajos. —Lo dijo con total naturalidad, sin buscar compasión.

Desari le rozó el hombro con la cabeza; sus cuerpos estaban próximos mientras caminaban juntos a través del bosque, sorteando sin rumbo los árboles y arbustos. Fue un pequeño gesto, pero el contacto propagó pequeños calambres por su cuerpo. Ella eliminaba su angustia, y le daba tanto placer... Sólo estar cerca de ella le proporcionaba placer. Respirar su fragancia le proporcionaba placer.

—Julian, tú me aportas la misma sensación —le aseguró, satisfecha de haber sido capaz de levantar su ánimo.

—Eres un milagro para mí —dijo—. No tienes idea de lo que significas para mí, lo que eres para mí. Nunca puedo encontrar las palabras para decírtelo.

Pero ella estaba en su mente. Podía sentir sus emociones, y aquello resultaba abrumador para Desari. ¡Lo que él pensaba de ella! Era un arma poderosa que esgrimían los hombres de su raza. ¿Cómo podía negarse una pareja a consolar y querer a un hombre así? Quería esto mismo para Darius. Quería que una mujer le amara de la manera que ella amaba a Julian. Quería alguien para Syndil, también para Barack y Dayan.

Julian se rió y la rodeó con el brazo, guareciéndola bajo la protección de su hombro. Por supuesto, Desari pensaba en todos ellos; quería compartir su dicha. Y eso hacía que él la quisiera aún más.

—Mira las estrellas esta noche, Desari. Mañana por la noche tendremos tormenta. Noto cómo se acerca. Pero esta noche tenemos tiempo para disfrutar de nosotros al aire libre.

—Pronto amanecerá —le recordó ella, con una pequeña sonrisa revelándose en su voz.

—Faltan pocas horas —replicó Julian—, más que suficiente para cumplir mi tarea.

—¿Tienes una tarea? —preguntó, con sus oscuros ojos animados al mirarle.

—Desde luego que sí. Tengo que convencerte de que soy el único hombre que querrás o necesitarás en tu vida.

—Mi vida puede ser bastante larga —comentó ella como advertencia.

—Y siempre será el principal deber de mi existencia garantizar tu seguridad en todo momento, *cara mia*. Quiero que vivas conmigo muchísimo tiempo.

Desari se volvió hacia él y acercó su cuerpo al suyo, subiendo despacio los brazos para rodearle el cuello.

—¿Cuánto es muchísimo tiempo? —murmuró ella mordisqueando con sus dientes la fuerte línea de la mandíbula.

Julian la estrechó con fuerza entre sus brazos mientras la dicha se colaba en su alma y un maremoto de necesidad le consumía. Inclinó la cabeza para encontrar su boca, su dulce perfección. Sintió que le bañaba un fuego aterciopelado, que le atravesaba, mientras la electricidad le unía con un arco para que las llamaradas danzaran por su piel y a través de sus cuerpos. Un gruñido grave escapó de su garganta, un suave sonido de posesión. Desari respondió aproximándose aún más a él, amoldando su cuerpo menudo al de Julian.

Un sonido se inmiscuyó. Casi no era discernible, apenas el roce de un pelaje contra una hoja, pero fue suficiente para provocar un quejido de frustración en Julian. Inclinó la cabeza sobre la cabeza de Desari.

—Esta unidad familiar que tienes me está sacando de quicio. No tenemos vida privada, *piccola*, de ningún tipo.

Ella se rió en voz baja con la misma frustración.

—Lo sé, Julian, pero es uno de los pequeños sacrificios que todos pagamos por preocuparnos de los demás. Nos ayudamos unos a otros a superar cualquier crisis.

—¿Quién va a ayudarme a superar ésta? Créeme, *cara*. No hay duda de que tengo una crisis. Te necesito, antes de que empiece a volverme loco.

—Lo sé. A mí me pasa lo mismo —susurró pegando los labios a la comisura de su boca, tentándole juguetona. Había ansia en su voz, una respuesta al padecimiento de Julian—. Tendremos nuestro momento.

—Mejor que sea pronto —refunfuñó hablando en serio. Había una risa disimulada en la voz de Desari, que él percibía en su mente y también en su corazón. La situación le parecía humorística a ella, pero le quería de todos modos con la misma necesidad urgente. Julian se encontró sonriendo pese a sus exigencias corporales. Había algo contagioso en aquella risa, fuera mental o a viva voz. Era dicha, pura y simple. Y ahora había dicha en él, algo que jamás había experimentado con anterioridad.

Desari le besó la dura mandíbula, su barbilla obstinada.

—No podemos abandonar a Syndil en este momento.

—Es bastante difícil ayudarla si todo el tiempo adopta la forma de leopardo.

—Sssh. No tiene problemas de oído —le advirtió Desari mientras se ponía de puntillas para besarle la ceja y frotarle la frente con la mejilla—. Si estuviera dispuesta a salir tan sólo un momento y hablar conmigo como solíamos hacer, yo estaría a su disposición.

—De acuerdo —accedió Julian a regañadientes—. Pero si ese idiota de Barack se asoma con su mirada avergonzada, dile que pase de largo.

—Últimamente parece darse demasiados aires; su actitud es bastante machista —comentó Desari—. Desde el ataque de Savon contra Syndil parece haber empeorado. Se siente su guardaespaldas, pero lo cierto es que no lo hace de un modo demasiado agradable. Julian —añadió Desari, con sus ojos oscuros iluminados de pronto por una idea brillante—, tal vez debieras decirle que no fuera tan mandón. Syndil necesita que sea más amable con ella.

Julian resopló con poca elegancia.

—Como si fuera a suceder. Me niego por completo a interferir en cualquier cosa que Barack quiera hacer. Los carpatianos no hacemos ese tipo de cosas. Creemos en permitirnos los unos a los otros resolver las cosas por nuestra cuenta. Sobre todo si se trata de algo relacionado con una mujer. Y ahora que lo pienso, tal vez deba irme y dejaros a las dos mujeres, así podréis hablar en privado.

—Cobarde —susurró mordisqueándole la oreja—. No te vayas muy lejos, no sabes cómo te necesito.

La alta figura musculosa de Julian titiló y luego se volvió transparente en el aire nocturno. Él le sonreía con esa leve sonrisita que penetraba bajo la piel de Desari. Notó que su corazón se echaba a volar y se elevaba mientras Julian desaparecía y se convertía en parte de la propia noche.

Ella se volvió en el momento en que la hembra de leopardo surgía desde detrás de la maleza y cambiaba de forma.

—Desari. —La voz de Syndil era un mero hilo de sonido—. Voy a irme. Necesito estar lejos de estos machos autoritarios. No es mi deseo dejarte, pero es necesario.

Syndil estaba molesta. Desari la conocía tan bien que distinguía cualquier matiz en su voz. No obstante, como siempre, Syndil se mostró calmada y serena. Estiró el brazo y le cogió la mano.

—Antes no te molestaba ver a los hombres dándose golpes en el pecho como cavernícolas. Siempre nos hemos reído juntas de sus tontas costumbres. ¿Por qué ahora dejas que te alteren? Si Darius te ha fastidiado, hermana, yo ya hablaré con él más tarde.

Syndil se apartó con impaciencia los largos mechones de pelo que enmarcaban su rostro.

—No se trata de Darius, aunque él ya es bastante insoportable. Y Dayan, también es un fastidio; me observa todo el rato. Pero al menos él no dice nada que me moleste. Sin embargo, Barack se cree mi jefe. Es rudo y odioso todo el rato. —Bajó la cabeza de golpe dejando que su sedosa cabellera cayera a su alrededor como un manto que ocultaba su expresión—. Negó que yo fuera su hermana.

Desari sentía el dolor de Syndil. Barack la había lastimado de verdad con aquella negación. Durante siglos habían sido una familia, más que una familia. ¿Cómo podía haberle dicho algo tan hiriente? Sintió unas ganas de pegarle que no eran habituales, y rodeó con un brazo protector a Syndil.

—No sé cómo ha podido decir algo así, pero tú sabes que no habla en serio. Estará tan preocupado por ti que dice cosas sin pensar.

—Cosas para castigarme porque piensa que yo, en cierto sentido, soy responsable de lo que hizo Savon. Quizás hubiera preferido que Darius me matara a mí en vez de a Savon. Siempre admiró a Savon, ya lo sabes. —Syndil se encogió de hombros con expresión compungida y alzó la mirada al cielo oscurecido—. Quién sabe, tal vez yo hiciera algo de forma inadvertida para provocar a Savon.

—¡Desde luego que no! —negó Desari con firmeza—. No crees lo que dices, Syndil, ni nadie lo cree. Julian me ha explicado que los carpatianos se convierten en vampiros después de siglos sin encontrar a su otra mitad. Siempre dice que tienen una opción: o bien se entregan al amanecer o bien deciden perder sus almas. Es obvio que Savon escogió esto último. No puedes, por nada del mundo, creerte responsable de todo lo que les ha sucedido a los varones de nuestra raza durante siglos, durante miles de años.

—Todos me tratan de manera diferente ahora, pero Barack es el peor.

—Syndil —le dijo Desari con amabilidad, con voz afable y sosegada— ahora eres diferente. Todos nosotros. Es un cambio como cualquier otro por el que tenemos que pasar, y como siempre lo pasaremos juntos. Tal vez a Barack le esté costando asimilar lo que te sucedió. Tal vez incluso se sienta responsable. Quizás había advertido con anterioridad que Savon se estaba distanciando de nosotros y no dijo nada. ¿Quién sabe? Creo que intenta protegerte, así de sencillo. Tal vez está exagerando un poco, pero quizá debiéramos ser transigentes con él.

Syndil alzó sus perfectas cejas.

—¿Transigentes? Es él quien debería ser transigente. ¿No ves cómo se comporta conmigo? Es maleducado y brusco, sin venir a cuento. Ni siquiera Darius me habla como lo hace él.

Desari suspiró y le pasó una mano por el pelo.

—¿Quieres que hable con él?

—No creo que sea necesario. Voy a tomarme unas vacaciones, antes hablaba en serio. Es hora de que siga mi propio camino durante un tiempo. —La voz de Syndil sonaba desafiante.

—Darius nunca te permitirá marchar sin protección —le recordó Desari con tacto—. Mandaría a uno de los hombres para cuidar de ti.

Un macho leopardo, grande y de musculatura perfecta, salió al descubierto y saltó con agilidad natural para encaramarse a la rama baja de un árbol. Se quedó mirando a las dos mujeres, sin pestañear, con sus costados marcados por los poderosos músculos mientras respiraba con regularidad. Syndil lanzó una mirada de ira al animal. Desari sacudió la cabeza.

Barack, deberías dejar de presionarla con tal severidad. Va a largarse si continúas así. Empleó su vía mental habitual, en un intento de transmitirle la desesperación que sentía Syndil.

No irá a ningún sitio sin el consentimiento de Darius. Y si él fuera a concedérselo, no hay ningún lugar al que yo no pueda seguirla. La voz era arrogante.

Sin previo aviso, Julian brilló al lado de Desari mientras se materializaba y posaba su brazo protector alrededor de sus hombros. Sus ojos de oro fundido se llenaron de amenaza, fijos en el leopardo que tenían sobre ellos. La perturbación en la mente de Desari le había traído al instante a su lado. En ese momento no había nada afable en él: sólo era un guerrero duro e implacable templado por una vida despiadada.

No la alejes de nosotros, rogó Desari, *te lo pido; sé más amable con ella. No entiendes lo que le ha sucedido. Necesita tiempo para recuperarse.*

Lo entiendo mejor de lo que tú crees, Desari. Ya no vive, se limita a existir. No puedo permitir que continúe así. Barack parecía frío y distante.

Los oscuros ojos de Desari se llenaron de lágrimas. Volvió la cabeza hacia el hombro de Julian.

—Por favor, Syndil, no me dejes. Ahora no. Te necesito aquí conmigo. Todo es tan diferente.

Syndil estiró el brazo para tocarle la mano.

—Si es así, entonces que él no me obligue a alejarme de mi propia familia. Soy lo bastante fuerte como para plantarle cara. —Fulminó con la mirada al leopardo, que se limitaba a observarla sin pestañear siquiera. Tras hacer un gesto de asentimiento a Julian, se apartó de ellos y desapareció adentrándose entre los árboles. El leopardo brincó sin hacer el menor ruido desde la rama y se fue tras ella.

Desari dirigió una rápida mirada a Julian.

—¿Te das cuenta de lo intimidador que puedes ser cuando quieres? ¿Qué pensabas que iba a hacer Barack?

Él se encogió de hombros con gracia despreocupada.

—Eso es lo de menos, *cara*. No me gustó la manera en que te hacía sentir. Estos otros machos parecen creer que tienen derecho a inmiscuirse en los asuntos de vosotras las mujeres. Sólo tu hermano, como líder reconocido, tiene tal derecho y deber. Los otros tienen que limitarse a protegeros, y Barack intentaba otra cosa. No puede reprenderte. Tú eres mi compañera de vida y sólo respondes ante mí y ante el príncipe de nuestro pueblo. En tu caso, tal vez también ante Darius, pero no tienes que rendir cuentas ni a Dayan ni a Barack. Sólo a los líderes y a tu pareja.

Los ojos oscuros de Desari llamearon.

—¿Que yo respondo ante ti? —Su voz sonaba aún más baja de lo habitual; un volcán de terciopelo a punto a estallar.

Julian se frotó el caballete de la nariz, intentando contener la sonrisa en su corazón para que no apareciera en su mente o su rostro.

—Igual que yo sólo respondo ante ti, mi pareja de vida, y ante el príncipe de nuestro pueblo.

Ella estudió la belleza sensual de su rostro durante un largo rato. A Julian le divertían sus ataques de feminismo, y Desari se percataba con claridad de ello, aunque era lo bastante prudente como para procurar disimularlo. No obstante, agradeció que Julian se preocupara de intentar ponerles en igualdad de condiciones. Fueran cuales fueran las reglas que él considerara necesarias para su pareja, él procuraba ser lo bastante justo como para exigírselas también a sí mismo. Julian era un chauvinista en muchos sentidos, como la mayoría de hombres con los que se había topado, pero al menos intentaba que su relación fuera una sociedad equitativa.

—En serio, creo que empiezo a enamorarme de ti.

La sonrisa de Julian era pura arrogancia masculina.

—Estás locamente enamorada de mí. Acéptalo, *cara mia*, sabes que no puedes resistirte.

Desari le dio un puñetazo en medio del pecho con su pequeña mano.

—Cuando hablas así, sí que puedo resistirme. De vez en cuando pienso que tengo que estar loca para aguantarte. O sea, que no lo describiría como «locamente enamorada».

Julian le rodeó la cintura.

—Seguro que sí, *piccola*, si no fueras tan obstinada. —Julian inclinó la cabeza para enterrar el rostro contra la delgada columna de su cuello. Le encantaba su fragancia. Olía tan limpia, tan tentadora. Encontró bajo su boca errante y su lengua acariciadora la vida que se precipitaba por las venas de Desari, llamándole. Le rozó el cuello a propósito, arañó arriba y abajo la delicada piel con sus dientes, y el estímulo provocó en ella escalofríos en la columna, iniciando un temblor en lo más profundo de su ser.

Desari se acercó todavía más y su blando cuerpo se apretó contra él en actitud incitante.

—En realidad, es posible que podamos quedarnos a solas si nos movemos con suficiente rapidez. —Su sonrisa era francamente sexy, y sus largas pestañas descendían y transmitían una invitación.

Julian la estrechó aún más, hasta el punto de casi aplastarla. Aún así, la abrazaba con cuidado, y ella podía notar el poder de su brazo aunque sabía que él la protegía de cualquier magulladura. Le encantaba la manera en que le hacía sentirse femenina, mimada y estimada, sin arrebatarle nada.

—¿Por qué te quiero tanto? —susurró Desari contra su oreja—. ¿Por qué siento una necesidad tan ardiente, mucho más que un mero deseo?

La risa grave de Julian era la de un macho plenamente satisfecho.

—Porque soy increíblemente sexy. —Se levantó del suelo con ella mientras, a su alrededor, la noche les envolvía por todos lados con sus brazos amorosos. Desari notó una ráfaga de fresco viento junto a su rostro, de modo que lo mantuvo enterrado contra su pecho, sin dejar de rodearle el cuello con los brazos.

—Eso podría ser cierto, chico arrogante —admitió con esa suave ronquera de terciopelo que convertía las entrañas de Julian en lava fundida—, pero hay más que eso. Mi piel no soporta estar separada de ti. Mi mente busca sintonizar con la tuya. Mi corazón y pulmones también lo hacen. Ardo en deseos de unirnos. Se hace más fuerte con cada momento que pasa. ¿Por qué?

—Somos compañeros de vida —respondió con seriedad mientras iniciaba una lenta exploración de su espalda pese al hecho de estar flotando a través del aire—. Conoces esta zona mucho mejor que yo; enséñame una imagen que me guíe a un lugar donde no nos molesten. —Había un tono áspero y desapacible en su voz que a ella le provocó un sobresalto. Parecía que él también estaba demasiado impaciente por unirse a ella y que no podía esperar mucho más.

Desari ofreció de forma automática sus recuerdos de la zona y su lugar de descanso privado en la profundidad de las entrañas de la montaña. Tenía la piel tan sensible que apenas podía contenerse sin librarse de las prendas que frotaban su piel de forma tan incómoda, y que le impedían sentir la piel de Julian pegada a ella.

—Las parejas mantienen un vínculo tan estrecho, *cara*, que deben compartir el cuerpo y la mente del otro con frecuencia. Es una necesidad, por tener almas y corazones tan conectados. Dos mitades del mismo todo deben juntarse con mucha frecuencia o las exigencias son tales que resulta imposible mantener el control. —Había recibido la información necesaria de la mente de Desari y ahora descendían sobre la cumbre de una montaña para introducirse por una estrecha hendidura casi indiscernible desde la altura.

El alivio fue tremendo para ambos. Vivir con su familia era casi tan necesario para Desari como respirar, pero la tensión de no estar a solas con Julian era abrumadora. Alzó la cabeza incluso antes de empezar a descender por el pasadizo que ahondaba en las regiones internas del volcán dormido. Su mundo. Su hogar.

Desari encontró a ciegas la boca de Julian con sus propios labios. Las ropas desaparecieron por la fuerza del deseo, así de sencillo, y cayeron sin obstáculos mientras los cuerpos de ambos continuaban descendiendo paulatinamente por el canal. Julian movió la mano para cubrirle el trasero e instarla a pegarse todavía más a él.

Desari soltó una suave risa entrecortada, el calor del interior de la montaña se mezclaba con el fuego que consumía su cuerpo. Le deseaba justo en aquel momento, mientras se movían por el aire a ritmo tan lánguido.

—No podemos hacer esto, ¿verdad que no? —le preguntó ella mientras pasaba la lengua sobre el fuerte pulso palpitante en el cuello de Julian, el cuerpo del cual se contrajo como respuesta para que no tuviera más remedio que repetir la caricia, con el roce erótico de sus dientes, que incrementaba la tentación de la piel desnuda contra él. Sus pechos turgentes, anhelantes, presionaron incitantes contra su pecho, a lo que luego Desari sumó la invitación ardiente de su cremosa entrada vaginal apretando contra el abdomen de él.

Julian gimió en voz alta y levantó el cuerpo de Desari sobre la gruesa evidencia de su deseo.

—Hazlo, Desari, ahora mismo —susurró con voz áspera mientras empezaba a bajarla sobre él, ajustándose como un guante de terciopelo—. No juegues conmigo, *cara mia*. Déjame sentir mi sangre fluyendo dentro de ti mientras tomo lo que necesito con tal desesperación.

El poder que ella ejercía sobre Julian era abrumador. Tener a este carpatiano, con su enorme fuerza, con todas sus destrezas y habilidades, tan completamente enamorado, tan necesitado de ella, era excitante. Lamió con delicadeza su hombro y dejó un rastro de fuego sobre sus músculos definidos, hasta llegar al cuello donde encontró el pulso fuerte y constante de su arteria. Él soltó un quejido desde lo profundo de la garganta mientras ella se demoraba jugueteando con los dientes sobre su piel.

¡Desari! Su nombre era una petición de misericordia.

En ese momento se movían con tal lentitud que ella apenas era consciente de que seguían flotando por el pasadizo. Notó que el cuerpo de Julian invadía el suyo con calma exquisita, y él, que la vulva ardiente y estrecha le rodeaba, ajustándose a su erección, estrujándole con fuertes músculos, de tal modo que tuvo que apretar los dientes para mantener un ápice de control. Luego ella hundió los dientes en su cuello y disparó un relámpago azul por su cuerpo. Le alcanzó con tal éxtasis sexual que no tuvo otro recurso que abalanzarse dentro de Desari con penetraciones fuertes y seguras, sin poder hacer otra cosa que embestir con decisión dentro de su mente para compartir con ella sus pensamientos eróticos, las emociones y el puro placer apasionado que le proporcionaba su cuerpo. Julian notó la dicha pura, sin restricciones, de compartir sus mentes y corazones, sus cuerpos y almas, el sabor de su sangre manando como el mejor vino dentro de ella. El cabello de Desari caía como una cascada de seda de ébano en torno a ellos, y rozaba la sensible piel de Julian como una caricia de millones de dedos. El sabor de él era salvaje e indómito, una mezcla erótica de animal y hombre. Y él, por su parte, podía saborear la esencia de su propia vida a través de ella, algo más erótico que cualquier cosa que hubiera conocido. Se elevaron en el aire, uniéndose con desenfreno, Julian hundiéndose una y otra vez en ella, sosteniendo su cuerpo exactamente donde quería, exactamente dónde necesitaba que estuviera para que la fricción creciera con pasión abrasadora, apoderándose de él hasta el punto de sentir dolor.

Desari cerró los diminutos pinchazos del pecho con un lametazo lento y poderoso de su lengua, con la intención clara de volverle loco. Echó hacia atrás la cabeza y dejó al descubierto su garganta, como clara invitación, le rodeó el cuello con los brazos y empezó a mover las caderas, cabalgando, casi sin poder contenerse, con el mismo ritmo que él había marcado. Estaba hermosa, con sus ojos oscuros vidriosos de pasión, y en su boca una incitación lasciva e imposible de ignorar.

La boca de Julian descendió perdiéndose sobre su piel de satén, entre la blanda turgencia de sus pechos, con la respiración detenida en su garganta, obligándola a jadear de placer. Se le escapó un leve sonido, un grito grave de necesidad. Desari arqueó su cuerpo hacia él, sin que sus caderas dejaran de seguir el ritmo frenético de Julian. Quería el latigazo del relámpago crepitando por su cuerpo, quemándola con llamaradas danzantes. Él acarició su piel con la lengua, luego la curva de sus pechos; jugueteó delicadamente con sus dientes sobre el pezón erecto mientras su cuerpo la reclamaba con una fiera actitud posesiva, de la que nunca se había creído capaz.

—Julian —susurró Desari atormentada por la expectación; era el canto de una sirena, y su voz melodiosa agitaba unas plumas de placer sobre su columna vertebral—, corro el peligro de que me devoren las llamas antes de que acabemos.

Él le respondió como sólo podía hacer una pareja, hundiendo los dientes en el pulso que palpitaba de modo tan frenético sobre el pecho de Desari. Ella soltó un grito y le agarró con más fuerza, mientras el calor candente perforaba su piel. Por increíble que pareciera, Julian embistió sus caderas todavía con más potencia, manteniéndola quieta con las manos mientras él bebía a grandes tragos. La sensación del cuerpo de Desari entregándose, agarrándose a él con más fuerza, continuó y continuó hasta que Julian ya no pudo pensar. Sólo había sensación, sólo placer, sólo el sabor erótico de ella. Una piel, un corazón y un alma. Planeaban juntos a través del tiempo y el espacio, y continuarían así toda la eternidad. ¡Cuánto la quería! ¡Cuánto la necesitaba! Le hacía sentirse vivo después de siglos de vacío estéril, y le costaba creer que su felicidad pudiera durar. Temía que fueran a arrebatársela en cualquier momento, pues sabía que entonces él se volvería mucho más peligroso que en su vida anterior. Y así, saboreando las fragancias combinadas de Desari, se sumergió en el éxtasis.

Se deleitó con los músculos de terciopelo que se tensaban con fuerza, envolviéndole, mientras lanzaba un grito hasta lo alto de la montaña. La intensidad del clímax compartido les propulsó por el pasadizo, sobre los precipicios y los límites del tiempo y del espacio. Desari se agarró a él mientras Julian se daba el festín, con su cuerpo pegado a ella. Su pequeño y suave suspiro de total aceptación le sacó de su aturdimiento, donde sólo había placer, donde sólo estaban sus sentidos dando tumbos fuera de control. Ese suspiro le devolvió al presente. Ella tenía la cabeza recostada en su hombro y sus largas pestañas acariciaban sus pómulos. Costaba creer lo pálida que estaba; su piel casi traslúcida.

Julian soltó una maldición mientras cerraba con impaciencia las heridas en el pecho de ella. Apartó su larga melena del rostro con la palma de la mano.

—Desari, mírame, *piccola*. Abre los ojos. —Era una orden clara, transmitida con una voz cargada de apremio, de pura preocupación.

Sonrió perezosa y se recostó en él para que Julian aguantara su peso.

—Debes beber, *cara*. He tomado demasiada sangre tuya con mi ansia insaciable. Es imperdonable que no haya pensado en ti, incluso en medio de tal pasión. No tengo excusa, amor mío, pero debes beber. —Pegó la boca de Desari a su pecho desnudo.

La cabeza de la hembra se balanceó hacia atrás sobre el cuello. Murmuró algo ininteligible, un sonido de amor. Julian les llevó a ambos a la seguridad de la tierra y entrelazó sus cuerpos con delicadeza. La protesta de Desari, más que algo verbal resultaba un leve ceño sobre sus oscuras cejas dibujadas, un débil puchero en sus labios. Julian se maldijo una vez más a sí mismo por su absoluta falta de control. No había censura en la mente y el corazón de ella, pues aceptaba el lado animal de su naturaleza tanto como el lado carpatiano. Había bebido mucha más sangre de la debida, y entregado a su pasión a costa de las fuerzas de Desari.

Julian la acunó entre sus fuertes brazos y se inclinó para besarle la comisura de los labios. *Escúchame*, piccola, *mi amor eterno. He bebido demasiado de ti. Debes reponer sangre con lo que yo te dé.* No era un ruego suave, era una orden firme y deliberada, una coacción transmitida de mente a mente por un macho de su especie con poderes tremendos. No lo pensó dos veces: le dio la orden, sin más, para garantizar su salud y seguridad. Se hizo un corte sobre los voluminosos músculos del pecho y pegó con firmeza la boca de Desari a él.

Estaba enfadado consigo mismo, enfadado por haber sido tan egoísta en su pasión. ¿Había pasado demasiado tiempo entre animales como para no saber comportarse como un hombre? Era más animal que hombre civilizado. Resultaba mucho más difícil hacer frente a sus emociones recién descubiertas que al más poderoso de los vampiros derrotados por él en el pasado. Siempre tenía muy clara la estrategia de batalla, pero ahora sus emociones aturdían su inquebrantable control. Se encontraba atado de pies y manos, pues no quería lastimar los sentimientos de Desari o hacer algo equivocado; no quería que ella le menospreciara. Se encontraba en una guerra constante con sus propios instintos. Quería llevársela lejos y mantenerla a salvo para siempre, para toda la eternidad.

Julian apoyó la cabeza en la de ella.

—Parece que tengo que protegerte de tu propia pareja.

Desari se agitó en sus brazos mientras se alimentaba, bajo sus órdenes hipnóticas. Bajo las capas de coacción, ella notaba la fiera rabia que sentía Julian contra sí mismo por lo que consideraba una naturaleza abusiva. Le envió su amor más cálido. Consiguió proyectar una amable sonrisa formada en su mente para compartirla con él y los profundos sentimientos que ya había desarrollado por él. Era asombroso para Julian que ella ya formara parte de su ser, que pudiera notar la profundidad de su enojo consigo mismo e intentara tranquilizarle.

Y en cierto modo había conseguido hacerlo. Se calmó más y aceptó su naturaleza. Era lo que era, nunca podría cambiarlo. Ni siquiera estaba seguro de que quisiera hacerlo, aunque pudiera. Desari vio su fuerza y le permitió verse a través de sus ojos. Era otro don valiosísimo que ella le ofrecía, y siempre lo guardaría como un tesoro. Estaba descubriendo muy deprisa por qué los machos de su raza necesitaban con tal desesperación el equilibrio que aportaban sus parejas. Sus mujeres traían luz y compasión a su oscuridad.

Julian alzó la cabeza y la miró con cuidado, estudiando su rostro en busca de señales de recuperación. El color reaparecía bajo su piel con un brillo mucho más saludable. Con un suspiro de alivio, permitió que despertara poco a poco, acunándola con brazos protectores.

—Lo siento, *cara*. Debería contenerme mucho más.

Ella le rozó la garganta con la mano, propagando su calor por su cuerpo, una sensación de pertenencia y aceptación que nunca había conocido. Su sonrisa le conmovió.

—Eres mi amor, Julian. Nunca me harás daño. Eso lo sé con la misma seguridad que sé otra certeza: que eres incapaz de hacerte daño a ti mismo. Me he quedado satisfecha del todo, no hace falta que lo diga, aunque sospecho que tú ya sabes que me proporcionas un placer nunca antes imaginado.

Él le acarició el pelo, observándola con sus ojos de oro fundido.

—Lo que quiero es algo más que darte placer; lo que quiero es compartir algo bello, incomparable. Eso no puedo hacerlo si no soy capaz de controlar mi deseo por ti. —Su expresión transmitía una ternura infinita mientras observaba su rostro.

Desari descubrió que, por un momento, no podía respirar. Julian Savage era un bello ejemplar de su especie, pero siempre parecía demasiado remoto y bastante severo. No podía creer que ahora estuviera viendo tal ternura en la profundidad de sus ojos, en la curva de su boca, en el contacto de su mano.

—¿Crees que te cambiaría por alguien más amable? —preguntó en voz baja.

Cerró los ojos por un momento para ocultar el dolor que esas palabras provocaban.

—No tienes elección sobre tu pareja de vida, los dos lo sabemos, Desari. Si la tuvieras, tal vez hubieras preferido alguien muy diferente a mí.

La sonrisa de ella le dejó sin aliento.

—Creo en Dios, Julian. Desde siempre. Tras vivir a lo largo de siglos, como es mi caso, he presenciado muchas cosas maravillosas, milagrosas, creadas por él. Pienso que nos crearon como dos mitades del mismo todo. No tenía ni idea de que esto fuera así hasta que te conocí, pero ahora estoy convencida. Nunca querría a otra persona, nunca encajaría con nadie más. Siento que lo correcto es que estemos juntos, y no creo que Dios juntara a dos criaturas que no encajaran la una con la otra. —Le frotó el ceño con la base del pulgar—. Me resulta muy excitante el entusiasmo que muestras por mí, Julian. Puedes desearme así siempre que quieras. —Su sonrisa era la incitación juguetona de una sirena.

La movió sin esfuerzo entre sus brazos para poder estrecharla contra su corazón, y encontró la respiración de nuevo tras contener el aliento.

—No quiero estar sin ti, Desari, nunca —admitió en voz baja. Las palabras surgieron desgajadas de su corazón; notó cómo salían de su cuerpo y sintió la verdad en ellas.

Ella le rodeó el cuello con los brazos, pues le gustaba el tacto de su larga cabellera contra su piel.

—Espero que nunca permitas que estemos separados. Cuento con eso, pareja de vida. Y ahora deja de hablar tanto y busca un lugar donde descansar esta noche. Mañana continuaremos hacia Konocti en el autobús, con los otros. Ellos permanecerán en el campamento que hemos montado esta noche. —Una débil sonrisa curvó su blanda boca—. Es decir, si el autobús consigue ponerse en marcha. Es una desgracia que ninguno de nosotros entienda de mecánica. Hasta yo he leído las instrucciones y me resultan demasiado aburridas.

—No necesitamos saber de mecánica —le recordó Julian mientras empezaba a girar hacia arriba y se la llevaba con él como si fuera una pluma—. Se supone que podemos viajar de forma diferente, con nuestros propios poderes.

—Si queremos mezclarnos con el resto del mundo —indicó ella—, no nos queda otro remedio que viajar con las máquinas de los mortales.

—Es mucho más rápido viajar a nuestra manera a través de tiempo y el espacio.

Ella se rió en voz baja, con el sonido de una mezcla ronca de terciopelo y vino vertidos sobre él y dentro de él. Julian entendió el significado de la dicha. Era la risa de una mujer, su sonrisa, el brillo en sus ojos alegres.

—Desde luego es menos frustrante unirse al viento, sin más, e ir allí donde deseemos sin seguir los carriles interminables de la autopista —admitió ella.

Julian siguió por la entrada del túnel situada a la derecha, extrayendo las indicaciones de la mente de Desari. El pasaje se abrió casi de inmediato y salieron a una cámara más amplia. Al instante, él hizo un ademán para abrir la tierra.

—Se acerca el amanecer, *cara*. Pasaría más tiempo disfrutando de tu compañía, pero has actuado delante de muchísima gente y estás cansada.

—No me importa, Julian —le dijo—. Me gusta bastante la forma en que pasas el tiempo conmigo. —Se pegó más a él, apretando sus senos desnudos a su pecho.

El beso de respuesta de Julian fue lento y tierno, una delicada exploración.

—Tengo que insistir tan sólo en esta cuestión: tu salud debe anteponerse a todas las cosas, incluso a nuestro placer. La próxima jornada, tendremos más tiempo para nosotros. Debes descansar con este amanecer.

Ella intentó disimular la diversión en su mente. Él era tan categórico que le estaba dando una orden.

—Por supuesto, Julian —murmuró ella en voz baja, con sus largas pestañas descendiendo horizontales hasta cubrir sus ojos oscuros. Su cuerpo se movía inquieto contra él, y sus voluminosos senos se comprimían contra los fuertes músculos de su pecho.

—Si dices que no puedo, entonces tengo que mostrarme conforme contigo, pero siento mucho oír que no puede ser. —Movía las manos sobre las nalgas de Julian y seguía con los dedos el contorno de sus músculos definidos. Los movió hasta las caderas, le acarició los músculos y luego continuó para coger en la palma de su mano todo el peso del deseo creciente de Julian—. Haré lo que tú digas, pareja, si eso es lo que te complace. —Su boca descendió sobre su garganta y pecho, siguiendo el rastro del cabello dorado hasta los músculos tensos de su vientre.

Bajo sus dedos acariciadores, la erección aumentó y se endureció como respuesta; sus entrañas se contrajeron con pasión y el aliento pareció surgir con violencia.

—Estás poniendo a prueba mi determinación, a propósito, *piccola*, y yo estoy suspendiendo la prueba de manera lamentable.

—Eso es exactamente lo que quería oír —respondió con suficiencia, y con la mente ocupada ya en asuntos mucho más interesantes.

Capítulo 15

El autobús avanzaba con dificultad, el motor tosía y chisporroteaba, haciendo más ruido a cada kilómetro que pasaba y dejando leves rastros de humo oscuro. Incluso el aire dentro del vehículo parecía espeso; costaba respirar. Los dos leopardos gruñían agitados de vez en cuando, sacudiendo la punta de la cola en señal de protesta.

Toda la aventura provocaba recelos en Julian. Estaba inquieto al encontrarse tan cerca de tantos miembros de su especie. Además, era necesario vigilar y controlar a los leopardos. Tenían un genio vivo e inestable, e incluso entre los carpatianos, podrían provocar un desastre si se irritasen dentro de los límites reducidos del vehículo. Fuera como fuera, Julian advertía una perturbación en el equilibrio de poder, y sabía que los otros carpatianos también eran conscientes de ello. La estrechez del autobús le hacía sentirse atrapado, aunque podría decidir disolverse con facilidad en moléculas y fluir a través de las ventanas abiertas. El estado de tensión nerviosa de los machos se transmitía a los animales, lo cual dificultaba todavía más controlar su naturaleza salvaje. Darius estaba malgastando una energía muy valiosa en mantener a raya a los felinos. Julian sacudió la cabeza ante la manera tan disparatada que tenía de vivir esta unidad familiar.

Desari tamborileaba impaciente con los dedos sobre el respaldo de su asiento, con ganas de darle una patada a su hermano. El ánimo general dentro del autobús era de intensa frustración. Darius había insistido en que viajaran todos juntos, y habían dejado los otros vehículos en el cámping. Era incómodo, por no decir otra cosa. Ella quería estar a solas con Julian, y sabía que él no estaba acostumbrado a encontrarse encerrado de este modo con otra gente. Seguro que lo detestaba.

Darius le dirigió una mirada rápida a su hermana, con sus negros ojos inexpresivos.

—No tengo que dar explicaciones —le recordó con calma. No se molestó en hablar de la vibración que se detectaba en el aire. Había alguien de su especie cerca, pero se trataba de uno que hacía mucho tiempo que había decidido entregar su honor y su mismísima alma a cambio de unos breves momentos de arrebato durante un asesinato. Darius sabía que estaba demasiado cerca como para evitar la confrontación, y que las mujeres eran su objetivo. Lo sabían todos ellos. Desari, aparte, necesitaba más tiempo para estar a solas con Julian. Los dos necesitaban espacio para conocerse el uno al otro. Darius observaba con atención a Julian. Respetaba a la pareja de vida de su hermana: su fuerza natural, y que hubiera elegido hacer feliz a Desari a costa de su propia comodidad.

El grupo había perdido tanto tiempo volviendo a intentar arreglar provisionalmente esos viejos vehículos, que ahora tenían que apresurarse para llegar a tiempo a Konocti, donde tendría lugar la siguiente actuación. A Darius le gustaba llegar un día antes a los lugares de los conciertos para inspeccionar la sala y verificar que la seguridad fuera de su gusto. El equilibrio de poder ahora había desaparecido, y el aire gemía con la presencia del mal. Todos ellos podían oler la peste de un incendio reciente, el humo y el olor atrapados en ausencia de la más mínima brisa.

En esta ocasión, al menos, estaban familiarizados con el territorio al que se dirigían. Konocti era el lugar favorito de Desari para actuar: un espacio más pequeño y más personal que los enormes recintos donde por lo general la contrataban para cantar. A ella también le gustaba la zona, con sus volcanes y estanques humeantes ocultos y los rincones secretos con diamantes relucientes salpicados aquí y allá. Hacía tiempo que habían establecido en este área varios refugios, de modo que cada uno de ellos podía disfrutar incluso de algo parecido a intimidad.

—¡Detén el autobús, Dayan! —Fue Syndil la que, de pronto, gritó con apremio en la voz—. Mejor toma esa carretera pequeña que se desvía a un lado.

—No tenemos toda la noche —refunfuñó Barack sin alzar la vista—. Se supone que tenemos que hablar con el jefe de seguridad, como siempre, y ya llegamos tarde. Dayan, sigue conduciendo.

La delgada figura de Syndil empezó a refulgir. Desari soltó un jadeo al verla. Era raro que Syndil desafiara a los machos, pero aun así se estaba disolviendo para adoptar forma de bruma, decidida a filtrarse a través de la ventana abierta y salir al cielo oscuro.

Barack se estiró con toda tranquilidad, con un movimiento engañosamente perezoso cuando en realidad su mano se había desdibujado por la velocidad, atrapando a Syndil del pelo antes de que ella lograra desaparecer del todo.

—Creo que no, Syndil. No has escaneado la zona, o si no habrías percibido los espacios oscuros y vacíos que sólo pueden significar una cosa: que el peligro está muy cerca de nosotros.

A Syndil se le escapó un leve sonido gutural mientras reaparecía en su forma sólida.

—¿No oyes cómo me llama a gritos la tierra? No tengo otra opción que responder —contestó en voz baja—. Los espacios oscuros no quieren decir nada para mí. El peligro no significa nada si me llama la tierra. Tú y los demás hombres sois quienes debéis ocuparos de esas cosas.

Barack se enrolló en la muñeca un puñado del sedoso pelo de Syndil.

—Lo único que sé es que te estás poniendo en peligro, y no estoy seguro de que mi corazón pueda soportar algo así en dos jornadas.

—Oigo en mi cabeza los gritos de la tierra herida y los árboles quemados. No puedo continuar sin prestar mi ayuda a la naturaleza que muere; debo acudir —dijo Syndil—. Soy quien soy, Barack. —A ella le importaba poco lo que dijeran los demás en estos momentos. No podía hacer otra cosa que sanar la tierra que le comunicaba a gritos su dolor.

Dayan suspiró con un leve gesto de impotencia. Satisfizo la petición de ella, pues tenía razón, a su pesar, y se volvió despacio hacia el camino polvoriento que llevaba a las montañas. Resultó ser un viejo camino que conducía a un maderero. Barack permaneció sentado en silencio, sin protestar más, pero no soltó el pelo ondeante de Syndil, asegurándose así de que no saliera corriendo para meterse directamente en problemas. El autobús dobló una curva y Desari se quedó mirando con horror aquella visión.

Todo el lado oeste de la montaña era una ruina ennegrecida. Dayan acercó despacio el autobús al lado de la carretera y lo detuvo del todo. No tenía otra opción en aquellos momentos. Syndil se había levantado, haciendo caso omiso de la mano de Barack que la refrenaba. El carpatiano suspiró y se levantó con ella, y permitió de mala gana que soltara el cabello de su muñeca. Desari observó mientras Syndil abría de golpe la puerta del autobús. Su rostro reflejaba el mismo pesar profundo que había visto en ella cada vez que encontraba la tierra dañada de algún modo.

Julian se levantó con el ceño fruncido. No le gustaban los espacios abiertos de la zona donde se encontraban. Desplazó la mirada de un carpatiano a otro, indignado por que se arriesgaran a dejar expuesta a una de sus valiosísimas mujeres cuando era tan evidente que existía una amenaza. Desari le tocó con suavidad; era una advertencia de que permaneciera quieto. Julian desplazó la mirada de la mano de ella en su brazo, refrenándole, a Darius. Como siempre, la expresión de aquel era imposible de discernir. Darius escudriñaba los alrededores, obviamente en busca de cualquier cosa que amenazara a su familia. Estaba ahí fuera, lo percibía. Todos los carpatianos lo percibían, pero ninguno de ellos parecía querer detener a Syndil.

Barack tomó la iniciativa, como siempre hacía en los últimos tiempos en cuestiones relacionadas con Syndil. Se encogió de hombros con su gracia fluida y caminó con aparente despreocupación tras ella, que ya se movía hacia la superficie calcinada y retorcida mientras entretejía con las manos un diseño extraño pero fascinante en la quietud del aire. Miró a Barack por encima del hombro, con un leve ceño en el rostro.

—¿Lo oyes, Barack? La tierra grita de dolor. Este fuego lo ha provocado algo maligno de modo intencionado. —La voz de Syndil era suave y amable, un mero susurro, no obstante, todos ellos, con su agudo oído, pudieron entenderla con claridad.

—Maligno como un... —le apuntó Barack.

—No un pirómano. No es humano. —Ya había vuelto la atención de nuevo a los árboles y al suelo, sin dedicar más palabras al origen del fuego, como si aquello no fuera importante para ella. Si los hombres querían ocuparse de una cosa tan terrible, era su derecho y privilegio. Ella formaba parte de la tierra, provenía de ella. Amaba el suelo, los árboles y las montañas. Toda la naturaleza le cantaba, la envolvía con sus brazos amorosos. La necesitaba como la respiración. Nada hubiera impedido que acudiera en ayuda de su amada tierra.

Julian observó cómo se inclinaba hacia delante y tocaba la tierra calcinada con dedos cariñosos. Hubiera jurado que la tierra se movía alrededor de su mano y sobre ésta, deseosa de entrar en contacto con ella. Tuvo que aguantar la respiración, conmocionado por lo que acababa de ver. Si el don de Desari era la voz, el de Syndil era muy distinto; aquello era evidente. Mantenía una afinidad profunda con la propia tierra; podía curar lo dañado o enfermo. Julian se fue hasta la puerta del autobús y observó admirado cómo enterraba Syndil las manos en lo profundo del suelo ennegrecido, entretejiendo el mismo diseño hermoso e intrincado bajo la tierra, consiguiendo que empezaran a formarse por encima extrañas ondulaciones que configuraban una espiral cada vez más amplia.

Julian bajó del autobús y se quedó a un lado, con cuidado de mantenerse apartado de Syndil. Desari entrelazó con fuerza los dedos de su pareja. Darius y Dayan estaban desplegándose como hacían siempre, protegiendo el perímetro de la zona, con la atención puesta en los cielos situados encima de ellos y los árboles que les rodeaban. Había algo ahí fuera, algo que había preparado esa trampa, algo maligno que sabía con antelación que Syndil no se resistiría al grito de la tierra.

Pero una parte de Julian no podía dejar en manos de los otros carpatianos la custodia de Desari, ni siquiera por un momento. por lo que continuó a su lado y se limitó a observar a Syndil, fascinado por el círculo de fertilidad que no paraba de ampliarse, de crecer y expandirse. Hasta el color del suelo empezaba a cambiar poco a poco, adoptando un intenso negro, fértil y más acentuado, diferente del tono apagado chamuscado que antes tenía. Se percató de que Syndil estaba cantando en su lengua ancestral. Sonaba melodiosa y hermosa; las palabras eran una oda al suelo, a la esencia de la tierra. Él comprendía la lengua antigua y pensaba que había leído todos los poemas, todas los versos, todo los textos curativos que existían. No obstante, este cántico le resultaba del todo nuevo. Julian entendió las palabras con facilidad, encontrándolas relajantes de un modo misterioso, y no obstante dichosas. Aquellas palabras hablaban de renacimiento, de crecimiento verde y rutilante, de lluvia plateada. De árboles altos y vegetación exuberante. Se encontró sonriendo sin motivo aparente. Syndil nunca había estado tan guapa. Resplandecía rodeada de rayos de luz que todos podían ver.

Desari rodeó la cintura de Julian con su brazo.

—¿No es cómo te la había descrito? Magnífica. Syndil puede curar las peores cicatrices en esta tierra. Cualquier cosa crecerá en su honor. Estoy tan orgullosa de sus destrezas cuando la veo así. Cualquier elemento de la naturaleza responde a ella. Pero puede resultar muy duro en ocasiones; parte de su persona asume el dolor de los árboles y de la tierra destruida.

—Nuestras mujeres son verdaderos milagros —dijo Julian en voz baja, más para sí mismo que para Desari. Entre su gente, nadie estaba enterado de esto. Ni un solo carpatiano vivo había conocido a una mujer con edad suficiente para tener dones como los que mostraban Desari y Syndil. Las mujeres que quedaban era milagrosas por la luz y compasión que aportaban a la oscuridad del hombre, pero eran demasiado jóvenes, meras aprendices, como para haber desarrollado sus propios poderes.

Dirigió una rápida mirada a Desari. Ella alzó la vista con su inconfundible amor brillando en sus ojos. Julian pensó que se le pararía el corazón. La respiración se le interrumpió en los pulmones. Era hermosa, mucho más que cualquier cosa que hubiera contemplado en siglos de vida. Cuando ella le miraba de aquel modo, notaba algo parecido al terror, algo nunca antes experimentado. Se había enfrentado a diestros vampiros en numerosas ocasiones, había participado en guerras, había sufrido graves heridas a las que de algún modo había sobrevivido, pero nunca antes había sentido miedo o terror verdadero. Ahora, en cambio, aquella sensación no parecía dejarle.

El último amanecer había sido así, y al levantarse con la nueva jornada aún lo notaba más. Había un precio que pagar por la felicidad: el terror a perderla.

—Las mujeres deberían estar encerradas y escondidas para que nadie las viera —refunfuñó, medio hablando en serio.

Desari le frotó el brazo con gesto tranquilizador.

—He sobrevivido mucho siglos, Julian, y mi intención es sobrevivir muchos más. No se me ocurre por qué iba a correr más peligro ahora que tú te has unido a mi hermano en la custodia de Syndil y mía. Estaré incluso más protegida que antes.

Julian se puso rígido, y aunque de pronto su rostro se quedó sin expresión, sus ojos se llenaron de dolor. Él ya la había puesto en peligro; estaba marcado, y ambos lo sabían.

—Eso no cambia mi opinión; yo preferiría que estuvieras perfectamente a salvo en todo momento —replicó Julian con aspereza. Estaba cambiando de posición con discreción, de forma automática y sin pensarlo, para cubrir con el cuerpo a Desari, para protegerla. Alzó los ojos al cielo.

Darius. Lanzó la llamada por la vía mental con la que se estaba familiarizando.

Soy consciente de ello. La respuesta de Darius fue calmada y serena, como si tuvieran todo el tiempo del mundo y no fueran a sufrir un ataque en cualquier momento. *Llévate a Desari y manténla en un lugar seguro.*

Regresaré en cuanto sepa que se encuentra fuera de peligro.

Te quedarás con ella y la protegerás en caso de que yo salga malparado. Dayan y Barack harán lo mismo con Syndil.

Julian cogió a Desari del brazo.

—Vamos, *cara*, debemos marcharnos ahora.

Desari miró los rasgos tallados con dureza de Julian y a continuación el rostro sin expresión de su hermano.

—Se acerca el no muerto —dijo.

Julian hizo un gesto de asentimiento. Estaba observando a Barack, que tomaba posiciones para proteger a Syndil. Dayan se movió para flanquearla. A Julian le conmocionó que no la levantaran y la sacaran de allí a la fuerza. Syndil parecía ajena a todos: su concentración era total.

—Deberían sacarla de aquí —dijo en voz alta, con desaprobación evidente. Julian se encontró en un dilema, pues por importante que fuera para él proteger a su pareja, por primera vez se sentía parte de una familia y no estaba dispuesto a dejar sin protección a los demás.

—Ya no está en su cuerpo, Julian —le dijo Desari en voz baja—. Planea libre y se mueve a través de la tierra para sanar lo que ha quedado destruido. Allí donde hay restos ennegrecidos, logrará que tomen vida pequeños capullos. Crecerán exuberantes y altos, y se propagarán con rapidez por esta zona. Los árboles echarán retoños y cobrarán fuerza. Los animales salvajes ayudarán a la recuperación, pues acudirán a este lugar en el momento en que la vida prospere. Los hombres no pueden molestar a Syndil mientras se encuentre fuera de su cuerpo.

Julian exhaló lentamente con un largo siseo de irritación. Su primer pensamiento era llevar a Desari a un lugar seguro como había ordenado Darius, pero iba en contra de su instinto dejar a Syndil tan indefensa.

—Esto era una trampa, Desari, preparada con el propósito de atrapar a Syndil. Un señuelo cuya única intención es atraerla. Él trata de aprovechar las habilidades de Syndil en perjuicio de ella.

—¿Cómo lo sabes?

—He visto tretas parecidas, concebidas para atrapar a un individuo en concreto. Intentará llevársela sin su cuerpo, para que nosotros tengamos que entregárselo si queremos evitar que muera. No podemos dejarla. —Julian envió el mensaje de advertencia a Darius por su canal privado. *Darius, esta trampa es sólo para Syndil. He visto cosas así con anterioridad.*

No puede haber otra explicación. He intentado traer a Syndil de vuelta con nosotros, pero se ha propagado por esta tierra y ya se ha alejado demasiado. Él la está apartando de nosotros con más rapidez de la que creía posible. No había temor en su voz o en su mente, ni expresión de ningún tipo.

—Julian —continuó Darius en voz alta—. Nunca me había encontrado con una trampa de este tipo, pero Syndil se está escabullendo de nosotros demasiado deprisa.

—Barack —soltó Julian de inmediato—, tú y Desari estáis más cerca de su corazón. Que Desari emplee su voz para retenerla con nosotros; debes ir tras ella y encontrarla. Lo más probable es que tenga problemas, que esté desorientada, medio en la tierra y medio hipnotizada por la trampa que le ha tendido el vampiro. Darius, Dayan y yo iremos tras el no muerto. Tened mucho cuidado, es fuerte y con gran destreza. No será un adversario fácil.

Barack echó una mirada en dirección a Darius en busca de su aprobación. El líder se limitó a asentir con la cabeza. No estaba familiarizado con la técnica que empleaba el vampiro, por consiguiente no iba a hacer ascos a ninguna ayuda experimentada que le ofrecieran.

—¿Estás seguro de poder seguir el rastro de Syndil aun cuando te encuentres fuera de tu cuerpo? —le preguntó Julian a Barack, evitando a propósito dar cualquier entonación a su voz. No tenía intención de ofenderle, pero no conocía lo bastante a los miembros de la familia como para estar enterado de sus destrezas. Darius era el único hombre del grupo en el que tenía fe absoluta, ya que era capaz de derrotar a cualquier oponente, y también de seguirle el rastro, y desde luego podía seguir a un miembro de su familia una vez que estuviera fuera de su propio cuerpo.

—Puedo encontrar a Syndil en cualquier lugar de este mundo, en cualquier momento —respondió Barack, con voz grave y segura—. Y puedo protegerla.

Julian hizo un gesto de asentimiento.

—Bien. —Se volvió de nuevo a Dayan y a Darius, confiando en que Barack pudiera cumplir lo que decía—. Un vampiro tan astuto tiene que llevar mucho tiempo en activo. No estaría dando este paso contra cuatro carpatianos varones a menos que creyera que cuenta con muchas posibilidades de derrotarnos. Tiene que ser consciente de la tremenda experiencia de Darius. Ha estudiado esta unidad durante cierto tiempo, pero tal vez no esté enterado todavía de mi presencia. Esta trampa le ha llevado una larga preparación, y podemos suponer sin miedo a equivocarnos que da por sentado que Syndil ha estado ausente del grupo este último par de meses y que el vínculo entre todos vosotros se ha debilitado. Por eso la ha elegido a ella como objetivo y por eso envió antes al vampiro menor a cumplir sus órdenes; al que Barack, sin ser un cazador experimentado, derrotó con tal facilidad.

—¿Por qué piensas que nos ha estudiado sin que nosotros nos enteremos? —preguntó Darius, con voz carente de inflexión.

—No puedo responder a eso —contestó Julian—. Sólo puedo conjeturar que nos ocupamos de un ser muy poderoso, más paciente que la mayoría de su especie. Intentará concentrarse en destruirte a ti, Darius, ya que sabe que eres el más letal para él. Debe contar con que vas a enviar a Dayan con Desari y te atacará en el momento en que piense que Syndil está lo bastante embelesada como para no escapar de su red.

—Entonces sería de mala educación decepcionarle —respondió Darius en voz baja, con sus negros ojos vacíos, fríos como el hielo.

Julian asintió conforme.

—Dayan, tengo que pedirte que te quedes con Desari y te ocupes de que no sufra ningún daño en caso de que me haya equivocado.

—Tal vez yo podría hacerle salir al descubierto con mi voz —se ofreció Desari, ansiosa de repente, pues no quería verse separada de Julian.

No intentes hacer salir al vampiro. Dayan estará cerca de ti en todo momento. Manténte conectada a mí a menos que yo rompa la comunicación de repente, y no vuelvas a fusionarte a menos que estés en peligro. Por favor, haz lo que te pido. Sin tu cooperación, no seré capaz de ayudar a Darius.

Desari se mordió el labio inferior. Dayan se estaba aproximando a su lado, con rostro grave y duro.

—Me concentraré en retener a Syndil con nosotros —accedió Desari mientras Dayan la cogía del brazo con firmeza—. No le fallaré.

—Será una lucha dura, no lo dudes ni por un momento. Este no muerto tan anciano no renunciará a su plan con facilidad. Será necesaria tu fuerza combinada con la de Barack. Llama ahora a Syndil para que te haga caso, y reténla. Tráela de regreso si puedes hacerlo. Darius y yo daremos caza a ese monstruo.

Dayan puede ir a cazar con él. Desari no podía evitar intentar retener a Julian.

Yo debo estar con Darius si quiero cumplir la promesa que te hice. Dayan no tiene la misma experiencia.

Desari le envió oleadas de afecto y amor, que por un momento le envolvieron de una intensa emoción, antes de que ella brillara hasta volverse transparente y permitiera que Dayan la alejara de la zona de peligro. Julian oyó en su mente una suave voz persuasiva, un arma más poderosa de lo imaginable, un hechizo relajante y atrayente que llamaba a la mujer que era como una hermana para ella. Era una llamada de necesidad, de amor, de promesa de unidad, de hermandad y familia.

Entonces, sacudió la cabeza para librarse del poderoso tirón de la magia sugestiva de Desari y lanzó una rápida mirada a Darius.

—Es única en el mundo. Me maravillo cada vez que la oigo.

Darius estaba ocupado inspeccionando la zona circundante con todos sus sentidos alertas.

—A mí me pasa lo mismo —contestó con sinceridad. Las mujeres tenían poderes extraordinarios. Pese a tener el privilegio de conocerlas desde hacía siglos, no habían disminuido los recuerdos de admiración y respeto por los dones increíbles de estas mujeres. Darius recordaba su orgullo y amor por ellas y se aferraba a aquel recuerdo. Nadie haría daño a sus mujeres.

La figura de Julian ya se contraía mientras se lanzaba al cielo y desplegaba las alas para captar desde la altura, con sus agudos ojos, cualquier cosa inusual en tierra. El campo de visión era mucho más amplio desde arriba. Estudió la zona ennegrecida en busca de cualquier cosa que rompiera la línea del paisaje, por leve que fuera. Sabía que Darius buscaría al vampiro empleando la habilidad que todos ellos tenían de percibir leves cambios en el aire o en la propia tierra; era un hombre muy peligroso, y ni siquiera un carpatiano tan poderoso y experimentado como él querría enfrentarse con él en una batalla. Y este vampiro había vivido suficiente tiempo como para saber que ir contra alguien como Darius era equivalente a un suicidio; estaban tratando con un anciano poderoso de verdad.

Julian se concentró en bloquear cualquier cosa excepto lo que debía encontrar. Darius recibiría la amenaza real desde otra dirección, y el no muerto tendría que pelear con la fuerza combinada de la voz de Desari y la determinación de Barack por recuperar a Syndil. Él creía en el amor de Desari por Syndil y en la determinación de Barack de que nadie volviera a hacerle daño. Estaba seguro de que podrían retener a Syndil mientras Darius hacía frente a cualquier cosa que arrojara el vampiro contra él.

Describiendo círculos, transformado ahora en un ave, captó un leve movimiento en un árbol ennegrecido, situado a pocos metros de Darius. Creyó percibir una breve ondulación en la corteza, que sufría dolores atroces mientras experimentaba una muerte lenta. Julian fijó la mirada: vio cómo volvía a vibrar, y entonces el propio tronco del árbol empezó a partirse en dos. Darius avanzaba en esos momentos alejándose del árbol, hacia el centro del paisaje quemado. Los restos ennegrecidos y retorcidos de lo que en otro momento había sido un bosque hermoso de pronto adquirieron un aspecto siniestro, mientras sus ramas se prolongaban creando fantasmagóricas figuras andantes. Darius se vio atraído hacia el mismo centro de la trampa, al espacio abierto que el vampiro había preparado a propósito, a donde quería que llegara el poderoso carpatiano. Muy por encima, el ave describía círculos sobre la tierra ennegrecida, observando varios árboles chamuscados que empezaban a vibrar con ondulaciones, cuyas cortezas se separaban de los troncos y se movían en silencio como largas sombras negras, rodeando al hombre alto y de amplios hombros.

Darius, susurró Julian en la mente del líder.

Soy consciente de estas figuras. Ellas no son conscientes de tu presencia. ¿Ya ha logrado Desari sujetar a Syndil? Darius seguía moviéndose en dirección al centro del bosque ennegrecido. No miraba ni a izquierda ni a derecha, avanzaba con paso fluido y cómodo, como si hubiera salido a dar un simple paseo. Nadie hubiera adivinado que se estaba comunicando con otra persona; nada en el mundo parecía preocuparle.

Julian advirtió que el cazador había cambiado un poco la trayectoria y que se había desplazado hacia el oeste. *Desari ha atraído a Syndil lo suficiente como para permitir a Barack fundir su espíritu con el de ella. Están juntos, uniendo los tres su fuerza contra el poder del vampiro. Si el no muerto quiere capturarla, tendrá que abandonar a sus subalternos a su suerte para luchar en ese frente.*

Irá a por su cuerpo si no puedo tomar posesión de su espíritu.

Julian sabía que la valoración de la situación ofrecida por Darius era correcta. Tendría que concentrarse en impedir que el no muerto se acercaran a los cuerpos de Barack y Syndil. No podría prestar demasiada atención a la inminente batalla de Darius, ya que debería librar la suya muy pronto. Los cuerpos de carne y hueso de Barack y Syndil debían ser protegidos a toda costa.

Por encima del ave, unas oscuras nubes de tormenta empezaron a formarse. Eran grandes y amenazantes, rebosantes de agua y energía. Los relámpagos encendieron el cielo formando arcos, seguidos por el estruendo de los truenos, como si anunciaran el inicio de la gran batalla. *Nada de fuego*, rogó Julian encarecidamente.

No he perdido el juicio aún. Estas criaturas han sido revividas con fuego. El fuego sólo servirá para aumentar su poder. Darius sonaba tan calmado como siempre, sin expresión de ninguna clase.

Dentro del cuerpo del ave, Julian se encontró sonriendo pese al peligro que les rodeaba. Darius era un guerrero y tenía una confianza total y plena en sus propias habilidades. Y él estaba convencido de que esa seguridad estaba justificada.

Los relámpagos saltaban fulgurantes de una nube a otra, eran largos látigos de fiera energía. Los truenos retumbaban justo encima de su cabeza y golpeaban la tierra con un sonido estruendoso que sacudió el suelo con tremendas vibraciones. Las figuras de sombra negra parecieron estremecerse con el sonido: sus extrañas formas se retorcieron y se alargaron, con apariencia de delgadas caricaturas de seres humanos, vestidas con largas capas con capucha, con orificios vacíos e inmóviles donde deberían estar sus ojos, y hendiduras en vez de bocas, que abrieron para gemir débil pero incesantemente. Las figuras vestidas estiraron sus brazos de ramas de árbol y empezaron a formar un amplio círculo en torno a Darius.

Pero el líder seguía sin mirar. Su paso no se alteró, y tampoco dio muestras de oír los espantosos gemidos que escapaban de los zombies que le sitiaban. Sacudió un poco la cabeza en un momento, para que su largo cabello de ébano cayera suelto en torno a sus hombros, dándole aún más aspecto de antiguo guerrero. Parecía lo que era: un luchador peligroso, con el rostro duro y desalmado. No había compasión en sus ojos negros, ni misericordia por aquellas criaturas creadas por el no muerto.

Las figuras de sombras empezaron a murmurar en voz baja un cántico ancestral mientras se desplazaban en corro hacia la izquierda, manteniendo el círculo amplio y fluido que parecía flotar por encima de la tierra achicharrada.

Julian notó el corazón a punto de romperle el pecho. Esas criaturas intentaban paralizarle desde las profundidades de la tierra. ¿Había alguna posibilidad de que Darius conociera un sortilegio con que neutralizar aquello? Era difícil no quedarse demasiado absorto con lo que sucedía debajo de él, no precipitarse en su ayuda. Su tarea era vigilar los cuerpos de Syndil y Barack, asegurarse de que no les sucedía nada malo. Describió círculos perezosos sobre ellos, inspeccionando la tierra en busca de señales de perturbación. Su mente aún estaba unida en parte a la de Desari, al tanto de la batalla que mantenían con Syndil para liberarla de la trampa del vampiro. Pero el no muerto era paciente, y tiraba de ella sin descanso, concentrando su voluntad tan sólo en un solo propósito. Su mejor posibilidad era arrebatar el espíritu de Syndil a Desari y Barack, y tal vez así pudiera triunfar.

Desari era una oponente formidable; su hermosa voz arrojaba una red de protección de plata y oro que envolvía el espíritu de Syndil con ella. El tono era tan puro que el vampiro, sin alma y maligno como era, veía cómo disminuían sus inmensas destrezas con aquella voz. Estaba mancillado y la pureza de las notas era un recordatorio benévolo pero poderoso del camino repugnante e inmundo que había escogido. Se veía con la misma claridad que si Desari sostuviera un espejo ante su rostro. Los largos siglos se notaban en su cara, en su piel podrida, y en descomposición, desprendiéndose de su cráneo en largas tiras. Sobre su cuerpo reptaban gusanos; la vileza de su existencia quedaba expuesta ante él, para que la viera. Sangre envenenada, tomada de seres humanos moribundos y de carpatianos, goteaba como ácido sobre su piel, marcando lo que antes había sido una carne tersa, supuraba desde sus encendidos ojos rojos y rezumaba por las zarpas que formaban sus uñas. Su fétido aliento surgía con un visible tono verde y amarillo, y su voz atroz era un siseo de sonidos crepitantes, en marcado contraste con la pureza de la hermosa voz de Desari. Se apretó con las manos los oídos y chilló con gran padecimiento y, al hacerlo, perdió, por un breve momento, su control sobre Syndil.

De inmediato, como si esperara precisamente una reacción así, Barack la sujetó con más firmeza, y fundió su espíritu tan por completo con ella que notó el horror provocado con su irrupción. Abarcaba toda su mente, llena de desprecio por sí misma. Creía que de algún modo había atraído el mal a ella, y que estaba poniendo en peligro al resto de su familia al permanecer con ellos.

Julian notó la repentina vacilación de Desari, el pequeño grito de negación al detectar el intento de Syndil de apartarse de Barack. El carpatiano, de trato mucho más fácil que ningún otro miembro de su especie conocido por Julian, de repente hacía gala de una voluntad de hierro. Syndil se topó con la sólida barrera de la voluntad de Barack.

El vampiro rugió lleno de rabia, y el sonido compitió con el estallido de los truenos. Barack se mantuvo firme; había en él una seguridad tranquila. No le iban a arrebatar a Syndil, y estaba dispuesto a morir si fuera necesario para impedirlo. En el momento en que Syndil percibió su total decisión, sumó una vez más su fuerza a Barack y a Desari, regresando poco a poco pero de forma constante a su cuerpo.

El ave observaba ahora el terreno con mucho cuidado, advertía la agitación en aumento a medida que se intensificaba la lucha entre la sanguinaria determinación del vampiro y la posición de Barack, Desari y Syndil. Un movimiento le llamó la atención cuando Darius llegó al epicentro de la trampa. Al instante el viento cobró fuerza, gimiendo como protesta por los zombis que rodeaban aullantes al cazador, haciendo sonar sus brazos de varas con una cadencia rítmica y ancestral para acompañar su cántico. Darius dejó de moverse y alzó la cabeza poco a poco en dirección al cielo, con los brazos muy abiertos, como si se ofreciera a las sombras distorsionadas. Se quedó quieto por completo: una figura de mármol carente de expresión. Las voces de los zombis se alzaron de un modo atroz, con un sonido chirriante que destrozó los nervios y desgarró la mente del carpatiano.

El cántico ancestral, tan débil momentos antes, ahora era audible para Julian, que entendió las palabras. En lo profundo de su alma ya había sabido lo que intentaban hacer, pero al oír el hechizo paralizante, al ver cómo las figuras ensombrecidas estrechaban el cerco en torno a Darius, se consternó. No tenía ni idea de si Darius comprendía el lenguaje o lo que invocaban esas palabras. No parecía preocupado en lo más mínimo por lo que el no muerto había forjado para darle muerte. Parecía sereno, completamente en paz, y aquello infundió en Julian un nuevo respeto y una creencia aún más profunda en las habilidades del hermano de Desari.

Cuando llegó el ataque, vino precedido por un repentino y gélido silencio. Las sombras vestidas, con oquedades en vez de ojos, se quedaron inmóviles, en silencio, y de sus ramas alzadas salieron puntas afiladas; varios cuchillos que sobresalían en cada tocón. Darius permaneció quieto como una estatua mientras el viento azotaba su cabello de ébano alrededor de su rostro. Se quedó tan estirado como una flecha, y sus amplios hombros parecían el mango de un hacha, con su poderoso cuerpo irradiando fuerza y elegancia.

Julian, de hecho, notó el poder que se acumulaba en el aire, que vibraba en torno a él. Abajo, los zombis empezaron a precipitarse contra él. Cerca de los cuerpos inmóviles de Syndil y Barack, la tierra se abultó hasta formar un abombamiento que no presagiaba nada bueno. Julian inició el descenso, obligando a su mente a permanecer centrada en su propia batalla. Cuando llegó el golpe, la fuerza del ataque fue enorme. Por un momento Julian no pudo respirar, sus pulmones buscaron aire con desesperación, y sólo su tremenda disciplina le permitió permanecer calmado. Al instante siguiente comprendió que el ataque iba dirigido contra Desari. El no muerto había dejado de lado a Syndil y Barack para seguir la señal de la hermosa voz de

Desari hasta su origen. La estaba golpeado directamente a ella, proyectando su voluntad para ahogar y aniquilar su voz. *El vampiro la conocía. Había traicionado a su propia pareja.*

La fealdad, la vergüenza, el horror de aquel momento de la infancia, regresó para atraparle, y por un momento fue un crío otra vez, enfrentado a aquel monstruo absolutamente espeluznante. El vampiro le había susurrado durante más de quinientos años; que haría daño a las personas a las que él fuera leal. Su príncipe. Su hermano gemelo. Su pareja, si alguna vez la tenía. Julian había estudiado, había experimentado, había peleado durante cientos de años para prepararse para este momento, con la certeza de que podría proteger a sus allegados de los ojos de la sombra que había en su interior. Pero había traicionado a su querida Desari.

¡No! Desari fue a su encuentro. Aunque el temor la asfixiaba, su afecto invadió la frialdad de los huesos de Julian, la frialdad de ese terrible momento que le obsesionaba y que había cambiado su vida para siempre, hasta llevarle a una existencia desoladora y solitaria. *¡Te ha encontrado a través de mí! No es más que un truco. Cumple con tu misión, Julian. No hagas caso, el vampiro no me retiene.*

Todos los instintos de Julian gritaron que eso era ilógico. Sabía que había notado el pánico en Desari, había sentido cómo se cerraba su garganta. Su mente aún estaba unida parcialmente a la de ella, y había tal sintonía entre sus cuerpos que compartían el dolor y el miedo. Pero ¿podía ser cierto lo que ella decía?

Como pareja de vida, todo el ser de Julian, cada uno de sus nervios, músculos y tendones, le gritaban que acudiera en su ayuda, que uniera sus fuerzas con ella. Agonizó por ello durante lo que pareció una eternidad, aunque no fue más que un instante. Había esperado este momento, se había preparado para ello, durante siglos, y entonces hizo lo más difícil que había hecho jamás: cerrar su mente con firmeza a su pareja de vida.

Julian descendió directamente sobre el bulto en el suelo, se movió implacable hacia los dos cuerpos indefensos. El no muerto, al percatarse de que su intento de distraer a Julian había fallado, no tuvo más opciones y tuvo que soltar a Desari y retirar la energía con la que mantenía activada la trampa, dejando de este modo libres los espíritus de Syndil y Barack para regresar a sus cuerpos. El no muerto necesitaba cada vestigio de poder para combatir al cazador. Su enemigo despiadado era el enemigo que él mismo había creado.

Había percibido la presencia de Julian sólo al seguir la señal de la voz que retenía a su presa con tanta fuerza, sin que él pudiera hacer nada. Encolerizado, había pensado en destruir a la mujer, no obstante había percibido una amenaza más importante. Fue entonces cuando reconoció a través de ella al muchacho que había convertido en un solitario asesino implacable y desalmado. Durante siglos había atormentado a Julian a través del tiempo y la distancia. Hasta que, recientemente, un día, sin previo aviso, había dejado de conectar con la sombra dentro de Savage. El muchacho se había vuelto mucho más fuerte de lo que había imaginado. Ahora sabía que no tenía otra opción que destruir a Julian, o al menos herirle seriamente, si quería disponer de tiempo para escapar. Por primera vez en siglos, notó algo parecido al miedo.

El líder del grupo estaba librando una batalla con sus zombis, pero los movimientos de estos necrófagos estaban orquestados por él. Si se retiraba y les dejaba, Darius con toda certeza triunfaría y a continuación se uniría a esta nueva amenaza para destruirle. Con un vulgar grito de ira, el no muerto salió con un estallido de debajo de la tierra y se fue volando directo hacia Julian con zarpas como dagas, estiradas hacia los ojos de su enemigo.

Julian cambió de forma mientras cubría la distancia que le separaba del vampiro. Se estiró formando una alargada criatura serpenteante con escamas que escapó a las garras a gran velocidad, arrojando una explosión de llamas sobre el medio hombre medio bestia que corría tras él.

El vampiro gritó al verse alcanzado por las llamas, recogiendo las garras retorcidas hasta formar unas uñas enrolladas, manchadas y ennegrecidas con la sangre de sus muchas víctimas, pero aun así, giró en el aire y rajó el pecho expuesto de Julian.

Capítulo 16

Desari notó el contacto de unas manos impuras en torno a su garganta. Mientras el monstruo la agarraba cada vez con más fuerza, advirtió también la conmoción en él por el descubrimiento que acababa de hacer. Se trataba del anciano vampiro que había destruido la infancia de Julian. Cualquiera que fueran sus intenciones previas, lo que esta cosa maligna quería ahora era destruir a su pareja. Concentrado en atrapar a la debilitada Syndil y ocupado estudiando a toda la unidad familiar, ni siquiera se había enterado de que Julian se encontraba tan cerca, hasta el instante en que la tocó a ella.

En el momento en que su voz atrajo a *Nosferatu* hasta ella, olió a Julian, como si se encontrara de pie a su lado. Desari se enfadó consigo misma por no haber encubierto la presencia de su pareja en su mente o el olor en su cuerpo. Estaba capacitada, por supuesto, para lograr un efecto menor de ese tipo, pero no había pensado en ello, así de sencillo. En todas sus conversaciones sobre camaradería con Julian, siempre le había reconocido como un guerrero superior en la batalla, y se había considerado a sí misma a la altura de lo que hiciera falta, y ahora estaba avergonzada y apenada por no haber logrado protegerle.

Mientras la ilusión demasiado real de aquellos dedos huesudos aumentaba la presión en su cuello, se limitó a quedarse quieta. Su voz salió del corazón en vez de la garganta, vertiéndose al exterior como un afluente plateado de amor y compasión, de fuerza intrépida y honor eterno. El vampiro no podría sujetarla demasiado tiempo desde la distancia en que se encontraba. Desari notó cada vez más calor en el cuello, algo que la distrajo por un momento, hasta que comprendió que los dedos del no muerto se estaban quemando en contacto con su piel. ¿Sería algo que estaba haciendo Julian? Ella se separó de su propio cuerpo para no sentir los dedos óseos que intentaban asfixiarla y silenciar la pureza de su voz para siempre.

Sabía que el vampiro, en realidad, no la estaba tocando. Era una ilusión, que podía matarla, pero de todos modos no dejaba de ser una ilusión. Desari no vaciló ni por un instante, continuó con la canción, con los pensamientos centrados en Syndil. *Quédate conmigo. Quédate con nosotros. Siempre te necesitaré en la vida. No nos dejes nunca. No permitas que este mundo se vea privado de tu precioso don, tan necesario. Quédate conmigo. Syndil. Querida hermana, mi pena sería infinita si te perdiéramos. Quédate conmigo. Pelea con este monstruo que amenaza con separarte de tu verdadera familia. No nos prives jamás de tu presencia a quienes te queremos y respetamos.*

Las notas musicales decían mucho más que las palabras. Cantaban a las emociones profundas, al amor. Cantaban a la compasión y al entendimiento, a un amor que jamás flaqueaba, a una necesidad enorme, al amor incondicional y completo de una hermana.

Y éstas junto a la emoción atraparon a Syndil como nada podría haberlo hecho. Su sentimiento de culpa era ya incontenible, desbordaba su alma bondadosa, hasta que el corazón derramó gotas de sangre rojo rubí. Creía que había atraído de algún modo al demonio, a este vampiro que estaba decidido a destruir a toda su familia, y que si se entregaba a él, si sacrificaba el resto de su vida, tal vez pudiera salvarles. El vampiro tiraba de ella sin descanso y avivaba su culpabilidad. La confundía para que no supiera qué era real y qué había forjado él con su trampa. ¿Habría invocado al vampiro la propia alma de Syndil, rogándole que la encontrara, para liberarla de su existencia interminable, como insistía él en esos momentos?

¡No! Era Barack. Había algo diferente en él últimamente. Había negado la relación de hermana con ella, y le daba órdenes como si tuviera derecho a hacerlo y como si ella no se hubiera ganado su sitio

dentro de la unidad familiar. Sin embargo, había expuesto su vida y había luchado con uno de los no muertos en el momento en que éste fue a por ella, para unirla a las huestes de apestados y depravados. Y de nuevo en este instante, Barack estaba impidiendo que el maligno se la llevara.

La voz que oía Syndil en la cabeza se suavizó casi hasta el punto de volverse tierna. Era una falsedad, tenía esa certeza. Barack era capaz de inyectar cualquier cosa a su voz y a sus rasgos sensuales, de hacer creer a cualquier mujer que podía apreciarla. Pero lo cierto es que era un anciano, incapaz de sentir. *No has hecho nada para atraer a este maligno, Syndil. No hay maldad en ti, ninguna perversión. Eres la luz de nuestras vidas, igual que Desari. Sin vosotras, no hay existencia. No permitiré que te aparte de nosotros, de mí. Y ten presente esto, mujer: si te flaquean las fuerzas y no aguantas más, fúndete por completo conmigo y permite que nuestra fuerza combinada combata la presión sobre ti; yo te seguiré a donde te lleve y lucharé hasta la muerte para que regreses.*

Había tal resolución en la voz de Barack, que a Syndil no le quedó otro remedio que creerle. No obstante, fundir sus mentes de un modo tan concluyente desvelaría a Barack cada uno de los recuerdos que mantenía encerrado, inaccesible incluso para ella. Nunca sería capaz de volver a mirarle, de estar frente a él, sabiendo que había visto el ataque de Savon. Conocería todos sus pensamientos. La humillación y el miedo. La degradación. Y todavía peor: conocería sus pensamientos y secretos más íntimos, los que no quería revelarse ni siquiera a sí misma. Se le escapó un gemido, notó que el vampiro apretaba con más fuerza. Pero ella no podía hacer aquello; por ninguno de ellos, ni siquiera por su querida Desari. No podía permitir que alguien leyera esas necesidades y deseos secretos, ni Barack ni ella misma.

Barack atacó sin previo aviso, pasó de un comedimiento pasivo a la acción rápida e inmediata. Su mente se abalanzó por el interior de ella y tomó posesión de la suya con la misma seguridad que si hubiera declarado de su propiedad el cuerpo de Syndil. Ella descubrió que no podía resistirse, bien por agotamiento, tras dedicar su energía a la sanación de la tierra, bien porque se encontró indefensa ante la determinación y resolución de Barack. Tal vez él siempre había sido mucho más poderoso de lo que había imaginado. Fuera cual fuera el motivo, él iba a llevar a cabo su amenaza: la seguiría a donde fuera y pelearía a muerte para traerla de vuelta con su unidad familiar. Nunca la entregaría al maligno. Syndil dejó finalmente de resistirse y unió su fuerza a la de él.

Mientras, Desari les suministraba su poder a ambos, les entregaba su voz y aplicaba una presión constante contra el control que ejercía el vampiro sobre Syndil. Advirtió que los dedos del no muerto ya no apretaban tanto su garganta. El vampiro no podía ocupar su energía en tantos frentes. Si quería pelear para retener a Syndil en la trampa, tenía que soltarla a ella. Y al relajar la presión en su cuello, su voz continuó fluyendo en un torrente de belleza y triunfo: era el canto de un pájaro libre para alzar el vuelo por los cielos, para ayudar a quien pudiera oírla.

Darius oyó las notas plateadas, dichosas, una celebración de la vida. También en torno a él, en los campos y arroyos próximos, captó la reacción de la flora y la fauna al oír la voz. La música cobró fuerza con el viento que la transportaba con facilidad a través de los restos ennegrecidos del bosque, y mantuvo a los necrófagos en silencio cuando iniciaron su ofensiva. Pensaban que estaba indefenso, atrapado en la trampa de engaño de su señor; en el hechizo que le inmovilizaba y le tenía prisionero. Pero la voz de Desari se lo impedía: sus notas, que resonaban en su cabeza, le mantenían a salvo, como ninguna otra cosa podría hacer.

Su hermana. Siempre había sentido verdadera admiración por ella. Era tan hermosa, desde dentro hacia fuera. Su magia femenina, una fuerza del bien, era mucho más poderosa que sus propios poderes. Él ya no era capaz de sentir, por consiguiente se aferraba a los recuerdos de ella. En esta batalla, confiaba en la voz de Desari. Ella no iba a soltar a Syndil, y su voz no dejaría de atormentar al vampiro y seguir debilitándole.

Darius notó el temblor de la tierra y fue consciente de la lucha que mantenía el no muerto con Barack, Syndil y Desari. Supo en qué momento preciso el monstruo dejó que Syndil se le escapara entre los dedos. Notó la vacilación del poder, el cambio. Mientras los necrófagos lanzaban un ataque combinado, el vampiro surgió con una estallido desde debajo de la tierra y arremetió con un ataque total contra Julian.

Darius esperó hasta el último momento; se mantuvo quieto con los brazos estirados y con la apariencia de una victima ofrecida al maligno. Tenía el rostro elevado a los cielos, a las nubes oscuras y a los relámpagos que saltaban, mientras el viento azotaba su pelo negro azabache a su alrededor. Bajó la cabeza poco a poco, para que sus ojos desalmados abarcaran a todos los zombis que se precipitaban hacia él. Era como si en el fondo de su mirada ardieran fieras llamas; su aspecto era invencible, un fantasma de la noche, príncipe de la oscuridad, y no obstante mantenía las manos estiradas vueltas hacia los cielos, con gesto suplicante.

Los mismos cielos parecieron responder a su plegaria silenciosa y abrieron las puertas para que una tromba de agua cayera como si un pantano se hubiera roto. A través de las cortinas de lluvia se produjeron descargas de electricidad que dieron la impresión de no alcanzar el suelo en ningún momento. Los truenos retumbaban y sacudían la tierra, con efectos tan mortales como los de cualquier terremoto. En el suelo se abrieron grietas, fracturas irregulares, que dejaron que el agua se precipitara por ellas como una crecida fluvial. Y cuando los necrófagos llegaron al epicentro de la trampa de su señor, con los brazos estirados para asestarle a Darius numerosas puñaladas, éste ya había desaparecido de su horrendo círculo. Sólo quedaban las cortinas de agua que caían sobre las criaturas aullantes.

Un vapor siseante empezó a emanar de aquellas delgadas figuras, mientras las caricaturas eran liberadas de su cautiverio. El humo negro se mezclaba con el vapor blanco, y la mezcla pútrida se elevaba como un vaho que luego se disipaba. Darius no esperó a ver los resultados de su obra y se propulsó hacia las dos bestias que libraban la batalla principal: un maligno siniestro y un guerrero dorado, asestándose golpes en medio del cielo.

El vampiro, indignado por el desbaratamiento de su plan, intentaba despedazar el pecho de Julian con sus zarpas afiladas, siseando de un modo atroz y escupiendo saliva mancillada junto con su cólera. Gritó decepcionado cuando éste consiguió retorcerse milagrosa-

mente y esquivar el ataque, salvándose de las garras por un milímetro. Julian ya se las estaba ingeniando para devolver el golpe. Un
vampiro rabioso era un vampiro negligente, por lo que él bloqueó todos sus pensamientos, todo juicio y toda emoción. Su ataque fue tan
rápido y brutal que dejó unos largos surcos en el vientre desprotegi-
do del no muerto, con lo cual la sangre empezó a correr sin contención por cuatro puntos. Julian salió de la línea de ataque y empezó a
describir un círculo.

Entonces irrumpió Darius en la batalla, con una respuesta encarnizada, sin la menor compasión o miedo. Fue directo a matar. Estaba claro el reto: el no muerto podía decidir aguantar y luchar, pero,
fuera como fuese, Julian o Darius le destruirían. Era matar o morir.
Si uno de los dos recibía herida mortal, habría que aceptarlo, pero el
vampiro moriría con ellos. Ninguno de los dos cazadores hacía las
cosas a medias: ni tenían compasión ni sentían pena. Sería su destrucción.

Si el vampiro había vivido tantos siglos era porque no se arries-
gaba tontamente. Sabía que podría salir victorioso contra un cazador
experimentado, pero no contra dos. Había perdido ventaja. Se disolvió lo más rápido que pudo y se alejó como un rayo por el cielo em-
pañado por la lluvia, empleando una tormenta para disimular su
paso.

Julian fundió su mente al instante con la de Desari para asegurarse de que ella se encontraba bien. Mientras verificaba mentalmente que no había sufrido ningún daño, partió tras la pista del vampiro,
rastreando las gotas de sangre como señal. La tormenta diluía el bre-
baje venenoso, pero él reconocería ese olor en cualquier lado. Llevaba el hedor en su propia sangre, en su alma, en la oscura sombra que
le había alejado de su hermano gemelo, que le había dejado sin familia y sin su gente. El no muerto le había atormentado durante mucho
tiempo, pero ahora había cometido un pecado imperdonable: intentar hacerle daño a su pareja de vida. Por lo que concernía a Julian, no
quedaba otra opción que destruirle. Se había estado preparando toda
la vida para este momento.

Darius también se movía veloz por el cielo, tan rápido que se des-
dibujaba hasta parecer un borrón. No tenía intención de permitir que

este vampiro quedara libre. Este maligno había plantado un desafío a su defensa de la familia, y estaba más que deseoso de aceptar el reto. Ahora ya era casi imposible seguir el rastro de la sangre, de modo que permitió que la furia de su tormenta fuera disminuyendo. En tierra, los zombies ya habían quedado aniquilados y la lluvia disipaba las oscuras sombras de vapor. Las habilidades sanadoras de Syndil hacían el resto, prevaleciendo sobre lo que había forjado el no muerto contra la naturaleza y la tierra. Syndil invocó la energía del universo, invocó al ser que ellos veneraban como padre de toda vida. La nueva vida ya luchaba por medrar, y los pequeños capullos empujaban a través del suelo buscando la humedad de la tormenta.

Darius retenía el repugnante hedor del monstruo en sus orificios nasales y estaba preparado para seguirle hasta su mismísima guarida.

Retrocede, Darius. No es ningún aficionado. No le sigas hasta la guarida. Allí será mucho más fuerte.

Darius no hizo caso del consejo que Julian le hizo en voz baja. Cruzó como un rayo el cielo tras el rastro de gotas de sangre que ya se desvanecía. Julian maldijo en varios idiomas, pues sabía perfectamente que Darius le oía. No tenía otra opción que permitir que el líder de la familia le acompañara en esta misión. Aunque el vampiro hubiera salido huyendo para evitar esta confrontación, sería extremadamente peligroso si se veía arrinconado. Él lo conocía mejor que nadie, y sabía que era un anciano de gran poder; y los ancianos no muertos nunca eran fáciles de destruir.

¿Julian? La voz musical de Desari penetró en su mente para ofrecerle su calor. *¿A dónde vas? Percibo tu preocupación.*

Nunca he conocido a nadie tan cabezota como ese arrogante hermano tuyo, y eso incluye a Gregori. Insiste en perseguir al no muerto hasta su guarida.

Darius es un luchador tremendo. Había una enorme confianza en la voz de Desari. *Nunca dejará vivo a un vampiro que le haya plantado cara. Y ¿qué otra cosa puede hacer?*

Engañarle para que saliera al descubierto, lejos de su guarida, una jornada después. El vampiro está herido, amor mío, y furioso tras ver frustrado su intento de llevarse a Syndil. Me conoce y está asustado. Ahora regresa a lugar seguro. La guarida de un vampiro es uno de los sitios más peligrosos de la tierra. Ya he advertido a Darius, pero no puedo permitir que pelee solo, porque sé que se está metiendo en una trampa.

Julian se alejaba volando deprisa por el aire, siguiendo muy de cerca las plumas de Darius. Aunque la lluvia se había suavizado y se había transformado en una llovizna constante, el aire estaba cargado. Sacudió la cabeza por el disparate que estaban haciendo. Darius creía en los enfrentamientos directos. Al mismo tiempo, era un adversario letal, totalmente entregado a la destrucción de un enemigo, aunque le costara la vida. Julian le entendía, pero había aprendido por su larga experiencia a seleccionar las batallas. En cambio él atacaba a cualquier cosa que amenazara a quienes estaban bajo su protección: una pelea a muerte, tras la que se llevaría al vampiro con él al descanso eterno.

La idea de perder a Darius tenía a Desari muerta de miedo. Y Julian se dio cuenta de que no podía soportar el miedo de ella. Notaba la presencia del mal, el aire cargado que les envolvía, algo que no permitía pensar con claridad. Era un truco habitual empleado por los no muertos para ganar tiempo. Julian dejó que su cuerpo se dejara llevar por su instinto, confiando en sí mismo y en su propia fuerza y poder.

Darius se había topado a menudo con la misma estratagema, una táctica para ralentizarles. Cargó hacia delante en un vuelo directo para dar alcance a su enemigo.

El ataque les llegó sin previo aviso por detrás, y aunque eran dos cazadores experimentados, la lanza que volaba como un misil termodirigido, directamente dirigida hacia la sombra interior de Julian, les cogió desprevenidos. Ninguno de los dos supo si fue por el grito de miedo de Desari mientras se lanzaba también al cielo o si fue por instinto, pero mientras Julian se volvía para enfrenarse a la amenaza que llegaba desde la retaguardia, Darius, que volaba un poco más arriba y por delante, bajó en picado para interponer su cuerpo entre la pareja de su hermana y la lanza que se acercaba.

El arma aerodinámica y mortal confeccionada por el vampiro estaba bien hecha y atravesó carne y hueso, alcanzando el cuerpo de Darius, encerrado dentro del ave, justo debajo del corazón.

¡Dayan! De forma no consciente, Julian tomó el mando y llamó al otro carpatiano para que acudiera en su ayuda, corriendo luego a coger el cuerpo de Darius que caía del cielo, al tiempo que buscaba a su alrededor al vampiro que de súbito había vuelto las tornas y se encontraba en mejor situación de escapar o atacar. *Desari, respira por él, ahora. Inspira. Necesito que estés tranquila. Respira por él, y manténlo vivo. La lanza le ha atravesado el corazón, y no ha tenido otra opción que dejar de respirar. Únete a él y manténle con nosotros.* Julian dio la orden como un sanador. Había aprendido mucho de aquel arte ancestral observando a Gregori, el Taciturno, el hermano de Desari y Darius; su pariente, el sanador de su pueblo.

Dayan les alcanzó y se quedó acunando a Darius en medio del vuelo, para liberar a Julian y protegerles mientras se apresuraban a llegar a su propio refugio seguro, una montaña con estanques de calor y fuego en su interior. Julian soltaba largos y lentos siseos de furia; no podía continuar tras la pista de su enemigo acérrimo con Darius en un estado tan necesitado de ayuda. Él le había salvado la vida, y también a Desari. El sentido del honor nunca le permitiría hacer otra cosa que lo conveniente en aquella situación. Los demás no contaban con sus poderes curativos, aunque sería de gran ayuda tenerles cerca.

Siguió a los otros, protegiendo la retaguardia. Ya había fundido su mente con la de Desari, de modo que pudo examinar la herida mortal incluso durante el vuelo. Darius tenía una fuerte constitución y una voluntad de acero. En última instancia, vivir o morir sería decisión propia. Nadie le retendría en la tierra si optaba por el descanso eterno. Aquello sólo reforzaba su idea de que era hermano de sangre de Gregori, el Taciturno, el cazador y sanador más importante de su tiempo.

Barack y Syndil ya habían abierto la montaña para facilitar la entrada por el estrecho pasadizo que llevaba hasta las profundidades de la tierra. Barack iba por delante del grupo, como avanzadilla, con todos los sentidos abiertos a cualquier retazo de información que pudiera pescar. Buscaba restos del no muerto, espacios abiertos, olores extraños, cualquier cosa que señalara la presencia de un enemigo. Él y Syndil trabajaron para preparar una sala de curas. Encontraron la tierra más rica, y Syndil se puso de rodillas para reforzar esa fertilidad con su suave cántico mientras Barack daba vueltas por la cueva, disponiendo hierbas y velas en un orden determinado a lo largo de la pared.

Dayan dejó el cuerpo de Darius en el lecho de tierra, dispuesto con sumo cuidado, y dio un paso atrás para dejar sitio a Julian. Desari se dejó caer junto al borde de la cama hundida, con toda la atención centrada en su hermano. No era más que un espíritu mientras su cuerpo yacía sin vida debajo de su mano acariciadora. Las lágrimas surcaban su rostro, incapaz de contenerse. Era muy consciente de la fuerte voluntad de Darius. Si él decidía quedarse con ellos, con toda certeza sería por elección propia, nada más. Ella no podía obligarle a hacer algo que no quisiera.

Se quedará con nosotros. La voz calmada de Julian estaba en su mente. Fuerte, cariñosa y segura. *Darius sabe que todos vosotros le necesitáis. No os dejará solos a menos que tenga la convicción de que estáis seguros sin él.* Julian lo dijo con firmeza, pues sabía que el espíritu de Darius podía leer con facilidad los pensamientos de Desari y oír sus palabras. Ella necesitaba urgentemente que la tranquilizasen.

Julian le tocó el hombro y le rozó el cabello con ternura. Sin mirar a los otros, respiró hondo y se convirtió en energía pura, una luz blanca curativa que salió flotando de su fuerte cuerpo y entró en el que estaba tendido inmóvil ante él.

La herida era terrible. La lanza había perforado justo debajo del corazón, desgarrando tendones, tejidos, arterias y venas. La punta había alcanzado el fuerte corazón de Darius, provocando un corte muy feo antes de atravesarlo casi hasta la espalda. Esta lanza iba dirigida a Julian y, con toda probabilidad, le habría matado. Y Desari también hubiese muerto.

Tengo una deuda tremenda contigo, murmuró en voz baja en su mente mientras iniciaba la difícil labor de sanar desde dentro hacia fuera. Darius había logrado bloquear de inmediato su sistema, y había fundido su espíritu con el de Desari por lo que hiciera falta. Julian podía interpretar las intenciones del líder como si fueran las suyas propias. No dejaría a su familia sin protección hasta estar seguro de que él podía ocupar su lugar.

Y entonces Julian ya no fue otra cosa que luz y energía, puro rojo y blanco aplicado a la curación. Cauterizó las terribles heridas de la arteria por la que se perdía el precioso fluido vital de Darius, y luego se dedicó al corazón, que requirió una atención tremenda. El corte era muy profundo, y Julian no podía cometer error alguno. Tomó conciencia, al cabo de un rato, del sonido de los cánticos que les envolvía. Las palabras ancestrales sonaban sosegadoras, le llenaban de una seguridad calmada en el trabajo que estaba desempeñando. Era la reparación más extensa que intentaba con alguien, y las palabras familiares de la hermosa voz de Desari le proporcionaron la paz necesaria. Ella estaba allí con él en cada fase del proceso, reteniendo a Darius con ella, prestando su fuerza a Julian sin dejar de envolverles con su voz y con las palabras curativas de sus antepasados. Era consciente de que los otros se habían sumado al canto melodioso y prestaban sus voces al proceso curativo.

Convertirse en pura energía era algo que cansaba enseguida a cualquier sanador, ya que dejar a un lado el propio cuerpo era muy difícil. Al final, Julian estaba tan agotado que salió como pudo del cuerpo de Darius y se encontró fuera sin fuerza, tambaleándose. Se hundió en la blanda tierra y permitió que la cabeza le cayera hacia delante, para ocultar las profundas líneas de tensión de su rostro.

Desari le acarició la enredada melena dorada con largas pasadas y mantuvo constantes los latidos de su corazón para apoyar a su pareja. Se parecía tanto a su hermano. Tomaba el control de la situación, con autoridad y naturalidad, y hacía lo que había que hacer. Los dos tenían un carácter similar. Notó una vibración en su mente; y no era la vía que compartía con Julian sino la conexión familiar que conocía desde hacía tantos siglos. Darius viviría.

Dayan se había colocado en un lugar desde el cual podía mirar de cerca el procedimiento.

—¿Va a vivir? —Dirigió la pregunta a Julian más que a Desari, en un intento del segundo al mando de tender su mano en son de paz.

Julian alzó la vista, con la fatiga marcando duras líneas en sus rasgos.

—Darius no va a dejar este mundo hasta que esté preparado para hacerlo. Entonces no habrá nadie que le detenga. Vivirá, pero necesita sangre y descanso. Todos nosotros debemos alimentarnos bien para poder donarle sangre en el momento que haga falta. Necesitará estar protegido en todo instante. El vampiro es consciente de que está herido y piensa que ahora es vulnerable. Intentará activamente encontrar este lugar de descanso con la esperanza de perpetrar un asesinato fácil.

A su lado, Desari se agitó, como si su cuerpo intentara protestar, y luego se apretó de pronto contra Julian como si buscara protección. Él respondió de inmediato y la atrajo hacia sí con el brazo para protegerla del mundo entero.

—No habrá ningún asesinato, Desari. Darius es peligroso, incluso en su actual estado. Su mente por sí sola tiene poder suficiente para matar. No temas por él. De todos modos, dejaremos salvaguardas para protegerle en caso de que el vampiro nos supere a alguno de nosotros.

—Vendrá a por ti. —Syndil pronunció aquellas palabras en voz baja, tan hermosa que pareció alcanzar el alma de Julian—. Os odia a todos, a todos los varones, y su intención es usarme a mí para destruiros. —Alzó la vista para mirar a Julian—. Pero es a ti a quien más odia. Pensaba que iba a controlarte, y no ha sido así. Está colérico.

Julian estudió con ojos brillantes a la mujer que se hallaba a poca distancia de los demás, con la cabeza inclinada. Estaba muy pálida y sus ojos parecían enormes. Su aspecto era frágil y vulnerable, como si pudiera romperse si el viento soplara con demasiada fuerza. Notó la mano de Desari, entrelazando sus dedos, como si quisiera impedir que él respondiera. Barack se agitó con un movimiento inquieto, intenso, que las mujeres interpretaron erróneamente como agresivo. Julian lo entendió como un feroz gesto protector. Barack se veía a sí mismo como un escudo entre la vulnerabilidad de Syndil y todos los demás, todos los que podrían lastimarla sin darse cuenta o, peor todavía, a posta.

—No puede utilizarte contra nosotros, Syndil. Eres nuestra querida hermana y te hallas bajo nuestra protección, igual que la tierra está bajo tus pies. Tu poder es demasiado fuerte como para que esta criatura maligna te corrompa. —Julian escogía cada palabra al hablar con sumo cuidado, añadiendo un sutil «impulso» con su voz de terciopelo—. Quiere que creas que has atraído el mal, pero es sólo una de sus ilusiones. Los no muertos tienden muchas trampas, que emplean con la esperanza de atraparnos a todos. Llevo siglos cazando a estas criaturas, y he visto trampas así concebidas para individuos específicos. Su mácula no puede alcanzarte. Es imposible, ya que eres demasiado pura. Lo sé gracias a haber fundido mi mente con Desari. Todos nosotros lo sabemos.

Las largas pestañas de Syndil acariciaron sus pómulos.

—Yo no lo sé.

Barack volvió a agitarse; en su garganta retumbaba un grave gruñido. La figura delgada de Syndil empezó a cambiar al instante y se quedó vibrando entre la forma femenina humana y la hembra de leopardo.

Desari, tienes que decirle a Barack que deje respirar a Syndil. Julian sabía que era preferible que él no desafiara directamente al carpatiano adulto. Darius podía hacerlo, pero él dudaba que se lo permitiera hacer. A veces los carpatianos dejaban que sus naturalezas protectoras superaran su buen juicio. No era probable que Barack cambiara de actitud sólo porque se lo dijera otro varón más viejo, más fuerte y más dominante. Desari tenía más posibilidades, con sus suaves maneras irresistibles y su voz mágica, de convencerle para que se controlara. Julian no culpaba a aquel hombre; Barack se sentía fieramente protector con Syndil, y ella seguía en un estado peligrosamente combativo. Una vez despertaba el demonio interior, era difícil dominar los instintos salvajes y depredadores de su especie.

La respuesta de Desari fue tan perfecta, que Julian sintió ganas de estrujarla entre sus brazos. Sin tan siquiera mirarle o actuar de algún modo que revelara que se habían comunicado, dijo:

—Syndil. —Susurró el nombre de la mujer con cariño y suavidad, de tal modo que el leopardo titiló entre la forma humana y animal—. No me dejes todavía. Necesito tu consuelo de un modo acuciante. —Desari sólo proyectó con su voz la nota de cansancio adecuada; incluso Julian quedó convencido.

Y ¿cómo es que no estaba cansada tras ese tremendo esfuerzo? Por supuesto que lo estaba. Lo notaba en ella ahora mientras su cuerpo se balanceaba un poco contra él. Desari descansó sus grandes ojos en los rasgos duros como la piedra de Barack. *Sé que siente deseos de huir, Barack, pero ten la amabilidad, por favor, de hacerte a un lado y permitirle venir junto a mí. Necesito mucho estar con mi hermana. Ya tienes al rubio para ayudarte, Desari.* Las palabras de Barack fueron rudas pero, pese a enviar ese mensaje por el aire que circulaba entre ellos, se apartó de Syndil y le dejó el camino libre para acercarse a Desari.

Fue Desari quien se movió, más que la propia Syndil, y recorrió la distancia entre ellas con unos pocos pasos nada apresurados. Cuando se juntaron y se abrazaron, desaparecieron de la vista de los hombres, así de sencillo.

Barack maldijo en voz alta y volvió su mirada encendida a Julian.

—Está la cuestión del no muerto, de máxima urgencia, y no nos hemos alimentado, ni tampoco nuestras mujeres.

Julian se encogió de hombros y se puso en pie con su fuerza despreocupada, con fluidez y facilidad, tan fresco como si acabara de levantarse.

—Entonces tendremos que ocuparnos de sus necesidades —respondió con tranquilidad, esquivando al irritado carpatiano.

Barack se pasó una mano por el largo pelo, furioso sin motivo aparente. Nunca se había sentido tan tenso, con los nervios a flor de piel, al borde de la violencia. Sentía ganas de matar. El que una criatura tan apestosa y mancillada como el no muerto hubiera estado a punto de atrapar a uno de su familia era impensable. Había cuatro varones para proteger a las mujeres, y aun así les había sorprendido, y Syndil, una vez más, había sido la víctima del ataque. Aquello le provocaba ganas de poner patas arriba los cielos que tenían sobre sus cabezas. Le hacía sentirse fracasado. Y aunque se había prometido que no volvería a pasar, esa horrenda abominación había conseguido alcanzar la mente de Syndil, le había hecho dudar de sí misma, revivir el ataque brutal de Savon y creer que en cierto sentido era culpable.

—Julian. —Dayan estaba estudiando al carpatiano con ojos de complicidad—. Requiere una cantidad tremenda de energía curar una herida como ésa. Vete con Barack, y alimentaos bien, para que los dos podáis suministrar sangre a toda la familia. Protegeré a los que se quedan aquí. No temáis que me venga grande la tarea. Es posible que decida seguir a mi hermano, pero soy capaz de pelear en caso necesario.

Julian hizo un ademán para cerrar la tierra por encima de Darius, creando intrincadas salvaguardas que aseguraran que nada perturbaría el descanso del líder mientras estaba fuera. Hizo un gesto de asentimiento a Dayan mientras se levantaba para salir de la montaña. Si no cazaba pronto, enviaría a su pareja a hacerlo por él.

Una leve risa le envolvió de inmediato. *He oído ese pensamiento.* *Estaba seguro de que lo oirías, hermosa. Regresaré enseguida. No permitas que Syndil desaparezca. En este instante tiene que protegerse más de sí misma que de cualquier vampiro.*

Desari suspiró y su aliento susurró dentro de la mente de Julian. *Es cierto, Julian. Se siente responsable de habernos puesto a todos en peligro. Hago lo que puedo pero...* El pensamiento se desvaneció, y Julian notó el pesar en Desari.

Piccola, no te preocupes tanto. No permitiremos que le suceda nada a tu familia. Una nota de diversión apareció en su voz. *Me muero de ganas de que se levante tu arrogante hermano. No voy a parar de tomarle el pelo sobre cómo he tenido que reparar todo el daño sufrido por su unidad familiar.*

Estoy segura de que lo harás.

Julian se arrojó al aire del amanecer y la luz le golpeó con crueldad en los ojos. Una parte de él estaba unida a Darius. Había entrado en el hombre, había formado parte de su cuerpo, igual que Darius lo había hecho con él. Estaban fuertemente unidos los dos, y Julian no estaba seguro en absoluto de tener tanta fe y confianza en los otros varones de la familia como parecía tener Darius. Cualquiera de los dos podría encontrarse demasiado próximo a la transformación y disimularlo bien. Dejar a Darius tan vulnerable, yaciendo como un muerto donde alguien de confianza pudiera matarlo con facilidad, le mantenía fundido con el hermano de su pareja. Desari le había regalado lo que había perdido siglos atrás: le había dado una familia. Haría todo lo posible para protegerla.

El viento le trajo el olor de una presa, de modo que alteró su trayectoria sin esfuerzo. Cruzó el cielo como un rayo, sin importarle si

Barack le seguía o no. Su intención era asegurarse de que tardaba lo menos posible.

Pensaba que habías dicho que Darius seguía siendo peligroso aunque esté tumbado durmiendo.

Julian suspiró. Debería haber sabido que Desari estaría leyendo con facilidad sus pensamientos, igual que él tocaba en todo momento su mente. *Así es,* cara, *es muy peligroso. Es perceptible el poder que irradia. Pero no estoy convencido de que espere un ataque que le llegue de uno de los suyos.*

Nadie podría sorprender otra vez a Darius. Excepto, tal vez...

Julian notó que Desari se detenía a pensar en su afirmación. Luego la muy pícara tuvo un pensamiento momentáneo, que censuró apresuradamente. Tramaba algo, no cabía duda. A Julian no le importó, siempre que sus maquinaciones fueran dirigidas a su hermano, y no a él.

Capítulo 17

La llamada para despertarse no venía de dentro de él sino de fuera. Al oír la orden, su corazón latió y sus pulmones tomaron aire. Darius sintió dolor con la primera respiración y evaluó deprisa el daño en su cuerpo, sin mover un músculo o agitar un párpado, sin permitir que nada más se entrometiera mientras hacía inventario. Alguien apretaba una gruesa muñeca contra su boca, y sintió, más que oír, la suave orden de que repusiera la sangre que había perdido. De inmediato supo quién le estaba donando sangre con tanta generosidad. La sangre era anciana y poderosa, potente, y empapaba sus células famélicas, transportando la energía y la fuerza de un verdadero anciano.

Darius abrió los ojos despacio y se quedó mirando al rubio desconocido que era la pareja de su hermana. Saboreó los efectos de la sangre fresca mientras entraba abundantemente en su cuerpo; sangre fuerte, rica y antigua; ya notaba los poderes curativos actuando en su interior. Estudió a Julian mientras se nutría de su muñeca. Era poderoso y tenía una fuerza enorme, igual de enorme que su seguridad. Se notaba en su porte, en el modo directo en que miraban sus extraños ojos de ámbar y la disposición de sus hombros. Se notaba en la manera fluida en que se movía y las decisiones rápidas que tomaba sin vacilar. Sus cualidades de líder eran evidentes cuando eludía con cuidado posibles desafíos de otros hombres, sin permitir nunca que su ego se entrometiera. Julian sabía que era infinitamente capaz; no tenía que demostrar nada a nadie, ni a él mismo. Justo ahora tenía aquella expresión sardónica con la que Darius ya se había familiarizado, como si se estuviera riendo para sus adentros, divertido con la vida y quienes le rodeaban. Como si tuviera algún conocimiento secreto, del cual ninguno de ellos era consciente. Decidió que probablemente fuera así. Aparte del conocimiento que los carpatianos llevaban grabado en ellos desde antes del nacimiento, Julian contaba con la ventaja de haber aprendido con los ancianos. Además, sabía cosas de su propia especie que su familia desconocía.

Darius cerró la herida con sumo cuidado, incluso en su estado debilitado, para asegurarse de que no quedaba ninguna marca reveladora. No hizo amago alguno de moverse. Aún no se había curado del todo su corazón. Sabía cuánto le había costado a Julian en tiempo y energía reparar aquella herida casi mortal, y no tenía intención de desgarrar las suturas del profundo corte antes de que la curación tuviera lugar por completo.

—Todavía no estoy curado —dijo con su tono afable, inexpresivo.

Una sonrisita se formó en la boca de Julian.

—¿No? Y ¿crees que tendrías que haberte curado ya? Te dejé en la tierra hace apenas una hora y te he despertado únicamente para proporcionarte sangre. Hasta tú requieres más de una hora para curarte. Y, no, todavía no he seguido la pista al vampiro hasta su guarida, pero lo haré la próxima jornada. Puedes estar seguro de eso.

Los ojos negros de Darius se pegaron a la mirada dorada de Julian.

—No me cabe duda de que encontrarás a quien buscas. Sé que clase de hombre eres. —Ya estaba cansado, y su voz se desvanecía; las espesas pestañas se le cerraban sin querer para cubrir los implacables y despiadados ojos de obsidiana. Incluso con la sangre de un hombre tan poderoso fluyendo por sus venas, su cuerpo desgarrado por una herida demasiado salvaje, se quedaba exhausto con sólo hacer ese pequeño esfuerzo.

—No querías seguir más tiempo en este mundo. —Julian se agachó al lado del líder para no estar tan por encima de él—. En tu mente he visto que buscas el descanso eterno. No puedes ocultármelo ya más de lo que yo puedo ocultarte a ti lo que soy. ¿Qué te hizo quedarte aquí cuando estabas tan cerca de transformarte? Puedo sentir tu lucha, cada momento que permaneces despierto; tu vida es una oscuridad interminable. ¿Qué te hizo quedarte aquí cuando lo que querías y necesitabas era el descanso eterno?

—Tú. —La respuesta fue sencilla y breve, pero Julian podía leer la verdad en esas dos palabras—. Vi algunos de tus recuerdos. Conocí tu intención de buscar el descanso eterno antes de descubrir a quien llamas tu pareja de vida, mi hermana. No sé mucho más, sólo que ella ha conseguido que merezca la pena cada momento de tu lucha con la oscuridad que te devoraba. Has recorrido el mundo y tenías la certeza de que nunca volverías a sentir, pero ahora sientes. Te ríes. Hay dicha verdadera en ti, no puedes ocultarla. No tenía idea de que hubiera esperanza. Creía que para nuestros varones, una vez que lleváramos cierto tiempo viviendo, sólo había dos opciones: el descanso eterno o la pérdida de nuestras almas. Ahora que he descubierto esta verdad, no me queda otro remedio que intentar enseñar el camino a Dayan y a Barack. Aguantaré cuanto pueda, hasta que sepa que la bestia agazapada está a punto de dominar mi fuerza, y entonces buscaré el descanso eterno. Si pudiera sentir una vez más antes de concluir la travesía, entonces valdrán la pena todos los largos y oscuros días. —La voz de Darius era muy débil, un mero hilo de sonido, como si no encontrara fuerzas para hablar más alto—. Me gustaría sentir el amor que le tengo a mi hermana y a mi familia, no sólo recordar lo que fue en otro tiempo ese sentimiento.

A Julian no le importó que la voz de Darius se desvaneciera. Como todos los carpatianos, tenía un oído increíble y podía subir el volumen a voluntad.

—En cualquier caso —continuó Darius, ocultando las oscuras profundidades de sus ojos con las pestañas—, esperaré hasta que no quede la menor esperanza para mí, hasta que Dayan comprenda que también debe tener esperanza y así me lo demuestre. Cada vez está más hastiado de esta tierra y a menudo ha hablado del descanso. Y él no te obedecerá a ti con tanta facilidad.

—Tengo una personalidad encantadora, no hay duda —replicó Julian.

—Dayan es un tipo tranquilo. Su naturaleza no es oscura como la mía o la de Savon. Siempre ha elegido el camino correcto por instinto. No obstante, la oscuridad crece dentro de él; la pesadumbre se expande por su corazón. Hay un cazador explosivo oculto en él, más peligroso aún por lo opuesto que es a su persona. Lucha por entender ese lado de su naturaleza, mientras que nosotros lo aceptamos sin más. —Estaba dando a conocer intencionadamente aquellas cosas sobre su familia al compañero de su hermana.

La voz de Darius era tan baja ahora, que Julian no estuvo seguro de si hablaba de verdad en voz alta o si lo hacía de mente a mente.

—Estás cada vez más débil, Darius. Duerme. Podemos hablar de estas cosas cuando te hayas curado. —Julian permitió a posta que su voz cayera una octava, hasta adoptar el tono grave e hipnótico de su especie. Relajante, apaciguador, curativo. Llevaba una orden implícita, muy sutil, pero de todos modos poderosa.

Darius sonrió; fue un mero destello en sus fuertes dientes blancos. Oyó aquel «impulso» en la voz de Julian y lo reconoció por lo que era. Incluso en su estado debilitado, se hubiera resistido normalmente a un contacto mental como ése, pero Julian iba a hacer lo que quería de cualquier modo. Iba a dar caza al no muerto sin él, y sería inútil y agotador ponerse a discutir, así que decidió dormir un buen rato.

—Voy a descender, rubio, pero no pienses que has conseguido que pase por alto el hecho de que debo agradecerte que siga con vida.

—O maldecirme por ello. —Julian se apartó de la negra y fecunda tierra, y observó cómo la respiración cesaba y el corazón dejaba de latir en el pecho de Darius. Hizo un ademán para que la tierra cayera alrededor del cuerpo y luego por encima hasta llenar el espacio, ofreciendo el bálsamo curativo que repararía las terribles heridas. Describió con sus manos los esquemas de las fuertes protecciones que garantizarían que nadie le molestara, y permaneció allí un largo momento, saboreando aquel calor inesperado, resultado de pertenecer a algún sitio. Una vez que diera caza y destruyera a su anciano enemigo, una vez que supiera que todos se encontraban a salvo, buscaría a su propio hermano gemelo. Se moría de ganas de volver a ver a Aidan, de conocer a su pareja de vida y de presentarle a Desari. Y aunque le aterrorizaba tener que admitir la verdad, que el vampiro le había marcado de niño, ahora anhelaba conocer lo que aportaría a su vida relacionarse con los demás. Quería formar parte de una familia otra vez.

—Ya formas parte de una familia —le recordó Desari rozando su cuerpo, rodeándole la cintura con los brazos desde detrás. Se había materializado de la nada y su presencia llenó la cámara.

Allí estaba, completándole. Su aire, su corazón, la parte de su alma que vivía de verdad y quería, la parte que importaba. Sin ser consciente, pronunció una rápida oración de agradecimiento por haber recibido un tesoro tan inestimable, un regalo que no merecía.

A Julian le encantaba cómo olía. Inspiró y le inundó su fragancia limpia y sexy.

—¿Te refieres a este barullo? ¿Con todos estos machos? —Julian dejó escapar un gruñido grave y atronador—. Esto no es una familia. Esto es una pesadilla para un hombre.

Desari se movió contra él a propósito, con la invitación de su cuerpo cimbreante y tierno.

—¿De verdad piensas eso?

—Lo que pienso es... —Julian rodeó su delgada garganta con una gran mano, amenazándola en broma— que me tientas a posta cuando tengo asuntos importantes e inaplazables que atender.

Desari le rodeó el cuello al instante con sus brazos delgados, para poder apretar su cuerpo contra su dura figura.

—Soy una estrella, pareja, y aun así tú quieres dejarme sola cada dos por tres. Hay hombres en todas partes que estarían encantados de ocupar tu sitio a mi lado.

Julian inclinó la cabeza y arañó con los dientes, con ritmo provocativo, el pulso en su arteria. Desari se derritió; no sentía sus huesos, y su estómago se retorció de expectación.

—No, no estarían encantados de ocupar mi sitio a tu lado, *cara mia*, porque yo pondría fin a sus vidas sin demora y del modo más infortunado.

—Qué cavernícola eres, Julian. Tienes un porte elegante, alto y principesco, pero te has quedado estancado en la caverna. —Desari permitió que su lengua catara brevemente la piel de Julian. Cerró los ojos para paladear el momento.

—No tengo intención de ir más allá de la mentalidad del cavernícola —masculló cerca de su oído, mientras su aliento jugueteaba con el cabello de ella y provocaba pequeñas llamaradas que corrían por su sangre—. Tiene muchas ventajas para el cavernícola.

—Te gusta interpretar el papel de macho dominante, no hay duda de eso —susurró con voz tan ronca de necesidad que el cuerpo se le contrajo con una reacción urgente y dolorosa. Movió la boca sobre la garganta de Julian y buscó con sus manos la piel debajo de la camisa—. Te necesito, pareja, y pasas por alto a propósito tus deberes contraídos conmigo.

—Pequeña descarada. —Rodeó sus hombros con el brazo doblado y empezó a salir de la cámara para adentrarse en el laberinto de túneles excavados en la lava fundida. Eran numerosos y profundos, y conducían a través de la gran montaña, por la profundidad de la tierra. Hacía calor y humedad en ellos, un calor humeante que empapaba su ropa mientras andaban juntos, y formaba pequeñas gotas de sudor que descendían por su piel y seguían caminos intrigantes.

A Desari se le pegó la blusa de seda blanca y sus pechos se revelaron formando oscuras sombras incitantes, con los pezones aún más oscuros. Su larga melena se humedeció, cayendo pesada mientras descendían a las profundidades de la tierra; tuvo que pararse a enrollársela y formar un moño en la parte posterior del cuello.

Julian sonrió con debilidad.

—¿Cómo conseguís hacer eso las mujeres? —Tenía la mirada fija en su cuerpo, en la forma en que sus pechos se elevaban con aquella seducción inocente cuando ella levantaba los brazos para ocuparse del pelo.

Desari volvió la cabeza para mirarle.

—¿Hacer qué?

—Esa cosa con tu pelo. —Julian se agachó para saborear una pequeña gota de sudor que le caía por la parte posterior del cuello. Notó el estremecimiento en ella, la respuesta que temblaba en lo profundo de su cuerpo. Julian deslizó la mano bajo el extremo de la blusa de seda para encontrar la caliente piel de satén y acariciar con sus largos dedos cada costilla—. ¿Cómo os recogéis el pelo sin mirar? —Su voz sonaba tensa, alterada, y reflejaba la forma en que estaba reaccionando su cuerpo a ella.

—¿Por qué siento que hacía una eternidad que no me tocabas de este modo? —susurró—. Es muy excitante, Julian.

—No te pasa sólo a ti —admitió. Un pensamiento le quitó la camisa del cuerpo para que su piel resplandeciera como el bronce. La negrura de los túneles era para ellos como la luz del día. Las paredes relucían con un amarillo verdoso, y por todos lados les rodeaba la belleza de la naturaleza, destellante y rutilante bajo la tierra, sin dejar de moverse, siempre cambiante con los minerales que enriquecían el suelo y lo volvían fértil y curativo, las mismas cosas que creaban las masas de tierra. Puesto que su cuerpo regulaba su temperatura y les permitía estar dentro de la tierra, formando parte de sus prodigios, veían cómo sucedía todo, algo que la mayoría de humanos jamás presenciaría.

Desari notó el intenso calor, no el que desprendía la tierra sino el de las profundidades de su propio ser, y el que irradiaban los dedos de Julian bajo su pecho desnudo, a lo largo de su costado, demorándose con sus caricias, dando vida a su cuerpo.

Julian se detuvo de súbito, la cogió por la nuca y la dejó quieta mientras pegaba sus labios a su boca. Un calor fundido ardió furiosamente entre ellos. El sabor de ambos, el calor húmedo de sus bocas se confundía. Entonces introdujo los dedos entre la espesa cabellera de ébano que ella había recogido con tal esmero, y la atrajo hacia sí para poder explorar la boca con una seducción lánguida y perezosa, y un hambre feroz y violenta. Era como crear una tormenta. Cuanto más compartían, más crecían las llamas.

Él fue el primero en apartarse, y dejó un rastro de besos sobre la garganta de Desari, que descendió entre sus pechos. El seno de ella se revelaba tan incitante a través de la seda, que no le costó encontrar con su boca el pezón a través del material. El latigazo sexual sacudió el cuerpo de Desari con fuerza suficiente como para que Julian también lo experimentara, a lo que respondió atrayéndola aún más hacia sí, absorbiendo su pecho con la boca, dentro del fuego aterciopelado, acariciándolo con su lengua y arañándolo suavemente con sus dientes.

—Hay algo tan bello en ti, Desari —susurró contra ella—. Algo a lo que nunca podría resistirme aunque quisiera. —Deslizó la mano por su estómago hasta la cintura de los vaqueros—. A veces pienso que si no te poseo lo bastante pronto, desaparecerás, y yo despertaré y todo esto no habrá sido más que un sueño desenfrenado. —Lo confesó contra su seno, con ardientes jadeos sobre la carne doliente. Ya se ocupaba con la mano de la botonadura del vaquero y empujaba el material con impaciencia para poder encontrar el calor pegajoso entre sus piernas. Siempre estaba tan dispuesta para él, tan enloquecida de pasión como él. Deslizó dos dedos dentro, y su propio cuerpo reaccionó mientras los músculos de Desari se contraían en torno a ellos.

Cerró los ojos y saboreó la manera en que el cuerpo bañaba sus dedos con la ardiente humedad de la bienvenida. Notaba que no había manera de expresar con palabras la intensidad de su amor y admiración por ella, su hambre y necesidad por ella. Podría venerarla con su cuerpo, pero ni en toda la eternidad encontraría la palabra correcta que significara lo mismo.

Tenía el cuerpo tan excitado y ajustado a él, tan acogedor. Un descanso y consuelo, un deslumbrante lugar de pasión y éxtasis creado en exclusiva para él, para su deseo y necesidad de Desari. Encontró su pecho con la boca, una vez más a través de las fibras de seda, y notó la respuesta de su cuerpo con otro torrente de calor líquido. Profirió un suave sonido, movió las caderas contra la mano, arqueó más el cuerpo contra el suyo. La dominaba el anhelo y la necesidad, tal vez incluso más que a él.

A Julian le encantaba la manera en que le hacía sentirse, saber que le deseaba, que le necesitaba con la misma intensidad que él a ella. Se permitió la libertad de bañar su garganta de besos, de arrancar la blusa de seda de su cuerpo refulgente.

—Eres tan hermosa —murmuró otra vez, asombrado por su perfección. Seguía con las manos su contorno, su piel, desde los hombros a la cintura. Era bastante fácil prescindir de sus ropas, de modo que lo hizo, pues quería ver cada centímetro de ella porque podía hacerlo, porque ella le pertenecía.

Cuando la volvió a tocar, le temblaba la mano.

—Esto que me haces, *cara*, no debería hacérsele a ningún hombre.

—¿De verdad? —preguntó ella con un atisbo de risa, aunque su voz sonaba ronca de amor por él. Leía sus pensamientos con tal facilidad como él leía los suyos. Sabía lo que él sentía por ella, con o sin palabras—. ¿Crees que sería mucho pedir una cama?

Su risa bañó de calor la garganta de Desari.

—¿Quieres una cama? No pides mucho, ¿verdad, *cara mia*?

—He pensado que podríamos intentar llegar a las cuevas inferiores antes de volvernos locos aquí. —Se cogió las manos por detrás del cuello.

Julian respondió de inmediato y la acunó entre sus fuertes brazos. Se movió con la velocidad prodigiosa de su raza, y la llevó a través de la cadena de pasajes, siguiendo el mapa que mostraba la mente de Desari. Dio una orden que se adelantó a ellos, para que quedara preparada la cámara para su llegada, con velas encendidas arrojando sombras danzantes por los muros resplandecientes, y pétalos de rosa en el suelo, que señalaban el camino hasta la gran cama situada en el centro de la habitación.

La depositó con delicadeza sobre las sábanas y cubrió su cuerpo con su gran figura. No quería que la separaran de ella, ni siquiera un centímetro. Tenían poco tiempo antes de verse obligados a buscar el cobijo de la tierra, y su intención era levantarse antes de que escapara el vampiro.

Desari le tomó el rostro entre las manos y lo sostuvo para poder mirarle a los ojos.

—Me amas tanto y con tal belleza; es la manera en que yo te amo a ti. Lo eres todo para mí. Sólo que tengamos los siguientes momentos juntos, todo lo anterior habrá merecido la espera.

Él podría hundirse en sus ojos. Eran profundos, insondables, la llamada de una sirena. Puntos de luz de alcoba. Había oído el término para describir algunas lámparas, pero no tenía idea de su verdadero significado hasta aquel momento.

—Te amo, Desari. Sabes que es mucho más que mero deseo físico.

—Por supuesto que lo sé. Tengo sangre antigua, amor mío. Incluso alguien como tú tendría dificultades para ocultarme la verdad. —Ella alzó la cabeza para alcanzar su boca perfecta con sus labios.

Se fundieron, como una llama viva, uniéndose como si el tiempo y el espacio hubieran dejado de existir. Todo se desvanecía, hasta que sólo quedaron ellos dos encerrados en su propio mundo, donde la violencia y la desdicha no podían alcanzarles, donde nunca les alcanzarían.

Julian movía las manos sobre el satén de su piel, buscando cada centímetro de ella. El contacto bajo la áspera palma de su mano era increíblemente sexy, avivaba el fuego que se propagaba a través de sus cuerpos. Saboreó su suavidad. Era exquisita, cada sinuosidad y turgencia. Le encantaba el triángulo de rizos oscuros que resguardaba su húmedo y abrasador tesoro. Deslizó la mano más abajo, demorándose y acariciándola, encontrando una vez más el calor en su interior.

Desari gimió un poco y buscó con las manos la espalda de Julian. Necesitaba algo fuerte y sólido a lo que aferrarse mientras su cuerpo entraba en tensión y danzaba de placer. Acarició con sus labios el calor de su garganta, saboreó su piel y atrapó con la lengua una gota de sudor que corría por su pecho. Oyó el corazón de Julian, sus fuertes latidos, el ritmo acompasado al suyo, aquel ritmo que le pertenecía. Él enterró los dedos en su interior, fuertes y seguros, provocándole oleadas de placer que le hacían soltar jadeos entrecortados, mientras se retorcía contra su mano, buscando alivio.

Julian se movió entonces, separó sus muslos con la rodilla para facilitar su acceso. Por un solo momento, mientras se levantaba por encima de ella, observó sus ojos oscuros y hermosos. Era imposible creer, incluso ahora, con ella debajo, esperando tumbada, reclamándole con todo su cuerpo, que ella de verdad le perteneciera. La cogió con firmeza por las caderas y embistió a fondo, enterrándose por completo en la vulva estrecha y ardiente. Oyó el jadeo violento cuando el aire salió de sus propios pulmones con la intensidad de sentirse completo, la intensidad del cuerpo de Desari aferrado a él con tal ardor. Empezó a moverse entonces, con largas penetraciones seguras y duras, propulsando hacia delante las caderas, una y otra vez, intentando hundirse más. Ella le envolvía con calor y fuego, sujetándole con su vulva de terciopelo, permitiéndoles convertirse en un solo ser, como se suponía que debía ser.

Desari se movía con él, adaptándose a cada una de sus penetraciones, reteniéndole, liberándole, agarrándole otra vez, hasta que Julian quiso, incluso necesitó, gritar de éxtasis, aunque sus pulmones no tuvieran el suficiente aire para eso. Inclinó la cabeza hacia la tentación de sus pechos. Sus incisivos estallaron dentro de su boca y, sin avisar, los hundió a fondo, con lo cual Desari notó el dolor candente, el placer mezclándose y fluyendo desde ella a Julian y luego otra vez de vuelta.

Era imposible decir quién sentía qué. Estaban ensamblados, cuerpo y mente, corazón y alma, incluso su sangre fluía unida. Julian sentía como se ajustaba el cuerpo de Desari a su erección, y Desari jadeaba y le clavaba las uñas en la espalda.

—Julian —susurró ella su nombre, o tal vez estuviera en su mente. Julian notó la explosión sobrecogedora de los músculos de Desari rotando en torno a su miembro en oleadas que parecían terremotos. Era esperar demasiado autocontrolarse mientras su propio cuerpo se contraía hasta el punto de sentir dolor. Y luego estalló hacia fuera y hacia arriba, con convulsiones de puro placer.

No pudo seguir bebiendo sangre mientras sus pulmones buscaban aire furiosamente y su cuerpo era devorado por las llamas. La estrechó contra él con brazos posesivos que rodearon su delgado cuerpo. Con delicadeza, pasó la lengua sobre los pinchazos que había dejado en el pecho de ella. Se agarraba a él como si fuera su ancla en el centro de la tormenta. Aquello le produjo una sensación de poder asombrosa.

Desari estiró un brazo para seguir el contorno de sus labios.

—Tienes una boca perfecta, Julian. Una boca asombrosamente perfecta.

Él arqueó una ceja mientras la miraba.

—¿Sólo mi boca es asombrosa?

—Qué hombre. —Le miró con ojos risueños—. Necesitas que te confirmen en todo momento que eres magnífico.

Él hizo un gesto de asentimiento.

—Magnífico, eso me gusta. Podría conformarme con magnífico. Has elegido un buen término, pareja.

Desari le rodeó el cuello con los brazos.

—Macho arrogante. Darius tenía razón, ¿sabes? Es increíble lo arrogante que eres.

—Pero merecidamente —puntualizó. Inclinó la cabeza una vez más para encontrar sus labios. Ella sí que tenía una boca perfecta. Y además sabía deliciosa. Había algo en la manera en que ella se pegaba a él que le conmovía una y otra vez. Desari se entregaba a él sin inhibición, sin reservas. Se abandonaba por completo a su cuidado cuando estaban haciendo el amor.

Él salió con delicadeza de su cuerpo y se dio media vuelta para liberarle de su peso. Las largas pestañas de Desari acariciaban sus altos pómulos y le daban un aspecto más exótico de lo habitual. Se acurrucó un poco más junto a él, disfrutando del rato que tenían a solas y de la tonta conversación que siempre parecían mantener.

—Te está entrando sueño, *cara mia* —susurró Julian mientras se inclinaba para besarle la frente—. Deberíamos volver a la cámara de tu hermano. Comprobaré su estado una vez más antes de descender a la tierra.

Desari se negaba a abrir los ojos. Profirió un suave sonido parecido a un ronroneo, totalmente satisfecha de descansar en sus brazos.

—Todavía no, Julian —protestó en voz baja—. No quiero irme de aquí todavía, espera un ratito más.

—Noto lo cansada que estás, amor mío. No me queda otro remedio que...

—¡No lo digas! —Desari le dio un golpe sordo en el pecho—. Túmbate y abrázame. Es eso lo que quiero. Los hombres sois criaturas difíciles de verdad, Julian. Estoy empezando a verlo claro.

Él frotó la barbilla contra su cabeza, y su pelo se enganchó a la barba incipiente que le ensombrecía el mentón.

—Los hombres no son difíciles. Son lógicos y metódicos.

Ella se rió un poco.

—Ya te gustaría. Tengo que decirte de todos modos, aun a riesgo de que vivir contigo se vuelva muy difícil, que eres un amante extraordinario.

—Sigue hablando, pareja. Estoy escuchando —respondió con profunda satisfacción—. Lo de magnífico sólo era el comienzo. Un amante extraordinario es una descripción perfecta, ahora lo veo claro.

La suave risa de Desari le inundó, tan apacible como una brisa. Le tocó. Como en aquel preciso momento. Ella podía tocarle con su aliento. Julian la abrazó con fuerza y hundió el rostro en su cabello de ébano.

—¿Por qué siempre hueles tan bien?

—¿Preferirías que oliera como una mujer de las cavernas?

—No lo sé, *cara*. No sé cómo huele una mujer de las cavernas.

Ella abrió los ojos al oír eso, agitando las largas pestañas de esa manera tan sexy que tenía, con aquel coqueteo.

—Mejor que no quieras que huela como otra mujer, Julian, o descubrirías lo que puede hacer una anciana carpatiana cuando está colérica.

—Tú no sabes lo que es la cólera, amor mío. —Se frotó una vez más el rostro contra su pelo antes de levantar la cabeza—. No hay cólera en ti, no tienes nada a lo que recurrir si necesitaras salvar la vida.

Desari se sentó de inmediato y se puso de rodillas para mirarle de frente, con la larga melena caída a su alrededor, acariciando su delgado cuerpo.

—Y ¿eso a qué viene? ¿Por qué te preocupa una cosa así en este momento?

Sigue ahí fuera. Mi enemigo jurado, el que reside en mí. Y quien envió a los asesinos humanos a por ti sigue ahí fuera, y tú sigues insistiendo en cantar delante de multitudes. Intentó censurar el pensamiento antes de que ella pudiera captarlo, antes incluso de que apareciera en su mente, pero era demasiado tarde. Ella era una sombra en él, igual que él permanecía atrapado en la mente de Desari.

Ésta sonrió con ojos cariñosos y cálidos.

—No hace falta este miedo constante que estás desarrollando. He sobrevivido a lo largo de siglos y sobreviviré muchos más. Planeo tener una familia propia algún día, con mi guapa pareja de vida. Nadie va a arrebatarme el futuro. Tal vez no cuente con lo necesario para luchar contra quienes nos amenazan, pero soy inteligentísima y dispongo de muchos dones propios para garantizar mi seguridad. Y puedo cuidar también de ti, en caso necesario. Somos compañeros: aprenderé de tus virtudes y confío en que tú aprendas de las mías.

—Tengo más fe en ti de la que piensas —respondió Julian con sinceridad—. Lo que pasa es que nunca antes he tenido algo que perder. —Se frotó el caballete de la nariz y le dedicó una débil sonrisa—. Solía observar a algunos hombres humanos, que sabía que de verdad querían a sus mujeres, sufriendo el tormento de temer que pudiera pasar algo que acabara con su felicidad. Siempre me preguntaba qué les pasaba para no poder disfrutar sencillamente de lo que tenían en aquel momento. Ahora soy como ellos.

—Si estuviéramos en tu tierra y lejos de mi gente, ¿sería tan diferente nuestra vida?

—En cierto sentido. En muchos sentidos —admitió—. Tendrás que ir allí conmigo pronto. Es tan bonito, y la tierra allí es asombrosa. No hay nada comparable. Syndil se quedaría atónita.

—Y ¿qué me dices de tu hermano? —Le pasó la mano por el mentón, procurando que desaparecieran las sombras de sus ojos, contenta de que la invitación incluyera a su familia, de forma tan lógica—. Aidan y su pareja. Tenemos que ir a conocerles muy pronto; quiero conocer a este hombre que se parece a ti.

Julian se quedó callado un momento.

—Yo también quiero verle. Le debo una explicación.

—Entonces iremos. —Desari fingía que no había ningún vampiro esperándoles para destruir a su familia—. Dime cómo es la gente en los Cárpatos.

Julian pensó en eso durante un momento. Una sonrisa lenta suavizó el gesto levemente duro de su boca.

—Siempre sales con grandes preguntas, *piccola*. Para ser sinceros, nunca he pensado mucho en cómo son. En general es gente muy trabajadora. Se ayudan en tiempos de crisis. Mihail y Gregori se parecen mucho a Darius. Líderes, cazadores, protectores, sanadores. Será una experiencia para ti y para Darius conocer a vuestro hermano mayor. —Su sonrisa se agrandó un poco entonces y se reflejó en sus ojos relucientes—. Raven es la pareja de Mihail. Tiene mucha personalidad y es de armas tomar, por lo que he oído. Lo más probable es que os hagáis buenas amigas.

—Intenta que suene como algo que te hace ilusión —le animó Desari, tratando de no reírse de la expresión afligida en su rostro.

—Creo que lo único seguro sería encerrarte en algún lugar lejos del mundo y guardarte sólo para mí. —Por un momento hablaba medio en serio, preguntándose si habría alguna posibilidad de llevar ese plan adelante.

—Eso podría gustarme. —Desari le puso las manos en el pecho y le empujó sobre la cama—. Nunca estamos a solas de este modo, y creo que es necesario que las parejas tengan mucho tiempo para las cosas que necesitan en la vida. Como una buena conversación. —Pasó la mano sobre el vello dorado que cubría su pecho y lo siguió hasta su estómago plano y duro—. ¿Me oyes conversar contigo? —preguntó en voz baja. Seguía su piel con las uñas, moviéndolas peligrosamente hacia abajo, enredándolas en el vello dorado, encontrando al final la gruesa erección.

A Julian se le escapó un jadeo y, bajo las uñas que le acariciaban con cariño, su miembro creció cada vez más, y la necesidad aumentó.

—Pensaba que estabas escuchando —murmuró ella—. ¿Ves lo que puede pasar si nos tomamos un poco de tiempo a solas? No deberías pasar tanto rato persiguiendo enemigos.

Desari cambió de posición para poder montarse a horcajadas sobre él, y entonces bajó su cuerpo poco a poco sobre Julian. Mientras notaba cómo entraba en ella, con aquella lentitud exquisita que incrementaba el placer, Julian se sentó de pronto, y sus brazos la atrajeron hacia sí. Su masculinidad era agresiva, sus caderas se movían con movimientos poderosos y seguros, mientras ella se agarraba a él, pegando sus senos al pecho de Julian y la cabeza a su hombro. Él la abrazó con fuerza y continuó embistiendo hacia arriba, dentro de ella. No había mayor dicha que unirse a ella, física y mentalmente. No había mayor dicha que estar con ella, así de simple, y compartir su cuerpo, su corazón y su alma. Julian se tomó su tiempo, pues quería que durara una eternidad, pues quería ser un solo ser todo el tiempo que pudieran estar así. Al final, los dos respiraban con dificultad, pegados uno a otro, saciados y exhaustos.

Resultaba obvio que el sol ya se acercaba a su punto más alto en el cielo, y sus cuerpos empezaban a reaccionar como hacían normalmente, protestando a esta hora del día con una tremenda fatiga.

Pronto, ninguno de ellos sería capaz de moverse. Pese a encontrarse ya en las profundidades de la tierra, la luz del día seguía teniendo esos efectos no deseados en ellos.

Julian alzó la cabeza primero, demasiado consciente de su creciente debilidad.

—*Cara*, lo siento, pero tenemos poco tiempo, y debo ver a tu hermano. Creo que es necesario que duerman encima de él para garantizar su protección.

Desari asintió sin palabras. Nunca antes se había sentido tan cansada; su cuerpo parecía de plomo, y no obstante su corazón y alma estaban del todo satisfechos. Lo que más quería era reposar con Julian en la tierra para permitir su rejuvenecimiento. En secreto, estaba muy contenta de que Julian se ocupara de su hermano. Le encantaba esa faceta de él, su voluntad para aceptar la responsabilidad de su familia pese al menosprecio que mostraba en todo momento.

Le llevó unos pocos minutos juntar las fuerzas necesarias para levantarse y vestirse antes de moverse de regreso por los túneles de lava hasta la cámara de sanación. Al instante, fue consciente de que Syndil había estado allí; pudo oler su fragancia limpia y particular. La cámara estaba llena de hierbas y velas aromáticas, también de la fértil tierra curativa tan importante para su raza.

Julian abrió la tierra para Desari justo encima del lugar de descanso de Darius. Les llamaba, con la promesa de una paz relajante y su total restablecimiento. Agradecido, aceptó lo que ofrecía la tierra. Se tumbó al lado de su pareja, rodeándola con un brazo y apoyando la cabeza en su hombro. Desari le besó una sola vez, brevemente pero con ternura, y al instante su corazón dejó de latir y el aire abandonó sus pulmones. Él reposaba allí abrazándola, asombrado de que su vida hubiera cambiado de una manera tan drástica, asombrado de formar parte de algo que implicara a tanta gente, y que no le disgustara la intensidad que transmitía a todos cuantos le rodeaban.

Una vez más, dispuso las protecciones y se aseguró de que nadie molestara a Darius y que la propia cámara permaneciera defendida de cualquiera que pudiera venir en su busca durante sus horas de debilidad. Una vez más, hizo un ademán con la mano, y la tierra le cubrió; cubrió a Desari, y les tapó de tal modo que no quedó rastro de su existencia en la superficie. A escasos metros por debajo descansaba Darius, protegido. Lo último que hizo Julian antes de sucumbir al sueño de su raza inmortal fue programar su cuerpo para despertarse justo antes del amanecer. Tenía que dar caza a su enemigo mortal, uno al que el sol tendría atrapado durante unos minutos preciosos, dándole tiempo a él para localizarle.

Capítulo *18*

La perturbación que despertó a Julian no era una agresión sino algo dentro de la propia tierra. Percibió que ésta se movía a su alrededor; que las propiedades del suelo se enriquecían pese a permanecer tendido dentro. Por encima de él, oyó un suave cántico y notó las vibraciones propagándose con un efecto ondulante, un efecto que avanzaba y se expandía, que ahondaba dentro de la tierra para encontrar a Darius y el terreno que cubría su cuerpo.

Syndil ya estaba levantada aplicando su magia. El sol empezaba a desplazarse por el cielo, poco a poco, en dirección al mar. Julian se levantó despacio y se aseguró de que Desari fuera consciente de sus intenciones y que se levantara con él. No quería sorprender o asustar a Syndil: un carpatiano varón apareciendo al lado de ella justo antes de la puesta de sol.

Ésta se echó hacia atrás y dejó sitio a Julian cuando irrumpió con un estallido a través de la capa superior del suelo. Sintió alivio al ver a Desari justo a su derecha.

—Syndil —saludó Desari, abrazando a la mujer y atrayéndola a sus brazos—. Te has levantado pronto para asegurarte de que nuestro hermano está bien atendido; te lo agradezco mucho.

—Sentía su dolor dentro de la tierra —contestó en voz baja—. La tierra ha empleado mucha energía en ayudarle, de modo que he pensado que si procuraba bienestar a la tierra, serviría para curarle más rápido. —Estaba muy pálida después de aplicar su energía en tal tarea. Se pasó una mano cansada por la frente, y dejó una mancha de polvo tras ella.

—Ya sabes que la tierra le curará deprisa con tu ayuda. —Desari la tocó con mano amable—. Ninguno de nosotros podría pasar sin tu don.

—Tengo que irme ahora —dijo Julian—, debo encontrar el lugar de descanso del vampiro antes de que tenga ocasión de levantarse. Ya me he retrasado.

—Julian, no —protestó Desari. Mientras se volvía a mirarlo, alzó los brazos para expresar algún tipo de objeción, creando una leve agitación en el aire.

El viento que Desari impulsó con suavidad, apenas un susurro, agarró a Julian por su larga melena rubia. Él se cogió los mechones y se los sujetó en la nuca. Con suma delicadeza tomó el rostro de ella en su palma.

—Tengo que hacer esto, *cara*. Sabes que es así. No tengo otra opción que ocuparme de tu seguridad, de la de tu hermano y de la de la otra hembra. —Al ver el rápido ceño de Desari, se apresuró a corregir—: Syndil. —Dirigió una rápida mirada a la otra mujer—. No puedo permitir que este monstruo continúe aterrorizando a alguno de vosotros. *Y sabes que es él; su sombra está creciendo en mí, una mancha que debo limpiar de mi cuerpo.*

—¿Por qué tienes que irte ahora? Darius estará completamente restablecido de aquí a unas jornadas. Y tú no has recuperado las fuerzas. Sé que debes destruirle, pero puedes esperar un momento más oportuno —protestó Desari. No dejaba de importunar su labio inferior con los dientes. Sabía que iba a marcharse dijera lo que dijera ella, pero creía que tenía que intentarlo. Estaba en la mente de Julian, y estaba escrito en piedra que cazaría a ese vampiro que les había amenazado a todos y que había herido tan gravemente a Darius. El vampiro anciano era el enemigo mortal de Julian: le había arrebatado la vida y su casa, y ahora amenazaba a su familia recién encontrada.

Una lenta sonrisa suavizó el gesto duro que marcaba la boca de Julian.

—Sabes muy bien que estoy en plena forma, *piccola*, y que no me queda otro remedio que ir. No me lo pongas difícil.

Desari se echó hacia atrás el pelo, y sus largas pestañas descendieron para disimular la expresión en sus ojos.

—Entonces regresa enseguida, pareja. Tenemos mucho que hacer en las próximas jornadas. Mi programa de conciertos está ya organizado, y nos aguardan. Despertaría sospechas y provocaría una atención no deseada que no nos presentemos el día que nos esperan.

—Prefiero no opinar sobre la profesión que has escogido, pareja —masculló mientras le cogía la barbilla para que le mirara. Encontró su boca con un largo y lento beso lleno de promesas—. Regresaré enseguida, *cara mia*. No temas.

Ella se encogió de hombros con fingida despreocupación.

—No tengo miedo. Librarás al mundo de esa criatura y nos permitirás mantener nuestra agenda.

—Por supuesto —respondió Julian, como si se fuera a su trabajo en un banco. Le tocó con ternura la barbilla, con la punta del dedo, y el gesto fue tan cariñoso que Desari tuvo que pestañear para contener las lágrimas que saltaban a sus ojos.

Cuando Julian iba a salir de la cámara, Barack se materializó casi delante de él, bloqueándole el camino.

—Tengo derecho a hacer esto: participaré en la caza.

Syndil, arrodillada en el suelo cerca de Darius, se giró en redondo, tan rápido que casi se cae sobre el lugar de descanso de su líder.

—¿Qué demonios has dicho? ¿Has perdido por completo la cabeza, Barack? ¿Qué te ha pasado en los últimos meses? No es cosa tuya perseguir monstruos por ahí. —Julian nunca la había oído elevar tanto la voz, una mezcla ronca de sonidos que hacían pensar en alcobas y sábanas de satén. Esa voz podría detener a un hombre con facilidad, y Barack no quedó inmune a su magia.

El carpatiano se volvió para mirarla, con sus oscuros ojos calmados y despreocupados.

—No te metas en este asunto, Syndil, y compórtate como debería hacer una mujer.

—Con un asesinato que manche tus manos creo que ya es suficiente —continuó Syndil—. No es tu vocación. ¿O tal vez le has cogido gusto a esas cosas?

—No debemos permitir que el no muerto nos siga, ni que intente ir por ti o por Desari otra vez —replicó Barack sin enfadarse—. Esto te protegerá.

Por un momento, los hermosos ojos de Syndil cobraron vida con un destello brillante casi próximo a la ira.

—Te tomas demasiadas responsabilidades, Barack. No tienes que hacerte cargo de mi conducta. Nuestro líder puede castigarme si lo desea, aunque no servirá de mucho si decido no seguir con vosotros. Estoy cansada de estos berrinches. Hiciera lo que hiciera para causar el ataque de Savon, ya lo he pagado, y repetidas veces. Puedes dejar de castigarme por mis pecados. Me niego a tolerar esto por más tiempo.

—¿Es eso lo que piensas, Syndil? ¿Que te culpo del comportamiento de Savon? —Barack se frotó la frente con gesto pensativo—. ¿Qué estoy diciendo? Pero, evidentemente que lo piensas. He estado en tu mente y he leído la culpabilidad que sientes. Pero no reflejes esos pensamientos en mí, Syndil. Yo vivo para protegerte, eso es todo. Y lo haré pese a lo mucho que dudas de mi capacidad. Es mi deber y es mi derecho.

Syndil se levantó; su figura delgada era frágil y bella. Tenía la barbilla alzada y los ojos vivos de dolor y orgullo.

—¿Quieres que me sienta responsable de otra muerte? No permitiré que te suceda tal cosa. Me marcharé, Barack, y cuando regreses encontrarás mi sitio vacío.

Una lenta sonrisa se dibujó en la boca de él. Cruzó la distancia entre ellos, haciendo caso omiso de Desari y de Julian, como si no estuvieran presenciando aquella extraña conversación. Barack cogió la barbilla de Syndil y la sostuvo para que se viera obligada a mirarle a los ojos.

—¿No te escuchas, Syndil? —Le frotó delicadamente la piel con el pulgar, casi con ternura—. Has dicho «cuando regreses». Sabes que voy a derrotar a este enemigo, igual que derroté al otro. No temas por mi vida. No soy tan despreocupado como finjo ser.

Los grandes ojos de Syndil brillaron llenos de lágrimas.

—Todo se ha desbaratado de tal manera. No me encuentro a mí misma. No puedo imaginarme existiendo si algo te sucediera. —Tragó saliva con dificultad y luego sacudió la cabeza como si negara sus propias palabras—. Si algo le sucediera a cualquiera de vosotros. Hace tanto tiempo que vivimos juntos, y ahora todo se desmorona.

Desari le pasó un brazo por los hombros. La dentadura de Barack volvió a destellar.

—Sólo es un cambio, nada más, Syndil, no se desmorona. Capearemos esta crisis como hemos hecho con tantas otras.

—Debemos irnos —dijo Julian—. El no muerto se levantará en cualquier momento, y sabe que iremos a cazarle. —Se volvió de súbito y se fue por el pasadizo que llevaba a la entrada de la chimenea en la roca, seguro de que Barack le seguiría. Tenía razón; estaba en su derecho de cazar a este demonio que amenazaba a su familia, pero él era un cazador solitario. En realidad, no tenía idea de las capacidades de Barack y se sentía responsable de su seguridad. Maldijo en silencio el sentido del deber del carpatiano en lo referente a sus mujeres. Sin embargo, pese a hacerlo, sabía que contaba con Dayan para proteger a las mujeres y a Darius. Y en el caso de que Dayan fallara, contaba con Darius para protegerles a todos, pese a encontrarse herido.

Barack guardaba silencio y permitía que el rubio desconocido llevara la iniciativa. Era obvio que se trataba de un cazador experimentado, y Darius le aceptaba e incluso le respetaba. Julian se propulsó hacia arriba a través de la estrecha salida hacia el cielo y, una vez en el exterior, cambió de forma mientras volaba hacia el sur, hacia el denso bosque. Barack le seguía como una sombra silenciosa, dispuesto a hacer lo que hiciera falta para librar a su familia de esta entidad maligna que amenazaba a Syndil y a Desari.

Julian bloqueó todas las intrusiones innecesarias y se concentró en los datos que le llegaban, que sus sentidos registraban a ritmo rápido. Se volvió de inmediato un poco hacia el sudeste y se lanzó como un rayo hacia un vacío en el aire. El vampiro se estaba levantando e irradiaba el hedor de su presencia, escondiendo su rastro con un hechizo que creaba un bloqueo. La misma ausencia de datos le delataba. El momento de levantarse era siempre para cualquier carpatiano o vampiro el más vulnerable y desorientador; ese momento desgarrador en que surgían del confort de la tierra.

Julian atacó, incluso desde la distancia a la que se encontraba, con la esperanza de dar un golpe afortunado. Un golpe de luz y energía candente perforó el cielo sobre el espacio en blanco. El sonido fue tremendo: un sonoro estallido que sacudió los árboles que se hallaban por debajo de ellos, mientras el rayo viajaba más rápido que el sonido. Julian se vió premiado por un grito de dolor lleno de odio: la espada de luz había tocado a su enemigo, aunque no le había inutilizado.

Entonces se lanzó al instante en picado hacia el suelo, moviéndose en zigzag y describiendo una espiral, tan rápido que era imposible verle. Barack se apartó al percatarse de que Julian esperaba alguna represalia. Siguiendo su ejemplo, se separó y tomó una ruta por completo diferente, para que el vampiro no le alcanzara con tanta facilidad. En ese momento el cielo se encendió con relámpagos quebrados que caían como flechas en todas direcciones, saltando de una masa de nubes a otra, formando arcos que caían sobre el mismo suelo. Una lluvia de chispas descendió sobre la tierra, y el cielo se iluminó con un chaparrón de fuegos artificiales.

En medio de la exhibición de luz blanca, empezaron de pronto a titilar colores azules, naranjas y rojos, lenguas de llamas que parecían misiles termodirigidos. Los colores regresaban veloces hacia el vampiro que venía en dirección contraria, se aglomeraban y se juntaban en número y fuerza. Corrían por el cielo, giraban a un lado y otro, siguiendo, obviamente, un rastro invisible. Julian recibió de nuevo la recompensa de un grito de rabia. Al instante, la tierra sufrió una sacudida, y los árboles quedaron ennegrecidos con la represalia del monstruo.

Desde lejos, los dos carpatianos oyeron un débil grito femenino. Barack maldijo. *Dirige el ataque contra ella.* Utilizó la vía mental conocida por su familia, con la confianza de que Julian sabría captarla.

Está intentando hacerla salir. ¿Puede conseguir hacer algo así?

Barack lo consideró. Había estado en la mente de Syndil. Aunque ella pertenecía a la tierra, como todos ellos, su don era una afinidad con la naturaleza que el resto del grupo nunca podría experimentar. Ella sentía cómo lloraba la tierra pidiendo ayuda, la muerte de las plantas vivas al marchitarse. *Me temo que sí. Ella sentirá el dolor de la tierra, de un modo que nosotros no percibimos. Y ella no puede hacer otra cosa que intentar curarla.*

Vete entonces, intenta detenerla. He dado instrucciones a Desari de retenerla ahí hasta que llegues, y mantener a Syndil unida a ella con su voz, pero dice que ver su dolor es una tortura. Vete deprisa, Barack, y ten la seguridad de que voy a destruir al monstruo mientras vosotros defendéis a Syndil. Cualquier promesa que le hagas a ella, se cumplirá.

Barack le creyó. Había algo de Darius en Julian Savage. Una tranquila seguridad que llevaba adherida como una segunda piel. Con el segundo ataque del vampiro sobre el follaje, el quedo grito de Syndil le alentó a dirigirse hacia la montaña.

Julian interrumpió su conexión con Desari y los otros. El vampiro era su anciano enemigo, muy peligroso y altamente capacitado. Hace muchísimos siglos, el vampiro había encontrado a un muchacho y le había atraído a su mundo de conocimiento y excitación, y luego le había traicionado y le había marcado con la oscuridad del no muerto. Le había torturado, le había susurrado amenazas y bromas, le había obligado a soportar los gritos de sus víctimas y a sentir su terror previo a que él las matara. Y le había avergonzado. Le había tomado el pelo repitiéndole que por siempre permanecería solo y mancillado. Controlado por él. Pero, por fin, iba a tener al monstruo delante, y se enfrentarían en el campo de batalla, como tendría que haber sido siempre.

Julian se disolvió en una fina bruma y se expandió por el cielo, moviéndose en un semicírculo hacia la posición del vampiro. Tres rayos de luz estallaron al oeste de él, y comprendió que Barack hacía notar su presencia mientras se precipitaba hacia la montaña, con la esperanza de conceder a Julian más tiempo para tomar una posición de ataque. Julian aprovechó de inmediato la distracción momentánea del vampiro y cruzó el cielo como un rayo mientras creaba una bruma sobre el suelo del bosque, que se desplazó formando amplias orlas y empezó a elevarse en bancos de niebla.

Los ataques del vampiro llegaban ahora desde un precipicio por encima del suelo del bosque. Julian alcanzó a verle y reconoció vagamente los restos del carpatiano, apuesto en otro tiempo. Ahora tenía los rasgos hundidos, estaba gris, con mechones de pelo pegados al cuero cabelludo formando una mata, y el cuerpo viejo y retorcido. El vampiro no había tenido tiempo de alimentarse.

Cuando se materializó a su lado, el no muerto se giró en redondo con un grito grave. Julian sonrió con cortesía.

—Ha pasado mucho tiempo, Bernado. Demasiado. Yo no era más que un muchacho, y tú me contabas que ibas a las bibliotecas de París, a buscar documentos históricos que podrían dar a nuestro pueblo alguna pista de lo que les había sucedido de verdad a Gabriel y a Lucian. ¿Alguna vez encontraste algo así? —Su voz era una suave mezcla de pureza y seguridad.

Bernado, monstruo de sus sueños, su vida. Este anciano astuto e insidioso al que le gustaba considerarse un gran erudito.

Bernado pestañeó, desconcertado por la conversación informal. Era totalmente inesperada; no había mantenido una conversación con nadie en doscientos años.

—Así es. Estaba buscando, ahora me acuerdo. —Su voz sonaba bronca, pero reflexiva, como si hubiera retrocedido a buscar el momento en el tiempo—. Encontré dos entradas que podrían hacer referencia a ellos. Una estaba en un diario personal, el de un conde. Escribió que había visto dos demonios luchando cerca del cementerio, justo allí, en París. Que la lucha se prolongó durante cierto tiempo; una batalla encarnizada, pero casi coreografiada, como si cada combatiente supiera lo que iba a hacer el otro antes de realizarlo. Afirmaba que los dos cambiaban continuamente de una forma a otra. Escribió que los dos luchadores parecían haber sufrido terribles heridas, y que aun así no quedó rastro de ninguno de ellos y que tampoco había sangre en la tierra cuando fue capaz de acercarse lo suficiente como para inspeccionar el cementerio. No le contó a nadie lo que había visto por miedo a que le ridiculizaran.

—Parece posible, entonces, que destaparas algo que nuestra gente había buscado durante siglos. —Había elogio en la suave voz de Julian—. Y ¿la otra entrada? ¿Dónde la encontraste? —Había sido la excitación y el atractivo de este misterio lo que en un primer momento había atrapado el interés de Julian por los estudios de Bernado en aquellos años.

—No era más que un par de líneas en un registro que llevaba un supervisor de los trabajadores del cementerio. Un registro personal, nada más. Hacía alusión a uno de sus trabajadores, de quien sospechaba que una noche había bebido demasiado vino. Tenía la misma fecha que el recuerdo del conde. El supervisor escribió que uno de sus hombres le había hablado de una pelea entre lobos y demonios que acabaron hiriéndose mortalmente. Ya no quiso volver al cementerio a trabajar, porque estaba seguro de que los demonios habían salido de las tumbas.

Julian hizo un gesto de asentimiento.

—En otro tiempo yo creía que eras un hombre de suma grandeza. Te tomaba como ejemplo, por tu erudición. Pero traicionaste esa confianza.

El vampiro pestañeó, despistado por su tono afable.

—Querías conocimiento. Y te lo di.

Julian notaba el poder creciendo en él, en torno a él, en el mismísimo aire. Siglo tras siglo, cada jornada sombría y estéril, la doliente necesidad de su hermano gemelo, la pérdida de los años de juventud, crecía en él; la desolación, el vacío, la mancha oscura de humillación y aislamiento. Lo único que le había quedado era su honor. Su príncipe y Gregori, el sanador, sabían y habían reconocido su necesidad de ser útil a su gente, pero este monstruo que tenía delante había alterado el curso de su vida para siempre.

—Me diste una muerte en vida, Bernado. —Julian se movió entonces, a una velocidad vertiginosa, y se arrojó en dirección al anciano monstruo mientras la criatura se adelantaba de repente. Con el brazo estirado y el puño cerrado, se lo hundió en lo profundo de la cavidad pectoral, aprovechando el movimiento hacia delante que hizo él para atacar.

—Estudié tus métodos, cada uno de tus asesinatos. —Susurró estas palabras con un destello salvaje en sus ojos—. Me enseñaste la importancia del conocimiento, de conocer a tu enemigo, de reconocer su valía, y he aprendido bien. —Le arrancó el corazón palpitante del pecho y retrocedió de un brinco con el órgano chamuscado y ennegrecido en la mano. Le provocó náuseas; no había sensación de triunfo como pensaba que sucedería.

El vampiro gritó de rabia, con un sonido agudo y sobrenatural que lastimó los oídos de Julian e hizo salir a la carrera a los animales del bosque, en busca de refugio.

—Aprendiste bien a asesinar porque yo vivo en ti —siseó, escupiendo saliva ponzoñosa de su boca—. No eres diferente a mí. Querías ser como yo, pero no tuviste agallas para abrazar esta otra vida.

Bernado dio un traspiés en dirección a Julian, con sus desiguales dientes podridos y manchados por los millares de asesinatos, y su cuerpo que empezaba a desmoronarse. Éste retrocedió otro paso, completamente consciente de que la aberración seguía siendo peligrosa mientras el corazón estuviera en la proximidad del cuerpo. Lo arrojó bien lejos y lanzó una palada de luz sobre él para incinerarlo. Entonces el cuerpo empezó a dar coletazos, vomitando sangre que se arrastraba implacable hacía Julian. Éste, con suma calma, dirigió la energía al cuerpo del no muerto y luego a la sangre, eliminando toda evidencia de la existencia de Bernado. Al final empleó el calor candente para cauterizar las manchas que ensuciaban sus manos. Su alma.

Había acabado. Por fin. Se había terminado. Nunca había sentido un pesar tan enorme como aquella fuerza opresiva, casi entumecedora, que le abrumaba. Se encontró en el suelo sobre una rodilla, con el cuerpo tembloroso y el pecho ardiendo. Esta cosa casi había destruido su vida, y le había arrebatado muchas cosas. El vampiro le había hecho creer que era invencible, y Julian había pasado siglos y siglos adquiriendo conocimientos para cuando llegara este momento. En cuestión de segundos se había acabado. Sólo segundos. Pese a todo lo que le había costado el no muerto.

Bernado tenía razón. Había convertido a Julian en la cosa que tanto despreciaba: en un asesino sin igual. La sombra había crecido y se había propagado hasta consumirle. El rostro de Julian estaba surcado de lágrimas mientras miraba al cielo nocturno. Era un monstruo sin igual.

Un cazador sin igual. Ven junto a mí, Julian. La suave voz de Desari le envolvió como una brisa fresca y renovada.

No creo que pueda enfrentarme al gentío reunido ahí, querida mía. Respondió con sinceridad. Estaba acostumbrado a una existencia solitaria, y en ese momento, cuando el peso de las penas de su vida era tal lastre, cuando se percataba de la cantidad de gente que había matado, cuando el coste de haber perdido a su hermano durante todos estos largos siglos pesaba en su alma y destrozaba su corazón, cuando se sentía como un niño, avergonzado y maldito por su propia juventud irresponsable, quería estar lejos de todo el mundo.

¿Sería de ayuda que acudiera a tu lado, amor mío? Hubo una mínima vacilación, como si a ella le asustara que él no la quisiera cerca.

Pese al dolor que abrumaba su corazón, se encontró casi sonriendo. ¿Cómo no iba a quererla a su lado? Su corazón. Su alma. La sangre que corría por sus venas. Su otra mitad. *Sería de gran ayuda.*

Volvió la cabeza para verla mientras se acercaba. Incluso volando, sus movimientos eran por completo femeninos. En vuelo, corriendo a cuatro patas a través del bosque o caminando dentro de su propio cuerpo, era la mujer más hermosa que pudiera imaginar. La esperó de pie mientras ella aterrizaba ligera sobre el precipicio, a su lado. Le dejaba sin aliento, secaba sus lágrimas, se llevaba la sombra de oscuridad y la dispersaba para siempre en la luz.

Desari tenía el cielo nocturno a su espalda, y la larga cabellera caía a su alrededor como una cascada. La sonrisa transmitía tanto amor por él, que Julian fue incapaz de otra cosa que permanecer allí hechizado, cautivado para toda la eternidad por esta mujer que le completaba, que le había dado la vida y le había dado una familia. Ella era su hogar.

Le tendió una mano, y la boca de Desari se curvó con una invitación. Colocó su mano en la de él y le cogió los dedos para quedar entrelazados como se suponía que debían estar. Desari se acomodó entre sus brazos, cobijada contra su corazón. Volvió la boca hacia arriba y saboreó sus lágrimas, su niñez, la terrible carga que había soportado durante tanto tiempo. Le besó, amoldó su cuerpo al suyo y, en la mente de Julian, su bella voz se elevó con una canción interpretada en exclusiva para él.

Las notas saltaron de su mente al cielo, notas plateadas y doradas de dicha y felicidad, de valor y admiración. Desari cantó sobre amor entre dos personas, amor sagrado y hermoso. Cantó sobre paz y felicidad, y movió las manos sobre él con actitud posesiva y cariñosa, buscando heridas en su cuerpo. Su guerrero había regresado a casa.

Fuera lo que fuera lo que les deparara el futuro, asesinos humanos o vampiros, no importaba. Estaban juntos, eran una misma cosa. Y eran demasiado fuertes como para permitir que nada les arrebatara lo que tenían.

www.titania.org

Visite nuestro sitio web y descubra cómo ganar
premios leyendo fabulosas historias.

Además, sin salir de su casa, podrá conocer
las últimas novedades de
Susan King, Jo Beverley o Mary Jo Putney,
entre otras excelentes escritoras.

Escoja, sin compromiso y con tranquilidad,
la historia que más le seduzca
leyendo el primer capítulo de cualquier libro
de Titania.

Vote por su libro preferido y envíe su opinión
para informar a otros lectores.

Y mucho más...